SV

Isabel Allende
Geschichten der Eva Luna

Aus dem Spanischen
von Lieselotte Kolanoske

Suhrkamp Verlag

Titel der 1990 bei Plaza & Janés, Barcelona
erschienenen Originalausgabe:
Cuentos de Eva Luna
© Isabel Allende 1990

Erste Auflage 1990
© der deutschen Ausgabe
Suhrkamp Verlag Frankfurt am Main 1990
Alle Rechte vorbehalten
Druck: May+Co., Darmstadt
Printed in Germany

*Für William Gordon,
für die Zeit,
die wir miteinander teilen*
I. A.

Der König wies seinen Wesir an, er solle ihm jede Nacht eine Jungfrau bringen, und wenn die Nacht vorbei war, befahl er, sie zu töten. So geschah es drei Jahre lang, und in der Stadt gab es keine Jungfrau mehr, die ihm hätte zu Diensten sein können. Nun hatte aber der Wesir eine Tochter von großer Schönheit mit Namen Scheherazade... und sie war sehr beredt, und es machte Freude, ihr zu lauschen.

Aus *Tausendundeine Nacht*

Du öffnetest deinen Gürtel, streiftest dir die Sandalen von den Füßen, warfst deinen weiten Rock, aus Baumwolle, glaube ich, in eine Ecke und löstest das Band, das dein Haar im Nacken zusammenhielt. Deine Haut kräuselte sich, und du lachtest. Wir waren einander so nah, daß wir uns nicht sehen konnten, beide versunken in den drängenden Ritus, eingehüllt in die Wärme und den Geruch, die wir beide ausströmten. Ich schuf mir Bahn durch deine Wege, meine Hände um deine sich bäumenden Lenden, die deinen voller Ungeduld. Du glittest, du strichst über mich hin, du wandest dich um mich, du umfaßtest mich mit deinen unbesiegbaren Beinen, du sagtest mir tausendmal »komm« mit deinen Lippen auf den meinen. Im Höhepunkt erlebten wir einen Augenblick völliger Einsamkeit, jeder verloren in seinem brennenden Abgrund, doch bald erwachten wir wieder jenseits des Feuers und fanden uns umschlungen zwischen den zerwühlten Laken unter dem weißen Moskitonetz. Ich schob dir das Haar zurück, um dir in die Augen zu sehen. Bisweilen setztest du dich neben mich, die Beine gekreuzt und deinen Seidenschal über einer Schulter, im Schweigen der Nacht, die kaum begonnen hatte. So erinnere ich mich an dich, ruhig, in Frieden.
Du denkst in Worten, für dich ist die Sprache ein nie abreißender Faden, den du webst, als spielte sich das Leben ab, während du es erzählst. Ich denke in Bildern, die zur Fotografie gerinnen. Dennoch ist diese

nicht in eine Platte eingeätzt, sie scheint eher eine Federzeichnung zu sein, sie ist eine genaue und vollkommene Erinnerung, mit weichen Umrissen und warmen Farben, renaissancehaft, wie eine auf körnigem Papier oder auf Leinwand eingefangene Idee. Sie ist ein prophetischer Augenblick, ist unser ganzes Leben, alles Gelebte und noch zu Lebende, alle Zeiträume zugleich, ohne Anfang und Ende. Aus einer gewissen Entfernung betrachte ich diese Zeichnung, auf der auch ich bin. Ich bin Zuschauer und Dargestellter. Ich bin im Halbschatten, verschleiert durch den Dunst eines durchsichtigen Vorhangs. Ich weiß, daß ich es bin, aber ich bin auch der, der von außen beobachtet. Ich weiß, was der auf diesem zerknüllten Bett gemalte Mann empfindet, in diesem Raum mit dunklen Balken und hoher Decke, in dem die Szene wie das Fragment einer antiken Zeremonie erscheint. Dort bin ich mit dir und bin auch hier, allein, in einer anderen Zeit des Bewußtseins. Auf dem Bild ruht das Paar aus, nachdem es sich geliebt hat, beider Haut schimmert feucht. Der Mann hat die Augen geschlossen, eine Hand liegt auf der Brust, die andere auf ihrem Schenkel, in intimem Einverständnis. Für mich kehrt dieses Bild immer wieder, unveränderlich, nichts wandelt sich, immer ist da dasselbe gelassene Lächeln des Mannes, dieselbe Mattigkeit der Frau, dieselben Falten in den Laken und dieselben dunklen Winkel des Zimmers, immer streift das Licht ihre Brüste und Wangenknochen im selben Winkel, und immer fallen der Seidenschal und die dunklen Haare mit derselben Lieblichkeit.

Jedesmal, wenn ich an dich denke, sehe ich dich so, sehe ich uns so, für immer festgehalten auf diesem Lager, unverwundbar gegenüber dem zerstörerischen Vergessen. Ich kann diese Szene lange auskosten, bis ich fühle, daß ich in den Raum dieses Zimmers trete und nicht mehr der Betrachter bin, sondern der Mann, der neben dieser Frau ruht. Dann zerbricht die ebenmäßige Stille des Bildes, und ich höre unsere Stimmen, ganz nahe.
»Erzähl mir eine Geschichte«, sage ich zu dir.
»Was für eine möchtest du?«
»Erzähl mir eine Geschichte, die du noch niemandem erzählt hast.«

Rolf Carlé

Zwei Worte

Ihr Name war Belisa Crepusculario, aber nicht auf dem Taufschein oder von ihrer Mutter her, sondern weil sie selber nach ihm gesucht hatte, bis sie ihn fand und ihn annahm. Ihr Beruf war, Worte zu verkaufen. Sie zog durch das Land, von den höchsten und kältesten Regionen bis zu den heißesten Küsten, und richtete sich auf den Märkten ein, wo sie vier Pfähle mit einer Plane darüber aufstellte, die sie vor Sonne und Regen schützte und unter der sie ihre Kundschaft bediente. Sie brauchte ihre Ware nicht anzupreisen, denn weil sie soviel umherwanderte, kannten sie alle. Viele erwarteten sie schon von einem Jahr zum andern, und wenn sie mit ihrem Bündel unterm Arm im Ort erschien, bildete sich vor ihrem Stand rasch eine Schlange. Für fünf Centavos lieferte sie Verse zum Gedenken, für sieben verschönte sie die Bedeutung der Träume, für neun schrieb sie Liebesbriefe, für zwölf erfand sie Beschimpfungen gegen Todfeinde. Sie verkaufte auch Geschichten, aber das waren keine ausgedachten, sondern wirkliche lange Geschichten, die sie geläufig erzählte, ohne etwas auszulassen. So brachte sie die Neuigkeiten von einem Dorf zum andern. Die Leute bezahlten sie dafür, daß sie ein, zwei Worte hinzufügte: Ein Kind ist geboren, der und der ist gestorben, unsere Tochter hat geheiratet, die Ernte ist verbrannt. In jedem Ort versammelte sich eine kleine Menschenmenge um sie und hörte ihr zu, und so erfuhren sie vom Leben anderer, von den fernen Verwandten,

von den Kämpfen des Bürgerkrieges. Wer bei ihr für fünfzig Centavos kaufte, dem schenkte sie ein geheimes Wort, um die Schwermut zu vertreiben. Natürlich war es niemals dasselbe, das wäre ja Betrug an allen gewesen. Jeder erhielt das seine und war sicher, daß kein anderer es für denselben Zweck gebrauchte, in dieser Welt nicht und nicht jenseits davon.
Belisa Crepusculario war in einer Familie geboren, die so bettelarm war, daß sie nicht einmal Namen für ihre Kinder besaß. Sie wuchs auf in der unwirtlichsten Gegend, wo in manchem Jahr der Regen sich in Wasserlawinen verwandelt, die alles mit sich fortreißen, und wo zu anderen Zeiten nicht ein Tropfen vom Himmel fällt, die Sonne wächst und wächst und endlich den ganzen Horizont ausfüllt und die Welt zur Wüste wird. Bis sie zwölf Jahre alt war, hatte sie keine andere Beschäftigung oder Fähigkeit, als den Hunger und die Erschöpfung von Jahrhunderten zu überleben. Während einer endlosen Dürre mußte sie vier jüngere Geschwister begraben helfen, und als sie begriff, daß nun die Reihe an ihr war, beschloß sie davonzugehen, durch die Ebenen zum Meer zu wandern, sie wollte doch sehen, ob es ihr unterwegs nicht gelang, dem Tod ein Schnippchen zu schlagen. Die Erde war borkig, in tiefe Risse gespalten, übersät mit Steinen, geborstenen Baumstrünken, verdorrtem Stachelgesträuch, von der Hitze weißgebleichten Tierskeletten. Von Zeit zu Zeit stieß sie auf Familien, die gleich ihr gen Süden zogen, dem Trugbild des Wassers folgend. Einige hatten sich mit ihren Siebensachen auf dem Rücken auf die Wanderung ge-

macht, andere hatten sie auf Karren geladen, aber sie konnten kaum sich selbst voranbringen und mußten ihre Habseligkeiten aufgeben. Sie schleppten sich mühsam dahin, die Haut zu Eidechsenleder verbrannt und die Augen vom grellen Widerschein des Lichts versengt. Belisa winkte ihnen im Vorübergehen zu, aber sie hielt sich nicht auf, sie konnte ihre Kräfte nicht in barmherzigen Taten vergeuden. Viele blieben auf dem Weg liegen, sie aber war hartnäckig und schaffte es, die Hölle zu durchqueren, und so gelangte sie schließlich zu den ersten Quellen, dünnen Wasserrinnsalen, die eine kümmerliche Vegetation speisten und im weiteren Verlauf zu Bächen und kleinen Flüssen anwuchsen.

Belisa Crepusculario rettete ihr Leben und entdeckte nebenbei durch Zufall die Schrift. Als sie schon nahe der Küste durch ein Dorf kam, wehte ihr der Wind ein Zeitungsblatt vor die Füße. Sie hob das gelbe, brüchige Papier auf und betrachtete es lange, ohne zu ahnen, wozu es dienen mochte, bis die Neugier über ihre Schüchternheit siegte. Sie näherte sich einem Mann, der sein Pferd in demselben trüben Tümpel wusch, in dem sie ihren Durst gestillt hatte.

»Was ist das?« fragte sie.

»Die Sportseite der Zeitung«, sagte der Mann, ohne sich über ihre Unwissenheit zu verwundern.

Die Antwort verblüffte das Mädchen, aber sie wollte nicht aufdringlich erscheinen und beschränkte sich auf die Frage, was die auf das Papier gemalten Fliegenfüßchen bedeuteten.

»Das sind Worte, Kind. Hier steht, daß Fulgencio

Barba den Negro Tiznao in der dritten Runde k. o. geschlagen hat.«
An diesem Tage lernte Belisa Crepusculario, daß die Worte ungebunden und herrenlos sind und daß jeder mit ein bißchen Geschick sich ihrer bemächtigen kann, um mit ihnen Handel zu treiben. Sie bedachte ihre Lage und kam zu dem Schluß, daß es, wenn sie nicht ihren Körper verkaufen oder sich als Dienstmädchen in den Küchen der Reichen verdingen wollte, nur wenige Beschäftigungen gab, die sie ausführen konnte. Worte zu verkaufen erschien ihr als anständiger Ausweg. Seither übte sie diesen Beruf aus und hatte sich niemals einen anderen gewünscht. Anfangs bot sie ihre Ware an, ohne zu ahnen, daß Worte auch außerhalb von Zeitungen geschrieben werden konnten. Als sie es begriff, erwog sie die unendlichen Möglichkeiten ihres Geschäfts, zahlte aus ihren Ersparnissen einem Priester zwanzig Pesos, damit er sie Lesen und Schreiben lehrte, und kaufte sich von den drei Pesos, die ihr verblieben waren, ein Wörterbuch. Sie arbeitete es von A bis Z durch und warf es dann ins Meer, weil sie nicht vorhatte, ihre Kunden mit eingeweckten Worten zu betrügen.

Rund zehn Jahre später saß Belisa Crepusculario an einem Augustmorgen unter ihrem Zelt und verkaufte rechtliche Beweisgründe an einen alten Mann, der seit siebzehn Jahren vergeblich seine Pension einforderte. Es war Markttag, und ringsum herrschte Lärm und Trubel. Plötzlich hörte sie Schreie und trommelnde Pferdehufe, sie hob den Blick von ihrem

Schreiben und sah zuerst eine Staubwolke und dann einen Trupp Reiter, der in das Dorf einbrach. Es waren Männer des Coronel, befehligt von dem Mulatten, einem Riesen, der im ganzen Gebiet bekannt war für die Schnelligkeit seines Messers und die Treue zu seinem Anführer. Beide, der Coronel und der Mulatte, hatten ihr Leben im Bürgerkrieg verbracht, und ihre Namen waren unlösbar verbunden mit Zerstörung und Unheil. Die Reiter drangen auf ihren schweißnassen Pferden mit donnerndem Getöse in den Ort ein und brachten auf ihrem Weg die Schrecken eines Hurrikans mit sich. Gackernd flogen die Hühner auf, die Hunde stoben in alle Himmelsrichtungen davon, die Frauen brachten sich rennend mit ihren Kindern in Sicherheit, und auf dem ganzen Marktplatz blieb keine lebende Seele zurück außer Belisa Crepusculario, die den Mulatten noch nie gesehen hatte und sich sehr verwunderte, daß er geradenwegs auf sie zuritt.

»Dich suche ich!« schrie er und deutete mit seiner eingerollten Peitsche auf sie, und augenblicklich stürzten sich zwei seiner Männer auf Belisa, wobei sie das Zelt umwarfen und das Tintenfaß in Scherben ging, fesselten sie an Händen und Füßen und warfen sie wie einen Sack quer über das Pferd des Mulatten. Dann wendete der Trupp und galoppierte in Richtung auf die Hügel davon.

Stunden später, als Belisa Crepusculario schon zu sterben meinte und glaubte, ihr Herz müsse in lauter Sand verwandelt sein auf dem stoßenden Pferderükken, hörte das Schüttern auf, und vier starke Hände

setzten sie zu Boden. Sie wollte aufstehen und würdevoll den Kopf heben, aber ihr versagten die Kräfte, mit einem Seufzer sank sie in sich zusammen und fiel in einen abgrundtiefen Schlaf. Einige Stunden später erwachte sie im Murmeln der Nacht, doch sie hatte keine Zeit, die Laute ringsum zu enträtseln, denn als sie die Augen öffnete, begegnete sie dem ungeduldigen Blick des Mulatten, der neben ihr kniete.
»Endlich kommst du zu dir, Weib«, sagte er und reichte ihr seine Feldflasche, damit sie einen Schluck Branntwein mit Schießpulver trank und wieder ins Leben zurückfand.
Sie wollte wissen, weshalb sie so mißhandelt worden war, und der Mulatte erklärte ihr, der Coronel benötige ihre Dienste. Er erlaubte ihr, sich das Gesicht zu waschen, und führte sie dann bis ans Ende des Lagers, wo der gefürchtetste Mann des Landes in einer zwischen zwei Bäumen befestigten Hängematte ruhte. Sie konnte sein Gesicht nicht sehen, weil der schwankende Schatten des Laubwerks und der unauslöschbare Schatten von vielen Jahren Banditenlebens darüber lagen, aber sie stellte sich vor, daß sein Ausdruck grausam sein mußte, wenn sein riesiger Adjutant sich ihm so demütig näherte. Seine Stimme überraschte sie, sie war sanft und klangvoll wie die eines gebildeten Mannes.
»Du bist die, die Worte verkauft?« fragte er.
»Zu deinen Diensten«, stammelte sie und spähte in das Halbdunkel, um ihn besser zu erkennen.
Der Coronel stand aus seiner Hängematte auf, und der Schein der Fackel, die der Mulatte trug, leuchtete

ihm voll ins Gesicht. Die Frau sah seine dunkle Haut und seine drohenden Pumaaugen und wußte sogleich, daß sie vor dem einsamsten Mann dieser Erde stand.

»Ich will Präsident werden«, sagte er.

Er war es müde, durch dieses verfluchte Land zu ziehen in nutzlosen und zerstörerischen Kriegen, die keine Ausrede in Siege verwandeln konnte. Er hatte viele Jahre bei Wind und Wetter unter freiem Himmel geschlafen, war von Moskitos zerstochen worden, hatte sich von Leguanen und Schlangensuppe ernährt, aber die kleinen Unannehmlichkeiten ergaben keinen ausreichenden Grund für ihn, sein Leben zu ändern. Was ihn in Wirklichkeit plagte, war das Entsetzen in fremden Augen. Er wünschte sich, unter Triumphbögen, zwischen bunten Fahnen und Blumen in die Städte und Dörfer einzureiten, die Leute sollten ihm zujubeln und ihm frische Eier und Brot noch warm aus dem Backofen schenken. Er war es leid, mit anzusehen, wie bei seinem Kommen die Männer flohen, die Frauen vor Schreck niederkamen und die Kinder zitterten, deshalb hatte er beschlossen, Präsident zu werden. Der Mulatte hatte ihm vorgeschlagen, sie sollten zur Hauptstadt reiten, im Galopp in den Palast eindringen und sich der Regierungsgewalt bemächtigen, wie sie sich so vieler anderer Dinge bemächtigt hatten, ohne um Erlaubnis zu bitten, aber der Coronel hatte kein Verlangen danach, auch nur wieder ein Tyrann zu werden, davon hatten sie hier schon genug gehabt, und außerdem würde er damit nicht die Zuneigung der Leute gewinnen. Seine Vorstellung ging dahin, in den Dezemberwahlen durch die Stimmen des Volkes berufen zu werden.

»Dafür muß ich wie ein Kandidat sprechen. Kannst du mir die Worte für eine Rede verkaufen?« fragte er Belisa Crepusculario.

Sie hatte schon viele Aufträge angenommen, aber noch keinen wie diesen, dennoch konnte sie sich nicht weigern, denn sie fürchtete, dann würde der Mulatte ihr genau zwischen die Augen schießen oder, schlimmer noch, der Coronel würde zu weinen anfangen. Andererseits drängte es sie auch, ihm zu helfen, denn sie fühlte eine pochende Hitze unter der Haut, den machtvollen Wunsch, diesen Mann zu berühren, ihn zu streicheln, ihn in die Arme zu schließen.

Die ganze Nacht und ein gut Teil des folgenden Tages suchte Belisa Crepusculario in ihrem Vorrat nach Worten, die für eine Präsidentenrede geeignet wären, wobei der Mulatte neben ihr hockte und die Augen nicht von ihren festen Wandererbeinen und ihren jungfräulichen Brüsten ließ. Sie schied die schroffen und trockenen Worte aus, die allzu blumigen, solche, die vom Mißbrauch farblos geworden waren, solche, die unwahrscheinliche Versprechungen anboten, die lügnerischen und die verworrenen Worte, bis ihr die übrigblieben, bei denen sie sicher war, daß sie das Denken der Männer und das Einfühlungsvermögen der Frauen anzurühren vermochten. Sie bediente sich der Kenntnisse, die sie bei dem Priester um zwanzig Pesos erworben hatte, und schrieb die Rede auf ein

Blatt Papier. Dann winkte sie dem Mulatten, damit er den Strick losband, mit dem er ihre Fußgelenke an einen Baum gefesselt hatte. Sie wurde erneut vor den Coronel geführt, und als sie ihn sah, spürte sie wieder die gleiche pochende Unruhe wie bei der ersten Begegnung. Sie überreichte ihm das Papier und wartete, während er es mit den Fingerspitzen hielt und ratlos betrachtete.
»Was zum Teufel heißt das hier?« fragte er schließlich.
»Kannst du nicht lesen?«
»Was ich kann, ist Krieg machen«, erwiderte er.
Sie las die Rede laut vor. Sie las sie dreimal, damit ihr Kunde sie sich ins Gedächtnis prägen konnte. Als sie geendet hatte, sah sie atemlose Ergriffenheit in den Mienen der Männer, die sich um sie geschart hatten, um zuzuhören, und sah, daß die gelben Augen des Coronels vor Begeisterung strahlten, denn er war sicher, daß mit diesen Worten der Präsidentenstuhl ihm gehören würde.
»Wenn die Jungs mit offenen Mäulern dastehen, nachdem sie das dreimal gehört haben, dann muß dieser Scheiß was taugen«, sagte der Mulatte beifällig.
»Wieviel schulde ich dir für deine Arbeit, Frau?« fragte der Coronel.
»Einen Peso.«
»Das ist nicht teuer«, sagte er und öffnete den Beutel, den er mit dem Übriggebliebenen vom letzten Beutezug am Gürtel trug.
»Außerdem hast du ein Recht auf eine Dreingabe.

Dir stehen zwei geheime Worte zu«, sagte Belisa Crepusculario.
»Was soll das denn heißen?«
Sie erklärte ihm nun, daß sie einem Kunden für jeweils fünfzig Centavos, die er bezahlte, ein Wort für seinen ausschließlichen Gebrauch schenkte. Der Coronel zuckte die Achseln, denn ihm lag nicht das geringste an dem Angebot, aber er wollte nicht unhöflich gegen jemanden sein, der ihn so gut bedient hatte. Sie ging ohne Eile auf den ledernen Schemel zu, auf dem er saß, und beugte sich zu ihm hinab, um ihm ihr Geschenk zu übergeben. Da spürte der Mann den Geruch nach Gebirgstier, der von dieser Frau ausging, die brennende Hitze, die ihre Hüften ausstrahlten, die ungeheuerliche Empfindung, als ihr Haar seine Haut streifte, den Minzeatem, mit dem sie ihm die zwei geheimen Worte ins Ohr flüsterte.
»Sie gehören dir, Coronel«, sagte sie, als sie zurücktrat. »Du kannst sie verwenden, so oft du willst.«
Der Mulatte begleitete Belisa bis zum Wegrand und blickte sie dabei unverwandt mit den flehenden Augen eines verirrten Hundes an, aber als er die Hand ausstreckte, um sie zu berühren, stoppte sie ihn mit einem Schwall von selbsterfundenen Worten, die ihm das Verlangen austrieben, denn er hielt sie für eine nie mehr zu widerrufende Verwünschung.

In den Monaten September, Oktober und November hielt der Coronel seine Rede so oft, daß sie durch den vielen Gebrauch zu Asche geworden wäre, hätte sie nicht aus leuchtenden, dauerhaften Worten bestanden. Er durchzog das Land in allen Richtungen, ritt mit Siegermiene in die Städte ein und verweilte selbst in den vergessensten Dörfern, wo nur die Unrathaufen menschliche Gegenwart anzeigten, um die Wähler zu überzeugen, daß sie für ihn stimmen mußten. Während er auf einem Podium in der Mitte des Platzes seine Rede hielt, verteilten der Mulatte und seine Männer Bonbons und malten mit vergoldetem Zukkerguß seinen Namen auf die Häuserwände, aber niemand beachtete diese Reklametricks, denn alle waren begeistert von der Eindeutigkeit seiner Absichten und von der poetischen Klarheit seiner Schlußfolgerungen, alle waren angesteckt von seinem unbändigen Wunsch, die Fehler der Geschichte wiedergutzumachen, und zum erstenmal in ihrem Leben waren sie fröhlich. Am Schluß der Rede jagten seine Männer Pistolenschüsse in den Himmel und entzündeten Feuerwerksraketen, und wenn sie schließlich forttritten, blieb eine Spur Hoffnung zurück, die noch viele Tage in der Luft hing wie die wunderbare Erinnerung an einen Kometen. Schon bald war der Coronel der volkstümlichste Politiker geworden. Er war ein nie vorher gesehenes Phänomen, dieser Mann, der aus dem Bürgerkrieg aufgetaucht war, mit Narben bedeckt, der sprach wie ein Gebildeter und dessen Ruhm sich über das Land verbreitete und die Herzen der Menschen bewegte. Die Presse beschäftigte sich mit ihm. Von weither kamen die Reporter gereist, um ihn zu interviewen und seine Kernsätze zu wiederholen, und so wuchs die Zahl seiner Anhänger und die seiner Feinde.

»Wir kommen gut voran, Coronel«, sagte der Mulatte, als zwölf Wochen voller Erfolge vergangen waren.
Aber der Kandidat hörte ihm nicht zu. Er wiederholte für sich seine zwei geheimen Worte, wie er es immer häufiger tat. Er sagte sie, wenn er vor Sehnsucht schwach wurde, murmelte sie im Schlaf, stieg mit ihnen auf sein Pferd, dachte sie, bevor er seine berühmte Rede hielt, und ertappte sich dabei, daß er in unachtsamen Augenblicken ihren Klang auskostete. Und jedesmal, wenn ihm diese zwei Worte in den Sinn kamen, beschworen sie Belisa Crepuscularios Gegenwart herauf, und seine Sinne gerieten in Aufruhr bei der Erinnerung an den Gebirgsgeruch, die brennende Hitze, die ungeheuerliche Empfindung und den Minzeatem, bis er schließlich wie ein Schlafwandler umherging und seine Männer befürchteten, es würde mit ihm zu Ende sein, bevor er den Präsidentenstuhl erobert hatte.
»Was ist los mit dir, Coronel?« fragte der Mulatte ihn viele Male, und eines Tages wußte sein Anführer nicht mehr weiter und gestand ihm, die Schuld an seinem Gemütszustand trügen diese zwei Worte, die ihm wie in den Leib gerammt seien.
»Sag sie mir, dann werden sie schon ihre Kraft verlieren«, bat ihn sein treuer Adjutant.
»Ich werde sie dir nicht sagen, sie gehören mir allein«, entgegnete der Coronel.
Der Mulatte hatte es satt, seinen Anführer dahinkümmern zu sehen wie einen zum Tode Verurteilten, er warf sich das Gewehr über die Schulter und ritt

davon, Belisa Crepusculario zu suchen. Er folgte ihren Spuren durch das ganze weite Land, bis er sie in einem Dorf im Süden fand, wo sie unter ihrem Geschäftszelt saß und ihren Rosenkranz von Neuigkeiten abspulte. Er pflanzte sich breitbeinig vor ihr auf, das Gewehr im Anschlag.
»Du kommst mit mir!« befahl er.
Sie hatte ihn erwartet. Sie packte ihr Tintenfaß ein, faltete die Zeltplane zusammen, legte sich ihr Tuch um die Schultern und schwang sich schweigend auf die Kruppe des Pferdes. Auf dem ganzen Weg wechselten sie kein Wort, denn sein Verlangen nach ihr hatte sich in Wut verwandelt, und nur die Furcht, die ihre Zunge ihm einflößte, hielt ihn davon ab, sie zu Tode zu peitschen. Er war auch nicht geneigt, ihr zu erklären, daß sein Coronel sich wie ein Blödsinniger aufführte und daß ein ins Ohr geraunter Zauber zustande brachte, was so viele Jahre des Kampfes nicht vermocht hatten. Drei Tage später kamen sie im Lager an, und sofort führte er seine Gefangene vor den Kandidaten, angesichts der ganzen Truppe.
»Ich habe dir die Hexe geholt, damit du ihr diese Worte zurückgibst, Coronel, und damit sie dir deine Mannhaftigkeit zurückgibt«, sagte er und richtete den Lauf des Gewehrs auf den Nacken der Frau.
Der Coronel und Belisa Crepusculario sahen sich lange an, maßen sich aus der Entfernung. Dann begriffen die Männer, daß er sich nicht mehr von dem Zauber dieser zwei teuflischen Worte losmachen konnte, denn alle sahen, wie die Raubtieraugen des

Pumas sanft wurden, als sie auf ihn zutrat und ihn bei der Hand nahm.

Verdorbenes Kind

Mit elf Jahren war Elena Mejías noch ein unterernährtes Würmchen mit der glanzlosen Haut der einsamen Kinder, mit ein paar verspäteten Milchzahnlücken im Mund, mausfarbenem Haar und überall hervortretenden Knochen, die zu groß für sie schienen und besonders an Knien und Ellbogen herauszuwachsen drohten. Nichts in ihrem Äußeren verriet ihre hitzigen Träume, nichts kündete die Frau an, die sie später sein würde. Unbeachtet ging sie zwischen den billigen Möbeln und den ausgeblichenen Vorhängen in der Pension ihrer Mutter umher. Sie war nur ein trübsinniges kleines Etwas, das zwischen den staubigen Geranien und den großen Farnen im Patio spielte oder mit den Platten für das Abendessen zwischen Küchenherd und Speisezimmer hin und her lief. Selten bemerkte sie ein Gast, und wenn er es tat, dann nur, um ihr aufzutragen, sie solle die Kakerlakennester mit Insektengift besprühen oder den Tank im Bad füllen, wenn das kreischende Pumpengerippe sich weigerte, das Wasser bis in den zweiten Stock hinaufzubefördern. Ihre Mutter, erschöpft von der Hitze und der Hausarbeit, hatte weder Sinn für Zärtlichkeiten noch die Zeit, ihre Tochter zu beobachten, und so merkte sie gar nicht, wann Elena anfing, sich

in ein anderes Geschöpf zu verwandeln. In den ersten Jahren ihres Lebens war sie ein stilles, schüchternes Kind gewesen, das sich mit geheimnisvollen Spielen unterhielt, in den Zimmerecken mit sich selber sprach und am Daumen lutschte. Sie verließ das Haus nur, um in die Schule oder auf den Markt zu gehen, sie schien gleichgültig gegen die Kinder ihres Alters, die in lärmenden Rudeln auf der Straße spielten.
Elenas Verwandlung begann mit der Ankunft von Juan José Bernal, dem Meister des Belcanto, wie er sich selber nannte und wie ein Plakat ihn ankündigte, das er an die Wand seines Zimmers heftete. Die Pensionsgäste waren in der Mehrheit Studenten oder kleine Verwaltungsangestellte. Damen und Herren von Stand, wie ihre Mutter sagte, die sich rühmte, nicht all und jeden unter ihrem Dach aufzunehmen, sondern nur anständige Leute, von denen man wußte, wo sie beschäftigt waren, die gute Manieren hatten, zahlungsfähig genug waren, um ihre Miete einen Monat im voraus auf den Tisch zu legen, und die bereit waren, sich an die Regeln der Pension zu halten, die eher denen eines Priesterseminars glichen als denen einer Beherbergungseinrichtung. Eine Witwe muß auf ihren guten Ruf achten und sich Respekt zu verschaffen wissen, ich möchte nicht, daß aus meiner Pension ein Schlupfwinkel für Vagabunden und verkommene Elemente wird, wiederholte die Mutter oft, damit niemand – und schon gar nicht Elena – es vergäße. Eine der Aufgaben des Kindes war es, die Gäste zu beobachten und der Mutter jede verdächtige Kleinigkeit zu berichten.

Diese Spitzelei hatte das Unkörperliche des Mädchens noch verstärkt, sie tauchte ein in das Dunkel der Zimmer, war still vorhanden und erschien plötzlich, als kehrte sie soeben aus einer unsichtbaren Dimension zurück. Mutter und Tochter versahen gemeinsam die zahlreichen Arbeiten in der Pension, jede schweigend in ihre gewohnten Pflichten vertieft, ohne die Notwendigkeit, sich einander mitzuteilen. Sie sprachen überhaupt wenig, allenfalls in der freien Stunde der Siesta, und dann sprachen sie über die Gäste. Bisweilen versuchte Elena, das graue Leben dieser vorüberziehenden Frauen und Männer auszuschmücken, die kamen und gingen, ohne eine Erinnerung zu hinterlassen, sie schrieb ihnen außergewöhnliche Erlebnisse zu, gab ihnen Farbe, indem sie sie mit einer heimlichen Liebe oder einer Tragödie bedachte, aber ihre Mutter hatte einen sicheren Instinkt, ihren Phantastereien auf die Spur zu kommen. Ebenso wie sie es erriet, wenn ihre Tochter ihr eine Information vorenthielt. Sie hatte einen durch nichts zu erschütternden praktischen Sinn und eine ganz klare Vorstellung, was unter ihrem Dach vor sich ging, sie wußte genau, was jeder zu jeder Stunde des Tages oder der Nacht tat, wieviel Zucker noch in der Speisekammer war, für wen das Telefon läutete oder wo die Schere hingekommen war. Sie war einmal eine fröhliche, hübsche Frau gewesen, ihre plumpen Kleider konnten kaum die Ungeduld eines noch jungen Körpers bändigen, aber sie hatte sich so viele Jahre mit schäbigen Kleinigkeiten abgeben müssen, daß die Frische ihres Geistes und ihre Lust am Leben vertrocknet waren.

Als jedoch Juan José Bernal kam und nach einem Zimmer fragte, veränderte sich für sie alles, und auch für Elena. Die Mutter, bezaubert von der anmaßenden klangvollen Stimme des Meisters des Belcanto und der Andeutung von Berühmtheit, die aus dem Plakat sprach, handelte gegen ihre eigenen Regeln und nahm ihn in die Pension auf, obwohl er in nichts ihrem Idealbild eines Gastes entsprach. Bernal sagte, er singe des Nachts und müsse deshalb am Tage schlafen, er habe im Augenblick kein Engagement und könne also nicht einen Monat im voraus bezahlen, und er sei peinlich genau in seinen Eßgewohnheiten und seiner Hygiene, er sei Vegetarier, und er brauche zwei Duschen am Tag. Entgeistert sah Elena, wie ihre Mutter den neuen Gast ohne weiteres ins Buch eintrug und ihn zu seinem Zimmer führte, wobei sie sich damit abplagte, seinen schweren Koffer zu schleppen, während er den Gitarrenkasten und die Papprolle trug, in der sein kostbares Plakat steckte. Unauffällig gegen die Wand gedrückt, folgte ihnen das Kind treppauf und bemerkte den gespannten Ausdruck im Gesicht des neuen Gastes, mit dem er die schweißfeuchten Pobacken ihrer Mutter anstarrte, die sich unter der daran klebenden Baumwollschürze abzeichneten. Als sie das Zimmer betraten, schaltete Elena den Ventilator an, und die großen Flügel begannen sich mit dem Knirschen rostigen Eisens zu drehen.

Von diesem Tag an änderte sich einiges in den Gewohnheiten des Hauses. Es gab mehr Arbeit, denn Bernal schlief in den Stunden, in denen die übrigen

Gäste außer Haus waren, er hielt das Bad stundenlang besetzt, verschlang eine überwältigende Menge Grünfutter, das sie getrennt zubereiten mußten, benutzte fortwährend das Telefon und holte sich das Bügeleisen, um seine modischen Hemden zu bügeln, ohne daß die Wirtin der Pension ihm die Sonderleistungen aufgerechnet hätte. Elena kam in der Siestasonne aus der Schule, wenn der Tag unter einem schrecklichen weißen Licht dahinwelkte, aber zu dieser Stunde lag er noch in seinem ersten Schlaf. Auf Anweisung ihrer Mutter zog sie die Schuhe aus, um die künstliche Ruhe nicht zu verletzen, in der das Haus gefangen schien. Inzwischen war es ihr aufgefallen, daß die Mutter sich von Tag zu Tag veränderte. Im Grunde hatte sie die Zeichen von Anfang an bemerkt, sehr viel eher, als die Gäste der Pension hinter dem Rücken der Wirtin zu tuscheln anfingen. Das erste war der Geruch, ein beständiger Blumenduft, der von der Frau ausging und hinter ihr in den Zimmern hängenblieb. Elena kannte jeden Winkel des Hauses, und dank ihrer Gewohnheit, alles auszuspionieren, fand sie das Parfumfläschchen hinter den Reispaketen und den Konservengläsern in der Speisekammer. Dann entdeckte sie den dunklen Lidstrich, den Tupfer Rot auf den Lippen, die neue Unterwäsche, das plötzliche Lächeln, wenn Bernal gegen Abend endlich herunterkam, frisch gebadet, mit noch feuchtem Haar, und sich in der Küche an den Tisch setzte, um seine sonderbaren Fakirgerichte herunterzuschlingen. Die Mutter setzte sich ihm gegenüber, und er erzählte Episoden aus seinem Künstlerleben und begeisterte sich an seinen eigenen Heldenstückchen mit einem Lachen, das ganz tief aus dem Bauch kam.

In den ersten Wochen haßte Elena diesen Mann, der das ganze Haus und die ganze Aufmerksamkeit ihrer Mutter für sich beanspruchte. Alles an ihm stieß sie ab, sein mit Brillantine geöltes Haar, seine lackierten Fingernägel, seinen Tick, mit einem Hölzchen in den Zähnen zu stochern, seine Pedanterie und die Unverschämtheit, mit der er sich bedienen ließ. Sie fragte sich, was ihre Mutter in ihm sehen mochte, er war doch nur ein blöder Angeber, ein Sänger in elenden Vergnügungslokalen, von dem niemand je gehört hatte, oder vielleicht war er auch nur ein Gauner, wie Señorita Sofía, eine der ältesten Pensionsgäste, flüsternd vermutet hatte. Aber dann, an einem heißen Sonntagabend, als es nichts mehr zu tun gab und die Stunden zwischen den Wänden festzukleben schienen, kam Juan José Bernal mit seiner Gitarre in den Patio, setzte sich auf die Bank unter dem Feigenbaum und begann die Saiten anzuschlagen. Der Klang zog die Gäste an, die einer nach dem andern auftauchten, zuerst ein wenig schüchtern, ohne recht zu begreifen, was da vor sich ging, die aber dann begeistert die Stühle aus dem Speisezimmer heranschleppten und es sich rund um den Meister des Belcanto bequem machten. Bernal hatte eine recht gewöhnliche Stimme, aber er war in Geberlaune und sang mit viel Witz. Er kannte all die alten Boleros und Rancheras der mexikanischen Volksmusik und auch ein paar mit Derbheiten und Flüchen gemischte Guerrillerolieder, bei denen die Frauen erröteten. Zum erstenmal, soweit das Kind zurückdenken konnte, gab es im Haus eine Festlichkeit. Als es dunkelte, zündeten sie zwei Paraffinlampen an und hängten sie in die Bäume, und die Mutter brachte Bier und die Flasche Rum, die für Erkältungen reserviert war. Elena reichte zitternd die Gläser herum, sie spürte die zornigen Worte dieser Lieder und das Klagen der Gitarre in jeder Faser ihres Körpers wie ein Fieber. Ihre Mutter schlug mit dem Fuß den Takt. Plötzlich sprang sie auf, ergriff Elena bei den Händen, und beide begannen zu tanzen, und sofort taten die andern es ihnen nach, selbst Señorita Sofía, die sich schrecklich zierte und immerfort erregt lachen mußte. Eine lange Zeit folgte Elena dem Rhythmus, den Bernals Stimme angab, sie drückte sich an den Körper ihrer Mutter, sog den neuen Blumenduft ein und war vollkommen glücklich. Dann jedoch merkte sie, daß die Mutter sie sanft von sich schob, sich von ihr löste, um allein weiterzutanzen. Mit geschlossenen Augen und zurückgeworfenem Kopf wiegte sich die Frau wie ein Leintuch, das im leichten Wind trocknet. Elena ging auf ihren Platz, und auch die andern nahmen nach und nach ihre Stühle wieder ein und ließen die Wirtin der Pension allein in der Mitte des Patios, in ihren Tanz versunken.

Seit diesem Abend betrachtete das Kind Bernal mit neuen Augen. Sie vergaß, daß sie seine Brillantine, seine Zahnstocher und seine Anmaßung verabscheute, und wenn sie ihn vorübergehen sah oder ihn sprechen hörte, dachte sie wieder an die Lieder jenes überraschenden Festes und spürte wieder das Glühen auf der Haut und die Verwirrung im Herzen, ein Fieber, das sie nicht in Worte zu fassen wußte. Sie beobachtete ihn verstohlen von fern, und so entdeckte sie, was sie vorher nicht wahrzunehmen verstanden hatte, seine breiten Schultern, seinen starken Nacken, den sinnlichen Bogen seiner kräftigen Lippen, die Anmut seiner langen, schmalen Hände. Ein unerträgliches Verlangen durchdrang sie, sich ihm zu nähern und das Gesicht an seine braune Brust zu pressen, auf das Schwingen des Atems in seinen Lungen und auf den Schlag seines Herzens zu hören, seinen Geruch einzusaugen, einen Geruch, von dem sie wußte, daß er herb und durchdringend war wie gegerbtes Leder oder Tabak. Sie stellte sich vor, wie sie in seinen Haaren spielte, über die Muskeln des Rückens und der Beine strich, die Form seiner Füße erkundete, wie sie sich in Rauch verwandelte, um durch den Mund in ihn einzuziehen und ihn ganz und gar auszufüllen. Aber wenn er den Blick hob und dem ihren begegnete, rannte Elena davon und versteckte sich im dichtesten Gebüsch des Patios. Bernal hatte sich all ihrer Gedanken bemächtigt, das Kind konnte es kaum ertragen, wie unbeweglich die Zeit verharrte, wenn sie fern von ihm war. In der Schule bewegte sie sich wie im Traum, blind und taub gegen alles außer den Bildern in ihrem Innern, wo sie nur ihn sah. Was tat er wohl in diesem Augenblick? Vielleicht schlief er, bäuchlings auf dem Bett bei geschlossenen Rolläden, das Zimmer im Dämmerlicht, die heiße Luft von den Flügeln des Ventilators bewegt, ein Schweißrinnsal zieht sich seine Wirbelsäule entlang, das Gesicht ist im Kopfkissen vergraben. Beim ersten Ton der Schulglocke rannte sie nach Hause, betend, er möge noch nicht aufgestanden sein und sie die Zeit haben, sich zu waschen, ein sauberes Kleid anzuziehen und sich in die Küche zu setzen, um auf ihn zu warten, wobei sie so tun würde, als machte sie ihre Aufgaben, damit die Mutter sie nicht gleich mit Hausarbeiten überhäufte. Und wenn sie ihn dann pfeifend aus dem Bad kommen hörte, war sie halbtot vor Ungeduld und Furcht und ganz sicher, daß sie vor Wonne sterben würde, wenn er sie berühren oder auch nur ansprechen sollte, und sie sehnte sich danach, daß das geschehen möge, war aber gleichzeitig vorbereitet, sich zwischen den Möbeln unsichtbar zu machen, denn sie konnte ohne ihn nicht leben, konnte jedoch ebensowenig seiner verbrennenden Gegenwart standhalten. Verstohlen folgte sie ihm im Haus überallhin, bediente ihn mit jeder Kleinigkeit, erriet seine Wünsche und brachte ihm, was er brauchte, ehe er darum bat, aber sie bewegte sich immer in ihrem Schattenbereich, um ihre Anwesenheit nicht zu verraten.

In den Nächten konnte Elena nicht schlafen, weil er nicht im Hause war. Sie stieg aus ihrer Hängematte und strich wie ein Gespenst durch das erste Stockwerk, bis sie allen Mut zusammennahm und endlich Bernals Zimmer betrat. Sie schloß die Tür hinter sich und schob den Rolladen ein wenig hoch, damit von draußen Licht hereindrang und das Ritual beleuchtete, das sie erfunden hatte, um sich dessen zu bemächtigen, was als Teil der Seele dieses Mannes seiner Habe eingeprägt war. In der schwarzen Scheibe des Spiegels, die schimmerte wie eine Schlammlache, betrachtete sie sich lange, denn hier hatte er hineingeblickt, und die Spuren der beiden Bilder konnten zu einer Umarmung verschmelzen. Sie näherte sich dem Glas mit weit offenen Augen, sah sich selbst mit seinen Augen, küßte ihre eigenen Lippen mit einem harten, kalten Kuß, den sie sich heiß vorstellte wie von einem Männermund. Sie spürte die Oberfläche des Spiegels an ihrer Brust, und die winzigen Erdbeeren ihrer Brustwarzen stellten sich auf und lösten einen dumpfen Schmerz aus, der durch sie hinlief und an einem Punkt genau zwischen ihren Beinen innehielt. Sie suchte diesen Schmerz wieder und wieder. Aus dem Schrank nahm sie ein Hemd und Bernals Schuhe und zog sie sich an. Sie tat ein paar Schritte durch das Zimmer, sehr vorsichtig, um kein Geräusch zu machen. So gekleidet, stöberte sie in seinen Schubfächern, kämmte sich mit seinem Kamm, lutschte an seiner Zahnbürste, leckte an seiner Rasiercreme, streichelte seine schmutzige Wäsche. Dann, ohne zu wissen, warum sie es tat, zog sie sein Hemd, die Schuhe und ihr Nachthemd aus und legte sich nackt auf Bernals Bett, atmete gierig seinen Geruch und rief seine Wärme herbei, um sich darin einzuhüllen. Sie berührte sich am ganzen Körper, beginnend mit der Form ihres Schädels, den durchsichtigen Knorpeln der Ohren, den zarten Wölbungen der Augen, der Höhle des Mundes, und so immer weiter hinab zeichnete sie die Knochen nach, die

Falten, die eckigen und die gebogenen Linien dieses unbedeutenden Ganzen, das sie selber war, und wünschte, sie wäre riesig, schwer und massig wie ein Wal. Sie stellte sich vor, sie gösse eine Flüssigkeit in sich hinein, zäh und süß wie Honig, sie schwölle an und wüchse zur Größe einer gigantischen Puppe, bis sie mit ihrem strotzenden Körper das ganze Bett, das ganze Zimmer, das ganze Haus ausfüllte. Erschöpft und weinend schlief sie dann für ein paar Minuten ein.

Eines Samstagmorgens sah Elena durch das Fenster, wie Bernal von hinten an die Mutter herantrat, die sich über den Bottich beugte und Wäsche schrubbte. Der Mann legte ihr die Hand um die Taille, und die Frau bewegte sich nicht, als wäre das Gewicht dieser Hand ein Teil ihres Körpers. Selbst auf die Entfernung erkannte Elena das Besitzergreifende seiner Geste, die hingebungsvolle Haltung ihrer Mutter, die Vertrautheit der beiden, diesen Strom, der sie in einem ungeheuerlichen Geheimnis einte. Das Mädchen war plötzlich über und über in Schweiß gebadet, sie konnte kaum atmen, ihr Herz war ein verschreckter Vogel in ihrer Brust, Hände und Füße kribbelten, das Blut schoß ihr in die Fingerspitzen, als wollte es sie sprengen. Von diesem Tag an spionierte sie ihrer Mutter nach.

Einen nach dem andern entdeckte sie die gesuchten Beweise, anfangs waren es nur Blicke, eine allzu lange Begrüßung, ein verschwörerisches Lächeln, der Verdacht, daß sich unter dem Tisch ihre Beine trafen und daß sie Vorwände erfanden, um miteinander allein zu sein. Endlich in einer Nacht, als Elena aus Bernals Zimmer zurückkehrte, wo sie ihr verliebtes Ritual abgehalten hatte, hörte sie ein Geräusch wie unterirdisch murmelndes Wasser, das aus dem Zimmer ihrer Mutter kam, und da begriff sie, daß in der ganzen Zeit, da sie glaubte, Bernal verdiene sich mit nächtlichem Singen seinen Lebensunterhalt, er auf der anderen Seite des Flurs gewesen war, und während sie sein heraufbeschworenes Bild im Spiegel küßte und die Spur seines Schlafes aus den Laken einsog, war er bei ihrer Mutter gewesen. Mit der in vielen Jahren gelernten Geschicklichkeit, sich unsichtbar zu machen, durchschritt sie die geschlossene Tür und erblickte die beiden in ihrer Lust. Der Lampenschirm mit dem Fransenrand gab einen warmen Schein, der die Liebenden auf dem Bett beleuchtete. Die Mutter hatte sich in ein rundes, rosenfarbenes, stöhnendes, üppiges Geschöpf verwandelt, eine wogende Seeanemone, ganz Fangarme und Saugnäpfe, ganz Mund und Hände und Beine und Öffnungen, und wand und wand sich, mit Bernals großem Leib verhaftet, der dagegen starr erschien, schwerfällig, sich wie im Krampf bewegte, ein Holzkloben, von unerklärlichen Stößen geschüttelt. Das Mädchen hatte bisher noch nie einen nackten Mann gesehen, und die großen Unterschiede bestürzten sie. Der männliche Körper kam ihr brutal vor, und sie brauchte einige Zeit, um den Schock zu überwinden und sich zum Zuschauen zu zwingen. Bald jedoch wurde sie von dem Zauber der Szene gepackt, und nun konnte sie aufmerksam beobachten, um von ihrer Mutter die

Gesten zu lernen, die es vermocht hatten, Bernal zu entflammen, mächtigere Gesten als die ihrer eigenen Verliebtheit, als all ihre Gebete, ihre Träume und schweigenden Rufe, als all ihr Zauberritual, mit dem sie ihn an ihre Seite ziehen wollte. Sie war sicher, daß in diesen Liebkosungen und diesem Flüstern der Schlüssel des Geheimnisses lag, und wenn es ihr gelänge, sich diesen anzueignen, würde Juan José Bernal mit ihr in ihrer Hängematte schlafen, die jede Nacht im Schrankzimmer an zwei Haken aufgehängt wurde.

Elena verbrachte die folgenden Tage in einem Dämmerzustand. Sie verlor jedes Interesse an ihrer Umgebung, selbst an Bernal, der in ihren Gefühlen vorübergehend in einem Sonderfach aufgespart wurde, und versenkte sich in eine phantastische Welt, die völlig an die Stelle der lebendigen Wirklichkeit rückte. Aus reiner Gewohnheit erledigte sie ihre täglichen Aufgaben, aber ihre Seele war abwesend bei allem, was sie tat. Als die Mutter ihre Appetitlosigkeit bemerkte, schrieb sie sie der nahenden Pubertät zu, obwohl doch Elena ganz offensichtlich noch zu jung dafür war, und nahm sich die Zeit, sich zu ihr zu setzen und sie über den mißlichen Umstand, als Frau geboren zu sein, aufzuklären. Das Kind lauschte in störrischem Schweigen der langweiligen Rede über leibliche Verdammnis und Monatsblutungen und war überzeugt, daß ihr so etwas nie zustoßen würde.

Nach fast einer Woche, an einem Mittwoch, fühlte sich Elena zum erstenmal wieder hungrig. Sie ging

mit einem Büchsenöffner und einem Löffel in die Speisekammer und verschlang den Inhalt von drei Erbsendosen, worauf sie einem holländischen Käse das rote Wachskleid abzog und ihn aß wie einen Apfel. Dann lief sie in den Patio und erbrach einen grünen Mischmasch über die Geranien. Die Leibschmerzen und der bittere Geschmack im Mund riefen sie in die Wirklichkeit zurück. In dieser Nacht schlief sie ruhig, in ihrer Hängematte zusammengerollt, und lutschte am Daumen wie einst im Kinderbett. Am Donnerstag erwachte sie fröhlich, half ihrer Mutter, den Kaffee für die Gäste zu brühen, und frühstückte mit ihr in der Küche, bevor sie in die Schule ging. Während des Unterrichts jedoch klagte sie über Magenkrämpfe und krümmte sich so ausdrucksvoll und bat so oft, auf die Toilette zu dürfen, daß die Lehrerin ihr schließlich erlaubte, nach Hause zu gehen.
Elena machte einen langen Umweg, um die Straßen ihres Viertels zu meiden, und näherte sich dem Haus von der Rückseite. Sie schaffte es, über die Mauer zu klettern und in den Patio zu springen, es ging leichter, als sie erwartet hatte. Sie hatte sich ausgerechnet, daß ihre Mutter um diese Zeit auf dem Markt war, und da es am Donnerstag frischen Fisch gab, würde sie nicht so bald zurückkehren. Im Haus waren nur Juan José Bernal und Señorita Sofía, die schon eine Woche nicht zur Arbeit ging, weil ihre Arthritis sie plagte.
Elena versteckte die Bücher und die Schuhe unter einem Stapel Decken und schlich sich ins Haus. An

die Wand gepreßt stieg sie die Treppe hinauf und hielt den Atem an, bis sie das Radio aus dem Zimmer von Señorita Sofía hörte und sich sicherer fühlte. Bernals Tür gab sofort nach. Innen war es dunkel, und einen Augenblick konnte sie nichts sehen, weil sie aus dem grellen Sonnenlicht draußen kam, aber sie kannte das Zimmer ja aus dem Gedächtnis, sie war so oft darin umhergegangen, daß sie wußte, wo jeder Gegenstand war, an welcher Stelle der Fußboden knarrte und wieviel Schritte von der Tür entfernt das Bett stand. Dennoch wartete sie, bis ihre Augen sich an das Halbdunkel gewöhnt hatten und die Umrisse der Möbel hervortraten. Nach kurzer Zeit konnte sie auch den Mann auf dem Bett erkennen. Er lag nicht auf dem Bauch, wie sie ihn sich so oft vorgestellt hatte, sondern auf dem Rücken, nicht zugedeckt, nur mit einer Unterhose bekleidet, einen Arm ausgestreckt, den andern über der Brust, eine Haarsträhne über den Augen. Elena spürte, wie plötzlich alle Angst und Ungeduld, die sich in den letzten Tagen in ihr angesammelt hatten, von ihr abfielen, wie sie frei und rein zurückblieb mit der Ruhe eines Menschen, der weiß, was er zu tun hat. Ihr war, als hätte sie diesen Augenblick schon viele Male erlebt; sie sagte sich, sie habe nichts zu fürchten, es gehe um ein Ritual, das nur etwas anders sei als die früheren. Langsam zog sie ihre Schuluniform aus, aber sie traute sich nicht, auch ihren Baumwollschlüpfer abzustreifen. Sie näherte sich dem Bett. Nun konnte sie Bernal besser sehen. Sie setzte sich auf den Rand, ganz nahe bei der Hand des Mannes, und achtete darauf, daß ihr Gewicht nicht einmal eine Delle in das Laken drückte, sie beugte sich sacht vor, bis ihr Gesicht nur wenige Zentimeter über dem seinen schwebte und sie seinen warmen Atem und den süßlichen Geruch seines Körpers spürte, und mit unendlicher Vorsicht streckte sie sich neben ihm aus und zog behutsam jedes Bein einzeln nach, um ihn nicht zu wecken. Sie wartete, auf die Stille lauschend, bis sie sich entschloß, ihm mit einem fast unmerklichen Streicheln die Hand auf den Bauch zu legen. Diese Berührung jagte eine Sturzsee durch ihren Körper, die sie zu ersticken drohte, sie glaubte, das Klopfen ihres Herzens müßte durch das ganze Haus hallen und den Mann wecken. Sie brauchte mehrere Minuten, um sich zu fassen, und erst als sie sah, daß er sich nicht rührte, lockerte sich die Spannung, und sie legte ihm die Hand mit dem ganzen Gewicht des Armes auf, der doch so leicht war, daß er Bernals Ruhe nicht störte. Sie erinnerte sich an die Gesten, die sie bei ihrer Mutter gesehen hatte, und während sie die Finger unter seinen Hosengummi schob, suchte sie den Mund des Mannes und küßte ihn, wie sie es so oft vor dem Spiegel getan hatte. Bernal stöhnte im Schlaf und legte einen Arm um das Kind, seine andere Hand fing die ihre ein, um sie zu führen, und sein Mund öffnete sich, um den Kuß zu erwidern, wobei er den Namen der Geliebten murmelte. Elena verstand, wen er meinte, aber statt zurückzuweichen, preßte sie sich noch fester an ihn. Bernal faßte sie um die Mitte, hob sie auf sich herauf und setzte sie auf seinem Körper zurecht, während er schon die ersten Liebesbewe-

gungen machte. Plötzlich jedoch, als er die ungewöhnliche Zerbrechlichkeit dieses Vogelgerippleins auf seiner Brust fühlte, durchfuhr ein Funken Bewußtsein den wolligen Nebel des Schlafes, und er öffnete die Augen. Elena spürte, wie sein Körper sich spannte, sie fand sich bei den Hüften gepackt und mit solcher Gewalt zurückgestoßen, daß sie auf dem Fußboden landete, aber sie stand auf und warf sich wieder über ihn, um ihn erneut zu umarmen. Bernal schlug ihr ins Gesicht und sprang aus dem Bett, geängstigt von Gott weiß welchen ehemaligen Verboten und Angstträumen.
»Verdorbenes Kind! Verdorbenes Kind!« schrie er.
Die Tür ging auf, und im Rahmen erschien Señorita Sofía.

Elena verbrachte die folgenden drei Jahre auf dem Internat einer Klosterschule, drei weitere auf der Universität in der Hauptstadt, und danach arbeitete sie in einer Bank. Inzwischen hatte die Mutter ihren Liebhaber geheiratet und mit ihm die Pension weitergeführt, bis sie genügend erspart hatten, um sich in ein kleines Landhaus zurückzuziehen, wo sie Nelken und Chrysanthemen anbauten, die sie in der Stadt verkauften. Der Meister des Belcanto spannte sein Plakat in einen vergoldeten Rahmen, aber er sang nicht mehr auf nächtlichen Veranstaltungen, und keiner vermißte ihn. Niemals begleitete er seine Frau, wenn sie die Tochter besuchte, er fragte auch nicht nach ihr, um die Zweifel in seinem eigenen Gemüt nicht aufzurühren, aber er dachte oft an sie. Das Bild des Kindes war für ihn unversehrt, die Jahre hatten ihm nichts anhaben können, es war noch immer das Bild des lüsternen, von der Liebe übermannten kleinen Geschöpfes, das er zurückgestoßen hatte. Je mehr Jahre vergingen, um so zwingender wurde die Erinnerung an diese leichte Gestalt, diese kindliche Hand auf seinem Leib, diese Babyzunge in seinem Mund, bis sie zur Besessenheit wurde. Wenn er den schweren Körper seiner Frau umarmte, mußte er seine Sinne auf diese erinnerten Empfindungen sammeln, um den immer träger werdenden Trieb zur Lust zu wecken. Als er älter wurde, ging er in die Läden mit Kinderwäsche und kaufte Baumwollschlüpfer, um sie und sich selbst wieder und wieder begehrlich zu streicheln. Später schämte er sich jedesmal dieser ungezügelten Gefühle und verbrannte die Schlüpfer oder vergrub sie im Patio in dem nutzlosen Versuch, sie zu vergessen. Er gewöhnte sich an, um die Schulen und durch die Parks zu streichen und von weitem die kleinen Mädchen zu beobachten, die ihm für ein paar kurze Augenblicke das ungeheuerliche Erlebnis dieses unvergeßlichen Donnerstags zurückbrachten.

Elena war siebenundzwanzig, als sie zum erstenmal ihre Mutter besuchte. Sie wollte ihren Verlobten vorstellen, einen Armeeoffizier, der jahrelang geduldig um ihre Hand angehalten hatte. Die jungen Leute kamen an einem Novembernachmittag an, er in Zivil, um nicht in Militärgala zu protzen, und sie mit Geschenken beladen. Bernal hatte diesem Besuch mit der Beklommenheit eines Jungen entgegengesehen. Er hatte sich immer wieder im Spiegel betrachtet, hatte forschend sein eigenes Bild gemustert und sich gefragt, ob Elena die Veränderungen sehen werde oder ob in ihrer Vorstellung der Meister des Belcanto dem Verschleiß durch die Zeit widerstanden hatte. Er hatte sich auf die Begegnung vorbereitet, indem er jedes Wort sorgfältig überlegte und sich alle nur denkbaren Antworten ausmalte. Nur eines wäre ihm niemals eingefallen: daß statt des feurigen kleinen Geschöpfes, dessentwegen er jahrelang Qualen ausgestanden hatte, eine fade, schüchterne Frau vor ihm stehen würde. Bernal fühlte sich betrogen.

Am Abend, als die Hochstimmung der Ankunft sich gelegt und Mutter und Tochter sich die letzten Neuigkeiten erzählt hatten, stellten sie Stühle in den Patio, um die Kühle zu genießen. Der Duft der Nelken hing schwer in der Luft. Bernal regte an, einen Schluck Wein zu trinken, und Elena folgte ihm ins Haus, um die Gläser zu holen. Ein paar Minuten waren sie allein in der engen Küche. Und da hielt der Mann, der so lange auf diese Gelegenheit gewartet hatte, die Frau am Arm zurück und fing an zu reden. Er sagte ihr, alles sei ein schrecklicher Irrtum gewesen, an jenem Morgen habe er geschlafen und nicht gewußt, was er tat, niemals habe er sie zu Boden werfen oder so beschimpfen wollen, sie solle doch Mitleid haben und ihm verzeihen, vielleicht werde es ihm dann gelingen, seinen Verstand zurückzugewinnen, denn in all diesen Jahren habe das brennende Verlangen nach ihr ihn unaufhörlich verfolgt, ihm das Blut verbrannt und den Geist verfinstert.

Elena betrachtete ihn verstört und wußte nicht, was sie antworten sollte. Von welchem verdorbenen Kind sprach er? Für sie lag die Kindheit weit zurück, und das Leid dieser ersten, abgewiesenen Liebe war in einem versiegelten Fach in ihrem Gedächtnis eingesperrt. Sie hatte keinerlei Erinnerung an jenen fernen Donnerstag.

Clarisa

Clarisa wurde geboren, als es in der Stadt noch kein elektrisches Licht gab, sie erlebte im Fernseher, wie der erste Astronaut über die Mondoberfläche schwebte, und sie starb vor Bestürzung, als der Papst zu Besuch kam und die als Nonnen verkleideten Homosexuellen ihm in den Weg traten. Sie hatte ihre Kindheit zwischen Farnbüscheln und von Öllampen beleuchteten Fluren verbracht. Die Tage verstrichen langsam in jener Lebenszeit. Clarisa vermochte sich nie der Hast der heutigen Zeit anzupassen, mir kam sie immer so vor, als wäre sie in der sepiafarbenen Luft eines Gemäldes aus einem anderen Jahrhundert stehengeblieben. Ich nehme an, daß sie einmal eine jungfräuliche Figur, eine anmutige Haltung und ein medaillonwürdiges Profil hatte, aber als ich sie kennenlernte, war sie schon eine etwas wunderliche alte Dame, die Schultern hochgezogen wie zwei kleine Buckel und den edlen Kopf gekrönt von einer Geschwulst wie ein Taubenei, um das herum sie ihr weißes Haar frisierte. Ihr Blick war scharf und tief, er vermochte die verborgenste Schandtat zu durchdringen und doch unversehrt zu bleiben. In den langen Jahren ihres Lebens erlangte sie den Ruf einer Heiligen, und nach ihrem Tod haben viele ihr Foto auf einem Hausaltar aufgestellt neben anderen Bildern verehrungswürdiger Personen, um ihre Hilfe bei geringeren Schwierigkeiten zu erbitten, obwohl ihre Geltung als Wundertäterin vom Vatikan nicht anerkannt ist und mit Sicherheit niemals sein wird, denn die von ihr gewährten Wohltaten sind launischer Art: sie heilt keine Blinden wie die heilige Lucia und findet keine Ehemänner für die älteren Mädchen wie der heilige Antonius, aber man sagt, sie hilft die Übelkeit der Betrunkenen, die Mißlichkeiten im Soldatenleben und die Bitternis der Einsamkeit leichter ertragen. Ihre Wunder sind bescheiden und etwas zweifelhaft, aber genauso notwendig wie die aufwendigen Werke der Kathedralenheiligen.

Ich lernte sie kennen, als ich, noch ein halbes Kind, Dienstmädchen bei der Señora war, einer »Dame der Nacht«, wie Clarisa die Frauen dieses Gewerbes nannte. Schon damals war sie fast nur noch Geist, sie schien immer im Begriff, sich vom Boden zu lösen und durch das Fenster davonzufliegen. Sie hatte heilende Hände, und wer keinen Arzt bezahlen konnte oder das Vertrauen in die herkömmliche Wissenschaft verloren hatte, wartete, bis er an der Reihe war, daß sie ihm die Schmerzen lindere oder ihn in seinem Unglück tröste. Meine Patrona rief sie immer, damit sie ihr die Hände auf den Rücken legte. Nebenbei bohrte Clarisa in der Seele der Señora, um sie von diesem Leben abzubringen und sie auf die Wege des Herrn zu führen, Wege, die einzuschlagen meine Patrona keinen sonderlich starken Drang verspürte, weil ein solcher Entschluß ihr Geschäft schwer geschädigt hätte. Clarisa widmete ihr die heilende Wärme ihrer Handflächen zehn oder fünfzehn Minuten, je nach der Stärke der Schmerzen, und nahm dann einen Fruchtsaft als Belohnung für ihre Dienste an. Dann saßen die beiden Frauen einander in der Küche gegenüber und schwatzten über Menschliches und Göttliches, meine Patrona mehr über Menschliches und Clarisa mehr über Göttliches, ohne die gegenseitige Achtung und die strengen Regeln der guten Manieren zu verletzen. Später wechselte ich die Stellung und verlor Clarisa aus den Augen, bis wir uns zwanzig Jahre später wiedertrafen und die Freundschaft neu aufleben lassen konnten, die wir bis zum heutigen Tag aufrechterhalten, ohne uns groß um die Hindernisse zu kümmern, die sich uns in den Weg stellten, ihren Tod eingeschlossen, der eine gewisse Unordnung in die guten Beziehungen brachte.

Auch in den Zeiten, in denen das Alter sie hinderte, sich mit der missionarischen Begeisterung von einst zu bewegen, war Clarisa nach wie vor beharrlich darauf bedacht, ihren Nächsten beizustehen, manchmal selbst gegen den Willen ihrer Schützlinge, wie im Fall der Ganoven aus der Calle República – sie mußten zu ihrer tiefsten Demütigung die öffentlichen Strafpredigten der guten Dame hinnehmen, die sie ihnen in ihrem unerschütterlichen Drang, sie zu retten, zuteil werden ließ. Clarisa trennte sich von all ihrer Habe, um sie den Bedürftigen zu geben, meistens besaß sie nur das Kleid, das sie trug, und gegen Ende ihres Lebens war es schwierig, Arme zu finden, die ärmer waren als sie. Die Mildtätigkeit verwandelte sich in einen Hin- und Rückweg, und niemand wußte mehr, wer gab und wer empfing.

Sie wohnte in einem großen, heruntergekommenen dreistöckigen Haus, in dem mehrere Räume leerstanden und andere als Lager an einen Schnapsvertrieb vermietet waren, weshalb ein säuerlicher Gestank nach Saufgelage die Luft verpestete. Sie zog nicht fort aus diesem Haus, das sie von ihren Eltern geerbt hatte, weil es sie an ihre einstige Herkunft erinnerte und weil seit über vierzig Jahren ihr Ehemann lebendig begraben in einem Zimmer ganz hinten am Patio wohnte. Er war Richter gewesen, ein Amt, das er würdig versehen hatte, bis sein zweites Kind geboren wurde, bei dessen Anblick ihn der Mut verließ, sich seinem Geschick zu stellen, und er sich wie ein Maulwurf in der übelriechenden Höhle seines Zimmers verkroch. Er verließ es sehr selten und auch nur wie ein flüchtiger Schatten und öffnete die Tür bloß, um sein Nachtgeschirr hinauszusetzen und das Essen hereinzuholen, das seine Frau ihm jeden Tag hinstellte. Er verständigte sich mit ihr durch Zettel mit Notizen in seiner vollendeten Schönschrift und durch Schläge gegen die Tür, zwei für Ja und drei für

Nein. Durch die Wand seines Zimmers konnte man sein asthmatisches Hüsteln hören und dann und wann Seeräuberflüche, von denen man nicht sicher wußte, an wen sie gerichtet waren.

»Armer Mann, wollte doch Gott ihn nur recht bald zu sich rufen und im Chor der Engel singen lassen«, seufzte Clarisa ohne jede Spur von Böswilligkeit. Doch das höchst angebrachte Hinscheiden ihres Mannes gehörte nicht zu den von der göttlichen Vorsehung gewährten Gnaden, und so hat er sie bis heute überlebt, obwohl er schon über hundert Jahre alt sein muß, es sei denn, er ist gestorben und das Hüsteln und die Verwünschungen, die man hört, sind nur das Echo von gestern.

Clarisa hatte ihn geheiratet, weil er der erste war, der um sie anhielt, und weil ihren Eltern schien, ein Richter sei die bestmögliche Partie. Sie gab den maßvollen Wohlstand des elterlichen Heimes auf und fügte sich in den Geiz und die Gewöhnlichkeit ihres Mannes, ohne auf ein besseres Schicksal Anspruch zu erheben. Ein einziges Mal hörte ich von ihr eine Äußerung der Sehnsucht nach vergangenen feineren Annehmlichkeiten, als sie einen Flügel erwähnte, auf dem sie als Kind gern gespielt hatte. So erfuhren wir von ihrer Liebe zur Musik, und sehr viel später, als sie schon eine alte Dame war, schenkten wir ihr, einige Freunde und ich, ein Klavier. Bis dahin hatte sie fast sechzig Jahre lang keine Taste von nahem gesehen, aber sie setzte sich auf den Hocker und spielte aus dem Gedächtnis ohne zu stocken ein Nocturno von Chopin.

Zwei Jahre nach ihrer Heirat brachte sie eine Tochter zur Welt, die ein Albino war. Als sie eben laufen konnte, nahm ihre Mutter sie mit in die Kirche, und dort war die Kleine so geblendet von all dem Glanz und Prunk der Liturgie, daß sie zu Hause die Vorhänge herunterriß, um sich als Bischof zu verkleiden, und das einzige Spiel, das ihr Spaß machte, war, die Bewegungen des Priesters bei der Messe nachzuahmen und Lobgesänge in einem Latein ihrer eigenen Erfindung anzustimmen. Sie war hoffnungslos zurückgeblieben, stammelte Worte in einer Phantasiesprache, sabberte unaufhörlich und litt unter unkontrollierbaren Anfällen von Bösartigkeit, während deren man sie wie ein wildes Tier fesseln mußte, damit sie nicht die Möbel annagte oder ihre Angehörigen anfiel. Mit der Pubertät wurde sie ruhiger und half ihrer Mutter bei den häuslichen Arbeiten. Das zweite Kind, ein Sohn, kam mit einem sanften Mongolengesicht zur Welt, dem auch später jeder Ausdruck von Wißbegier abging. Die einzige Geschicklichkeit, die zu erwerben dem Sohn gelang, war das Balancehalten auf einem Fahrrad, aber das nützte ihm nicht viel, denn seine Mutter wagte niemals, ihn aus dem Haus zu lassen. So verbrachte er sein Leben damit, im Patio auf einem Fahrrad ohne Räder, das auf einem Ständer befestigt war, die Pedale zu treten.

Die Abnormität ihrer Kinder konnte Clarisas soliden Optimismus nicht antasten, sie betrachtete sie als reine Seelen, die gegen das Böse gefeit waren, und behandelte sie mit großer Zärtlichkeit. Ihre größte Sorge war es, sie unberührt von irdischen Leiden zu bewahren, und sie fragte sich oft, wer sich um sie kümmern sollte, wenn sie nicht mehr dasein würde. Der Vater dagegen sprach nie von ihnen, er hielt hartnäckig an dem Vorwand der zurückgebliebenen Kinder fest, um sich ganz der Schande zu überlassen, seine Arbeit, seine Freunde und sogar die frische Luft aufzugeben und sich in seinem Zimmer zu vergraben, wo er sich damit beschäftigte, mit der Geduld eines mittelalterlichen Mönches die Zeitungsnachrichten in dicke Notariatsaktenbände zu übertragen. Indessen verbrauchte seine Frau ihre Mitgift und ihre Erbschaft bis auf den letzten Céntimo und übernahm dann alle möglichen kleinen Tätigkeiten, um die Familie über Wasser zu halten. Die eigenen Nöte machten sie jedoch nicht taub gegen die Nöte anderer, und selbst in den schwersten Zeiten ihres Lebens vernachlässigte sie nicht ihre barmherzigen Werke.

Clarisa besaß ein unbegrenztes Verständnis für menschliche Schwächen. Eines Abends, sie war schon eine weißhaarige alte Frau, saß sie nähend in ihrem Zimmer, als sie ungewöhnliche Geräusche im Haus hörte. Sie stand auf, um nachzusehen, was da vor sich ging, aber sie kam nicht weit, denn in der Tür stieß sie mit einem Mann zusammen, der ihr sofort ein Messer an die Kehle setzte.

»Schweig still, alte Hure, oder ich stech dich auf der Stelle ab!« drohte er.

»Hier bist du falsch, mein Sohn, die Damen der Nacht sind auf der anderen Seite der Straße, da, wo die Musik spielt.«

»Mach keine Witze, dies ist ein Überfall!«

»Was sagst du?« Clarisa lächelte ungläubig. »Was willst du denn bei mir stehlen?«
»Setz dich auf den Stuhl da, ich will dich festbinden.«
»Kommt nicht in Frage, mein Sohn, ich könnte deine Mutter sein, also bitte ein bißchen Respekt!«
»Setz dich hin!«
»Schrei nicht rum, du wirst meinen Mann erschrekken, er hat eine schwache Gesundheit. Und steck mal das Messer weg, du könntest jemanden verletzen«, sagte Clarisa.
»Hören Sie, Señora, ich will Sie bestehlen«, murmelte der verwirrte Einbrecher.
»Nein, dies wird kein Diebstahl, ich lasse nicht zu, daß du eine Sünde begehst. Ich werde dir freiwillig ein wenig Geld geben. Du nimmst es mir nicht fort, ich gebe es dir, ist das klar?«
Und sie ging zu ihrer Handtasche und nahm das Geld heraus, das ihr für den Rest der Woche verblieben war. »Mehr hab ich nicht. Wir sind eine ziemlich arme Familie, wie du siehst. Komm jetzt mit in die Küche, ich will den Teekessel aufsetzen.«
Der Mann steckte das Messer weg und folgte ihr gehorsam mit dem Geld in der Hand. Clarisa brühte Tee für beide, holte ihre letzten Kekse hervor und lud ihn ein, im Wohnzimmer mit ihr Platz zu nehmen.
»Woher hattest du den merkwürdigen Einfall, mich arme Alte zu bestehlen?«
Der Einbrecher erzählte ihr, daß er sie seit Tagen beobachtet hatte, er glaubte, daß sie allein lebte, und hatte gedacht, in diesem großen Haus müßte es doch

einiges geben, das das Mitnehmen lohnte. Dies sei sein erster Überfall, sagte er, er habe vier Kinder, sei arbeitslos und könne nicht wieder mit leeren Händen nach Hause kommen. Sie machte ihm klar, in welch große Gefahr er sich begeben habe, er hätte nicht nur verhaftet werden, sondern sich sogar selbst zur Hölle verdammen können, wenn sie allerdings auch bezweifelte, daß Gott ihn so streng bestrafen würde, wahrscheinlich würde er lange im Fegefeuer verweilen müssen, immer vorausgesetzt, er bereute und wollte es nicht wieder tun. Sie bot ihm an, ihn in die Liste ihrer Schützlinge aufzunehmen, und versprach ihm, ihn nicht anzuzeigen. Sie verabschiedeten sich voneinander mit Küssen auf die Wangen. In den folgenden zehn Jahren bis zu Clarisas Tod schickte der Mann ihr jede Weihnachten mit der Post ein kleines Geschenk.
Clarisas Umgang bestand keineswegs nur aus Menschen dieses Schlages, sie war auch mit Leuten von Ansehen bekannt, mit Damen von Adel, reichen Kaufherren, Bankiers und Männern des öffentlichen Lebens, die sie besuchte, um von ihnen Hilfe für ihre Mitmenschen zu erbitten, wobei sie nicht lange darüber nachdachte, wie sie wohl empfangen würde. Eines Tages erschien sie im Büro des Abgeordneten Diego Cienfuegos, der für seine zündenden Reden berühmt war und dem man nachsagte, er sei einer der wenigen unbestechlichen Politiker des Landes, was ihn nicht hinderte, zum Minister aufzusteigen und als geistiger Vater eines bestimmten Friedensvertrages in die Geschichtsbücher einzugehen. Zu jener Zeit war

Clarisa noch jung und ein wenig schüchtern, aber sie besaß bereits dieselbe unnachgiebige Entschlossenheit, die sie im Alter auszeichnete. Sie ging zu dem Abgeordneten, um ihn zu bitten, er möge seinen Einfluß geltend machen, damit das Kloster der Theresianerinnen einen neuen Kühlschrank erhielte. Der Mann sah sie verblüfft an und konnte nicht begreifen, aus welchem Grunde er seinen ideologischen Gegnerinnen helfen sollte.

»Weil im Speisesaal der Nonnen jeden Tag hundert Kinder kostenlos zu Mittag essen, und fast alle sind Kinder der Kommunisten und der Protestanten, die für Sie stimmen«, erklärte Clarisa sanft.

So wurde zwischen beiden eine heimliche Freundschaft geboren, die dem Politiker manche schlaflose Nacht einbringen und vielerlei Gefälligkeiten abverlangen sollte. Mit der gleichen unabweislichen Logik erlangte sie von den Jesuiten Schulstipendien für Atheistenkinder, von der Aktion Katholischer Damen getragene Kleider für die Prostituierten ihres Viertels, vom Deutschnationalen Verein Musikinstrumente für ein Emigrantenorchester, von den reichen Winzern Geld für das Programm zur Bekämpfung des Alkoholismus.

Weder die Tatsache, daß ihr Ehemann in dem Mausoleum seines Zimmers lebendig begraben war, noch die kräftezehrende tägliche Arbeit verhinderten, daß Clarisa erneut schwanger wurde. Die Hebamme kündigte ihr an, sie werde höchstwahrscheinlich ein weiteres anormales Kind zur Welt bringen, aber Clarisa beruhigte sie mit dem Argument, Gott erhalte ein

gewisses Gleichgewicht im Universum aufrecht, und so wie er krumme Dinge erschaffe, erschaffe er auch gerade, für jede Tugend gebe es eine Sünde, für jede Freude eine Enttäuschung, für jedes Übel ein Gutes, und so gleiche sich durch die Jahrhunderte hindurch alles aus in dem ewigen Kreisen des Lebensrades.
»Das Pendel schwingt hin und her, mit unerbittlicher Genauigkeit«, sagte sie.
Clarisa ließ die Zeit ihrer Schwangerschaft in aller Seelenruhe dahingehen und schenkte einem dritten Kind das Leben. Sie wurde von der Hebamme zu Hause entbunden und hielt ihr Wochenbett in der Gesellschaft ihrer behinderten Kinder ab, der arglosen, lächelnden Geschöpfe, die ganz von ihren Spielen in Anspruch genommen waren, die eine in ihrer Bischofspracht Kauderwelsch plappernd, der andere auf einem unbeweglichen Fahrrad nach Nirgendwo fahrend. Bei dieser Gelegenheit hatte sich die Waagschale im richtigen Sinne geneigt, um die Harmonie der Schöpfung zu bewahren, und ein kräftiger Junge war geboren worden, mit wachen Augen und festen Händen, den die Mutter dankbar an die Brust legte. Vierzehn Monate später brachte Clarisa einen weiteren Sohn zur Welt, der genauso normal war wie der zuvor geborene.
»Die zwei werden gesund heranwachsen und mir helfen, für die beiden andern zu sorgen«, entschied sie, getreu ihrer Lehre vom Ausgleich, und so geschah es auch, denn die jüngeren Kinder wurden schlank und gerade wie Zuckerrohr und reich mit Gutherzigkeit begabt.

Wie sie es auch immer bewerkstelligte, Clarissa schaffte es, die vier Kinder ohne die Hilfe ihres Mannes großzuziehen und ohne ihrem Stolz der großen Dame etwas zu vergeben, indem sie etwa Almosen für sich selbst verlangt hätte. Nur wenige wußten von ihren finanziellen Nöten. Mit derselben Beharrlichkeit, mit der sie in den Nächten Stoffpuppen nähte oder Hochzeitstorten buk, kämpfte sie gegen den Verfall ihres Hauses, dessen Wände eine grünliche Feuchtigkeit auszuschwitzen begannen; sie prägte ihren beiden Jüngsten ihre Grundsätze von Frohsinn und Großmut ein, mit so glänzendem Erfolg, daß sie in den kommenden Jahrzehnten ihr immer zur Seite blieben und die Last der älteren Geschwister mit ihr trugen, bis diese eines Tages im Badezimmer durch ausströmendes Gas in eine andere Welt versetzt wurden.

Der Besuch des Papstes fand statt, als Clarisa fast achtzig war – allerdings war es nicht einfach, die genaue Zahl ihrer Jahre zu bestimmen, denn sie übertrieb sie aus purer Koketterie, nur um zu hören, wie gut sie sich gehalten hatte für die fünfundneunzig, die sie vorgab. Ihr Lebensmut war ungebrochen, nur der Körper versagte den Dienst, das Gehen fiel ihr schwer, sie fand sich in den Straßen nicht zurecht, sie hatte keinen Appetit und aß schließlich nur wie ein Vögelchen. Ihre Seele löste sich von ihr in dem Maße, wie ihr Flügel wuchsen, aber die Vorbereitungen zum Papstbesuch gaben ihr die Begeisterung für die weltlichen Ereignisse zurück. Sie lehnte es strikt ab, sich die Nachrichten im Fernsehen anzuschauen, denn sie empfand tiefstes Mißtrauen gegenüber diesem Apparat. Sie war überzeugt, daß selbst die Landung der Astronauten auf dem Mond ein in einem Hollywoodstudio gefilmter Schwindel sei, genauso wie sie einen mit diesen Geschichten betrogen, in denen die Darsteller zum Schein sich liebten oder starben und eine Woche später mit denselben Gesichtern wieder auftauchten und von anderen Schicksalsschlägen heimgesucht wurden. Clarisa wollte den Heiligen Vater mit eigenen Augen sehen, dann konnten sie ihr auf dem Bildschirm nicht einen Schauspieler in Papstgewändern vorsetzen, und so mußte ich sie begleiten, damit sie ihm auf seinem Zug durch die Straßen zuwinken konnte. Nach etwa zwei Stunden, in denen wir uns gegen eine riesige Menschenmenge von Gläubigen und von Händlern mit Kerzen, bedruckten Hemden, Heiligenbildchen und Plastikheiligen behaupten mußten, konnten wir den Heiligen Vater herannahen sehen, prächtig in einem tragbaren Glaskasten, wie ein weißer Tümmler in einem Aquarium. Clarisa fiel auf die Knie und war in Gefahr, von den fanatischen Massen und der Eskorte zertreten zu werden. In diesem Augenblick, der Papst war nur noch einen Steinwurf von uns entfernt, tauchte aus einer Seitenstraße eine Gruppe von Männern auf, die als Nonnen verkleidet waren, die Gesichter ungeschickt geschminkt, und die Transparente trugen, auf denen das Recht auf Abtreibung, auf Scheidung, auf Homophilie gefordert wurden und das Recht der Frau, das Priesteramt auszuüben. Clarisa tastete mit zitternder Hand in ihrer Tasche, fand ihre Brille und setzte sie auf, um sich zu vergewissern, daß sie keiner Sinnestäuschung erlegen war.

»Gehen wir, Tochter, ich habe zuviel gesehen«, sagte sie mit bleichem Gesicht.

Sie war so außer Fassung, daß ich ihr anbot, um sie abzulenken, ihr ein Haar des Papstes zu kaufen, aber sie wollte es nicht, weil man ja doch nicht sicher sein konnte, ob es echt war. Die Zahl der von den Händlern angebotenen kapillaren Reliquien war so groß, daß sie ausgereicht hätte, einige Deckbetten zu füllen, wie eine sozialistische Zeitung schätzte.

»Ich bin zu alt, ich verstehe die Welt nicht mehr, Tochter. Das beste ist, ich gehe heim.«

Sie kam völlig ermattet zu Hause an, das Dröhnen der Glocken und die Jubelrufe hallten noch in den Adern wider. Ich ging in die Küche, um für den Richter eine Suppe zu kochen und Wasser aufzusetzen, damit ich ihr einen Kamillentee aufbrühen konnte, vielleicht würde der sie ein wenig beruhigen. Mit einem Gesicht voller Kummer richtete Clarisa alles in der gehörigen Ordnung an und brachte ihrem Ehemann das letzte Essen. Sie stellte das Tablett vor die geschlossene Tür und rief ihn das erste Mal seit über vierzig Jahren.

»Wie oft habe ich gesagt, ihr sollt mich nicht belästigen!« protestierte die altersbrüchige Stimme des Richters.

»Entschuldige, Lieber, ich wollte dir nur Bescheid geben, daß ich sterben werde.«

»Wann?«

»Am Freitag.«
»Ist gut«, und die Tür blieb verschlossen.
Clarisa ließ ihre Söhne holen, um sie von ihrem nahen Ende zu unterrichten, und legte sich dann zu Bett. Es stand in einem großen, dunklen Zimmer mit schweren geschnitzten Mahagonimöbeln, die es nicht schafften, Antiquitäten zu werden, weil sie auf dem Wege dorthin immer schadhafter wurden. Auf der Kommode stand ein Glaskästchen mit einem Jesuskind aus Wachs, das von einem bemerkenswerten Realismus war, es sah aus wie ein frischgebadetes Baby.
»Ich würde mich freuen, wenn du das Kindchen behalten würdest, damit du für es sorgst, Eva.«
»Sie dürfen einfach nicht ans Sterben denken, machen Sie mir doch nicht solche Angst!«
»Du mußt es in den Schatten stellen, wenn die Sonne darauf scheint, schmilzt es. Es hat sich fast ein Jahrhundert gehalten und kann noch ein zweites überdauern, wenn du es vor dem Klima schützt.«
Ich frisierte ihr das schüttere Haar hoch, schmückte es mit einem Band und setzte mich neben sie, bereit, ihr in diesem schwierigen Augenblick beizustehen, ohne genau zu wissen, was eigentlich vor sich ging, denn der Szene fehlte jeder Gefühlsaufwand, als ginge es in Wirklichkeit nicht um Sterben, sondern um eine friedliche Erkältung.
»Es wäre wohl gut, wenn ich beichtete, was meinst du, Tochter?«
»Welche Sünden könnten Sie schon begangen haben, Clarisa!«

»Das Leben ist lang und hat Zeit genug für das Böse, Gott steh uns bei.«

»Sie kommen geradenwegs in den Himmel, wenn es einen Himmel gibt.«

»Natürlich gibt es ihn, aber es ist nicht so sicher, daß sie mich hineinlassen. Die sind da sehr streng«, murmelte sie. Und nach einer Pause fügte sie hinzu: »Wenn ich meine Sünden durchgehe, sehe ich doch, daß es da eine ziemlich schwere Schuld gibt...«

Mich überlief es kalt, ich fürchtete schon, diese alte Frau mit dem Nimbus der Heiligen würde mir erzählen, sie habe absichtlich ihre zurückgebliebenen Kinder beseitigt, um die göttliche Gerechtigkeit zu fördern, oder sie glaube nicht an Gott und habe sich den guten Werken auf dieser Welt nur deshalb gewidmet, weil auf der Waagschale ihr dieses Los zugefallen war, um das Böse anderer auszugleichen, das Böse, das seinerseits bedeutungslos war, weil alles Teil desselben unendlichen Prozesses ist. Aber nichts derart Dramatisches gestand mir Clarisa. Sie wandte ihr Gesicht zum Fenster und sagte errötend, sie habe sich geweigert, ihre ehelichen Pflichten zu erfüllen.

»Was heißt das denn?« fragte ich.

»Nun ja... ich meine, ich habe mich geweigert, die fleischlichen Wünsche meines Ehemannes zu befriedigen, verstehst du?«

»Nein, das versteh ich nicht.«

»Wenn eine Frau dem Ehemann ihren Körper verweigert und er der Versuchung verfällt, bei einer anderen Frau Erleichterung zu finden, trägt die Frau die moralische Verantwortung.«

»Ich sehe schon. Der Richter geht fremd, und der Sünder sind Sie.«
»Nein, nein. Mir scheint, wir würden es beide sein; danach müßte man sich erkundigen.«
»Hat der Ehemann seiner Frau gegenüber dieselben Pflichten?«
»Was?«
»Ich meine, wenn Sie einen anderen Mann gehabt hätten, würde dann Ihr Ehemann auch der Schuldige sein?«
»Was dir aber auch für Sachen einfallen, Tochter!« Sie sah mich verdutzt an.
»Machen Sie sich keine Sorgen. Wenn das Ihre schlimmste Sünde ist, daß Sie dem Richter Ihren Körper vorenthalten haben, wird Gott dies eher spaßig finden, da bin ich sicher.«
»Ich glaube nicht, daß Gott für diese Dinge Humor aufbringt.«
»An der göttlichen Vollkommenheit zweifeln ist eine große Sünde, Clarisa.«
Sie sah so gesund aus, daß es schwerfiel, an ihren nahen Tod zu glauben, aber ich nahm an, daß die Heiligen im Gegensatz zu den gewöhnlichen Sterblichen die Macht haben, ohne Furcht und im vollen Besitz ihrer geistigen Kräfte zu sterben. Clarisas Ansehen war so fest gegründet, daß viele versicherten, sie hätten einen Lichtkreis um ihren Kopf gesehen und in ihrer Gegenwart himmlische Musik gehört, und deswegen überraschte es mich auch nicht, als ich sie auskleidete, um ihr das Nachthemd anzuziehen, daß ich auf ihren Schultern zwei entzündete Beulen

entdeckte, als wären sie im Begriff, aufzubrechen und ein Paar Engelsflügel freizugeben.
Die Nachricht, daß Clarisa im Sterben lag, verbreitete sich rasch. Ihre Söhne und ich mußten uns um einen nicht abreißenden Strom von Menschen kümmern, die kamen, Clarisa um ihre Vermittlung im Himmel für die oder jene Gefälligkeit zu bitten, oder die sich einfach verabschieden wollten. Viele hofften, daß in ihren letzten Augenblicken ein bedeutsames Wunder geschehen würde, daß sich etwa der üble Geruch nach schimmligen Flaschen, der das Haus erfüllte, in Kamelienduft verwandeln oder daß ihr Leib, von tröstlichen Strahlen umgeben, aufleuchten würde. Unter ihnen erschien auch ihr Freund, der Bandit, der seinen Kurs nicht berichtigt hatte und ein echter Professioneller geworden war. Er setzte sich neben das Bett der Sterbenden und erzählte ihr seine Abenteuer ohne eine Spur von Reue.
»Mir geht es sehr gut. Jetzt breche ich nur noch in die Häuser vom feinen Viertel ein. Ich beraube die Reichen, und das ist keine Sünde. Ich habe nie Gewalt brauchen müssen, ich arbeite sauber, wie ein Gentleman«, erklärte er mit einem gewissen Stolz.
»Ich werde viel für dich beten müssen, mein Sohn.«
»Bete nur, Großmütterchen, das kann mir gewiß nicht schaden.«
Auch die Señora kam tiefbetrübt, um von ihrer lieben Freundin Abschied zu nehmen, und brachte einen Blumenkranz und Gewürzkuchen mit, um zur Totenwache etwas beizusteuern. Meine alte Patrona er-

kannte mich nicht, aber ich hatte keine Schwierigkeiten, sie wiederzuerkennen, denn sie hatte sich nicht allzusehr verändert, sie sah noch recht gut aus, trotz ihrer Beleibtheit, ihrer Perücke und der verrückten Plastikschuhe mit goldenen Sternen drauf. Im Gegensatz zu dem Einbrecher konnte sie Clarisa erzählen, daß ihre Ratschläge von einst auf fruchtbaren Boden gefallen waren und sie sich zur wohlanständigen Christin gewandelt hatte.
»Erzählen Sie das dem heiligen Petrus, damit er mich aus dem schwarzen Buch streicht«, bat sie.
»Was für eine furchtbare Enttäuschung werden all diese guten Leute erleben, wenn ich in den Kesseln der Hölle schmoren werde, statt in den Himmel zu kommen«, seufzte die Sterbende, als ich endlich die Tür schließen konnte, damit sie sich ein wenig ausruhte.
»Wenn das wirklich geschehen sollte, wird es hier niemand erfahren, Clarisa.«
»Das ist auch besser so.«
Vom Morgengrauen an versammelte sich am Freitag eine Menschenmenge auf der Straße, und nur mit schwerer Mühe konnten Clarisas Söhne verhindern, daß die Gläubigen das Haus überschwemmten, um sich irgendeine Reliquie anzueignen, von Tapetenfetzen, die sie von den Wänden rissen, bis zu der spärlichen Kleidung der Heiligen. Clarisa verfiel jetzt sichtlich, und zum erstenmal sah ich Anzeichen, daß sie ihren Tod ernst nahm. Gegen zehn Uhr hielt vor dem Haus eine blaue Limousine mit dem Regierungskennzeichen. Der Fahrer half einem alten

Herrn beim Aussteigen, den die Menge sofort erkannte. Es war Don Diego Cienfuegos, der nach so vielen Jahren Dienst im öffentlichen Leben eine hochgestellte Persönlichkeit geworden war. Clarisas Söhne gingen hinaus, um ihn zu empfangen, und begleiteten ihn bei seinem beschwerlichen Aufstieg in den zweiten Stock. Als Clarisa ihn im Türrahmen stehen sah, belebte sie sich auf wunderbare Weise, die Röte kehrte in ihre Wangen zurück und der Glanz in ihre Augen.
»Bitte schick alle aus dem Zimmer und laß uns allein«, flüsterte sie mir ins Ohr.
Zwanzig Minuten später öffnete sich die Tür, und Don Diego trat heraus, mit schleppendem Gang und nassen Augen, sehr mitgenommen und tief gebeugt, aber lächelnd. Clarisas Söhne, die ihn auf dem Flur erwarteten, nahmen ihn erneut in die Mitte, um ihn die Treppe hinunterzuführen, und da, als ich sie so nebeneinander sah, bestätigte sich mir etwas, was mir schon früher aufgefallen war. Diese drei Männer hatten das gleiche Auftreten, das gleiche Profil, die gleiche gelassene Sicherheit, die gleichen wachen Augen und festen Hände. Ich wartete, bis sie die Treppe hinabgestiegen waren, und kehrte zu meiner Freundin zurück. Ich ging an das Bett, um ihr die Kopfkissen aufzuschütteln, und sah, daß auch sie, wie ihr Besucher, unter Lächeln weinte.
»Don Diego war Ihre schwerste Sünde, stimmt's?« flüsterte ich ihr zu.
»Das war keine Sünde, Tochter. Wir haben nur Gott geholfen, die Waage des Schicksals ins Gleichgewicht

zu bringen. Und du siehst ja, wie großartig uns das gelungen ist, denn für zwei zurückgebliebene Kinder hatte ich zwei gesunde, die sie pflegen konnten.«
In dieser Nacht starb Clarisa ohne Angst. Am Krebs, stellte der Arzt fest, als er ihre Flügelkokons sah; aus Heiligkeit, verkündeten die Frommen, die mit Kerzen und Blumen dichtgedrängt auf der Straße standen; vor Bestürzung, sage ich, denn ich war mit ihr zusammen, als uns der Papst besuchte.

Krötenmaul

Es waren harte Zeiten im Süden. Nicht im Süden dieses Landes, sondern im Süden des Kontinents, wo die Jahreszeiten vertauscht sind und wo der Winter nicht zur Weihnachtszeit kommt wie in den zivilisierten Gegenden, sondern in der Jahresmitte wie in den barbarischen Regionen. Steine, Pampasgras und Eis, endlos weite Ebenen, die nach Feuerland zu in einen Kranz von Inseln zerbröckeln, Berggipfel der schneebedeckten Kordillere, die in der Ferne den Horizont abschließen, Stille, die hier seit dem Beginn der Zeiten herrscht und die nur bisweilen von dem unterirdischen Seufzen der Gletscher gebrochen wird, wenn sie langsam zum Meer abgleiten. Zu Beginn des Jahrhunderts gab es hier nichts, was die Engländer hätten forttragen können, aber sie erhielten die Genehmigung, Schafe zu züchten. In wenigen Jahren vermehrten sich die Tiere in solchem Maße, daß sie von fern aussahen wie auf dem Boden eingefangene Wolken, sie fraßen alles auf, was wuchs, und zertrampelten die letzten Heiligtümer der Eingeborenenkultur. An diesem Ort schlug Hermelinda sich mit Phantasiespielen durchs Leben.

Mitten auf dem Ödland erhob sich wie eine vergessene Torte das große Haus der Viehzüchtercompagnie, umgeben von einem lächerlichen Rasen, den die Frau des Verwaltungsdirektors erbittert gegen die Unbilden des Klimas verteidigte. Sie konnte sich nicht damit abfinden, fern vom Herzen des britischen Empires zu leben, und zog sich nach wie vor täglich zum Abendessen um, das sie mit ihrem Mann einnahm, einem phlegmatischen, ganz dem Stolz veralteter Traditionen verhafteten Herrn. Die einheimischen Arbeiter, die Peones, wohnten in den Lagerbaracken, von ihren Vorgesetzten getrennt durch Gehege aus stachligen Sträuchern und Wildrosen, die vergeblich versuchten, die Unermeßlichkeit der Pampa auszuschließen und für die Fremden die Illusion sanfter englischer Gefilde zu schaffen.

Beaufsichtigt von den Wachleuten der Verwaltung, gepeinigt von der Kälte, oft monatelang ohne eine anständige Suppe, fristeten die Peones ihr unseliges Dasein so schutzlos wie das ihnen anvertraute Vieh. An den Abenden gab es immer einen, der zur Gitarre griff, und dann war die Luft von gefühlsschweren Liedern erfüllt. Der Mangel an Liebe drückte so hart, obwohl der Koch Feuerstein ins Essen gab, um das Verlangen des Körpers und den Drang der Erinnerungen zu dämpfen, daß die Peones den Schafen beilagen und sogar hin und wieder einer Robbe, wenn eine sich der Küste näherte und es gelang, sie zu fangen. Diese Tiere haben große Euter wie Mutterbrüste, und wenn man ihnen das Fell abzieht, solange sie warm und zitternd am Leben sind, kann ein sehr bedürftiger Mann die Augen schließen und sich einbilden, er umarmte eine Sirene.

Trotz dieser Mißlichkeiten hatten die Arbeiter mehr Spaß als ihre Chefs dank den recht unmanierlichen Spielen Hermelindas. Sie war die einzige junge Frau in dem ganzen riesigen Gebiet dieses Landes, abgesehen von der englischen Dame, die das Rosengehege nur durchritt, um Hasen zu schießen, und bei diesen Gelegenheiten konnte man allenfalls den Schleier ihres Hutes ausmachen inmitten einer höllischen Staubwolke und des wilden Gekläffs ihrer Jagdhunde. Hermelinda dagegen war eine greifbar nahe und eindeutig als solche zu erkennende Frau mit einer kühnen Blutmischung in den Adern und einem hervorragenden Talent zum Festefeiern. Sie hatte dieses Trostgewerbe aus schierer schlichter Berufung gewählt, ihr gefielen die Männer im allgemeinen und viele im besonderen. Sie herrschte unter ihnen wie eine Bienenkönigin. Sie liebte an ihnen den Geruch der Arbeit und des Verlangens, die rauhe Stimme, den Dreitagebart, den kraftvollen und ihren Frauenhänden zugleich so schutzlos ausgelieferten Körper, die kämpferische Natur und das arglose Herz. Sie kannte die trügerische Stärke und die äußerste Schwäche ihrer Kunden, aber sie nutzte keinen dieser Zustände aus, im Gegenteil, sie erbarmte sich beider.

In ihrem ungezähmten Charakter gab es Züge mütterlicher Zärtlichkeit, und oft traf man sie nachts an, wie sie Flicken auf ein Hemd nähte, ein Huhn für einen Kranken kochte oder Liebesbriefe an ferne Bräute schrieb. Sie werkelte für ihr Glück auf einer mit Rohwolle gefüllten Matratze unter einem löchrigen Zinkdach, das Flöten- und Oboenmusik aufspielte, wenn der Wind hindurchfuhr. Sie hatte festes Fleisch und eine makellose Haut, lachte gern und war ganz und gar furchtlos, was entschieden mehr war, als ein verstörtes Schaf oder eine arme gehäutete Robbe zu bieten hatten. In jeder Umarmung, mochte sie auch noch so kurz sein, zeigte sie sich als eifrige und ausgelassene Freundin. Der Ruf ihrer ausdauernden Reiterschenkel und ihrer unverwüstlichen Brüste hatte sich über sechshundert Kilometer wilder Provinz verbreitet, und ihre Liebhaber kamen von weither, um eine Weile ihre Gesellschaft zu genießen. An den Freitagen kamen sie so stürmisch angaloppiert aus so ferngelegenen Gegenden, daß ihre schaumbedeckten Pferde entkräftet zu Boden stürzten. Die englischen Chefs hatten den Genuß von Alkohol verboten, aber Hermelinda wußte Abhilfe und braute heimlich einen Schnaps, mit dem sie die Gemüter ihrer Gäste aufheiterte und ihre Lebern zugrunde richtete – er diente auch dazu, ihre Lampen in der Stunde der Vergnüglichkeiten zum Brennen zu bringen. Die Wetten begannen nach der dritten Runde Schnaps, wenn es keiner mehr fertigbrachte, den Blick oder den Verstand scharf einzustellen. Hermelinda hatte das Mittel entdeckt, wie sie sicheren Gewinn erzielen konnte, ohne zu mogeln. Neben den Karten und den Würfeln kannten die Männer noch andere Spiele, und der einzige Preis war sie. Ihr gaben die Verlierer ihr Geld, und die Gewinner gaben es ihr auch, doch sie erhielten das Recht, sich eine Weile ihrer Gesellschaft zu erfreuen, eine sehr kurze Weile, ohne Kniffe und ohne Präliminarien, und nicht, weil es ihr an gutem Willen gefehlt hätte, sondern weil sie einfach nicht genug Zeit hatte, sich allen sorgfältiger zu widmen. Die Teilnehmer am »Blinden Huhn« zogen die Hosen aus, behielten aber die Jakken und die lammfellgefütterten Stiefel an und die Mützen auf, um sich gegen die antarktische Kälte zu schützen, die durch die Bretter pfiff. Sie verband ihnen die Augen, und die Jagd begann. Bisweilen schwoll der Lärm so an, daß Gelächter und Keuchen über die Rosen hinweg durch die Nacht flogen und den Engländern in den Ohren klangen, die unerschütterlich sitzenblieben und so taten, als wäre das nur der launische Wind draußen in der Pampa, während sie bedachtsam weiter ihre letzte Tasse Ceylontee tranken, bevor sie zu Bett gingen. Der erste, der Hermelinda zu fassen bekam, stieß einen frohlockenden Hahnenschrei aus und pries sein Glück, während er sie in die Arme schloß.

»Die Schaukel« war ein anderes ihrer Spiele. Hermelinda setzte sich auf ein Brett, das an zwei Seilen von der Decke hing. Die bedrängenden Blicke der Männer herausfordernd, zog sie die Beine an, und alle konnten sehen, daß sie unter ihrem gelben Unterrock nichts anhatte. Die Spieler, in einer Reihe aufgebaut, hatten nur einmal die Gelegenheit, sie anzuspringen, und wer sein Ziel erreichte, sah sich zwischen den Schenkeln der Schönen gefangen, in einem Wirbel von Röcken geschwenkt, kräftig durchgerüttelt und schließlich zum Himmel hochgehoben. Aber nur wenige schafften das, die meisten wälzten sich auf dem Boden unter dem schallenden Gelächter der übrigen.

Bei dem Spiel »Die Kröte« konnte ein Mann in fünfzehn Minuten seinen Monatslohn verlieren. Hermelinda zog auf dem Fußboden einen Kreidestrich und zeichnete vier Schritt davon entfernt einen großen Kreis, in den sie sich niederlegte, die Knie gespreizt, die Beine golden schimmernd im Licht der Schnapslampen. Dann erschien die dunkle Mitte ihres Leibes, offen wie eine Frucht, wie ein fröhliches Krötenmaul, während die Luft im Raum dick und heiß wurde. Die Spieler stellten sich hinter dem Kreidestrich auf und warfen zielsuchend ihre Münze. Einige waren erfahrene Werfer, die ein verschrecktes Schaf in vollem Lauf aufhalten konnten, indem sie ihm zwei in einen Riemen geflochtene Steinkugeln zwischen die Beine schleuderten, aber Hermelinda verstand es, unmerklich ihren Körper zu verschieben und zu entschlüpfen, damit die Münze im letzten Augenblick das Ziel verfehlte. Diejenigen, die in dem Kreidekreis landeten, gehörten ihr. Wenn eine in die Pforte gelangte, gewährte Hermelinda ihrem Besitzer den Schatz des Sultans: zwei Stunden hinter dem Vorhang mit ihr allein, in vollkommener Lustbarkeit, wo er Trost fand für alles vergangene Elend und von den Freuden des Paradieses träumen konnte. Wer diese kostbaren zwei Stunden erlebt hatte, der sagte, Hermelinda kenne uralte Liebesgeheimnisse und sei fähig, einen Mann bis an die Schwelle seines Todes zu führen und ihn in einen Weisen verwandelt zurückzuholen.

Bis zu dem Tag, an dem Pablo der Asturier auftauchte, hatten nur wenige diese beiden wunderbaren Stunden gewonnen, wenn auch manche etwas Ähnliches genossen hatten, aber nicht für ein paar Centavos, sondern für die Hälfte ihres Lohns. Inzwischen hatte Hermelinda ein kleines Vermögen angehäuft, aber der Gedanke, sich in ein schicklicheres Leben zurückzuziehen, war ihr noch nie gekommen, sie hatte ja im Grunde viel Spaß an ihrer Arbeit und war stolz auf die paar Glücksstrahlen, die sie den Peones bieten konnte. Pablo war ein hagerer Mann mit den Knochen eines Huhns und den Händen eines Kindes, aber seinem Äußeren widersprach die ungeheure Hartnäckigkeit seines Charakters. Neben der üppigen, heiteren Hermelinda wirkte er wie ein mickriger Griesgram, aber wer dachte, wenn er ihn so kommen sah, er könne sich ein Weilchen auf seine Kosten lustig machen, erlebte eine unangenehme Überraschung. Der kleine Fremde reagierte wie eine Viper auf die erste Herausforderung und war bereit, sich mit jedem zu schlagen, der sich ihm in den Weg stellte, doch die Prügelei erledigte sich, bevor sie angefangen hatte, denn Hermelindas erste Regel lautete: Unter meinem Dach wird nicht gerauft. Als Pablos Würde ein für allemal anerkannt war, beruhigte er sich. Er hatte ein entschlossenes und etwas düsteres Gesicht, und wenn er sprach, fiel sofort sein spanischer Akzent auf. Er hatte sein Vaterland auf der Flucht vor der Polizei verlassen und lebte vom Schmuggel quer durch die Hohlpässe der Anden. Bisher war er ein mürrischer und streitsüchtiger Einzelgänger gewesen, der sich um Klima, Schafe und Engländer nicht scherte. Er fühlte sich niemandem und nichts zugehörig und erkannte weder Liebe noch Pflichten an, aber er war nicht mehr sehr jung, und die Einsamkeit nistete sich in seinem Gemüt ein. Manchmal, wenn er morgens auf dem gefrorenen Erdboden erwachte, eingehüllt in seinen schwarzen spanischen Umhang, den Kopf auf dem Sattel ruhend, fühlte er im ganzen Körper Schmerzen. Es waren nicht die Schmerzen steifgewordener Muskeln, sie rührten von Verlassenheit her und von ständig wachsender Traurigkeit. Er war es leid, wie ein Wolf umherzustreifen, aber ebensowenig lag ihm an friedlicher Häuslichkeit. Er war in diese Gegend gekommen, weil er hatte reden hören, am Rande der Welt gebe es eine Frau, die fähig sei, die Richtung des Windes zu ändern, und die wollte er mit eigenen Augen sehen. Die riesige Entfernung und die Gefahren des Weges hatten ihn nicht davon abbringen können, und als er endlich in der Kneipe stand und Hermelinda in Reichweite vor sich sah, da erkannte er, daß sie aus demselben dauerhaften Metall geschaffen war wie er, und er entschied, nach einer so langen Reise wäre es höchst unvernünftig, ohne sie weiterzuleben. Er setzte sich in einen Winkel, um sie aufmerksam zu beobachten und seine Möglichkeiten abzuwägen.

Der Asturier besaß eine Kehle und einen Magen aus Stahl und konnte eine ganze Reihe von Gläsern von Hermelindas Schnaps leeren, ohne daß ihm die Augen übergingen. Er lehnte es ab, sich auszuziehen für den »Reigen des heiligen Michael«, für das »Mandandirun-dirun-dán« oder für andere Wettspiele, die er einfach kindisch fand, aber am Schluß des Abends, als der Höhepunkt, die »Kröte«, an der Reihe war, schüttelte er die letzten Spuren des Alkohols ab und gesellte sich zu der Gruppe der Männer, die vor dem Kreidekreis standen. Hermelinda erschien ihm schön und wild wie eine Berglöwin. Er spürte, wie der Jagdinstinkt in ihm aufflammte, und der vage Schmerz des Verlassenseins, der ihm auf dem ganzen Weg quälend in den Knochen gesessen hatte, wich einer sicheren Vorfreude. Er sah die Beine in den kurzen Stiefeln, die gestrickten Strümpfe, die unter den Knien mit Gummibändern gehalten wurden, die langen Glieder und die gespannten Muskeln dieser goldschimmernden Beine zwischen den weiten gelben Röcken, und er wußte, daß er hier eine einzigartige Gelegenheit hatte, sie zu erobern. Er nahm Aufstellung, stemmte die Füße fest auf den Boden und wiegte den Oberkörper, bis er seine Achse gefunden hatte, und mit einem Blick wie ein Messer lähmte er die Frau auf ihrem Platz und zwang sie, von ihren Schlängeltricks abzustehen. Oder vielleicht spielten sich die Dinge gar nicht so ab, vielleicht war sie es, die ihn unter den übrigen auserwählt hatte, um ihn mit ihrer Gesellschaft zu beschenken. Pablo kniff prüfend die Augen zusammen, ließ allen Atem aus der Brust strömen, und nach einigen Sekunden tiefster Konzentration warf er die Münze. Alle sahen, wie sie einen vollendeten Bogen beschrieb und sauber und genau ins Ziel traf. Eine Beifallssalve und neidische Pfiffe feierten die Heldentat. Gleichmütig richtete der Schmuggler seinen Gürtel, machte drei große Schritte nach vorn, packte die Frau bei der Hand und stellte sie auf die Füße – er war entschlossen, ihr in genau zwei Stunden zu beweisen, daß auch sie nicht mehr auf ihn verzichten konnte. Er zerrte sie fast hinaus, und die Zurückbleibenden vergnügten sich damit, zu trinken und auf ihre Uhren zu sehen, bis die Zeit der Belohnung um war, aber weder Hermelinda noch der Fremde erschienen wieder. Drei Stunden vergingen, vier, die ganze Nacht verging, es dämmerte, die Glocke der Verwaltung rief zur Arbeit, doch die Tür öffnete sich nicht.

Am Mittag kamen die Liebenden aus Hermelindas Zimmer. Pablo wechselte mit niemandem einen Blick, er ging und sattelte sein Pferd, dazu eins für Hermelinda und ein Maultier für das Gepäck. Hermelinda trug Hosen und eine warme Jacke, und an ihrem Gürtel hing ein Segeltuchbeutel, gestopft voll mit Münzen. Sie hatte einen neuen Ausdruck in den Augen, und ihr denkwürdiges Hinterteil schaukelte befriedigt. Beide ordneten umsichtig ihre Siebensachen auf den Rücken der Tiere, und dann saßen sie auf und ritten davon. Hermelinda winkte ihren untröstlichen Verehrern zum Abschied noch einmal flüchtig zu und folgte Pablo, dem Asturier, in die öden Weiten, ohne zurückzublicken. Sie kam niemals wieder.

So groß war die Betrübnis über Hermelindas Weggang, daß die Viehzuchtcompagnie, um ihre Arbeiter zu zerstreuen, Schaukeln anbrachte, kleine und große Pfeile kaufte, womit sie ins Ziel schießen konnten, und aus London sogar eine riesige Kröte aus bemaltem Ton kommen ließ, mit offenem Maul, damit die Peones ihre Treffsicherheit im Münzenwerfen verfeinerten. Aber der allgemeinen Gleichgültigkeit wegen schmückten am Ende diese Spielzeuge die Terrasse der Verwaltung, wo die Engländer sie noch immer benutzen, um die Langeweile zu bekämpfen, wenn es Abend wird.

Das Gold des Tomás Vargas

Bevor der große Krakeel mit dem Fortschritt anfing, pflegte jeder, der ein bißchen was gespart hatte, es einzugraben, das war die einzige Art, Geld aufzubewahren, die die Leute kannten. Später jedoch faßten sie Vertrauen zu den Banken. Als die Autostraße gebaut war und man mit dem Bus leichter in die Stadt kam, wechselten sie ihre Gold- und Silbermünzen gegen gedrucktes Papier ein und legten es in Geldkassetten, als wäre es ein Schatz. Tomás Vargas wollte sich darüber totlachen, an dieses System glaubte er einfach nicht. Die Zeit gab ihm recht, denn als die Herrschaft des Großen

Wohltäters zu Ende war – sie hatte etwa dreißig Jahre gedauert –, da waren die Scheine nichts mehr wert, und viele klebten schließlich als Verzierung an den Wänden, zum schmählichen Gedenken an die Einfalt ihrer Besitzer. Während alle übrigen Briefe an den neuen Präsidenten und an die Zeitungen schrieben und sich über den Massenbetrug mit dem neuen Geld beklagten, verwahrte Tomás Vargas seine Goldstücke in einem sicheren Grab, was allerdings seinen Geiz ebensowenig milderte wie seine Schnorrerallüren. Er war ein Mensch ohne Anstand, er pumpte sich Geld ohne die Absicht, es zurückzugeben, und ließ seine Kinder hungern und seine Frau in Lumpen gehen, während er selbst Hüte aus Lamahaar trug und Kavalierszigarren rauchte. Er zahlte nicht einmal das Schulgeld, seine sechs ehelichen Kinder wurden kostenlos unterrichtet, weil die Lehrerin Inés entschied, solange sie noch ihren gesunden Verstand und genug Kraft zum Arbeiten hatte, sollte kein Kind des Dorfes ein Analphabet bleiben. Auch im Alter war Tomás Vargas noch immer ein Streithahn, Säufer und Weiberheld. Er war stolz darauf, der größte Macho der Gegend zu sein, wie er auf dem Platz öffentlich ausposaunte, wenn sich im Rausch sein Verstand vernebelte und er aus vollem Halse die Namen der Mädchen verkündete, die er verführt hatte, und die unehelichen Bälger nannte, die mit seinem Blut in den Adern herumliefen. Wenn man ihm glauben wollte, hatte er an die dreihundert, denn bei jedem derartigen Ausbruch brüllte er andere Namen. Die Polizei führte ihn mehrmals ab, und der Teniente selbst verpaßte ihm ein paar Hiebe mit der flachen Klinge aufs Gesäß, um zu sehen, ob sich sein Charakter nicht auffrischen ließe, aber das brachte nicht mehr Wirkung als die Ermahnungen des Pfarrers. Im Grunde respektierte er nur Riad Halabí, den Ladenbesitzer, und den riefen deshalb auch die Nachbarn, wenn sie den Verdacht hatten, daß ihm vor lauter Wohlleben die Hand ausgerutscht war und er seine Frau und seine Kinder prügelte. In solchen Fällen verließ der Araber seinen Ladentisch so eilig, daß er nicht einmal daran dachte, die Tür abzuschließen, und erschien, außer Atem vor gerechtem Unwillen, im Haus der Vargas, um Ordnung zu schaffen. Er brauchte aber nicht viel zu sagen, dem Alten genügte es, ihn kommen zu sehen, um friedlich zu werden. Riad Halabí als einziger war imstande, diesen alten Strolch zu beschämen.

Antonia Sierra, Vargas' Frau, war sechsundzwanzig Jahre jünger als er. Mit vierzig war sie schon sehr verbraucht, hatte kaum noch einen gesunden Zahn im Mund, und ihr abgehärteter Mulattenkörper war von der Arbeit, den Geburten und den Fehlgeburten außer Form geraten, doch bewahrte sie noch Spuren ihres früheren Selbstbewußtseins, eine Art, mit hocherhobenem Kopf und geradem Kreuz zu gehen, einen Hauch ehemaliger Schönheit und einen ungeheuren Stolz, der jeden Versuch erstickte, sie etwa zu bemitleiden. Die Stunden reichten ihr kaum, ihr Tagwerk zu erledigen, denn sie hatte nicht nur ihre Kinder zu versorgen und sich um den Garten und die Hühner zu kümmern, sie verdiente sich auch ein paar

Pesos, indem sie das Essen für die Polizisten kochte, fremder Leute Wäsche wusch und in der Schule saubermachte. Bisweilen war ihr Körper von blauen Flecken übersät, und wenn auch niemand fragte, wußte doch ganz Agua Santa, daß ihr Mann sie wieder geschlagen hatte. Nur Riad Halabí und die Lehrerin Inés getrauten sich, ihr heimlich und unter Entschuldigungen, um sie nicht zu kränken, dies und jenes zu schenken – etwas Kleidung, Nahrungsmittel, Hefte und Obstsäfte für die Kinder.
Viele Demütigungen mußte Antonia Sierra von ihrem Mann hinnehmen, aber die schlimmste war wohl die, daß er ihr in ihrem eigenen Haus eine Nebenfrau aufzwang.

Concha Díaz kam mit einem Lastwagen der Erdölgesellschaft nach Agua Santa, und sie sah so kläglich und bejammernswert aus wie ein Gespenst. Der Fahrer hatte sich ihrer erbarmt, als er sie barfuß am Straßenrand stehen sah mit ihrem Bündel über der Schulter und dem dicken Bauch der Schwangeren. Wenn die Lastwagen durch das Dorf fuhren, hielten sie immer beim Laden an, daher war Riad Halabí der erste, der von der Sache erfuhr. Er sah sie durch die Tür treten, und an der Art, wie sie ihren Packen vor dem Ladentisch fallen ließ, wurde ihm sofort klar, daß sie nicht auf der Durchreise war, dieses Mädchen war gekommen, um Klage zu erheben. Sie war sehr jung, braun, kleinwüchsig, mit einem dichten Schopf krauser, in der Sonne verschossener Haare, durch die offenbar schon lange kein Kamm mehr gefahren war.

Wie Riad Halabí es bei allen Besuchern tat, bot er ihr einen Stuhl und einen Ananassaft an und machte sich bereit, der Aufzählung ihrer Abenteuer oder Mißgeschicke zuzuhören, aber das Mädchen beschränkte sich vorläufig darauf, sich schniefend die Nase mit den Fingern abzuwischen und beharrlich zu Boden zu blicken, während ihr die Tränen sacht die Wangen hinabrannen, aber dann endlich brach ein ganzer Schwall von Vorwürfen aus ihr heraus. Erst nach und nach gelang es dem Araber zu verstehen, daß sie Tomás Vargas sprechen wollte, und er schickte auch sogleich nach ihm, der natürlich in der Kneipe saß. Er erwartete ihn in der Tür, packte ihn beim Arm und zog ihn vor die Fremde, ohne ihm Zeit zu lassen, sich von dem Schreck zu erholen.
»Das junge Mädchen sagt, das Baby ist von dir!« Riad Halabí sprach in jenem besonders leisen Ton, den er anschlug, wenn er empört war.
»Das kann sie nicht beweisen, Araber. Wer die Mutter ist, das weiß man immer, aber über den Vater kann man sich nie sicher sein«, erwiderte Vargas zwar verdattert, aber dreist genug, sich ein leichtes durchtriebenes Zwinkern zu erlauben, das keiner zu würdigen bereit war. Nun begann die junge Frau mit Hingabe zu weinen und schluchzte, sie wäre nicht so weit gereist, wenn sie nicht genau wüßte, wer der Vater sei. Riad Halabí fragte Vargas, ob er sich nicht schäme, er sei alt genug, um der Großvater des Mädchens zu sein, und wenn er denke, das Dorf werde wieder einmal für seine Sünden einstehen, dann irre er sich, und was stelle er sich überhaupt vor, aber als

das Geheul des Mädchens immer lauter wurde, fügte er das hinzu, was alle schon vorausgesehen hatten.

»Ist ja gut, Kind, beruhige dich«, sagte er. »Du kannst eine Zeitlang in meinem Haus bleiben, zumindest bis zur Geburt des Kleinen.«

Doch Concha Díaz schluchzte noch wütender und erklärte, sie werde nirgendwo bleiben außer bei Tomás Vargas, deshalb sei sie schließlich gekommen. Der ganze Laden hielt den Atem an, eine lang andauernde Stille trat ein, man hörte nur die Ventilatoren an der Decke und das Schniefen des Mädchens, und keiner wagte ihr zu sagen, daß der Alte verheiratet war und sechs Kinder hatte. Endlich packte Vargas das Bündel der Reisenden und half ihr aufstehen.

»In Ordnung, Conchita, wenn du das willst, gibt es nichts mehr zu reden. Wir gehen sofort zu mir nach Hause«, sagte er.

So kam es, daß Antonia Sierra, als sie von ihrer Arbeit heimkehrte, eine andere Frau in ihrer Hängematte schlafend vorfand, und zum erstenmal schaffte ihr Stolz es nicht, ihre Gefühle zu verbergen. Ihre Schmähungen flogen über die Hauptstraße, das Echo drang bis auf den Platz und in alle Häuser und verkündete, Concha Díaz sei eine schmutzige Ratte und Antonia Sierra werde ihr das Leben unmöglich machen, bis sie sie in die Gosse zurückgeschickt habe, aus der sie nie hätte herauskommen dürfen, und wenn sie glaube, ihre Kinder würden mit einer schamlosen Hündin unter einem Dach wohnen, dann werde sie eine Überraschung erleben, denn sie, Antonia, sei doch nicht blöde, und ihr Mann solle nur lieber sehr vorsichtig sein, denn sie habe viel Leid und Enttäuschung heruntergeschluckt, alles der Kinder wegen, der armen Unschuldslämmer, aber nun sei Schluß, nun würden alle sehen, wer Antonia Sierra war. Die große, laute Wut hielt eine Woche an, danach wurde aus dem Geschrei ein ständiges leises Murren. Antonia Sierra verlor die letzte Spur ihrer Schönheit, ihr verblieb nicht einmal der gerade Gang, sie schleppte sich wie ein geprügelter Hund. Die Nachbarn versuchten ihr klarzumachen, daß diese ganze schmutzige Angelegenheit nicht Conchas, sondern Vargas' Schuld sei, aber sie war nicht dazu aufgelegt, sich Ratschläge zur Mäßigung oder Gerechtigkeit anzuhören.

Das Leben im Haus dieser Familie war noch nie erfreulich gewesen, aber mit der Ankunft der Nebenfrau hatte es sich in ein Unwetter ohne Ruhepause verwandelt. Antonia verbrachte die Nacht, Verwünschungen ausstoßend, zusammengekauert im Bett ihrer Kinder, während nebenan ihr Mann mit dem Mädchen im Arm schnarchte. Kaum zeigte sich die Sonne, mußte sie aufstehen, Kaffee kochen und Maisbrötchen backen, die Kinder zur Schule schikken, sich um Garten und Hühner kümmern, für die Polizisten kochen und danach waschen und bügeln. Sie erledigte alle diese Arbeiten wie ein Automat, während ihre Seele unablässig von Bitterkeit überströmte. Da sie sich weigerte, ihrem Mann zu essen zu geben, übernahm Concha das, aber erst, wenn die andere aus dem Haus war, um nicht mit ihr vor dem Küchenherd zusammenzustoßen. So groß war Antonia Sierras Haß, daß einige Leute im Dorf fürchteten, sie werde am Ende ihre Nebenbuhlerin umbringen, und Riad Halabí und die Lehrerin Inés baten, sie möchten doch einschreiten, ehe es zu spät sei.

Jedoch, die Dinge entwickelten sich ganz anders. Nach zwei Monaten glich Conchas Bauch einem Kürbis, ihre Beine waren so geschwollen, daß die Venen zu platzen drohten, und sie weinte unaufhörlich, weil sie sich so allein und verängstigt fühlte. Tomás Vargas hatte die ewigen Tränen satt und beschloß, nur noch zum Schlafen nach Hause zu gehen. Nun war es nicht mehr nötig, daß die Frauen sich beim Kochen abwechselten, Concha verlor den letzten Ansporn, sich anzuziehen, lag den ganzen Tag in der Hängematte und starrte an die Decke, sie hatte nicht mal Lust, sich einen Kaffee aufzubrühen. Antonia übersah sie den ganzen ersten Tag, aber am Abend schickte sie ihr mit einem der Kinder einen Teller Suppe und ein Glas heiße Milch, damit keiner sagen konnte, sie lasse in ihrem Haus jemanden verhungern. Der Vorgang wiederholte sich ein paarmal, und nach kurzer Zeit stand Concha auf, um mit den anderen zu essen. Antonia tat, als sähe sie sie nicht, aber sie hörte immerhin auf, jedesmal Beleidigungen vor sich hinzumurmeln, wenn die andere in ihre Nähe kam. Es dauerte nicht mehr lange, und das Mitleid hatte sie besiegt. Als sie sah, daß das Mädchen täglich dünner wurde, eine armselige Vogelscheuche mit einem ungeheuren Bauch und tiefen Ringen unter den Augen, fing sie an, ihre Hühner zu schlachten, eins nach dem andern, um ihr Suppe zu kochen, und als ihr die Vögel ausgingen, tat sie etwas, was sie bisher noch nie getan hatte, sie ging Riad Halabí um Hilfe bitten.

»Sechs Kinder hab ich gehabt und mehrere Fehlgeburten, aber nie hab ich jemanden gesehn, der von der Schwangerschaft so krank wird«, sagte sie errötend. »Sie ist nur noch Haut und Knochen, Araber, sie kriegt das Essen nicht herunter und bricht es gleich wieder aus. Mich geht's ja nichts an, ich hab damit überhaupt nichts zu tun, aber was soll ich ihrer Mutter sagen, wenn sie mir stirbt? Ich möchte nicht, daß später einer kommt und von mir Rechenschaft verlangt.«

Riad Halabí fuhr die Kranke in seinem Lieferwagen ins Krankenhaus, und Antonia begleitete sie. Sie kehrten mit einer Tüte voller verschiedenfarbiger Pillen und mit einem neuen Kleid für Concha zurück, denn das ihre ging ihr nicht mehr über den Bauch. Das Unglück der anderen Frau brachte Antonia dazu, Szenen aus ihrer eigenen Jugend wieder aufleben zu lassen, die Erinnerung an ihre erste Schwangerschaft und an die Gewalttätigkeiten, die sie erlitten hatte. Gegen ihren eigenen Willen wünschte sie, daß Conchas Zukunft nicht so düster sein möge wie ihr eigenes Leben. Sie empfand nicht mehr Wut, sondern stillschweigendes Mitgefühl und begann sie zu behandeln wie eine auf Abwege geratene Tochter, mit einer schroffen Autorität, die kaum ihre Zuneigung verhehlen konnte. Die junge Frau war entsetzt über die abscheulichen Veränderungen in ihrem Körper, die nicht zu steuernde, ständig zunehmende

Unförmigkeit, die Scham, dauernd Wasser lassen zu müssen und zu watscheln wie eine Gans, sie konnte den Ekel vor sich selbst kaum beherrschen und wäre am liebsten gestorben. Oftmals war sie schon frühmorgens sehr elend und konnte nicht aufstehen, dann teilte Antonia die Kinder ein, wie sie sich bei Conchas Pflege abwechseln sollten, während sie selbst ihre Arbeiten in aller Eile erledigte, um so früh wie möglich zurückzukommen und sie versorgen zu können. An anderen Tagen wieder fühlte Concha sich beim Erwachen kräftiger, und wenn Antonia erschöpft heimkam, fand sie das Essen fertig und das Haus geputzt. Das Mädchen brachte ihr einen Kaffee und wartete neben ihr stehend, bis sie ihn getrunken hatte, und ihr Blick war der eines dankbaren Tieres.

Das Kind wurde im Krankenhaus der Stadt geboren, weil es nicht zur Welt kommen wollte und sie Concha aufschneiden mußten, um es herauszuholen. Antonia blieb die ganzen acht Tage bei ihr, während die Lehrerin Inés sich um ihre Kinder kümmerte. Die beiden Frauen kehrten in Riad Halabís Lieferwagen zurück, und ganz Agua Santa strömte herbei, um sie willkommen zu heißen. Die Mutter stieg lächelnd aus, während Antonia mit freudigem Großmuttergehabe das Neugeborene herumzeigte und kundgab, es werde Riad Vargas Díaz genannt werden, in gerechter Ehrung des Arabers, denn ohne seine Hilfe wäre die Mutter nicht rechtzeitig ins Krankenhaus gekommen, und außerdem hatte er die Kosten übernommen, als der Vater den Tauben spielte und sich noch betrunkener als üblich stellte, um sein Gold nicht ausgraben zu müssen.

Noch bevor zwei Wochen vergangen waren, verlangte Tomás Vargas von dem Mädchen, sie solle in seine Hängematte zurückkehren, obwohl sie eine noch frische Narbe hatte und eine Binde trug, aber Antonia Sierra stellte sich vor ihn hin, die Hände in die Hüften gestemmt und zum erstenmal in ihrem Leben entschlossen, dem Alten seine Willkür nicht durchgehen zu lassen. Vargas wollte an seinen Gürtel greifen, um ihn abzuschnallen und ihr die gewohnten Hiebe zu verabreichen, aber sie ließ ihn die Bewegung nicht zu Ende bringen und ging mit solcher Wildheit auf ihn los, daß er verdutzt zurückwich. Dieses Schwanken war sein Verderben, denn jetzt wußte sie, wer der Stärkere war. Inzwischen hatte Concha ihren Sohn in eine Ecke gelegt und schwang einen schweren Steinguttopf in der offenkundigen Absicht, ihn dem Alten auf den Kopf zu schmettern. Vargas begriff, daß er im Nachteil war, und rannte fluchend aus dem Haus. Ganz Agua Santa erfuhr, was vorgefallen war, denn er selbst erzählte es den Mädchen im Bordell, die im übrigen sagten, Vargas könne ja gar nicht mehr, und all sein Zuchthengstgeprahle sei pure Aufschneiderei und durch rein gar nichts begründet.

Von diesem Zwischenfall an änderten sich die Dinge. Concha Díaz erholte sich rasch, und während Antonia Sierra arbeiten ging, besorgte sie die Kinder und übernahm die Aufgaben in Haus und Garten. Tomás Vargas schluckte den Verdruß hinunter und kehrte bescheiden zu seiner Hängematte zurück, in der er keine Gesellschaft mehr bekam. Er linderte seinen Groll, indem er die Kinder schlecht behandelte, und erklärte in der Kneipe, Frauen seien wie die Maultiere und verständen nur Prügel, aber zu Hause versuchte er nie wieder, eine der beiden anzurühren. Wenn er betrunken war, prahlte er lauthals mit den Vorteilen der Doppelehe, und der Priester mußte mehrere Sonntage darauf verwenden, ihn von der Kanzel aus zu widerlegen, damit der Gedanke im Dorf nicht Wurzel faßte und die jahrelang gepredigte christliche Tugend der Einehe zum Teufel ging.

In Agua Santa konnte man es dulden, daß ein Mann seine Familie mißhandelte, ein Faulenzer und ein Radaubruder war und geborgtes Geld nicht zurückgab, aber Spielschulden waren heilig. Bei den Hahnenkämpfen wurden die Geldscheine sauber gefaltet zwischen den Fingern gehalten, wo alle sie sehen konnten, und beim Domino, beim Würfeln oder beim Kartenspiel lagen sie auf dem Tisch zur Linken des Spielers. Bisweilen blieben die Fahrer der Erdölgesellschaft für ein paar Pokerrunden hängen, und wenn sie auch ihr Geld nicht offen zeigten, bezahlten sie doch, ehe sie weiterfuhren, bis auf den letzten Céntimo. Sonnabends kamen die Wachen vom Gefängnis Santa María, um das Bordell zu besuchen und in der Kneipe ihren Wochenlohn zu verspielen. Nicht einmal sie – die größere Banditen waren als die Gefangenen unter ihrer Fuchtel – wagten es, zu spielen, wenn sie nicht zahlen konnten. Keiner verletzte diese Regel.

Tomás Vargas wettete oder setzte nicht, aber er sah gern den Spielern zu, er konnte stundenlang beim Domino gaffend danebensitzen, und er verfolgte im Radio die Lotterienummern, obwohl er nie ein Los kaufte. Vor dieser Versuchung schützte ihn sein kolossaler Geiz. Als jedoch unter der beinharten Verschwörung der beiden Frauen sein männlicher Schwung endgültig dahinschwand, wurde er mit einemmal regelrecht spielwütig. Anfangs freilich setzte er nur ein paar jämmerliche Céntimos, und nur die ärmsten Säufer willigten ein, sich mit ihm an einen Tisch zu setzen, aber er hatte mit den Karten mehr Glück als mit seinen Frauen, und bald packte ihn die Erregung des leichtverdienten Geldes, und sein schäbiger Charakter wurde nach und nach morsch bis ins Mark. In der Hoffnung, durch einen einzigen Glücksfall reich zu werden und nebenbei – vermittels der trügerischen Ausstrahlung dieses Triumphes – sein gedemütigtes Ansehen als tüchtiger Hengst zurückzugewinnen, begann er die Einsätze zu erhöhen. Bald maßen sich auch die beherzteren Spieler mit ihm, und die übrigen standen im Kreis drum herum, um die Wechselfälle der jeweiligen Begegnung zu verfolgen. Tomás Vargas legte das Geld nicht ausgebreitet auf den Tisch, wie es üblich war, aber er bezahlte, wenn er verlor. Bei ihm zu Hause wuchs die Armut, und nun mußte auch Concha arbeiten gehen. Die Kinder blieben allein, und die Lehrerin Inés mußte ihnen zu essen geben, damit sie nicht durch das Dorf liefen und das Betteln lernten.

Die Dinge spitzten sich für Tomás Vargas zu, als er

die Herausforderung des Teniente annahm und ihm nach sechs Stunden zweihundert Pesos abgewonnen hatte. Der Offizier beschlagnahmte den Sold seiner Untergebenen, um die Schlappe zu bezahlen. Er war ein gut gebauter Schwarzhaariger mit einem Walroßschnurrbart und stets offenstehender Uniformbluse, damit die Mädchen seine behaarte braune Brust und seine Goldkettensammlung würdigen konnten. Niemand schätzte ihn in Agua Santa, denn er war ein Mann von unberechenbarem Charakter und maßte sich die Befugnis an, Gesetze nach seiner Laune und seinem Vorteil zu erfinden. Vor seinem Kommen war das Gefängnis nichts als zwei Räume gewesen, in denen man die Nacht nach einer Rauferei verbrachte – nie gab es schwere Verbrechen in Agua Santa, und die einzigen Übeltäter, die man hier sehen konnte, waren die Gefangenen, wenn sie auf der Fahrt nach Santa María durch das Dorf kamen –, aber der Teniente sorgte dafür, daß keiner das Arrestlokal ohne eine kräftige Tracht Prügel verließ. Ihm war es zu verdanken, daß die Leute das Gesetz zu fürchten begannen. Er war entrüstet über den Verlust der zweihundert Pesos, aber er reichte das Geld anstandslos hin, sogar mit einer gewissen eleganten Verachtung, denn nicht einmal er, bei all seiner Macht, wäre vom Tisch aufgestanden, ohne zu bezahlen.
Tomás Vargas prahlte zwei Tage lang mit seinem Sieg, bis der Teniente ihm eröffnete, er erwarte ihn kommenden Sonnabend zur Revanche. Diesmal werde der Einsatz tausend Pesos betragen, teilte er ihm in so

endgültigem Ton mit, daß Vargas sich an die Hiebe auf sein Hinterteil erinnerte und nicht wagte, sich zu weigern. Am Sonnabendnachmittag war die Kneipe brechend voll. In der Enge und der Hitze konnte man kaum mehr atmen, und so wurde der Tisch auf die Straße gestellt, damit alle das Spiel mitansehen konnten. Nie zuvor war in Agua Santa soviel Geld im Einsatz gewesen, und damit auch alles ehrlich zuging, wurde Riad Halabí als Schiedsrichter berufen. Er verlangte als erstes, daß die Zuschauer sich in zwei Schritt Entfernung hielten, um jede Mogelei auszuschließen, und daß der Teniente und die Polizisten ihre Waffen auf der Wache ließen.
»Bevor wir anfangen, müssen beide Spieler ihr Geld auf den Tisch legen«, sagte der Schiedsrichter.
»Mein Wort genügt, Araber«, erwiderte der Teniente.
»In dem Fall genügt mein Wort auch«, fügte Tomás Vargas hinzu.
»Wie werden Sie bezahlen, wenn Sie verlieren?« wollte Riad Halabí wissen.
»Ich besitze ein Haus in der Hauptstadt, wenn ich verliere, hat Vargas morgen die Besitzurkunde.«
»In Ordnung. Und du?«
»Ich bezahle mit dem Gold, das ich vergraben habe.«
Das Spiel war das aufregendste Ereignis im Dorf seit vielen Jahren. Ganz Agua Santa, Greise und Kinder eingeschlossen, war auf der Straße versammelt. Einzig Antonia Sierra und Concha Díaz fehlten. Weder der Teniente noch Tomás Vargas genossen die gering-

ste Zuneigung, also war es den Leuten egal, wer gewann; der Spaß bestand darin, die Ängste der Spieler zu erraten und zu sehen, wer auf wen gewettet hatte. Zugunsten von Tomás Vargas sprach die Tatsache, daß er bisher Glück mit den Karten gehabt hatte, aber der Teniente hatte den Vorteil der Kaltblütigkeit und seinen Ruf als Draufgänger für sich.
Um sieben Uhr abends endete die Partie, und gemäß den festgesetzten Regeln erklärte Riad Halabí den Teniente zum Sieger. Im Triumph wahrte der Polizist die gleiche Ruhe, wie er sie am vergangenen Sonnabend in der Niederlage gezeigt hatte, kein spöttisches Lächeln, kein unpassendes Wort, er saß einfach ruhig auf seinem Stuhl und stocherte sich mit dem Nagel seines kleinen Fingers in den Zähnen.
»Schön, Vargas, die Stunde ist gekommen, wo du deinen Schatz ausgraben mußt«, sagte er, als das Geschrei der Zuschauer sich einigermaßen gelegt hatte.
Tomás Vargas' Haut war aschfahl geworden, sein Hemd war schweißgetränkt, und die Luft schien in seinem Mund hängenzubleiben, er konnte sie nicht einatmen. Zweimal versuchte er aufzustehen, aber seine Knie gaben nach. Riad Halabí mußte ihn stützen. Endlich raffte er alle Kraft zusammen und setzte sich auf die Landstraße zu in Bewegung, gefolgt vom Teniente, den Polizisten, dem Araber und der Lehrerin Inés, und dahinter kam das ganze Dorf in lärmender Prozession. Sie gingen etwa zwei Meilen, dann wandte sich Vargas nach rechts und drang in das Gewucher der gefräßigen Vegetation ein, die Agua

Santa umgab. Da war kein Weg, aber er brach sich ohne großes Zögern Bahn zwischen den gewaltigen Bäumen und den riesigen Farnen, bis er den Rand einer Schlucht erreichte, die kaum zu erkennen war, denn der Urwald stand davor wie eine undurchdringliche Wand. Hier blieb die Menge stehen, während Vargas mit dem Teniente hinabstieg. Es herrschte eine feuchte, erstickende Hitze, obwohl die Sonne bald untergehen mußte. Vargas machte ein Zeichen, daß er allein sein wollte, ließ sich auf alle viere hinab und verschwand kriechend unter einigen Philodendren mit großen, fleischigen Blättern. Eine lange Minute verging, bis man seinen Klageschrei hörte. Der Teniente stürzte sich in das Blätterwerk, packte ihn bei den Knöcheln und zerrte ihn heraus.
»Was ist los?«
»Es ist weg, es ist weg!«
»Was heißt, es ist weg?«
»Ich schwöre, Teniente, ich weiß es nicht, sie haben es gestohlen, sie haben mir meinen Schatz gestohlen!« Und er fing an zu heulen wie eine Witwe und war so verzweifelt, daß er die Fußtritte gar nicht spürte, die ihm der Leutnant verpaßte.
»Du Scheißkerl! Du wirst bezahlen! Bei deiner Mutter, du wirst mir bezahlen!«
Riad Halabí rutschte schluchtabwärts und riß ihm sein Opfer aus den Händen, ehe er es zu Brei schlagen konnte. Dann redete er dem Teniente zu, er solle sich beruhigen, denn mit Prügeln würden sie den Fall nicht lösen, und schließlich half er dem Alten den Abhang hinauf. Tomás Vargas zitterte und schlot-

terte vor Entsetzen über sein Unglück, er erstickte schier vor Schluchzen und wankte und schwankte so kraftlos, daß der Araber ihn den ganzen Rückweg fast tragen mußte, bis er ihn endlich in seinem Haus absetzte. Vor der Tür saßen Antonia Sierra und Concha Díaz auf Stühlen aus Strohgeflecht, tranken Kaffee und sahen zu, wie die Nacht hereinbrach. Sie gaben keinerlei Zeichen der Bestürzung, als sie erfuhren, was vorgefallen war, und schlürften ungerührt weiter ihren Kaffee.
Tomás Vargas hatte über eine Woche hohes Fieber, er phantasierte von Goldstücken und gezinkten Karten, aber er hatte eine widerstandsfähige Natur, und statt vor Kummer zu sterben, wie alle vermutet hatten, wurde er wieder gesund. Als er aufstehen konnte, wagte er sich mehrere Tage nicht aus dem Haus, aber schließlich siegte seine Lust am Herumbummeln über seine Klugheit, er nahm seinen Hut und ging, immer noch zittrig und verschreckt, in die Kneipe. In dieser Nacht kam er nicht heim, und zwei Tage später brachte jemand die Nachricht, er liege erschlagen in derselben Schlucht, in der er seinen Schatz versteckt hatte. Sie fanden ihn von Machetehieben zerteilt wie Schlachtvieh, und alle hatten gewußt, daß es eines Tages, früher oder später, so mit ihm enden würde.
Antonia Sierra und Concha Díaz beerdigten ihn ohne jedes Anzeichen von Untröstlichkeit und ohne mehr Gefolge als Riad Halabí und die Lehrerin Inés, die mitgingen, um sie zu begleiten, und nicht, um dem Mann die letzte Ehre zu erweisen, den sie zu seinen Lebzeiten verachtet hatten. Die beiden Frauen blie-

ben zusammen, entschlossen, einander beim Aufziehen der Kinder und dem tagtäglichen Auf und Ab zur Seite zu stehen. Kurz nach dem Begräbnis kauften sie Hühner, Kaninchen und Schweine, fuhren mit dem Bus in die Stadt und kehrten mit Kleidung für die ganze Familie zurück. Im selben Jahr besserten sie das Haus mit nagelneuen Brettern aus und bauten zwei Räume an, dann stellten sie einen Gasherd auf und richteten eine Speiseküche ein zum Verkauf frei Haus. Jeden Mittag zogen sie mit allen Kindern los, um ihre Gerichte im Gefängnis, in der Schule und in der Post zu verteilen, und wenn Portionen übrig waren, ließen sie die auf dem Ladentisch Riad Halabís, damit er sie den Lastwagenfahrern anbieten konnte. Und so kamen sie aus dem Elend heraus und betraten den Weg zum Wohlstand.

Wenn du an mein Herz rührtest

Amadeo Peralta wuchs in der Sippe seines Vaters auf und wurde ein Draufgänger wie alle Männer seiner Familie. Sein Vater war der Meinung, Studieren sei etwas für Duckmäuser – man braucht keine Bücher, um im Leben obenauf zu sein, sondern Mumm und Gerissenheit, sagte er, und deshalb erzog er seine Kinder zur Härte. Irgendwann jedoch entdeckte er, daß die Welt sich änderte, und zwar ziemlich schnell, und daß seine Geschäfte stabilerer Grundlagen bedurften, um sicher zu sein. Die Zeit der ungenierten Räuberei war der Korruption und der verdeckten Ausplünderung gewichen, nun war es geraten, den Reichtum unter moderneren Gesichtspunkten zu verwalten und das Image aufzubessern. Er rief seine Söhne zusammen und gab ihnen den Auftrag, mit einflußreichen Persönlichkeiten Freundschaft zu schließen und legale Geschäftsführung zu lernen, damit ihr Vermögen sich weiterhin vermehrte, ohne daß sie in Gefahr gerieten, gegen Gesetze zu verstoßen. Er trug ihnen auch auf, sich Frauen unter den ältesten Familien zu suchen, und dann wollte er doch mal sehen, ob sie es nicht schafften, den Namen Peralta von all der Besudelung durch Dreck und Blut reinzuwaschen.

Amadeo war inzwischen zweiunddreißig Jahre alt geworden, und es war ihm eine liebe Gewohnheit, Mädchen zu verführen und dann zu verlassen, daher schmeckte ihm die Vorstellung, sich zu verheiraten, nicht im geringsten, aber er wagte es nicht, seinem Vater ungehorsam zu sein. Er bemühte sich also um die Tochter eines Großgrundbesitzers, dessen Familie seit sechs Generationen auf demselben Grund und Boden saß. Obwohl sie den üblen Ruf ihres Freiers kannte, nahm sie seine Werbung an, denn sie war wenig anziehend und fürchtete, eine alte Jungfer zu werden. Für die beiden begann nun eines dieser langweiligen Provinzverlöbnisse. Amadeo, der sich in einem weißen Leinenanzug und glänzend gewienerten Stiefeln höchst unbehaglich fühlte, besuchte sie jeden Tag, unter den wachsamen Blicken der zukünftigen Schwiegermutter oder einer Tante, und während die Señorita Kaffee und Guaventörtchen anbot, schielte er auf die Uhr und rechnete aus, wann er sich schicklicherweise verabschieden konnte.

Ein paar Wochen vor der Hochzeit mußte Amadeo Peralta eine Geschäftsreise in die Provinz machen. So kam er nach Agua Santa, einem jener Orte, wo man nicht lange bleibt und an dessen Namen man sich später nicht erinnert. Es war die Stunde der Siesta, er ging durch eine enge Gasse und verfluchte die Hitze und den süßlichen Geruch nach Mangomarmelade, der schwer in der Luft hing, als er plötzlich einen kristallklaren Klang vernahm, wie Wasser, das durch Steine rieselt. Er kam von einem bescheidenen Haus, dessen Farbe durch Sonne und Regen abgeblättert war wie bei fast allen Häusern hier im Ort. Durch das Gitter sah er einen dunkelgefliesten Hausflur mit weißgetünchten Wänden, dahinter einen Patio und in dem Patio das überraschende Bild eines Mädchens, das mit gekreuzten Beinen auf der Erde saß und einen Psalter aus hellem Holz auf den Knien hielt. Er stand eine Weile und beobachtete sie.

»Komm her, Kleine!« rief er schließlich.

Sie hob den Kopf, und trotz der Entfernung konnte er die verwunderten Augen und das unsichere Lächeln in einem noch kindlichen Gesicht erkennen.

»Komm zu mir«, befahl, flehte Amadeo mit heiserer Stimme.

Sie zögerte. Die letzten Töne ihres Psalters schwebten in der Luft des Patios wie eine Frage. Peralta rief sie erneut, da stand sie auf und kam heran, er steckte den Arm zwischen die Gitterstäbe, schob den Riegel zurück, öffnete die Tür und faßte sie bei der Hand, wobei er ihr sein ganzes Liebhaberrepertoire aufsagte, ihr schwor, er habe sie in seinen Träumen gesehen, sein ganzes Leben lang habe er sie gesucht, er könne sie nicht gehen lassen, sie sei die Frau, die für ihn bestimmt sei, lauter schöne Sprüche, die er hätte lassen können, denn das Mädchen war schlichten Geistes und begriff den Sinn seiner Worte gar nicht, aber vielleicht verführte sie der Klang seiner Stimme. Hortensia war gerade fünfzehn Jahre alt geworden, und ihr Körper war reif für die erste Umarmung, wenn sie es auch nicht wußte und der bebenden inneren Unruhe keinen Namen geben konnte. Für ihn war es so leicht, sie zu seinem Wagen zu bringen und mit ihr zu einem ungestörten Plätzchen zu fahren, daß er sie eine Stunde später bereits vergessen hatte. Er konnte sich auch nicht an sie erinnern, als sie nach einer Woche plötzlich in seinem Haus auftauchte, hundertvierzig Kilometer von Agua Santa entfernt, in einem gelben Baumwollkittel und Leinenschuhen, ihren Psalter unter dem Arm, von Liebesfieber glühend.

Siebenundvierzig Jahre später, als Hortensia aus der Grube geborgen wurde, in der sie begraben gewesen war, und die Reporter aus allen Teilen des Landes angereist kamen, um sie zu fotografieren, wußte sie selbst weder ihren Namen, noch wie sie hier hergeraten war.

»Weshalb haben Sie sie eingesperrt gehalten wie ein wildes Tier?« Mit solchen Fragen wurde Amadeo Peralta von den Reportern bedrängt.

»Weil es mir so paßte«, erwiderte er ruhig. Er war

inzwischen achtzig und so klar im Kopf wie nur je, aber er begriff nicht diesen späten Aufruhr wegen etwas, was vor so langer Zeit geschehen war.

Er war nicht geneigt, Erklärungen abzugeben. Er war ein Mann des befehlsgewaltigen Wortes, ein Patriarch und Urgroßvater, niemand getraute sich, ihm in die Augen zu sehen, und selbst die Priester grüßten ihn mit geneigtem Haupt. In seinem langen Leben hatte er das von seinem Vater ererbte Vermögen vermehrt, hatte sich allen Bodens von den Ruinen des spanischen Forts bis an die Grenzen des Staates bemächtigt und sich dann zu einer politischen Laufbahn entschlossen, die ihn zur mächtigsten Persönlichkeit des Gebietes machte. Er hatte die häßliche Tochter des Großgrundbesitzers geheiratet, hatte mit ihr neun legitime Sprößlinge und mit anderen Frauen eine unbestimmte Anzahl von Bastarden gezeugt, ohne sich auch nur an eine zu erinnern, denn sein Herz war für die Liebe verkrüppelt. Die einzige, die er nicht ganz beiseite schieben konnte, war Hortensia, denn sie haftete in seinem Bewußtsein wie ein ständiger Albtraum. Nach der kurzen Begegnung zwischen den Farnen eines wuchernden Urwalds war er nach Hause, an seine Arbeit und zu seiner faden Braut aus ehrenwerter Familie zurückgekehrt. Hortensia war es, die ihn gesucht hatte, bis sie ihn fand, sie war es gewesen, die sich ihm in den Weg gestellt, sich an ihn gehängt hatte mit der beängstigenden Unterwürfigkeit einer Sklavin. So ein Ärger, hatte er gedacht, ich bin drauf und dran, mit Pomp und Tralala zu heiraten, und da kommt mir dieses verrückte

Kind in die Quere. Er wollte sich ihrer entledigen, aber als er sie so mit ihrem gelben Kittel und den flehenden Augen sah, schien ihm, es sei doch eine Verschwendung, die Gelegenheit nicht zu nutzen, und so beschloß er, sie zu verstecken, während er sich eine Lösung einfallen lassen würde.

Und so wurde Hortensia im Keller der stillgelegten Zuckerfabrik der Peraltas untergebracht, wo sie aus purer Achtlosigkeit ihr ganzes Leben begraben blieb. Es war ein weitläufiger, feuchter, dunkler Raum, erstickend heiß im Sommer und eisigkalt in manchen Nächten der trockenen Jahreszeit, ausgestattet mit ein wenig Gerümpel und einem Strohsack. Amadeo Peralta nahm sich nicht die Zeit, sie besser unterzubringen, obwohl er manchmal mit der Vorstellung spielte, das Mädchen zu einer Konkubine wie in den orientalischen Märchen zu machen, sie in feine Schleier zu hüllen und mit Pfauenfedern, Sonnensegeln aus Brokat, Lampen aus bemaltem Glas, vergoldeten Möbeln mit geschweiften Beinen zu umgeben und mit flauschigen Teppichen, auf denen er barfuß gehen konnte. Vielleicht hätte er all das sogar getan, wenn sie ihn an seine Versprechungen erinnert hätte, aber Hortensia war wie ein Nachtvogel, wie eins dieser blinden Tierchen, die tief in den Höhlen leben, sie brauchte nur ein wenig Nahrung und Wasser. Der gelbe Kittel zerfiel ihr am Körper, und schließlich war sie nackt.

»Er liebt mich, er hat mich immer geliebt«, erklärte sie, als die Nachbarn sie herausholten. In all den Jahren der Abgeschiedenheit hatte sie den Gebrauch der Rede eingebüßt, und ihre Stimme stockte und heiserte wie das Röcheln eines Sterbenden.

In den ersten Wochen hatte Amadeo viel Zeit bei ihr im Keller verbracht, ein Verlangen stillend, das er für unversiegbar hielt. In der Furcht, sie könnte entdeckt werden, und sogar auf seine eigenen Augen eifersüchtig, verweigerte er ihr das Tageslicht und ließ nur einen dünnen Strahl durch die Luke der Ventilation eindringen. In der Dunkelheit umarmten sie sich im wilden Aufruhr der Gefühle, mit brennender Haut, das Herz in einen hungrigen Krebs verwandelt. Hier wurden Geruch und Geschmack aufs äußerste gesteigert. Wenn sie sich im Finstern berührten, vermochten sie in das Wesen des andern einzudringen und sich in seine geheimsten Gedanken zu versenken. An diesem Ort hallten ihre Stimmen im Echo wider, die Wände sandten ihnen ihr Flüstern und ihre Küsse vielfach zurück. Der Keller wurde zum versiegelten Gefäß, in dem sie sich umeinander rollten wie ausgelassene Zwillinge, die im Fruchtwasser schwimmen, zwei strotzende, leichtfertige Geschöpfe. Eine Zeitlang verirrten sie sich in unumschränkte körperliche Hingabe, die sie mit Liebe verwechselten.

Wenn Hortensia einschlief, ging ihr Liebhaber fort, etwas zu essen zu besorgen, und noch bevor sie erwachte, kehrte er mit neubelebtem Feuer zurück, um sie wieder zu umarmen. So hätten sie sich lieben müssen, bis das Verlangen sie zerstörte, sie hätten einander verschlingen müssen oder wie eine doppelte Fackel verbrennen; doch nichts davon geschah. Im Gegenteil, das Voraussehbarste und Alltäglichste trat

ein, das am wenigsten Großartige. Noch ehe zwei Wochen verstrichen waren, wurde Amadeo Peralta der Spiele müde, die sich bereits zu wiederholen begannen, er spürte, wie die Feuchtigkeit an seinen Gliedern nagte, und dachte an alles, was jenseits dieser Höhle war. Es war an der Zeit, in die Welt der Lebenden zurückzukehren und die Zügel seiner Geschäfte wieder in die Hand zu nehmen. »Wart hier auf mich, Kleines. Ich geh hinaus, um reich zu werden. Ich bringe dir Geschenke, Kleider und Schmuck für eine Königin«, sagte er beim Abschied.
»Ich möchte Kinder«, sagte Hortensia.
»Kinder, nein, aber du bekommst Puppen.«
In den folgenden Monaten vergaß Peralta die Kleider, den Schmuck, die Puppen. Er besuchte Hortensia jedesmal, wenn er sich an sie erinnerte, nicht immer, um sie zu lieben, häufig nur, um sie eine alte Weise auf dem Psalter spielen zu hören, er sah ihr gern zu, wenn sie sich über das Instrument beugte und die Saiten zupfte. Manchmal war er so in Eile, daß er nicht einmal ein Wort mit ihr wechselte, er füllte ihr die Wasserkrüge, ließ ihr einen Beutel mit Essen da und verschwand wieder. Als er es einmal neun Tage hintereinander vergaß und sie halbtot vorfand, begriff er die Notwendigkeit, jemanden anzustellen, der ihm half, seine Gefangene zu versorgen, denn seine Familie, seine Reisen, seine Geschäfte und seine gesellschaftlichen Verpflichtungen nahmen ihn mehr und mehr in Anspruch. Eine verschwiegene Indiofrau diente ihm für diesen Zweck. Sie verwahrte den Schlüssel für das Vorhängeschloß und kam re-

gelmäßig, um das Verlies zu säubern und die Flechten abzuschaben, die auf Hortensias Körper wuchsen wie zarte, bleiche Blumen, dem Auge fast unsichtbar, und die nach umbrochener Erde und nach Verlassenheit rochen.

»Hat Ihnen diese arme Frau nicht leidgetan?« wurde die India gefragt, als auch sie verhaftet und der Mittäterschaft bei der Freiheitsberaubung angeklagt worden war, aber sie antwortete nicht, sie blickte nur gleichmütig vor sich hin und spuckte einen Speichelklumpen schwarzen Tabaks aus.

Nein, ihr hatte die Frau nicht leidgetan, weil sie geglaubt hatte, die wäre nun einmal eine Sklavin und wäre noch glücklich darüber oder sie wäre idiotisch von Geburt an und wie viele andere ihrer Art besser eingeschlossen als dem Spott und den Gefahren der Straße ausgesetzt. Hortensia tat nichts dazu, diese Meinung ihrer Kerkermeisterin zu ändern, niemals zeigte sie Neugier auf die Welt da draußen, sie versuchte nicht, hinauszukommen, um frische Luft zu atmen, und niemals beklagte sie sich. Sie schien sich auch nicht zu langweilen, ihr Geist war zu irgendeinem Zeitpunkt in der Kindheit stehengeblieben, und die Einsamkeit hatte ihn schließlich vollends verwirrt. Sie verwandelte sich letztlich in eine unterirdische Kreatur. In diesem Grabe schärften sich ihre Sinne, und sie lernte das Unsichtbare sehen, betörende Geister umgaben sie und führten sie bei der Hand durch andere Universen. Während ihr Körper in einem Winkel kauerte, reiste sie durch den weiten Sternenraum, lebte in einem dunklen Gebiet jenseits aller Vernunft. Hätte sie einen Spiegel gehabt, um sich darin zu betrachten, wäre sie vor ihrem Anblick zurückgeschreckt, aber da sie sich selbst nicht sehen konnte, wurde sie ihres Verfalls nicht gewahr, sie wußte nichts von den Schuppen, die sich auf ihrer Haut bildeten, nichts von den Seidenraupen, die in ihrem langen, jetzt eher an Putzwolle erinnernden Haar nisteten, von den bleiernen Wolken auf ihren Augen, die vom Spähen ins Dunkel schon erstorben waren. Sie spürte nicht, wie ihre Ohren wuchsen, weil sie auf Laute von draußen lauschten und auch die leisesten und fernsten auffingen, wie das Lachen von Kindern in der Schulpause, die Klingel des Eisverkäufers, den Flug der Vögel, das Murmeln des Flusses. Sie merkte auch nicht, daß ihre Beine, einst anmutig und fest, sich krümmten, weil ihnen die Bewegung fehlte und sie fast nur noch kroch, sie merkte nicht, daß ihre Zehen sich zu Tierkrallen auswuchsen, ihre Knochen zu Glasröhren wurden, ihr Bauch einfiel und auf ihrem Rücken ein Buckel hervortrat. Allein die Hände behielten ihre Form, weil sie immer mit dem Psalter beschäftigt waren, nur erinnerten sich die Finger nicht an die einst gelernten Melodien, sondern entlockten dem Instrument das Weinen, das ihre Brust nicht herauslassen wollte. Von fern glich Hortensia einem traurigen Jahrmarktsaffen, und von nahem flößte sie unendliches Mitleid ein. Ihr war nicht eine dieser schrecklichen Verwandlungen bewußt, in ihrer Erinnerung bewahrte sie ein unversehrtes Bild von sich selbst, sie war immer noch das Mädchen, das sich zum letztenmal im Fenster von Amadeo Peraltas Auto gespiegelt gesehen hatte an jenem Tag, als er sie zu seinem Schlupfwinkel gefahren hatte. Sie glaubte, sie wäre so hübsch wie immer, und benahm sich auch weiterhin, als wäre sie es wirklich, und so blieb die Erinnerung an ihre Schönheit in ihrem Innern versteckt, und jeder, der nahe genug an sie herangekommen wäre, hätte sie unter diesem Äußeren eines prähistorischen Zwerges ahnen können.

Inzwischen hatte Amadeo Peralta, reich und gefürchtet, das Netz seiner Macht über die ganze Provinz ausgebreitet. Sonntags saß er am Kopfende einer langen Tafel mit seinen Söhnen und Enkelsöhnen, seinen Anhängern und Helfershelfern und mit einigen besonderen Gästen, Politikern und hohen Militärs, denen er mit lärmender Herzlichkeit begegnete, jedoch nicht ohne den Hochmut, der nötig war, damit sie nicht vergaßen, wer der Herr war. Hinter seinem Rücken gingen Gerüchte um über seine Opfer, wie viele er hatte verschwinden lassen, man munkelte, daß er die Behörden bestach und daß die Hälfte seines Vermögens aus Schleichhandel stammte, aber niemand war bereit, nach Beweisen zu suchen. Man erzählte auch, Peralta halte eine Frau in einem Keller gefangen. Dieser Teil seiner schwarzen Legende wurde mit größerer Bestimmtheit wiederholt als der seiner ungesetzlichen Geschäfte, tatsächlich wußten viele davon, und mit der Zeit wurde es ein offenes Geheimnis.

An einem sehr heißen Nachmittag rissen drei Jungen aus der Schule aus, um im Fluß zu baden. Sie planschten eine gute Zeitlang im Uferschlamm und strolchten dann bei der alten Zuckerfabrik der Peraltas umher, die seit zwei Generationen stillgelegt war, weil Zucker nichts mehr einbrachte. Die Leute sagten, es sei ein unguter Ort, sie erzählten, sie hätten Geräusche wie Teufelsgeheul gehört, und viele wollten eine struppige Hexe gesehen haben, die die Seelen der toten Sklaven beschwor. Begierig auf ein Abenteuer, schlichen sich die Jungen auf das Gelände und näherten sich dem Fabrikgebäude. Bald wagten sie sich auch in die Ruinen, liefen durch die weiten Räume mit den breiten Ziegelwänden und den termitenzerfressenen Balken, umgingen vorsichtig das aus dem Boden wachsende Unkraut, Schmutzhaufen und Hundekot, morsche Ziegel und Schlangennester. Sie machten sich mit Witzen Mut, schubsten sich aufmunternd und gelangten schließlich in die Vermahlung, eine riesige, zum Himmel offene Halle mit den Überresten von Maschinen, wo Sonne und Regen einen verwucherten Garten geschaffen hatten und wo sie einen durchdringenden Geruch nach Zucker und Schweiß zu spüren glaubten. Als ihre Furcht sich eben legen wollte, hörten sie plötzlich ganz deutlich mißtönende Laute, die sich zu einer sonderbaren Musik formten. Zitternd wollten sie zurückweichen, aber die Anziehungskraft des Grausigen war stärker als die Angst, und sie blieben zusammengeduckt stehen und lauschten, bis der letzte Ton ihnen ins Ohr schrillte. Nach und nach überwanden sie die Starre, schüttelten das Entsetzen ab und begannen nach dem Ursprung dieser fremdartigen Klänge zu forschen,

die so anders waren als jede bekannte Musik, und so stießen sie auf eine kleine Falltür am Boden, die mit einem Vorhängeschloß versperrt war. Sie konnten es nicht aufbekommen und rüttelten an der hölzernen Klappe, und ein unbeschreiblicher Geruch nach gefangengehaltenem Raubtier stieg ihnen in die Nase. Sie riefen, aber niemand antwortete, sie hörten von unten nur ein dumpfes Keuchen. Da rannten sie Hals über Kopf davon und verkündeten schreiend, sie hätten die Pforte zur Hölle entdeckt.
Das Gelärm der Jungen war nicht zu besänftigen, und nun bestätigte sich den Nachbarn endlich, was sie seit langem geargwöhnt hatten. Zuerst folgten die Mütter ihren Söhnen und spähten durch die Ritzen in der Falltür, und auch sie hörten die schrecklichen Töne des Psalters, gänzlich andere Töne als jene Weise, die einst Amadeo Peralta angezogen hatte, als er in einer Gasse von Agua Santa stehengeblieben war, um sich den Schweiß von der Stirn zu wischen. Hinter ihnen lief ein Schwarm von Neugierigen zusammen, und zuletzt, als sich schon eine große Menschenmenge angesammelt hatte, erschienen die Polizei und die Feuerwehr, die die Falltür mit Axthieben aufbrachen und mit ihren Lampen und ihren Feuerwehrgeräten in die Gruft hinabstiegen. Im Keller fanden sie ein nacktes Wesen, dessen welke Haut in fahlen Falten herabhing, dessen graue Haarsträhnen über den Boden schleiften und das vor Angst über den Lärm und das Licht wimmerte. Das war Hortensia, schillernd wie Perlmutt in dem erbarmungslosen Licht der Laternen, fast blind, zahnlos, die Beine so

schwach, daß sie kaum stehen konnte. Der einzige Beweis ihrer menschlichen Abkunft war der alte Psalter, den sie schützend gegen den Schoß preßte.

Die Nachricht erregte im ganzen Lande Empörung. Auf den Fernsehschirmen und in den Zeitungen erschien das Bild der aus dem Loch, in dem sie ihr Leben verbracht hatte, geborgenen Frau, notdürftig in eine Decke gehüllt, die ihr jemand über die Schultern gelegt hatte. Die Gleichgültigkeit, die die Gefangene fast ein halbes Jahrhundert lang umgeben hatte, verwandelte sich binnen weniger Stunden in den leidenschaftlichen Wunsch, sie zu rächen und ihr zu helfen. Amadeo Peraltas Nachbarn rotteten sich zusammen, um ihn zu lynchen, sie drangen in sein Haus ein, zerrten ihn heraus, und wäre die Polizei nicht rechtzeitig gekommen und hätte ihn ihnen entrissen, dann hätten sie ihn an Ort und Stelle zu Tode getrampelt. Um das Gefühl der Schuld zu beschwichtigen, daß sie sich so lange unwissend gestellt hatten, wollte sich nun alle Welt um Hortensia kümmern. Geld wurde gesammelt, um ihr eine Pension auszusetzen, Tonnenladungen von Kleidung und Medikamenten kamen zusammen, die sie nicht brauchte, und verschiedene Wohlfahrtsverbände widmeten sich der Aufgabe, ihr den Schmutz abzukratzen, ihr das Haar zu schneiden und sie von Kopf bis Fuß einzukleiden, bis sie wie eine normale alte Frau aussah. Die Nonnen gaben ihr ein Bett im Armenasyl und mußten sie monatelang anschnallen, damit sie nicht zurück in den Keller floh, bis sie sich endlich an das Tageslicht gewöhnt hatte und sich damit abfand, mit anderen menschlichen Wesen zusammenzuleben.

Die zahlreichen Feinde Amadeo Peraltas machten sich die von der Presse angeheizte allgemeine Wut zunutze, sie faßten endlich Mut und fielen wie die Raben über ihn her. Die Behörden, die seine Betrügereien jahrelang gedeckt hatten, schwangen nun den Knüppel des Gesetzes gegen ihn. Die Nachrichten darüber beschäftigten die allgemeine Aufmerksamkeit so lange, bis der alte Caudillo hinter Gittern saß, dann flaute das Interesse ab, bis es gänzlich erlosch. Von seinen Angehörigen und Freunden geächtet, zum Symbol alles Abscheulichen und Schändlichen geworden, von den Wärtern ebenso angefeindet wie von seinen Leidensgenossen, blieb Amadeo Peralta im Gefängnis, bis er starb. Er ging nie mit den anderen Häftlingen in den Hof, er blieb in seiner Zelle. Dort konnte er die Geräusche der Straße hören.

Jeden Tag um zehn Uhr morgens wanderte Hortensia mit ihrem schwankenden Gang einer Geistesgestörten zum Gefängnis und übergab dem Wachhabenden am Tor einen Topf mit warmem Essen für den Gefangenen.

»Er hat mich nie hungern lassen«, erklärte sie ihm entschuldigend. Dann setzte sie sich auf die Straße und spielte auf dem Psalter, dem sie solche jammervollen Todesklagen entlockte, wie man sie unmöglich ertragen konnte. In der Hoffnung, sie abzulenken und zum Aufhören zu bringen, warfen viele Vorübergehende ihr eine Münze zu.

Amadeo Peralta, auf der anderen Seite der Mauer kauernd, hörte diesen Klang, der aus der Tiefe der Erde zu kommen schien und an seinen Nerven riß. Dieser tägliche Vorwurf mußte etwas zu bedeuten haben, aber er konnte sich nicht erinnern, was es war. Bisweilen dämmerte ein nagendes Schuldgefühl in ihm auf, aber dann versagte das Gedächtnis, und die Bilder aus der Vergangenheit schwanden in einem dichten Nebel dahin. Er wußte nicht mehr, weshalb er in diesem Grab war, und nach und nach vergaß er auch die Welt des Lichtes und ergab sich dem Elend.

Geschenk für eine Braut

Horacio Fortunato war gerade sechsundvierzig Jahre alt geworden, als die Frau in sein Leben trat, die imstande war, ihm seine Rüpelallüren auszutreiben und die Aufschneiderei abzugewöhnen. Er gehörte zum Geschlecht der Zirkusleute, zu diesen Menschen, die mit Gummiknochen geboren werden und einer natürlichen Fähigkeit, Saltos zu drehen, und in einem Alter, in dem andere Kinder noch auf der Erde krabbeln, hängen sie sich kopfunter ans Trapez und putzen dem Löwen die Zähne. Bevor sein Vater aus seinem bislang eher komischen Unternehmen ein seriöses machte, hatte sich der Zirkus Fortunato mehr schlecht als recht durchgeschlagen. In manchen Katastrophenzeiten hatte sich die Truppe auf zwei, drei Mitglieder des Familienclans vermindert, die in einem klapprigen

Karren über die Straßen zockelten und in armseligen Dörfern ihr zerschlissenes Zelt aufschlugen. Horacios Großvater nahm allein die ganze Last der Vorführung auf sich: Er lief auf dem Schlappseil, jonglierte mit brennenden Fackeln, schluckte toledanische Säbel, zauberte ebenso viele Orangen wie Schlangen aus einem Zylinderhut und tanzte ein anmutiges Menuett mit seiner einzigen Partnerin, einer mit Matrosenkleid und Federhut aufgeputzten Äffin. Aber der Großvater schaffte es, mit dem Elend fertigzuwerden, und während mancher andere Zirkus einging, von moderneren Vergnügungsstätten besiegt, rettete er den seinen und konnte sich am Ende seines Lebens in den Süden des Kontinents zurückziehen und Spargel und Erdbeeren züchten, nachdem er seinem Sohn ein schuldenfreies Unternehmen übergeben hatte. Fortunato II. hatte weder die Anspruchslosigkeit seines Vaters geerbt, noch neigte er zu Gleichgewichtsübungen auf dem Seil oder zu Pirouetten mit einem Schimpansen, dafür aber verfügte er über einen tüchtigen Geschäftssinn. Unter seiner Leitung nahm der Zirkus an Umfang und Ansehen zu, bis er der größte des Landes war. Drei gewaltige gestreifte Zeltdächer ersetzten das bescheidene Lumpenzelt der schlechten Zeiten, eine Reihe von Käfigen beherbergte einen wandernden Zoo von dressierten Tieren, andere, phantastisch aufgeputzte Wagen beförderten die Artisten, darunter den einzigen hermaphroditischen und bauchredenden Zwerg der Geschichte. Eine genaue Nachbildung der Karavelle von Christoph Kolumbus auf Rädern vervollständigte den internatio-

nalen Zirkus Fortunato. Diese eindrucksvolle Karawane reiste nicht ins Blaue hinein, wie das einst beim Großvater üblich gewesen war, sondern in gerader Linie über die Fernverkehrsstraßen vom Rio Grande bis zur Magellanstraße und machte nur in den großen Städten halt, wo sie mit solchem Riesenklamauk von Trommlern, Elefanten und Clowns einzog, die Karavelle an der Spitze als prunkende Erinnerung an die Entdeckung Amerikas, daß es wahrhaftig niemanden gab, der nicht gewußt hätte, daß der Zirkus da war.
Fortunato II. heiratete eine Trapezkünstlerin und hatte mit ihr einen Sohn, den sie Horacio nannten. Die Frau trennte sich unterwegs in einer größeren Stadt von ihrem Mann, sie wollte unabhängig sein und sich mit ihrem unsicheren Beruf allein durchschlagen; das Kind überließ sie dem Vater. Eine nur sehr verschwommene Erinnerung an sie verblieb dem Sohn im Gedächtnis, er konnte das Bild seiner Mutter nicht von den zahlreichen Akrobatinnen unterscheiden, die er in seinem Leben kennenlernte. Als er zehn Jahre alt war, heiratete sein Vater zum zweitenmal, wieder eine Artistin seines Zirkus, diesmal eine Schulreiterin, die es fertigbrachte, kopfstehend auf einem galoppierenden Pferd zu balancieren oder mit verbundenen Augen von einem Tier auf das andere zu springen. Sie war sehr schön. Soviel Wasser, Seife und Parfum sie auch benutzte, konnte sie doch eine Spur Pferdegeruch, ein herbes Aroma von Schweiß und Anstrengungen nicht loswerden. Auf ihrem großmütigen Schoß fand der kleine Horacio, eingehüllt in diesen einzigartigen Geruch, Trost für

das Fehlen der Mutter. Aber schließlich verschwand auch die Reiterin, ohne sich zu verabschieden. In seinen reifen Jahren heiratete Fortunato II. ein drittes Mal, und zwar eine Schweizerin, die von einem Touristenbus aus Amerika kennenlernen wollte. Er war seines Beduinendaseins müde und fühlte sich zu alt für immer neue Aufregungen, und als sie ihn bat aufzuhören, hatte er nicht das geringste dagegen, den Zirkus für ein seßhaftes Leben einzutauschen, und setzte sich auf einem Chalet in den Alpen zur Ruhe, beschaulich zwischen Bergen und Wäldern. Sein Sohn Horacio, der inzwischen in den Zwanzigern war, übernahm den Zirkus.

Horacio war in unsicheren Verhältnissen aufgewachsen – dauernd den Ort wechseln, über Rädern schlafen, unter einem Zelt leben, aber er war sehr zufrieden mit seinem Los. Nie hatte er andere Kinder beneidet, die in grauer Uniform in die Schule gingen und deren Lebensweg von Geburt an vorgeschrieben war. Er dagegen fühlte sich mächtig und frei. Er kannte alle Geheimnisse des Zirkus und putzte mit derselben heiteren Bereitwilligkeit den Kot der wilden Tiere weg, mit der er, als Husar gekleidet, sich in zwanzig Meter Höhe schaukelte und das Publikum mit seinem Bubenlächeln bezauberte. Wenn er sich irgendwann nach ein wenig Beständigkeit gesehnt haben sollte, hätte er das nicht einmal im Schlaf zugegeben. Die Erfahrung, verlassen worden zu sein, zuerst von der Mutter und dann von der Stiefmutter, hatte ihn mißtrauisch gemacht, vor allem gegen Frauen, aber er wurde kein Zyniker, denn er hatte vom Großvater ein gefühlvolles Herz geerbt. Er hatte eine beträchtliche Begabung für den Zirkus, aber mehr noch als die Kunst interessierte ihn die geschäftliche Seite. Von klein an hatte er sich vorgenommen, reich zu werden, in der naiven Vorstellung, mit Geld die Sicherheit zu erreichen, die er in seiner Familie nicht gefunden hatte. Er versah sein Unternehmen mit Tentakeln, indem er eine auf verschiedene Großstädte verteilte Kette von Boxstadien kaufte. Vom Boxen kam er ganz natürlich zum Catchen, und da er ein Mann mit einer verspielten Phantasie war, wandelte er diesen groben Sport zu einem dramatischen Schauspiel um. So führte er einige bemerkenswerte Neuheiten ein: die Mumie, die sich in einem ägyptischen Sarkophag im Ring vorstellte; Tarzan, der seine Blöße mit einem so winzigen Tigerfell bedeckte, daß das Publikum bei jedem Sprung den Atem anhielt in der Hoffnung, es könnte etwas enthüllt werden; den Engel, der sein Goldhaar verwettete und es jeden Abend unter der Schere des grausamen Kuramoto – eines als Samurai verkleideten Mapuche-Indios – lassen mußte, um am folgenden Tag mit unversehrtem Lockenhaupt in den Ring zurückzukehren, ein unwiderlegbarer Beweis seiner himmlischen Beschaffenheit. Diese und andere geschäftliche Abenteuer sowie sein Auftreten in der Öffentlichkeit mit zwei Leibwächtern, deren Aufgabe darin bestand, seine Konkurrenten einzuschüchtern und die Neugier der Frauen zu reizen, brachten ihn in den Ruf eines gefährlichen Burschen, an dem er seine große Freude hatte. Er führte ein munteres Leben, reiste durch die Welt, schloß Verträge ab und suchte nach Mißgeburten, verkehrte in Clubs und Casinos, besaß ein Haus ganz aus Glas in Kalifornien und einen Rancho in Yucatán, aber die meiste Zeit des Jahres wohnte er in den Hotels der Reichen. Er genoß die Gesellschaft von mietbaren Blondinen, unter denen er die sanften mit den prangenden Brüsten bevorzugte, als Huldigung an seine einstige Stiefmutter, aber er ließ sich Liebesangelegenheiten nicht zu Herzen gehen, und als sein Großvater von ihm verlangte, er solle heiraten und Kinder in die Welt setzen, antwortete er ihm, er müßte ja schön verrückt sein, wenn er aufs Eheschafott klettern wollte. Er war ein grobschlächtiger, ziemlich dunkler Bursche, frisierte sich lässig auf Teufelskerl, hatte schrägstehende Augen und eine herrische Stimme, die seine fröhliche Vulgarität noch betonte. Für Eleganz hatte er viel übrig, er kaufte sich die teuerste Kleidung, aber seine Anzüge waren immer ein wenig zu prächtig, die Krawatte etwas zu gewagt, der Rubin an seinem Finger allzu protzig, sein Parfum allzu durchdringend.

Dieser Mann, der ein gut Teil seines Daseins die Welt mit seinem Lebenswandel empört hatte, begegnete eines Dienstags im März Patricia Zimmerman, und aus war's mit der Unbeständigkeit des Gefühls und der Klarheit des Gedankens. Es war im allerersten Nobelrestaurant der Stadt, er saß da mit vier Kumpanen und einer Filmdiva, die er für eine Woche auf die Bahamas mitzunehmen gedachte, als Patricia am Arm ihres Mannes dem Raum betrat, in Seide gekleidet und mit ein paar ihrer Brillanten geschmückt, die die Firma Zimmerman und Cie. berühmt gemacht hatten. Niemand konnte sich mehr von seiner unvergeßlichen, nach Pferdeschweiß riechenden Stiefmutter oder den gefälligen Blondinen unterscheiden als diese Frau. Er sah sie herankommen, klein, zart, die feinen Schlüsselbeine im Ausschnitt sichtbar, das kastanienbraune Haar in einem strengen Knoten zusammengefaßt, und er fühlte, wie ihm die Knie weich wurden und in seiner Brust etwas unerträglich zu brennen begann. Er hatte eine Vorliebe für die prallen Weibchen mit schlichtem Gemüt, die zu einer nächtlichen Lustbarkeit gern bereit waren, und diese Frau mußte er sich von nahem ansehen, um ihre Qualitäten einschätzen zu können, aber auch dann wären sie nur für ein Auge erkennbar gewesen, das geübt war, Feinheiten zu würdigen, was nicht Horacio Fortunatos Fall war. Wenn die Hellseherin in seinem Zirkus ihre Kristallkugel befragt und ihm prophezeit hätte, er werde sich auf den ersten Blick in eine vierzigjährige hochmütige Aristokratin verlieben, würde er herzlich gelacht haben, aber genau das passierte, als er sie auf sich zukommen sah wie den Schatten einer Kaiserinwitwe aus alter Zeit in ihrer schwarzen Kleidung und dem Blinkfeuer all der Brillanten, die an ihrem Hals funkelten. Patricia ging an ihm vorbei, und einen Augenblick stockte sie vor diesem Riesen, dem die Serviette aus der Weste hing und eine Spur Soße im Mundwinkel klebte. Horacio konnte endlich ihr Parfum riechen und ihr Adlerprofil bewundern, und augenblicklich waren die Filmdiva, die

Leibwächter, die Geschäfte und alle Vorsätze vergessen, und er beschloß in vollem Ernst, diese Frau dem Juwelier wegzunehmen und sie zu lieben, so sehr er nur konnte. Er schob seinen Stuhl halb herum, ohne seine Gäste zu beachten, und maß die Entfernung, die ihn von ihr trennte, während Patricia Zimmerman sich fragte, ob dieser Unbekannte wohl üble Absichten haben mochte, weil er ihre Juwelen so prüfend anstarrte.

Am selben Abend noch traf im Haus der Zimmermans ein riesiger Strauß Orchideen ein. Patricia betrachtete die beigefügte Karte, ein sepiafarbenes Rechteck mit einem Namen wie aus einem Roman in vergoldeten Arabesken. Höchst geschmacklos, murmelte sie und erriet sofort, daß das der aufdringliche Kerl aus dem Restaurant gewesen sein mußte. Sie gab Anweisung, das Geschenk auf die Straße zu werfen, und hoffte, der Absender würde ums Haus streichen und sich vom Verbleib seiner Blumen überzeugen können. Tags darauf wurde ein Kristallkästchen mit einer einzigen, vollkommenen Rose darin abgegeben, ohne Karte. Auch das tat der Diener zum Abfall. In den folgenden Tagen kamen verschiedene Sträuße an: ein Korb mit Wildblumen in einem Bett aus Lavendel, eine Pyramide aus weißen Nelken in einem Silberpokal, ein Dutzend aus Holland eingeflogener schwarzer Tulpen und andere Blumensorten, die in diesem heißen Land unmöglich zu finden waren. Alle teilten das Schicksal des ersten Straußes, aber das entmutigte den Verehrer nicht, dessen Aufdringlichkeit so unerträglich wurde, daß Patricia Zimmerman schon nicht mehr wagte, den Hörer abzunehmen aus Angst, seine Zweideutigkeiten säuselnde Stimme zu hören, wie es ihr noch am selben Dienstag um zwei Uhr früh geschehen war. Briefe ließ sie ungeöffnet zurückgehen. Sie traute sich nicht mehr hinaus, weil sie Fortunato an den unmöglichsten Orten traf, wo sie ihn gewiß nicht erwartet hätte: er beobachtete sie in der Oper von der Nachbarloge aus, auf der Straße stand er bereit, die Tür ihres Autos aufzureißen, bevor ihr Chauffeur dazu kam, er materialisierte sich wie eine Sinnestäuschung im Fahrstuhl oder auf der Treppe. Sie war eine verängstigte Gefangene in ihrem eigenen Haus. Das wird schon vergehen, das wird schon vergehen, redete sie sich ein, aber Fortunato verflüchtigte sich nicht wie ein böser Traum, er war weiterhin dort, jenseits der Mauern, schnaufend und keuchend. Patricia Zimmerman dachte daran, die Polizei zu rufen oder sich um Hilfe an ihren Mann zu wenden, aber ihr Abscheu vor einem Skandal hielt sie zurück.

Eines Morgens, sie war gerade mit ihrer Korrespondenz beschäftigt, meldete der Diener ihr den Besuch des Präsidenten des Unternehmens Fortunato und Söhne.

»In meinem eigenen Haus, wie kann er es wagen!« murmelte Patricia mit wild klopfendem Herzen. Sie mußte sich die eiserne Disziplin zurückrufen, die sie in vielen Jahren Salonleben erworben hatte, um das Zittern ihrer Stimme und ihrer Hände zu unterdrükken. Einen Augenblick war sie versucht, diesem Wahnsinnigen ein für allemal entgegenzutreten, aber ihr wurde klar, daß ihr die Kräfte versagen würden, sie fühlte sich schon geschlagen, bevor sie ihn gesehen hatte.

»Sagen Sie ihm, ich bin nicht da. Geleiten Sie ihn hinaus, und geben Sie allen Angestellten Bescheid, daß der Herr in diesem Hause nicht willkommen ist«, sagte sie dem Diener.

Am Tag darauf gab es keine exotischen Blumen zum Frühstück, und Patricia dachte mit einem zornigen Seufzer der Erleichterung, daß dieser Mensch endlich ihre Botschaft verstanden hatte. An diesem Morgen fühlte sie sich zum erstenmal wieder frei und ging aus zum Tennisspielen und in den Schönheitssalon. Um zwei Uhr nachmittags kehrte sie mit einem neuen Haarschnitt und starken Kopfschmerzen zurück. Beim Eintreten sah sie auf dem Tisch in der Diele ein mit dunkelviolettem Samt bezogenes Etui, auf dem der Firmenname Zimmerman in Goldbuchstaben eingepreßt war. Sie öffnete es ein wenig zerstreut, sie glaubte, ihr Mann hätte es dort liegengelassen, und fand darin ein Smaragdhalsband, begleitet von einer jener schwülstigen sepiafarbenen Karten, die sie kennen- und verabscheuen gelernt hatte. Ihre Kopfschmerzen verwandelten sich in Panik. Dieser Abenteurer schien entschlossen zu sein, ihr Leben zugrunde zu richten, nicht nur, daß er bei ihrem Mann ein Schmuckstück kaufte, das sie nie hätte tragen können, er schickte es ihr auch noch unverfroren ins Haus. Diesmal konnte sie das Geschenk unmöglich in den Müll werfen wie die Blumen. Das Etui gegen die Brust gepreßt, schloß sie sich in ihrem Zimmer ein. Eine halbe Stunde später rief sie den Chauffeur und trug ihm auf, ein Päckchen bei derselben Adresse abzuliefern, wohin er mehrere Briefe zurückgebracht hatte. Als sie sich von dem Schmuck befreit hatte, fühlte sie keinerlei Erleichterung, im Gegenteil, ihr war, als versänke sie in einem Sumpf.

Aber zu diesem Zeitpunkt watete auch Horacio Fortunato in einem Sumpf, ohne einen Schritt voranzukommen drehte und wendete er sich bald hierhin, bald dorthin. Nie zuvor hatte er soviel Zeit und Geld aufwenden müssen, wenn er sich um eine Frau bemühte, allerdings war ihm auch klar, daß diese anders war als alle, die er bis jetzt gehabt hatte. Zum erstenmal in seinem leichtsinnigen Leben fühlte er sich lächerlich, er konnte so nicht mehr lange weitermachen, seine Stiergesundheit litt bereits beträchtlich, er fuhr häufig aus dem Schlaf auf, der Atem wurde ihm knapp, das Herz kam aus dem Takt, in seinem Magen brannte es, und in seinen Schläfen läuteten Glocken. Auch seine Geschäfte krankten an den Auswirkungen seines Liebeskummers, er faßte überstürzte Entschlüsse und verlor Geld. Verflucht, ich weiß schon nicht mehr, wer ich bin und wo ich stehe, verdammt soll sie sein, knurrte er schwitzend, aber nicht einen Augenblick erwog er die Möglichkeit, die Jagd aufzugeben.

Als er das dunkelviolette Etui wieder in den Händen hielt und niedergeschlagen in seinem Hotelzimmer im Sessel saß, fiel ihm sein Großvater ein. An seinen Vater dachte er sehr selten, um so häufiger aber an diesen unglaublichen Großvater, der mit über neunzig Jahren noch sein Grünzeug anbaute. Er griff zum Telefon und verlangte ein Ferngespräch.

Der alte Fortunato war fast taub und konnte auch den Mechanismus dieses teuflischen Apparates nicht begreifen, der ihm Stimmen vom andern Ende der Erde ins Haus brachte, aber das hohe Alter hatte ihm nichts von der Klarheit des Verstandes genommen. Er hörte so gut er konnte der traurigen Geschichte seines Enkels bis zum Ende zu, ohne ihn zu unterbrechen.

»Diese Schlampe leistet sich also den Luxus, sich über meinen Jungen lustig zu machen, was?«

»Sie sieht mich nicht einmal an, Großpapa. Sie ist reich, schön, vornehm, sie hat alles.«

»Aha... und einen Ehemann hat sie auch.«

»Hat sie auch, aber das ist das wenigste. Wenn sie mich nur mit sich sprechen ließe!«

»Sprechen? Wozu? Es gibt nichts, was man mit einer Frau wie der sprechen kann, Junge.«

»Ich hab ihr ein herrliches Halsband geschenkt, und sie hat es mir ohne ein einziges Wort zurückgeschickt.«

»Gib ihr etwas, was sie nicht hat.«

»Was denn zum Beispiel?«

»Einen guten Grund zum Lachen. Das versagt nie bei den Frauen«, und der Großvater schlief mit dem Hörer in der Hand ein und träumte von all den Mädchen, die ihn geliebt hatten, als er noch lebensgefährliche Kunststücke auf dem Trapez vorgeführt und mit seiner Äffin getanzt hatte.

Am folgenden Tag begrüßte der Juwelier Zimmer-

man in seinem Geschäft eine reizende junge Dame, Maniküre von Beruf, wie sie ihm erzählte, die ihm dasselbe Smaragdhalsband, das er achtundvierzig Stunden vorher verkauft hatte, zum halben Preis anbot. Der Juwelier erinnerte sich sehr gut an den Käufer, einen eingebildeten Lümmel, den man unmöglich vergessen konnte.
»Ich brauche ein Schmuckstück, das imstande ist, die Verteidigungswaffen einer hochmütigen Dame untauglich zu machen«, hatte er gesagt.
Zimmerman hatte ihn kurz gemustert und sofort entschieden, daß er einer dieser Neureichen sein müsse, die ihr Geld mit Kokain oder mit Öl gemacht haben. Er hatte keinen Sinn für Vulgaritäten, er war an eine andere Klasse von Leuten gewöhnt. Sehr selten bediente er die Kunden selbst, aber dieser Mensch hatte darauf bestanden, mit ihm zu sprechen, und schien geneigt, sein Geld ohne Zögern zu verschwenden.
»Was empfehlen Sie mir?« hatte er vor dem Fach gefragt, in dem die wertvollsten Stücke lagen.
»Das kommt auf die Dame an. Rubine und Perlen schimmern am schönsten auf brauner Haut, Smaragde kommen auf einem helleren Teint besser zur Geltung, Brillanten sind immer vollendet schön.«
»Sie hat schon zu viele Brillanten. Ihr Mann schenkt sie ihr, als wären es Karamelbonbons.«
Zimmerman hüstelte. Vertraulichkeiten dieser Art stießen ihn ab. Der Mann nahm das Halsband, trug es ohne große Umstände zum Licht, schüttelte es wie eine Glocke, und unter zartem Klingklang sprühten

grüne Funken, während das Magengeschwür des Juweliers sich aufbäumte.
»Glauben Sie, daß Smaragde Glück bringen?«
»Ich nehme an, alle wertvollen Steine erfüllen diese Bedingung, Señor, aber ich bin nicht abergläubisch.«
»Das ist eine ganz besondere Frau. Ich darf mit dem Geschenk nicht danebentreffen, verstehen Sie?«
»Vollkommen.«
Aber offensichtlich war genau das geschehen, sagte sich Zimmerman und konnte ein spöttisches Lächeln nicht unterdrücken, als dieses Mädchen ihm das Halsband zurückbrachte. Nein, an dem Halsband war nichts falsch, sie, diese Kleine, war der Irrtum. Er hatte sich eine elegantere Frau vorgestellt, keinesfalls eine Maniküre mit solch einer Plastiktasche und einer so gewöhnlichen Bluse. Aber das Mädchen machte ihn neugierig, sie hatte etwas Verwundbares, Rührendes an sich, armes Ding, die wird kein gutes Ende nehmen in den Händen dieses Banditen, dachte er.
»Es ist besser, wenn Sie mir alles erzählen, Kind«, sagte Zimmerman.
Die junge Frau lieferte ihm die Geschichte ab, die sie auswendiggelernt hatte, und eine Stunde später verließ sie leichten Schrittes das Geschäft. Wie es von Anfang an geplant gewesen war, hatte der Juwelier nicht nur das Halsband zurückgekauft, sondern sie auch noch zum Abendessen eingeladen. Sie war schnell dahintergekommen, daß Zimmerman zu den Männern gehörte, die zwar schlau und mißtrauisch in geschäftlichen Belangen sind, aber arglos in allen üb-

rigen Dingen, und daß es einfach sein werde, ihn über die Zeit hin abzulenken, die Horacio Fortunato brauchte und für die er zu zahlen bereit war.
Dies wurde ein denkwürdiger Abend für Zimmerman, der mit einem Essen gerechnet hatte und unversehens in ein leidenschaftliches Liebesabenteuer geriet. Am folgenden Tag traf er seine neue Freundin wieder, und gegen Ende der Woche teilte er Patricia stotternd mit, er müsse für ein paar Tage nach New York zu einer Versteigerung von russischen Kleinodien, die aus dem Jekaterinburger Massaker gerettet worden seien. Seine Frau hörte ihm nur halb zu.

Patricia, alleingeblieben, hatte keine Lust auszugehen, zumal ihre Kopfschmerzen kamen und gingen und ihr keine Ruhe ließen. Also beschloß sie, an diesem Sonnabend nur zu faulenzen. Sie setzte sich auf die Terrasse und blätterte in Modezeitschriften. Es hatte die ganze Woche nicht geregnet, und die Luft war trocken und drückend. Sie las eine Weile, bis die Sonne sie einzuschläfern begann, ihr Körper wurde schwer, ihre Augen schlossen sich, und die Zeitschrift rutschte ihr aus den Händen. Da erreichte ein Geräusch sie aus der Tiefe des Gartens, und sie dachte, es wäre der Gärtner, dieser eigensinnige Bursche, der in weniger als einem Jahr ihren Besitz in einen tropischen Dschungel verwandelt hatte, all ihre Chrysanthemenbeete zerstört hatte, um einer überquellenden Pflanzenvielfalt Raum zu schaffen. Sie öffnete die Augen, sah zerstreut gegen die Sonne und bemerkte, daß ein Etwas von ungewohnter Größe sich im Wipfel des Avocadobaumes bewegte. Sie nahm die Sonnenbrille ab und richtete sich auf. Kein Zweifel, ein Schatten bewegte sich dort oben, und es war nicht das Laub.

Patricia stand auf und ging ein paar Schritte vor, und dann konnte sie deutlich ein blau gekleidetes Phantom mit einem goldenen Umhang sehen, das in mehreren Metern Höhe durch die Luft flog, einen Purzelbaum schlug und einen Augenblick in der Bewegung innezuhalten schien und sie vom Himmel herab grüßte. Patricia unterdrückte einen Schrei, sie war sicher, die Erscheinung werde wie ein Stein herabstürzen, zerspringen und sich in nichts auflösen, wenn sie die Erde berührte, aber der Umhang blähte sich, und das strahlende Flügelwesen streckte die Arme aus und landete auf einem nahen Mispelbaum. Plötzlich tauchte eine andere blaue Gestalt, an den Beinen hängend, im Wipfel des anderen Baumes auf und schaukelte ein mit Blumen gekröntes kleines Mädchen an den Handgelenken. Der erste Trapezkünstler machte ein Zeichen, und der zweite warf ihm das Kind zu, das im Fluge einen Regen von papiernen Schmetterlingen ausstreute, bevor es an den Fußgelenken aufgefangen wurde. Patricia vermochte sich nicht zu rühren, solange diese stummen Vögel mit den goldenen Umhängen dort oben flogen.

Plötzlich füllte ein Schrei den Garten, ein langgezogenes, barbarisches Röhren, das Patricia von den Trapezkünstlern ablenkte. Sie sah an einer seitlichen Mauer des Gartens ein dickes Seil herabfallen, und daran kletterte Tarzan persönlich herunter, er selbst, den sie aus den Filmmatineen und Comics ihrer Kindheit kannte, mit seinem spärlichen Lendenschurz aus Tigerfell und einem echten Affen auf der Hüfte, der seine Taille umklammerte. Der Herr des Urwalds sprang anmutig zu Boden, schlug sich mit den Fäusten gegen die Brust und ließ noch einmal seinen inbrünstigen Schrei hören und lockte damit alle Angestellten des Hauses an, die aufgeregt auf die Terrasse gestürzt kamen. Patricia machte ihnen ein Zeichen, ruhigzubleiben, während Tarzans Stimme verklang und von einem düsteren Trommelwirbel abgelöst wurde, der einen Zug von vier Ägypterinnen ankündigte. Sie schritten seitwärts gedreht, Köpfe und Füße nach vorn gewandt, ihnen folgte ein Buckliger mit einer gestreiften Kapuze, der einen schwarzen Panther an einer Kette hinter sich herzog. Dann erschienen zwei Mönche, die einen Sarkophag trugen, ihnen folgte ein Engel mit langen goldenen Haaren, und den Schluß bildete ein als Japaner verkleideter Indio im Kimono und auf hohen hölzernen Pantinen. Alle blieben hinter dem Schwimmbecken stehen. Die Mönche setzten den Sarkophag auf den Rasen, und während die Ägypterinnen in irgendeiner toten Sprache vor sich hinsangen und der Engel und Kuramoto ihre erstaunlichen Muskeln spielen ließen, hob sich der Deckel, und ein Wesen wie ein Albtraum erhob sich aus dem Innern. Als es aufrecht stand und alle seine Binden sichtbar waren, wurde offenbar, daß es sich um eine Mumie in bestem Gesundheitszustand handelte. In diesem Augenblick heulte Tarzan

abermals auf und fing ohne jeden Anlaß an, um die Ägypterinnen herumzuspringen und den Affen zu schütteln. Die Mumie verlor ihre jahrtausendealte Geduld, hob einen Arm und ließ ihn wie einen Knüppel auf den Nacken des Waldmenschen herabsausen, woraufhin der leblos niedersank, das Gesicht im Gras vergraben. Der Affe kletterte kreischend auf einen Baum. Bevor der einbalsamierte Pharao den Tarzan mit einem zweiten Hieb gänzlich erledigte, sprang dieser hoch und stürzte sich brüllend auf seinen Gegner. Beide wälzten sich in einer unwahrscheinlichen Stellung ineinander verschlungen über das Gras, als plötzlich der Panther sich losriß und alle auseinanderstoben und hinter Bäumen und Sträuchern Zuflucht suchten, während die Angestellten des Hauses sich in der Küche in Sicherheit brachten. Patricia war schon im Begriff, ins Schwimmbecken zu springen, als durch schieren Zauber eine Person in Frack und Zylinder erschien, die mit einem knallenden Peitschenschlag das Raubtier auf der Stelle bannte und es zu Boden zwang, wo es schnurrend wie ein Kätzchen die Pfoten in die Luft streckte. Das erlaubte dem Buckligen, die Kette wieder zu ergreifen, während der Bändiger den Zylinder abnahm und eine Meringetorte daraus hervorzog, die er zur Terrasse trug und der Herrin des Hauses zu Füßen legte.
Aus der Tiefe des Gartens erschienen nun die übrigen Mitglieder der Truppe: die Musiker der Zirkuskapelle, Märsche spielend, die Clowns, die sich prügelten, die Zwerge von den mittelalterlichen Königshö-

fen, die Reiterin, aufrecht auf ihrem Pferd stehend, die bärtige Frau, die radfahrenden Hunde, der Strauß im Kostüm der Colombine und zum Schluß eine Reihe von Boxern in ihren Satinhosen und ihren vorgeschriebenen Handschuhen, die eine Plattform auf Rädern schoben, über der sich ein Bogen aus bemalter Pappe wölbte. Und dort, auf dieser Kaiserestrade aus der Requisitenkammer, kam Horacio Fortunato mit seinem unveränderlichen Liebhaberlächeln, den Haarschopf mit Brillantine angeklebt, stolz unter seinem Triumphbogen, umgeben von seinem unglaublichen Zirkus, bejubelt von den Trompeten und Trommeln seines eigenen Orchesters, der prächtigste, verliebteste und unterhaltsamste Mann der Welt. Patricia lachte schallend und ging ihm entgegen.

Tosca

Ihr Vater setzte sie ans Klavier, als sie fünf Jahre alt war, und mit zehn gab Maurizia Rugieri, in rosa Organza und Lackschuhen, im Club Garibaldi ihr erstes Konzert vor einem wohlwollenden Publikum, das in der Mehrheit aus Mitgliedern der italienischen Kolonie bestand. Am Schluß legten sie ihr Blumensträuße zu Füßen, und der Clubvorsitzende überreichte ihr eine Gedenkplakette und eine Porzellanpuppe mit Schleifen und Spitzen.
»Wir grüßen dich, Maurizia Rugieri, als ein frühreifes Genie, ein Wunderkind wie Mozart. Die großen

Konzertpodien der Welt erwarten dich«, sagte er vollmundig.

Das Kind wartete, bis der Beifall sich gelegt hatte, und seine Stimme übertönte das stolze Schluchzen seiner Mutter, als es dann mit unerwartetem Hochmut nur zwei Sätze sprach.

»Dies ist das letzte Mal, daß ich Klavier gespielt habe. Ich will Sängerin werden«, verkündete es und ging aus dem Saal, die Puppe an einem Bein nachschleifend.

Als ihr Vater sich von der Schande erholt hatte, steckte er sie in eine Gesangsschule zu einem strengen Lehrer, der ihr für jede falsche Note auf die Finger schlug, was aber die Begeisterung des Kindes für die Oper nicht dämpfen konnte. Als sie jedoch aus dem Kleinmädchenalter herausgewachsen war, erkannte man, daß sie ein Vogelstimmchen hatte, kaum ausreichend, um ein Baby in den Schlaf zu singen, und also mußte sie ihre anspruchsvollen Vorstellungen, ein Opernsopran zu werden, gegen ein banaleres Los eintauschen. Mit neunzehn Jahren heiratete sie Ezio Longo, einen italienischen Einwanderer der ersten Generation, Architekt ohne Diplom und Baumeister von Beruf, der sich vorgenommen hatte, auf Zement und Stahl ein Imperium zu gründen, und mit fünfunddreißig Jahren hatte er es schon recht gut gefestigt.

Ezio Longo verliebte sich in Maurizia Rugieri mit derselben Entschlossenheit, mit der er die Hauptstadt mit seinen Bauten übersäte. Er war kleingewachsen, hatte einen soliden Knochenbau, einen

Nacken wie ein Zugochse und ein energisches, etwas brutales Gesicht mit kräftigen Lippen und schwarzen Augen. Seine Arbeit nötigte ihn, derbe Kleidung zu tragen, und vom vielen Aufenthalt in der Sonne war seine Haut tiefbraun gebrannt und von Falten durchzogen wie gegerbtes Leder. Er war von gutmütigem, großzügigem Charakter, lachte gern und liebte Volksmusik und reichliches Essen ohne viel Umstände. Unter diesem ein wenig gewöhnlichen Äußeren steckte eine empfindsame Seele und eine Zartheit, die er in Worten oder Gesten nicht auszudrücken verstand. Wenn er Maurizia ansah, füllten sich bisweilen seine Augen mit Tränen und die Brust mit einer beklemmenden Zärtlichkeit, die er, schrecklich beschämt, mit einem Klaps zu tarnen suchte. Es war ihm unmöglich, seine Gefühle auszudrücken, und er glaubte, wenn er sie mit Geschenken überhäufte und mit stoischer Geduld ihre häufig wechselnden Launen und ihre eingebildeten Leiden ertrug, würde das die Mängel in seinem Liebhaberrepertoire ausgleichen. Das drängende Verlangen, das sie in ihm erregte, erneuerte sich jeden Tag mit der Glut ihrer ersten Begegnungen, er umarmte sie erbittert und suchte den Abgrund, der zwischen ihnen klaffte, zu überwinden, aber all seine Leidenschaft zersplitterte an Maurizias Zimperlichkeit, deren Phantasie ständig in romantischen Romanen und Musik von Verdi und Puccini schwelgte. Ezio schlief ein, von den Anstrengungen des Tages besiegt, und hatte Albträume von schiefen Wänden und sich windenden Treppen, und wenn er am Morgen erwachte, setzte er sich im Bett

auf und betrachtete seine schlafende Frau mit so gespannter Aufmerksamkeit, daß er lernte, ihre Träume zu erraten. Er hätte sein Leben dafür hingegeben, daß sie seine Gefühle mit gleicher Stärke erwiderte.
Er baute ihr ein riesiges, von Säulen getragenes Haus, in dem der Stilmischmasch und der Überfluß an Verzierungen den Orientierungssinn verwirrten und in dem vier Dienstboten rastlos tätig waren, allein schon um Bronzefiguren zu polieren, die Fußböden zu wienern, die Kristallgehänge der Kronleuchter zu putzen, die Möbel mit den vergoldeten Füßen abzustauben und die aus Spanien importierten falschen Perser zu klopfen. Das Haus hatte im Garten ein kleines Amphitheater mit Lautsprechern und Scheinwerfern, in dem Maurizia für ihre Gäste zu singen pflegte. Ezio hätte nicht einmal in seiner Sterbestunde zugegeben, daß er außerstande war, jene schwankenden Spatzentriller schön zu finden, nicht nur, um die Lücken in seiner Bildung nicht preiszugeben, sondern vor allem aus Achtung vor den künstlerischen Neigungen seiner Frau.
Er war ein optimistischer Mensch und seiner selbst sicher, aber als Maurizia ihm weinend mitteilte, sie sei schwanger, überkam ihn eine unbezähmbare Angst, er hatte ein Gefühl, als würde sein Herz wie eine Melone gespalten, als könnte es für soviel Glück in dieser grauen Welt keinen Raum geben. Ihm schoß durch den Sinn, daß eine Katastrophe sein unsicheres Paradies zerstören könnte, und er machte sich bereit, es gegen jede Einmischung zu verteidigen.
Die Katastrophe war ein Medizinstudent, dem Mau-

rizia in der Straßenbahn begegnete. Inzwischen war das Kind geboren, ein Geschöpf so vital wie sein Vater, das gegen allen Schaden gefeit schien, eingeschlossen den bösen Blick, und die Mutter hatte wieder ihre schlanke Figur. Der Student setzte sich neben Maurizia auf der Fahrt ins Stadtzentrum, ein schmaler, blasser Junge mit dem Profil einer römischen Statue. Er las die Partitur der *Tosca* und pfiff leise zwischen den Zähnen die Arie aus dem letzten Akt. Ihr war, als verewigte sich die ganze Mittagssonne in ihren Wangen, und ein voreiliger Schweiß netzte ihren Büstenhalter. Sie konnte nicht anders, sie mußte die Worte des unglücklichen Mario Cavaradossi mitsingen, mit denen er die Morgendämmerung grüßt, ehe das Erschießungskommando seinem Leben ein Ende setzt. So, zwischen zwei Notenlinien einer Partitur, begann die Romanze. Der junge Mann hieß Leonardo Gómez und war genauso ein begeisterter Anhänger des Belcanto wie Maurizia.

Während der folgenden Monate schaffte der Student sein Arztdiplom, und sie durchlebte eine nach der andern alle Tragödien der Oper und einige der Weltliteratur, sie starb nacheinander durch Don José, die Tuberkulose, eine ägyptische Gruft, durch Dolch und Gift, sie liebte in italienischen, französischen und deutschen Arien, sie war Aida, Carmen und Lucia di Lammermoor, und jedesmal war Leonardo Gómez der Gegenstand ihrer unsterblichen Leidenschaft. In Wirklichkeit verband die beiden eine keusche Liebe, die sie sehnlichst zu vollziehen wünschte und die er in seinem Innern bekämpfte aus Achtung vor der verheirateten Frau. Sie trafen sich an öffentlichen Orten, und manchmal schlangen sie in der dunklen Ecke eines Parkes die Hände ineinander, sie steckten sich Zettelchen zu, mit Tosca oder Mario unterschrieben, und Ezio nannten sie natürlich Scarpia. Ezio aber war so dankbar für den Sohn, seine schöne Frau und den Wohlstand, die der Himmel ihm gewährt hatte, und so von Arbeit in Anspruch genommen, um seiner Familie alle nur mögliche Sicherheit bieten zu können, daß er, hätte ihm ein Nachbar nicht den Klatsch über Maurizia erzählt, die allzu oft Straßenbahn fuhr, vielleicht nie erfahren hätte, was da hinter seinem Rücken vor sich ging.

Ezio Longo war immer auf die Möglichkeit vorbereitet, mit einem geschäftlichen Verlust oder einer Krankheit fertigwerden zu müssen oder gar mit einem Unfall seines Sohnes, wie er ihn sich manchmal voll abergläubischen Entsetzens ausmalte, aber nie wäre ihm eingefallen, daß ein halbgares Studentlein ihm dreist seine Frau abspenstig machen würde. Als er es hörte, war er drauf und dran, kräftig darüber zu lachen, denn von allen Ärgernissen schien ihm dies am leichtesten zu klären, aber nach diesem ersten Impuls übermannte ihn eine blinde Wut, und die Galle stieg ihm hoch. Er folgte Maurizia zu einer verschwiegenen kleinen Konditorei, wo er sie mit ihrem Anbeter schokoladetrinkend erwischte. Er bat nicht lange um Erklärungen. Er packte seinen Nebenbuhler unter den Armen, hob ihn hoch und schmiß ihn gegen die Wand, unter dem Klirren von zerbrechendem Porzellan und dem Gekreisch der

Gäste. Dann nahm er seine Frau beim Arm und führte sie zum Wagen, einem der letzten importierten Daimlers, bevor der Zweite Weltkrieg die geschäftlichen Verbindungen mit Deutschland zerschlug. Er schloß sie im Haus ein und stellte zwei Maurer aus seiner Firma zur Bewachung an die Tür.
Maurizia verbrachte zwei Tage weinend im Bett, ohne zu sprechen und ohne zu essen. Inzwischen hatte Ezio Longo Zeit gehabt nachzudenken, und seine Wut hatte sich in dumpfe Enttäuschung gewandelt, die ihm die Verlassenheit seiner Kinderjahre, die Armut seiner Jugend, die Einsamkeit seines Daseins ins Gedächtnis brachte und den ganzen unstillbaren Hunger nach Zärtlichkeit, der ihn begleitet hatte, bis er Maurizia kennenlernte und glaubte, eine Göttin erobert zu haben. Am dritten Tag hielt er es nicht länger aus und trat in das Zimmer seiner Frau.
»Um unseres Sohnes willen, Maurizia, du mußt dir diesen Unfug aus dem Kopf schlagen. Ich weiß, ich bin nicht sehr romantisch, aber wenn du mir hilfst, kann ich mich ändern. Ich bin nicht der Mann, der sich Hörner gefallen läßt, und ich liebe dich zu sehr, um dich gehen zu lassen. Wenn du mir nur die Möglichkeit gibst, werde ich dich glücklich machen, das schwöre ich dir.«
Statt einer Antwort drehte sie sich zur Wand und verlängerte ihr Fasten um zwei weitere Tage. Ihr Mann ging erneut zu ihr.
»Ich würde wirklich gern wissen, was zum Teufel dir fehlt auf dieser Welt, vielleicht kann ich es dir ja verschaffen«, sagte er besiegt.

»Leonardo fehlt mir. Ohne ihn sterbe ich.«
»Na schön, du kannst mit diesem Bubi davongehen, wenn du willst, aber unseren Sohn wirst du nie wiedersehen.«
Sie packte ihre Koffer, kleidete sich in Musselin, setzte einen Hut mit Schleier auf und telefonierte nach einem Taxi. Ehe sie ging, küßte sie schluchzend das Kind und flüsterte ihm ins Ohr, daß sie bald zurückkehren werde, um es zu holen. Ezio, der in einer Woche sechs Kilo und die Hälfte seiner Haare verloren hatte, nahm ihr das Kind aus den Armen.
Maurizia fuhr in die Pension, in der ihr Anbeter wohnte, und sah sich dort vor die Tatsache gestellt, daß er zwei Tage zuvor abgereist war, um als Arzt im Lager einer Erdölgesellschaft zu arbeiten, in einer jener heißen Provinzen, deren Namen an Indios und Schlangen erinnern. Es kostete sie einiges, sich klarzumachen, daß er ohne Abschied fortgefahren war, aber sie schob es auf die Mißhandlung in der Konditorei und bedachte, daß Leonardo schließlich ein Dichter war und daß die Brutalität ihres Mannes ihn ganz natürlich hatte aus der Fassung bringen müssen. Sie nahm ein Zimmer im Hotel und schickte in den folgenden Tagen Telegramme an alle nur denkbaren Stellen. Tatsächlich gelang es ihr auch, Leonardo ausfindig zu machen, und sie teilte ihm mit, daß sie seinetwegen auf ihr einziges Kind verzichtet, ihrem Mann, der Gesellschaft und selbst Gott getrotzt habe und daß ihr Entschluß, ihm auf seinem Lebensweg zu folgen, bis daß der Tod sie scheide, absolut unwiderruflich sei.

Die Reise war eine beschwerliche Expedition erst mit dem Zug, dann per Bus und an einigen Stellen auf dem Flußweg. Maurizia war alleine nie über einen Radius von dreißig Querstraßen rund um ihr Haus hinausgekommen, aber weder die Großartigkeit der Landschaft noch die riesigen Entfernungen konnten sie einschüchtern. Unterwegs verlor sie zwei Koffer, und ihr Musselinkleid war nur noch ein gelb eingestaubter Lumpen, aber sie kam doch endlich an der Flußmündung an, wo Leonardo sie erwarten sollte. Als sie aus dem Bus stieg, sah sie eine Piroge am Ufer und rannte darauf zu, daß ihr langes Haar sich aus dem verrutschten Hut löste und mit den Fetzen des Schleiers um die Wette flog. Aber statt ihres Mario standen da ein Neger mit einem Tropenhelm und zwei melancholische Indios mit Paddeln in den Händen. Zum Umkehren war es zu spät. Sie nahm die Erklärung an, daß Doktor Gómez einen Notfall gehabt habe, und stieg mit den Resten ihres ramponierten Gepäcks in das Boot, wobei sie inbrünstig betete, daß diese drei Männer doch bitte keine Banditen oder Kannibalen sein möchten. Zum Glück waren sie beides nicht und brachten sie auf dem Wasser durch eine weit gedehnte rauhe und wilde Gegend heil und gesund an den Ort, wo ihr Anbeter sie erwartete.
Dieser Ort bestand eigentlich aus zwei Orten, der eine wurde von langgestreckten Gemeinschaftsbaracken gebildet, in denen die Arbeiter wohnten, der andere, wo die Angestellten lebten, bestand aus den Büros der Gesellschaft, fünfundzwanzig vorgefertigten, aus den Vereinigten Staaten eingeflogenen

Häuschen, einem albernen Golfplatz und einem Schwimmbecken mit grünem Wasser, das jeden Morgen voller riesiger Kröten war, das Ganze umgeben von einem Drahtzaun mit einem Tor, vor dem zwei Posten Wache hielten. Es war ein Lager von Männern auf der Durchreise, hier drehte sich das ganze Dasein um den schwarzen Schlamm, der aus der Tiefe der Erde heraufstieg wie das unaufhörliche Erbrechen eines Drachen. In jener Abgeschiedenheit gab es sonst keine Frauen außer ein paar geduldiger Gefährtinnen der Arbeiter; die Gringos und die Vorarbeiter fuhren alle drei Monate nach Hause, um ihre Familien zu besuchen. Die Ankunft der Gattin von Doktor Gómez, wie sie Maurizia nannten, brachte den gewohnten Trott für ein paar Tage durcheinander, bis sie sich daran gewöhnt hatten, sie mit ihren Schleiern, ihrem Sonnenschirm und ihren Ballschuhen vorübergehen zu sehen wie eine Gestalt, die einer ganz anderen Geschichte entsprungen war.

Maurizia ließ nicht zu, daß die Rauheit dieser Männer oder die tagtägliche Hitze sie kleinkriegten, sie hatte sich vorgenommen, ihr Schicksal mit Größe zu tragen, und fast gelang ihr das auch. Sie machte aus Leonardo Gómez den Helden ihres eigenen Melodrams, schmückte ihn mit utopischen Tugenden und übertrieb die Bedeutung ihrer Liebe bis zum Schwachsinn, ohne sich mit der Überlegung aufzuhalten, ob sie bei ihrem Geliebten auf Widerhall stieß, ohne zu wissen, ob er bei dieser zügellosen Leidenschaftsgaloppade mit ihr Schritt hielt. Wenn Leonardo erkennen ließ, daß er weit zurücklag, schrieb sie das seiner Schüchternheit und seiner schwachen Gesundheit zu, die sich in dem teuflischen Klima verschlechtert habe. Er wirkte allerdings tatsächlich so zerbrechlich, daß sie endgültig von all ihren alten Leiden genas, um sich seiner Pflege zu widmen. Sie begleitete ihn in das primitive Krankenhaus und lernte die Obliegenheiten einer Krankenschwester, um ihm zu helfen. Sich um Opfer der Malaria zu kümmern oder schreckliche Wunden von Unfällen an den Bohrlöchern zu versorgen erschien ihr besser, als in ihrem Haus eingeschlossen zu sein, unter einem Ventilator zu sitzen und zum hundertsten Mal dieselben überholten Zeitschriften und romantischen Novellen zu lesen. Zwischen Spritzen und Verbänden konnte sie sich selbst als Kriegsheldin sehen, eine dieser tapferen Frauen aus den Filmen, die es manchmal im Club des Lagers gab. Sie weigerte sich mit selbstmörderischer Entschlossenheit, die schäbige Wirklichkeit wahrzunehmen, und war hartnäckig darauf bedacht, jeden Augenblick mit Worten zu verschönern, da alles andere nun einmal unmöglich war. Sie sprach von Leonardo Gómez, den sie beharrlich Mario nannte, wie von einem Heiligen, der sich dem Dienst an der Menschheit geweiht hat, und machte es sich zur Aufgabe, aller Welt zu beweisen, daß sie beide die Helden einer außergewöhnlichen Liebe seien, was jeden Angestellten der Gesellschaft entmutigte, der sich vielleicht für die einzige weiße Frau am Ort hätte entflammen können. Die barbarischen Bedingungen im Lager nannte sie »Berührung mit der Natur« und nahm die Übel einfach

nicht zur Kenntnis: die Moskitos, das giftige Geziefer, die Leguane, die höllischen Tage, die stickigen Nächte, die Tatsache, daß sie sich allein nicht vors Tor wagen durfte. Ihre Einsamkeit, ihren Überdruß, ihren natürlichen Wunsch, durch die Straßen einer Stadt zu spazieren, sich modisch zu kleiden, ihre Freundinnen zu besuchen und ins Theater zu gehen, bezeichnete sie als »leichte Nostalgie«. Das einzige, was sie nicht mit einem anderen Namen versehen konnte, war der animalische Schmerz, unter dem sie sich krümmte, wenn sie an ihr Kind dachte, und deshalb hielt sie es für besser, es nie zu erwähnen.
Leonardo Gómez arbeitete länger als zehn Jahre in dem Lager, bis ihn das Fieber und das Klima zerrieben hatten. Er hatte so lange in dem schützenden Umkreis der Ölgesellschaft gelebt, daß er keine Lust verspürte, sich an eine vielleicht feindseligere Umgebung zu gewöhnen, andererseits erinnerte er sich noch an Ezio Longos Wut, mit der er ihn an die Wand gedonnert hatte, und daher erwog er nicht einmal die Möglichkeit, in die Hauptstadt zurückzukehren. Er suchte nach einen Posten in irgendeinem vergessenen Winkel, wo er in Frieden weiterleben könnte, und so kam er eines Tages, es war Anfang der fünfziger Jahre, mit seiner Frau, seinem medizinischen Instrumentarium und seinen Opernschallplatten in Agua Santa an.
Maurizia entstieg dem Bus ganz nach der Mode gekleidet, in einem engen Kleid mit großen Tupfen und mit einem riesigen schwarzen Strohhut, Dinge, die sie sich über einen Katalog aus New York hatte

schicken lassen, etwas, was man hierorts gar nicht kannte. Auf jeden Fall wurden sie mit der Gastfreundschaft der kleinen Dörfer aufgenommen, und in weniger als vierundzwanzig Stunden kannten alle die Legende von der großen Liebe der beiden Neuankömmlinge. Sie nannten sie Tosca und Mario, ohne die geringste Ahnung zu haben, wer diese Personen waren, aber Maurizia unternahm es, sie aufzuklären. Sie gab ihre Schwesterntätigkeit bei Leonardo auf, stellte einen Kirchenchor zusammen und bot den Leuten die ersten Gesangskonzerte in der Geschichte des Dorfes. Stumm vor Staunen sahen die Einwohner von Agua Santa zu, wie sie sich auf einer in der Schule behelfsmäßig aufgeschlagenen Bühne in Madame Butterfly verwandelte, aufgeputzt mit einem wunderlichen Morgenrock, ein paar Stricknadeln im hochfrisierten Haar, einer Plastikblume hinterm Ohr und das Gesicht mit weißer Kreide bemalt, und mit ihrem Vogelstimmchen zu trillern begann. Keiner verstand auch nur ein Wort von dem Gesang, aber als sie niederkniete und ein Küchenmesser zückte, das sie sich in den Bauch zu stechen drohte, schrie das Publikum auf vor Entsetzen, und ein Zuschauer sprang auf die Bühne, um sie davon abzubringen, wand ihr die Waffe aus den Händen und zwang sie, aufzustehen. Anschließend entspann sich eine lange Diskussion über die Gründe für den tragischen Entschluß der japanischen Dame, und alle waren sich einig, daß der nordamerikanische Marineoffizier, der sie verlassen hatte, ein gewissenloser Schurke war, er war es nicht wert, daß sie seinetwegen starb, denn das

Leben ist lang, und es gibt viele Männer auf dieser Erde. Die Aufführung endete in lärmendem Vergnügen, als sich spontan eine kleine Musikkapelle zusammenfand und die Leute zu tanzen begannen. Diesem denkwürdigen Abend folgten andere gleichartige: Gesang, Tod, Erklärung der Opernhandlung durch die Sopranistin, öffentliche Diskussion und abschließendes Fest.

Doktor Mario und Señora Tosca waren zwei hochgeachtete Mitglieder der Gemeinde, er kümmerte sich um die Gesundheit der Leute, sie um das kulturelle Leben, wozu auch die Wandel in der Mode gehörten. Sie wohnten in einem kühlen, angenehmen Haus, dessen eine Hälfte von der Arztpraxis eingenommen wurde. Im Patio hielten sie einen blau-gelben Ara, der über ihren Köpfen flog, wenn sie durch den Ort spazierten. Jeder wußte, wohin der Doktor und seine Frau gingen, denn der Vogel begleitete sie stets und schwebte mit seinen breiten zweifarbigen Schwingen schweigend zwei Meter über ihnen. So lebten sie viele Jahre in Agua Santa, bewundert von den Leuten, die sie ein Beispiel für vollkommene Liebe nannten.
Während eines seiner Malariaanfälle verirrte sich der Doktor auf den Wegen des Fiebers und fand nicht mehr zurück. Sein Tod erschütterte das Dorf, die Leute fürchteten, seine Frau könnte einen verhängnisvollen Schritt tun wie die vielen, die sie singend dargestellt hatte, und deshalb wechselten sie sich in den folgenden Wochen Tag und Nacht dabei ab, ihr Gesellschaft zu leisten. Maurizia kleidete sich von

Kopf bis Fuß in Trauer, malte alle Möbel schwarz an und schleppte ihren Schmerz mit sich herum wie einen hartnäckigen Schatten, bis sich zwei tiefe Falten neben ihrem Mund bildeten, aber sie beabsichtigte nicht, ihrem Leben ein Ende zu machen. Vielleicht empfand sie in der Vertrautheit ihres Zimmers, wenn sie allein im Bett lag, eine tiefe Erleichterung, weil sie nicht länger den schweren Karren ihrer Träume ziehen mußte, weil es nicht mehr nötig war, die Person am Leben zu erhalten, die sie erfunden hatte, um sich selbst darzustellen, weil sie nicht länger seiltänzerische Kunststückchen vollbringen mußte, um die Schwächen eines Mannes zu übertünchen, der nie auf der Höhe ihrer Illusionen gewesen war. Aber die Gewohnheit, Theater zu spielen, war zu tief in ihr verwurzelt. Mit derselben unendlichen Geduld, mit der sie sich früher das Bild der romantischen Heldin geschaffen hatte, erdichtete sie jetzt die Legende von ihrer Untröstlichkeit. Sie blieb in Agua Santa, immer in Schwarz gekleidet, obwohl es schon seit einiger Zeit nicht mehr üblich war, so lange Trauer zu tragen, und weigerte sich, wieder zu singen, trotz der inständigen Bitten ihrer Freundinnen, die glaubten, die Oper könne ihr Trost geben. Das Dorf schloß einen engen Kreis um sie, wie eine feste Umarmung, um ihr das Leben erträglich zu machen und ihr bei ihren Erinnerungen beizustehen. Mit der Hilfe aller wuchs das Bild des Doktor Gómez in der Vorstellung des Dorfes ins Heroische. Nach zwei Jahren veranstalteten sie eine Sammlung, um eine Bronzebüste anfertigen zu lassen, die sie auf einem

Postament gegenüber dem steinernen Standbild des Befreiers auf dem Platz aufstellten.

In eben diesem Jahr wurde die Autobahn gebaut, die an Agua Santa vorbeiführte und das Aussehen und den Geist des Dorfes für immer veränderte. Zu Anfang widersetzten sich die Leute dem Projekt, weil sie glaubten, nun würden die armen Häftlinge aus dem Gefängnis Santa María wieder herangeholt und gezwungen, mit Fesseln an den Füßen Bäume zu fällen und Steine zu klopfen wie damals, so erzählten die Großväter, als zu Zeiten des Wohltäters die Landstraße gebaut worden war. Aber bald kamen die Ingenieure aus der Stadt und erklärten ihnen, diesmal würden moderne Maschinen die Arbeit machen und keine Häftlinge. Ihnen folgten die Landvermesser und danach die Arbeitertrupps mit orangefarbenen Helmen und Jacken, die im Dunkeln leuchteten. Die Maschinen stellten sich als Ungeheuer heraus, groß wie Dinosaurier, schätzte die Lehrerin der Schule, und auf ihren Flanken stand der Name der Firma: »Ezio Longo und Sohn«. Am selben Tag kamen auch Vater und Sohn in Agua Santa an, um die Arbeiten zu überwachen und die Löhne zu zahlen.

Als Maurizia die Maschinen und die Schilder ihres ehemaligen Mannes sah, versteckte sie sich in ihrem Haus hinter verschlossenen Fenstern in der unsinnigen Hoffnung, so für ihre Vergangenheit unerreichbar zu sein. Aber achtundzwanzig lange Jahre hatte sie die Erinnerung an den fernen Sohn ertragen wie einen in ihre Körpermitte eingerammten Schmerz, und als sie erfuhr, daß die Chefs der Baugesellschaft selbst in Agua Santa waren und im Wirtshaus zu Mittag aßen, konnte sie nicht länger gegen ihren Mutterinstinkt ankämpfen. Sie betrachtete sich im Spiegel. Sie war eine Frau von einundfünfzig Jahren, alt geworden unter der Tropensonne und der Anstrengung, ein Trugbild des Glücks vorzutäuschen, aber ihre Falten hielten noch den Adel des Stolzes fest. Sie bürstete sich das Haar und steckte es zu einem hohen Knoten auf, ohne zu versuchen, die weißen Strähnen zu verbergen, zog ihr bestes schwarzes Kleid an und legte das Perlenhalsband von ihrer Hochzeit um, das sie durch alle Abenteuer gerettet hatte, und mit einer Geste schüchterner Koketterie tuschte sie die Wimpern ein bißchen und tupfte ein wenig Rot auf Wangen und Lippen. Sie ging aus dem Haus und spannte gegen die Sonne den Regenschirm von Leonardo Gómez auf. Der Schweiß lief ihr den Rücken hinunter, aber sie zitterte nicht.

Zu dieser Stunde waren die Rolläden des Wirtshauses geschlossen, um die Mittagshitze draußenzuhalten, und so brauchte Maurizia eine Weile, bis sich die Augen an das Halbdunkel gewöhnten und sie an einem der Tische im Hintergrund Ezio Longo und den jungen Mann erkannte, der ihr Sohn sein mußte. Ihr Ehemann hatte sich viel weniger verändert als sie, vielleicht weil er schon immer ein Mensch ohne Alter gewesen war. Derselbe Löwennacken, derselbe solide Knochenbau, dieselben ein wenig grobschlächtigen Züge und die tiefliegenden Augen, aber nun gemildert durch einen Fächer von fröhlichen Fältchen, wie sie ein heiteres Gemüt hervorbringt.

Über seinen Teller gebeugt, kaute er hingegeben und hörte seinem Sohn zu. Maurizia beobachtete sie von weitem. Ihr Sohn war jetzt nahe an die dreißig. Obwohl er von ihr die langen Beine und die zarte Haut geerbt hatte, waren die Bewegungen die seines Vaters, er aß mit dem gleichen Behagen, schlug auf den Tisch, um seinen Worten Nachdruck zu geben, lachte herzhaft, ein vitaler, energischer Mann mit einem entschiedenen Sinn für seine eigene Kraft, ausgezeichnet befähigt für den Kampf. Maurizia betrachtete Ezio Longo mit neuen Augen und erkannte zum erstenmal seine starke Männlichkeit. Sie tat ein paar Schritte nach vorn, bewegt, mit stockendem Atem, sie sah sich selbst wie aus einer anderen Dimension, als stünde sie auf einer Bühne und stellte den dramatischsten Augenblick des langen Theaterstücks dar, das ihr Leben gewesen war, die Namen von Mann und Sohn auf den Lippen und in voller Bereitschaft, Vergebung zu erlangen für all die vielen Jahre des Fernseins. In diesen wenigen Minuten sah sie das minutiöse Räderwerk der Falle, in der sie drei Jahrzehnte der Selbsttäuschung zugebracht hatte. Sie begriff, daß der wahre Held des Stückes Ezio Longo war, und hätte gern geglaubt, er habe all diese Jahre hindurch nicht aufgehört, sich nach ihr zu sehnen und auf sie zu warten, mit der beständigen, leidenschaftlichen Liebe, die Leonardo Gómez ihr nie hatte geben können, weil sie seinem Wesen fremd war.

In diesem Augenblick, als sie mit einem einzigen weiteren Schritt aus dem Dunkel getreten und sichtbar geworden wäre, beugte sich der junge Mann vor, umfaßte das Handgelenk seines Vaters und sagte mit einem sympathischen Zwinkern ein paar Worte. Die beiden brachen in schallendes Gelächter aus, klopften sich auf die Schultern, zerstrubbelten sich gegenseitig das Haar, und das alles mit einer männlichen Zärtlichkeit und einer festen Kameradschaftlichkeit, aus der Maurizia und der Rest der Welt ausgeschlossen waren. Sie schwankte einen unendlichen Augenblick auf der Grenze zwischen Traum und Wirklichkeit, und dann wandte sie sich um, trat aus dem Wirtshaus, öffnete ihren schwarzen Regenschirm und kehrte in ihr Haus zurück, und der Ara flog über ihrem Kopf wie ein wunderlicher Erzengel aus dem Kirchenkalender.

Walimai

Der Name, den mein Vater mir gab, ist Walimai, das bedeutet in der Sprache unserer Brüder im Norden »Wind«. Ich darf es dir erzählen, weil du jetzt wie meine eigene Tochter bist, und du hast meine Erlaubnis, mich beim Namen zu nennen, wenn auch nur innerhalb der Familie. Man muß sehr achtsam mit den Namen der Menschen und aller lebenden Wesen umgehen, denn wenn man sie dabei nennt, berührt man ihr Herz und dringt ein in ihre Lebenskraft. So grüßen wir uns als Blutsverwandte. Ich verstehe die Leichtigkeit nicht, mit der Fremde einander ohne Furcht rufen, das ist nicht nur ein Mangel an Achtung, es kann auch große Gefahren bringen. Ich habe bemerkt, daß diese Personen mit der größten Leichtfertigkeit sprechen, ohne zu bedenken, daß Sprechen auch Sein ist. Die Gebärde und das Wort sind das Denken des Menschen. Man darf nicht leer daherreden, das habe ich meine Söhne gelehrt, aber meine Ratschläge werden nicht immer befolgt. In früheren Zeiten wurden die Tabus und die Bräuche geachtet. Meine Großväter und die Großväter meiner Großväter empfingen von ihren Großvätern die nötigen Kenntnisse. Nichts änderte sich für sie. Ein Mann mit gutem Gedächtnis konnte sich an jede einzelne der Lehren erinnern und wußte so, wie er in jedem Augenblick handeln mußte. Aber dann kamen die Fremden und redeten gegen die Weisheit der Großväter an und trieben uns aus unserem Land. Wir ziehen jedesmal tiefer hinein in den Urwald, aber sie erreichen uns immer, manchmal dauert es Jahre, aber schließlich nahen sie wieder heran, und dann müssen wir unsere Saaten zerstören, uns die Kinder auf den Rücken laden, die Tiere an den Strick nehmen und fortgehen. So ist es gewesen, so weit ich zurückdenken kann: alles liegenlassen und rennen wie die Ratten und nicht wie die großen Krieger und die Götter, die in alten Zeiten in diesem Land lebten. Manche jungen Leute sind neugierig auf die Weißen, und während wir in die Tiefe des Urwalds ziehen, um weiterhin wie unsere Vorfahren zu leben, gehen andere den entgegengesetzten Weg. Wir betrachten diejenigen, die fortgehen, als Tote, denn nur sehr wenige kehren zurück, und die es tun, haben sich so verändert, daß wir sie nicht als Verwandte wiedererkennen können.

Es wird erzählt, daß in den Jahren, bevor ich zur Welt kam, in unserem Dorf nicht genug Mädchen geboren worden waren, und deshalb mußte mein Vater lange Wege wandern, um sich eine Frau aus einem anderen Stamm zu holen. Er zog durch die Wälder und folgte den Angaben anderer, die vor ihm diesen Weg aus demselben Grund gegangen und mit fremden Frauen heimgekehrt waren. Nach langer Zeit, als mein Vater schon die Hoffnung verlieren wollte, eine Gefährtin zu finden, erblickte er ein Mädchen am Fuß eines hohen Wasserfalls, das ist ein Fluß, der vom Himmel fällt. Ohne sich ihr zu sehr zu nähern, um sie nicht zu erschrecken, redete er sie in dem Ton an, den die Jäger gebrauchen, um ihre Beute zu beruhigen, und erklärte ihr, daß er heiraten wolle. Sie machte ihm ein Zeichen, heranzukommen und betrachtete ihn ohne Scheu, und der Anblick des Wanderers mußte ihr wohl gefallen haben, denn sie entschied, daß der Gedanke an eine Heirat ganz vernünftig sei. Mein Vater mußte für seinen Schwiegervater arbeiten, bis er den Preis für die Frau bezahlt hatte. Nachdem sie die Hochzeitsriten abgehalten hatten, wanderte er mit ihr zurück in unser Dorf.

Ich wuchs mit meinen Geschwistern unter den Bäumen auf, ohne jemals die Sonne zu sehen. Bisweilen fiel ein kranker Baum, und es blieb eine Öffnung in der hohen Kuppel des Waldes, dann sahen wir das blaue Auge des Himmels. Meine Eltern erzählten mir Geschichten, sangen mir Lieder vor und lehrten mich alles, was die Männer wissen müssen, um ohne Hilfe, nur mit Pfeil und Bogen zu überleben. So wurde ich frei. Wir, die Söhne des Mondes, können nicht ohne Freiheit leben. Wenn man uns hinter Mauern oder Gittern einschließt, kehren wir uns nach innen, wir werden blind und taub, und binnen weniger Tage löst sich der Geist von den Brustknochen und verläßt uns. Manchmal werden wir wie elende Tiere, aber fast immer ziehen wir es vor, zu sterben. Deshalb haben unsere Häuser keine Wände, nur ein schräges Dach, um den Wind etwas abzuhalten und den Regen abzuleiten, und wir hängen darunter unsere Hängematten sehr nahe nebeneinander, denn wir hören gern den Träumen der Frauen und der Kinder zu und fühlen gern den Atem der Affen, der Hunde und der Pakas, die mit uns den Raum teilen.

Anfangs lebte ich im Urwald ohne zu wissen, daß es jenseits der Steilufer und der Flüsse auch Menschen gab. Hin und wieder kamen Freunde aus anderen Stämmen zu Besuch und erzählten uns, was sie hatten reden hören über Boa Vista und El Platanal, über die Fremden und ihre Sitten, aber wir glaubten, das wären nur Geschichten zum Lachen. Ich wurde ein Mann, und nun kam die Reihe an mich, eine Frau zu suchen, aber ich beschloß, noch zu warten, ich ging lieber mit den Unverheirateten, wir waren immer fröhlich und hatten viel Spaß miteinander. Freilich hatte ich nicht so viel Zeit zum Spielen und Ausruhen wie andere, denn meine Familie ist zahlreich: Geschwister, Vettern, Neffen, eine Menge Mäuler zu stopfen, viel Arbeit für einen Jäger.

Eines Tages kam eine Gruppe von bleichen Männern in unser Dorf. Sie jagten mit Feuerknall, aus der Ferne, ohne Geschicklichkeit und ohne Mut, sie waren unfähig, auf einen Baum zu klettern oder einen Fisch im Wasser mit dem Speer aufzuspießen, sie konnten sich im Urwald kaum bewegen, immer blieben sie mit ihren Rucksäcken, ihren Waffen und sogar mit den eigenen Füßen irgendwo hängen. Sie gingen nicht nackt wie wir, sondern hatten durchschwitzte und stinkende Kleider an, waren schmutzig und kannten keine Anstandsregeln, aber sie waren versessen darauf, uns von ihrem Wissen und von ihren Göttern vorzuschwatzen. Wir verglichen sie mit dem, was man uns über die Weißen erzählt hatte, und erkannten, daß jenes Gerede die Wahrheit gewesen war. Bald erfuhren wir, daß dies keine Missionare, Soldaten oder Kautschuksammler waren, sondern Verrückte, sie wollten das Land und wollten das Holz wegschaffen, sie suchten auch nach Steinen. Wir erklärten ihnen, daß man sich den Wald nicht auf den Rücken laden und wegtragen kann wie einen toten Vogel, aber sie wollten nicht zur Vernunft kommen. Sie ließen sich in der Nähe unseres Dorfes nieder. Jeder einzelne von ihnen war wie ein Wind des Unheils, er zerstörte auf seinem Weg alles, was er berührte, ließ eine Spur von Unrat zurück, plagte Tiere und Menschen. Anfangs befolgten wir die Regeln der Höflichkeit und waren ihnen gefällig, weil sie unsere Gäste waren, aber sie gaben sich mit nichts zufrieden, sie wollten immer noch mehr, bis wir dieses Spiels müde waren und den Krieg begannen, mit allen gebräuchlichen Zeremonien. Sie sind keine guten Krieger, sie erschrecken leicht und haben weiche Knochen. Sie hielten den Knüppelhieben, die wir ihnen auf die Köpfe gaben, nicht stand.

Danach gaben wir das Dorf auf und zogen nach Osten, wo der Wald undurchdringlich ist, und legten große Strecken in den Baumwipfeln zurück, damit uns ihre Freunde nicht fanden. Wir hatten gehört, daß sie rachsüchtig sind und daß sie es fertigbringen, für jeden einzelnen von ihnen, der stirbt, und sei es auch in einem ehrlichen Kampf, einen ganzen Stamm auszurotten einschließlich der Kinder. Wir fanden einen Ort, wo wir ein neues Dorf aufbauen konnten, er war nicht so gut wie der alte, die Frauen mußten Stunden gehen, um sauberes Wasser zu holen, aber wir blieben hier, weil wir glaubten, niemand würde uns so weit entfernt mehr suchen.

Ein Jahr war vergangen, da mußte ich mich einmal sehr weit vom Dorf entfernen, weil ich der Fährte eines Pumas folgte, und geriet in allzu große Nähe eines Soldatenlagers. Ich war müde und hatte lange nichts gegessen, daher waren meine Wahrnehmungen verwirrt. Statt umzukehren, als ich die Gegenwart der Fremden bemerkte, legte ich mich hin, um auszuruhen. Die Soldaten fingen mich. Sie erwähnten jedoch die Knüppelhiebe nicht, die wir den anderen versetzt hatten, tatsächlich fragten sie mich überhaupt nichts, vielleicht kannten sie jene Weißen nicht und wußten nicht, daß ich Walimai bin. Sie brachten mich zu den Kautschukleuten, wo viele Männer von anderen Stämmen waren, die sie mit Hosen bekleidet

hatten und zum Arbeiten zwangen, ohne ihre Wünsche zu beachten. Der Kautschuk verlangt viel Fleiß, und sie hatten dort nicht genug Leute, deshalb mußten sie uns mit Gewalt heranholen. Es war eine Zeit ohne Freiheit, und ich mag nicht davon sprechen. Ich blieb nur, um zu sehen, ob ich etwas lernen könnte, aber ich wußte von Anfang an, daß ich zu den Meinen zurückkehren würde. Niemand kann einen Jäger gegen seinen Willen lange festhalten.
Wir arbeiteten von früh bis spät, die einen zapften die Bäume an, um ihnen Tropfen für Tropfen das Leben zu nehmen, andere kochten die aufgefangene Flüssigkeit ein, um sie zu verdicken und zu großen Kugeln zu formen. Im Freien war die Luft krank vom Geruch des heißen Gummis, und in den Schlafbaracken war sie krank vom Schweiß der Männer. An diesem Ort konnte ich nie tief atmen. Zu essen bekamen wir Mais, Bananen und den Inhalt von Büchsen, den ich niemals kostete, denn nichts Gutes für den Menschen kann in Büchsen wachsen. An einem Ende des Lagers hatten sie eine große Hütte gebaut, wo sie die Frauen hielten. Nach zwei Wochen Arbeit gab mir der Vorarbeiter ein Papier und schickte mich zu ihnen. Er gab mir auch einen Becher mit Schnaps, den ich auf die Erde goß, denn ich hatte gesehen, wie dieses Wasser den Verstand zerstört. Ich stellte mich in der Reihe an wie alle übrigen. Ich war der letzte, und als es an mir war, einzutreten, war die Sonne schon untergegangen, und die Nacht war gekommen mit ihrem Krötengelärm und Papageiengekreisch.
Sie war vom Stamm der Ila, derer mit dem sanften

Herzen, wo die lieblichsten Mädchen herkommen.
Manche Männer wandern monatelang, um zu den Ila
zu gelangen, sie bringen ihnen Geschenke mit und
jagen für sie in der Hoffnung, eine ihrer Frauen zu
gewinnen. Ich erkannte sie, obwohl sie wie eine gehäutete Eidechse aussah, denn meine Mutter war
auch eine Ila. Sie lag nackt auf einer Matte aus Palmblättern, ihr Fußgelenk war mit einer Kette an einen
Ring im Boden gefesselt, sie war willenlos erschlafft,
als hätte sie den »Yopo« der Akazie durch die Nase
eingesogen, roch nach kranken Hunden und war naß
von der Spritzflut der Männer, die vor mir auf ihr
gelegen hatten. Sie hatte die Größe eines Kindes, ihre
Knochen klapperten wie Steinchen im Fluß. Die Ilafrauen entfernen sich alle Körperhaare, schmücken
sich mit Federn und Blumen hinter den Ohren, ziehen polierte Hölzchen durch Wangen und Nase, bemalen den ganzen Körper mit dem Rot des Orleansbaumes, dem Violett der Palme und dem Schwarz der
Kohle. Aber die hatte nichts von all dem. Ich legte
meinen Machete auf den Boden und grüßte sie als
Schwester, ich ahmte ein paar Vogelstimmen nach
und das Rauschen des Flusses. Sie antwortete nicht.
Ich schlug ihr kräftig auf die Brust, um zu hören, ob
ihr Geist zwischen den Rippen widerhallte, aber es
gab kein Echo, ihre Seele war zu schwach und konnte
mir nicht antworten. Ich kniete mich neben sie, gab
ihr ein wenig Wasser zu trinken und sprach zu ihr in
der Sprache meiner Mutter. Sie öffnete die Augen
und sah mich lange an. Ich verstand.
Vor allem andern wusch ich mich, ohne das reine

Wasser zu vergeuden. Ich nahm einen guten Schluck in den Mund und versprühte ihn in feinen Strahlen über meine Hände, die ich kräftig rieb und dann noch einmal naß machte, um mir das Gesicht zu säubern. Ich zog die Hose aus, die mir der Vorarbeiter gegeben hatte. An der Schnur, die ich um den Leib trug, hingen meine Stäbe zum Feuermachen, einige Pfeilspitzen, eine Rolle Tabak, mein hölzernes Messer mit einem Rattenzahn an der Spitze und ein Beutel aus sehr festem Leder, in dem ich etwas Curare aufbewahrte. Ich tat ein wenig von der Paste auf die Spitze meines Messers, beugte mich über die Frau, und mit dem vergifteten Instrument schnitt ich ihr in den Hals. Das Leben ist ein Geschenk der Götter. Der Jäger tötet, um seine Familie zu ernähren, er achtet darauf, nicht das Fleisch seiner Beute zu kosten, und zieht dasjenige vor, das ihm ein anderer Jäger anbietet. Manchmal tötet ein Mann einen anderen im Krieg, aber niemals kann er einer Frau oder einem Kind ein Leid antun. Sie sah mich mit großen Augen an, die gelb waren wie der Honig, und mir war, als versuchte sie, dankbar zu lächeln. Um ihretwillen hatte ich das oberste Gebot der Söhne des Mondes verletzt, und ich würde meine Schande mit viel Arbeit sühnen müssen. Ich hielt mein Ohr an ihren Mund, und sie flüsterte ihren Namen. Ich wiederholte ihn zweimal im Geiste, um ganz sicher zu sein, aber ich sprach ihn nicht laut aus, denn man darf die Toten nicht nennen, um ihren Frieden nicht zu stören, und sie war bereits eine Tote, obwohl ihr Herz noch schlug. Bald sah ich, wie die Muskeln des Bau-

ches, der Brust und der Glieder von der Lähmung befallen wurden, sie verlor den Atem, veränderte die Farbe, ein Seufzer entfloh ihr, und sie starb ohne Kampf, wie die kleinen Kinder sterben.
Sofort spürte ich, wie ihr Geist durch die Nase entwich, in mich eindrang und sich an meinem Brustbein festsetzte. Ihr ganzes Gewicht fiel auf mich, und ich mußte mich anstrengen, um aufzustehen, ich bewegte mich schwerfällig, wie unter Wasser. Ich bog ihren Körper in die Stellung der letzten Ruhe, bis die Knie das Kinn berührten, band ihn mit den Stricken der Matte zusammen, häufte die Reste des Palmstrohs auf und rieb meine Stäbe, um Feuer zu machen. Als ich sah, daß der Scheiterhaufen sicher brannte, trat ich langsam aus der Hütte, kletterte über den Lagerzaun, mit großer Mühe, weil sie mich hinunterzog, und wandte mich zum Wald. Ich hatte gerade die ersten Bäume erreicht, als ich die Alarmglocke hörte.
Den ganzen ersten Tag ging ich, ohne einen Augenblick stehenzubleiben. Am zweiten Tag fertigte ich mir einen Bogen und Pfeile an, damit ich für sie und auch für mich jagen konnte. Der Krieger, der die Last eines anderen menschlichen Lebens trägt, muß zehn Tage fasten, dann wird auch der Geist des Verstorbenen schwächer, der sich schließlich löst und ins Reich der Seelen eingeht. Wenn der Krieger es nicht tut, mästet sich der Geist an der Nahrung und wächst in dem Mann, bis er ihn erstickt. Ich habe einige sehr Tapfere so sterben sehen. Aber bevor ich diese Bedingungen erfüllte, mußte ich den Geist der Ilafrau in

den dunkelsten Urwald führen, wo ich nie gefunden werden würde. Ich aß sehr wenig, gerade genug, um sie nicht ein zweites Mal zu töten. Jeder Bissen in meinem Mund schmeckte nach faulem Fleisch, und jeder Schluck Wasser war bitter, aber ich zwang mich, zu schlucken, um uns beide zu ernähren. Einen vollen Mondwechsel lang drang ich tiefer und tiefer in den Urwald ein und trug den Geist der Frau, der täglich schwerer wurde. Wir sprachen viel miteinander. Die Sprache der Ila bewegt sich frei und hallt lange unter den Bäumen wider. Wir verständigten uns durch Gesang, mit dem ganzen Körper, mit den Augen, mit den Füßen. Ich wiederholte ihr die Legenden, die ich von meiner Mutter und meinem Vater gehört hatte, und erzählte ihr von meinem Leben, und sie erzählte mir von den ersten Jahren des ihren, als sie ein fröhliches Kind war, das mit seinen Geschwistern spielte, sich im Schlamm wälzte und sich auf den höchsten Zweigen der Bäume wiegte. Aus Feingefühl erwähnte sie nicht ihre letzte Zeit voll Unglück und Demütigung. Ich fing einen weißen Vogel, riß ihm die schönsten Federn aus und machte ihr einen Ohrschmuck. In den Nächten unterhielt ich ein kleines Feuer, damit sie nicht fror und damit keine Jaguare oder Schlangen ihren Schlaf störten. Im Fluß badete ich sie behutsam und rieb sie mit Asche und zerstampften Blumen ab, um ihr die bösen Erinnerungen zu nehmen.

Eines Tages endlich gelangten wir an den richtigen Ort und hatten keine Ausreden mehr, nicht haltzumachen. Hier war der Urwald so dicht, daß ich an

manchen Stellen nur mit dem Messer und sogar mit den Zähnen einen Weg bahnen konnte, und wir mußten leise sprechen, um nicht das Schweigen der Zeit zu stören. Ich wählte eine Stelle neben einem Wasserrinnsal, baute ein Dach aus Blättern und machte aus drei langen Streifen Baumrinde eine Hängematte für sie. Mit meinem Messer schor ich mir den Kopf und begann zu fasten.
In der Zeit, in der wir miteinander gewandert waren, hatten die Frau und ich uns so sehr liebgewonnen, daß wir nicht mehr den Wunsch hatten, uns zu trennen, aber der Mensch ist nicht Herr des Lebens, nicht einmal seines eigenen, und so mußte ich meine Pflicht erfüllen. Viele Tage lang nahm ich nichts in den Mund außer ein paar Schluck Wasser. Je mehr meine Kräfte schwanden, um so mehr löste sie sich aus meinen Armen, und ihr Geist, der immer luftiger wurde, lastete nicht mehr so schwer auf mir wie früher. Am fünften Tag tat sie ihre ersten Schritte in die Umgebung, während ich schlief, aber sie war noch nicht bereit weiterzugehen und kehrte zu mir zurück. Sie wiederholte diese Ausflüge ein paarmal und entfernte sich immer ein wenig weiter von mir. Der Abschiedsschmerz war mir so schrecklich wie eine brennende Wunde, und ich mußte alle von meinem Vater erlernte innere Kraft beschwören, um sie nicht laut bei ihrem Namen zu rufen und sie so für immer zu mir zurückzuziehen. Am zwölften Tag träumte ich, daß sie wie ein Tukan über die Wipfel der Bäume hinwegflog, und ich erwachte mit einem ganz leichten Körper und mit dem Wunsch, zu wei-

nen. Sie war endgültig gegangen. Ich nahm meine Waffen auf und wanderte viele Stunden, bis ich an einen Arm des Flusses kam. Ich watete bis zur Gürtellinie ins Wasser, spießte mit einem angespitzten Stab einen kleinen Fisch auf und schluckte ihn ganz hinunter, mit Schuppen und Schwanz. Sogleich brach ich ihn mit ein bißchen Blut wieder aus, genau wie es sein muß. Ich fühlte mich nicht mehr traurig. Da lernte ich, daß manchmal der Tod mächtiger ist als die Liebe. Dann ging ich auf die Jagd, um nicht mit leeren Händen in mein Dorf zurückzukommen.

Ester Lucero

Sie brachten ihm Ester Lucero auf einer improvisierten Trage, sie blutete wie ein Schlachttier und hatte die dunklen Augen weit aufgerissen vor Entsetzen. Als der Arzt Angel Sánchez sie sah, verlor er zum erstenmal seine sprichwörtliche Ruhe, und das aus gutem Grund, denn er war in sie verliebt seit dem Tag, da er sie zum erstenmal sah, und da war sie noch ein Kind gewesen. Zu jener Zeit hatte sie ihre Puppen noch nicht weggepackt, er dagegen kehrte, um tausend Jahre gealtert, von seinem letzten ruhmreichen Feldzug zurück. Er kam an der Spitze seiner Kolonne in die kleine Stadt, auf dem Dach eines Kleinlasters sitzend, ein Gewehr über den Knien, mit einem monatealten Bart und einer für immer in der Leistengegend steckengebliebenen Kugel, aber so glücklich, wie er es nie zuvor gewesen war. Inmitten der Menge sah er das Mädchen, das ein rotes Papierfähnchen schwenkte und wie alle anderen den Befreiern zujubelte. Er war Mitte dreißig und sie um die zwölf, aber Angel Sánchez ahnte in den zarten und doch festen Gliedern und dem tiefen Blick des Kindes die Schönheit, die heimlich im Werden war. Er beobachtete sie vom Wagen herab und war schon fast überzeugt, daß sie eine Vision sein mußte, aus der Hitze der Sümpfe und dem Siegesrausch aufgestiegen, aber als er in dieser Nacht keinen Trost in den Armen der Eintagsbraut fand, die ihm zugefallen war, wurde ihm klar, daß er nach diesem Geschöpf suchen mußte, zumindest um herauszufinden, ob sie ein Blendwerk gewesen war. Am folgenden Tag, als die stürmischen Straßenfeiern verrauscht waren und die Aufgabe gelöst werden wollte, die Welt in Ordnung zu bringen und die Trümmer der Diktatur wegzukehren, machte Sánchez sich auf die Suche durch den Ort. Sein erster Gedanke waren die Schulen, aber er erfuhr, daß sie seit dem letzten Kampf noch geschlossen waren, und so mußte er von Tür zu Tür gehen. Nach ein paar Tagen geduldiger Wanderung und als er schon glaubte, das Mädchen sei eine Täuschung seines erschöpften Herzens gewesen, kam er an ein winziges blaugestrichenes Haus, dessen Front zahlreiche Kugelspuren aufwies und dessen einziges Fenster sich zur Straße öffnete ohne mehr Schutz als seine geblümten Vorhänge. Er rief einigemal, ohne Antwort zu erhalten, dann entschloß er sich, einzutreten. Das Innere war nur ein einziger, ärmlich möblierter Raum, kühl und dämmrig. Er durchquerte ihn, öffnete die Tür und stand in einem weitläufigen Patio voller Gerätschaften und Gerümpel, mit einer Hängematte unter einem Mangobaum, einem Waschtrog, einem Hühnergehege im Hintergrund und einem Überfluß an Blechbüchsen und Tontöpfen, in denen Kräuter, Grünzeug und Blumen wuchsen. Hier fand er endlich, was er geträumt zu haben glaubte. Ester Lucero stand barfüßig da, in einem Kleid aus Hanfleinen, die Haarmähne im Nacken mit einem Schnürsenkel zusammengefaßt, und half ihrer Großmutter, die Wäsche in der Sonne auszubreiten. Als die beiden ihn sahen, wichen sie unwillkürlich zurück, denn sie hatten gelernt, Männern in Stiefeln zu mißtrauen.

»Haben Sie keine Angst, ich bin ein Genosse«, stellte er sich vor, die speckige Baskenmütze in der Hand.

Von diesem Tag an beschränkte Angel Sánchez sich darauf, Ester Lucero schweigend zu begehren, denn er schämte sich dieser unmöglich zu gestehenden Leidenschaft für ein unreifes Kind. Ihretwegen lehnte er es ab, in die Hauptstadt zu gehen, als die Beute, die Anteile an der Macht, verteilt wurde, und zog es vor, das einzige Krankenhaus in dieser entlegenen Kleinstadt zu übernehmen. Er trachtete nicht danach, die Liebe außerhalb seiner Einbildungskraft zu vollziehen. Er lebte von einfachsten Freuden: sie zur Schule vorübergehen zu sehen, sie zu behandeln, als sie sich an den Masern angesteckt hatte, ihr Obstsäfte zu besorgen, als Milch, Eier und Fleisch nur für die Kleinsten ausreichten und die übrigen

sich mit Bananen und Mais begnügen mußten, und sie in ihrem Patio zu besuchen, wo er es sich auf einem Stuhl bequem machte und sie unter dem wachsamen Auge der Großmutter in die Geheimnisse der Mathematik einführte. Ester nannte ihn schließlich Onkel, weil ihr keine passendere Anrede einfiel, und die alte Frau nahm seine Gegenwart hin als ein weiteres unerklärliches Rätsel der Revolution.
»Was kann einem gebildeten Mann, Doktor, Chef des Krankenhauses und Held des Vaterlandes, an dem Geschwätz einer Alten und dem Schweigen ihrer Enkelin liegen?« fragten sich die Klatschtanten des Ortes.
In den folgenden Jahren erblühte das Mädchen, wie das zu gehen pflegt, aber Angel Sánchez glaubte in ihrem Fall, das sei ein Wunder. Er war sicher, daß die Sinne jedes Mannes in Aufruhr gerieten, der sie vorübergehen sah, so wie es ihm geschah, deshalb verwunderte es ihn, daß es um Ester nicht von Bewerbern wimmelte. Er wurde von verwirrenden Gefühlen gepeinigt: Eifersucht auf alle Männer, anhaltender Schwermut – Frucht der Verzweiflung – und dem höllischen Fieber, das ihn zur Stunde der Siesta heimsuchte, wenn er sich das Mädchen vorstellte, nackt und feucht, wie es im Dunkel des Zimmers mit schamlosen Gesten nach ihm rief. Niemand erfuhr jemals von seinen stürmischen Seelenzuständen. Die Selbstbeherrschung, zu der er sich zwang, wurde ihm zur zweiten Natur, und so erwarb er den Ruf, ein guter Mensch zu sein. Die Matronen der kleinen Stadt wurden es schließlich müde, ihm eine Frau zu

suchen, und akzeptierten es, daß der Doktor ein bißchen seltsam war.

»Ein Schwuler scheint er nicht zu sein«, meinten sie, »aber vielleicht hat die Malaria oder die Kugel, die er irgendwo zwischen den Beinen hat, ihm den Geschmack an den Frauen verdorben.«

Angel Sánchez grollte seiner Mutter, daß sie ihn zwanzig Jahre zu früh in die Welt gesetzt hatte, und seinem Schicksal, das seinen Körper und seine Seele mit so vielen Narben übersät hatte. Er betete, daß eine Laune der Natur die Harmonie verzerren und Esters Ausstrahlung verdunkeln möge, damit niemand ahnte, daß sie die schönste Frau dieser Welt und jeder möglichen anderen war. Als sie sie daher an diesem unseligen Donnerstag auf der Trage ins Krankenhaus brachten, die Großmutter vorneweg und ein Schwanz von Neugierigen hinterdrein, schrie der Doktor laut auf. Und als er die Decke hochhob und die entsetzliche Wunde sah, die das junge Mädchen buchstäblich durchbohrte, glaubte er, er hätte dieses Unheil bewirkt, weil er so sehr gewünscht hatte, daß sie niemals einem anderen Mann gehören sollte.

»Sie ist auf den Mango im Patio geklettert, ist abgerutscht und hat sich auf dem Pflock aufgespießt, an dem wir die Gans anbinden«, erklärte die Großmutter.

»Arme Kleine, sie ist ja gepfählt wie ein Vampir. Es war gar nicht leicht, sie loszumachen«, sagte der Nachbar, der sie tragen half.

Ester schloß die Augen und wimmerte leise.

Von diesem Augenblick an focht Angel Sánchez ein

persönliches Duell mit dem Tod aus. Er operierte das Mädchen, gab ihr Spritzen, machte ihr Bluttransfusionen, fütterte sie mit Antibiotika, aber nach zwei Tagen wurde offenkundig, daß das Leben durch die Wunde entfloh wie ein unaufhaltsamer Strom. Auf einem Stuhl neben der Sterbenden sitzend, stützte er den Kopf gegen das Fußende, überwältigt von Anspannung und Kummer, und schlief ein wie ein Neugeborenes. Der Schlaf dauerte nur ein paar Minuten. Während er von riesigen Fliegen träumte, irrte sie verloren durch die Albträume ihres Todeskampfes, und so begegneten sie einander in einem Niemandsland, und in ihrem gemeinsamen Traum klammerte sie sich an seinen Arm und bat ihn, sie nicht aufzugeben, sich nicht vom Tod besiegen zu lassen. Angel Sánchez fuhr erwachend hoch, und sofort war ganz deutlich die Erinnerung an Negro Rivas da und an das aller Vernunft widersprechende Wunder, das ihm das Leben zurückgegeben hatte. Er rannte hinaus und stieß auf dem Gang mit der Großmutter zusammen, die in endlose gemurmelte Gebete versunken war.
»Bete weiter, ich bin in fünfzehn Minuten zurück!« rief er ihr zu und verschwand.

Zehn Jahre zuvor, als Angel Sánchez mit seinen Genossen durch den Urwald marschierte, sich durch wucherndes Gestrüpp kämpfte, unsäglich gequält von Moskitos und von der Hitze, immer wieder in die Enge getrieben, immer wieder die Soldaten der Diktatur in einen Hinterhalt lockend, als sie nicht mehr als eine Handvoll verrückter Schwärmer waren, als sie monatelang keine Frau gerochen und keine Seife auf dem Körper gespürt hatten, als der Hunger und die Angst eine zweite Haut geworden und das einzige, was sie in Bewegung hielt, die Verzweiflung war, als sie überall Feinde sahen und selbst ihren eigenen Schatten nicht trauten, da geschah es eines Tages, daß Negro Rivas über den Rand einer Schlucht stürzte, metertief hinabrollte und dumpf wie ein Beutel Lumpen aufschlug. Seine Gefährten brauchten zwanzig Minuten, um mit Stricken zwischen spitzen Steinen und krummen Baumstämmen hinabzuklettern, wo sie ihn ins Dickicht vergraben fanden, und sie brauchten fast zwei Stunden, um ihn, der blutüberströmt war, hochzuhieven.

Negro Rivas, ein tapferer, fröhlicher Riese, der gern und viel sang und stets bereit war, sich einen schwächeren Kameraden auf den Rücken zu laden, war aufgeschlitzt wie ein Granatapfel, die Rippen lagen bloß, und eine tiefe Wunde zog sich von der Schulter bis zur Mitte der Brust. Sánchez hatte zwar eine Instrumententasche für Notfälle dabei, aber dies überforderte seine bescheidenen Möglichkeiten beträchtlich. Ohne die geringste Hoffnung nähte er die Wunde, verband sie mit Stoffstreifen und verabreichte dem Verletzten, was an Medikamenten da war. Sie legten Negro Rivas auf ein zwischen zwei Ästen befestigtes Stück Zeltplane und trugen ihn so immer abwechselnd, bis ihnen klar wurde, daß jede Erschütterung eine Minute Leben weniger bedeutete, denn ihm floß der Eiter heraus wie aus einer

Quelle, und er redete im Fieberwahn von Leguanen mit Frauenbrüsten und von unheilbringenden bösen Geistern.
Sie wollten gerade ihr Lager aufschlagen, um ihn in Frieden sterben zu lassen, als einer am Rand einer Grube mit schwarzem Wasser zwei Indios entdeckte, die sich freundschaftlich lausten. Ein Stück dahinter, im dichten Urwalddunst versunken, lag das Dorf. Es war ein in einem fernen Zeitalter verharrender Stamm, ohne mehr Berührung mit diesem Jahrhundert als irgendeinem unerschrockenen Missionar, der ihnen erfolglos die Gebote Gottes gepredigt hatte, und, was schwerer wiegt, ohne jemals von einem Aufstand gewußt oder den Schrei »Vaterland oder Tod« gehört zu haben. Trotz aller Verschiedenheit und trotz der sprachlichen Hindernisse begriffen die Indios, daß diese erschöpften Männer keine große Gefahr darstellten, und hießen sie schüchtern willkommen. Die Rebellen zeigten auf den Sterbenden. Einer der Indios, der ihr Häuptling zu sein schien, führte sie zu einer Hütte, die im ewigen Dämmerlicht stand und wo es bestialisch nach Urin und Kot stank. Hier legten sie Negro Rivas auf eine Strohmatte, und alle seine Gefährten und der ganze Stamm umgaben ihn. Nach einer kleinen Weile erschien der Medizinmann in seinem zeremoniellen Schmuck mit Ketten aus Lianenblüten um den Hals. Der Kommandant erschrak, als er die fanatischen Augen und die Dreckkruste auf seinem Körper sah, aber Angel Sánchez erklärte ihm, daß man nichts mehr für den Verletzten tun könne, und was auch immer der Zauberer zu-

standebrächte – und sei es auch nur, ihm sterben zu helfen –, wäre jedenfalls besser als nichts. Der Kommandant befahl seinen Männern, die Waffen abzulegen und Schweigen zu bewahren, damit dieser merkwürdige halbnackte Weise sein Amt ohne Ablenkung ausüben konnte.

Zwei Stunden später war das Fieber gesunken, und Negro Rivas konnte Wasser trinken. Am folgenden Tag wiederholte der Medizinmann seine Behandlung. Als es Abend wurde, saß der Kranke schon und aß einen dicken Maisbrei, und zwei Tage später versuchte er die ersten Schritte, und die Wunde heilte mit unglaublicher Schnelligkeit. Während die übrigen Guerilleros den Fortschritten des Genesenden zusahen, durchwanderte Angel Sánchez mit dem Medizinmann die Gegend und sammelte Pflanzen in seine Tasche. Jahre später wurde Negro Rivas Polizeichef in der Hauptstadt und erinnerte sich nur dann daran, daß er einmal beinahe gestorben wäre, wenn er eine neue Frau umarmen wollte und die ihn unweigerlich fragte, was das für eine lange Narbe sei, die ihm die Brust in zwei Teile teilte.

Wenn ein nackter Indio Negro Rivas retten konnte, dann werde ich Ester Lucero retten, und wenn ich einen Pakt mit dem Teufel schließen muß, dachte Angel Sánchez, während er sein Haus kopfstellte auf der Suche nach den Pflanzen, die er all diese Jahre aufgehoben und bis zu diesem Augenblick völlig vergessen hatte. Er fand sie in Zeitungspapier eingewickelt, vertrocknet und zerbröselnd, auf dem Grunde eines zerbeulten Koffers neben einem Heft mit Gedichten, einer Baskenmütze und anderen Erinnerungen an den Krieg. Der Arzt jagte wie ein Verfolgter in der bleiernen Hitze, die den Asphalt schmolz, ins Krankenhaus zurück. Er nahm die Treppen in großen Sprüngen und stürzte schweißgebadet in Esters Zimmer. Die Großmutter und die Krankenschwester sahen ihn vorbeirennen und folgten ihm bis an das Guckfenster in der Tür. Befremdet beobachteten sie, wie er den weißen Kittel auszog, das Baumwollhemd, die dunkle Hose, die Schuhe mit den Gummisohlen, die er immer trug, und die auf dem Schwarzmarkt gekauften ausländischen Socken. Dann sahen sie entsetzt, wie er auch die Unterhose auszog und nackt wie ein Rekrut dastand. »Heilige Maria, Mutter Gottes!« rief die Großmutter aus.

Durch das Guckfenster verfolgten sie, wie der Doktor das Bett in die Zimmermitte schob und, nachdem er Ester einige Sekunden beide Hände auf den Kopf gelegt hatte, einen rasenden Tanz rund um die Kranke begann. Er hob die Knie bis an die Brust, beugte sich tief herab, schwang wild die Arme, schnitt groteske Grimassen, ohne auch nur einen Augenblick den inneren Rhythmus zu verlieren, der seinen Füßen Flügel gab. Eine halbe Stunde hörte er nicht auf, wie ein Wahnsinniger zu tanzen, ohne gegen die Sauerstoffflaschen und die Tropfständer zu stoßen. Dann zog er ein paar trockene Blätter aus der Kitteltasche, warf sie in eine Schüssel, bearbeitete sie mit der Faust, bis er sie zu schwarzem Pulver zerdrückt hatte, spuckte ausgiebig darauf, vermischte

alles zu einer Paste und ging damit zu der Sterbenden. Die Frauen sahen, wie er die Verbände abwickelte und, so meldete die Schwester in ihrem Bericht, »die Wunde mit der ekelerregenden Mixtur bestrich, ohne die Gesetze der Asepsis zu beachten oder die Tatsache, daß er sein Geschlecht nackt zur Schau stellte«. Als der Doktor fertig war, setzte er sich einfach auf den Boden, völlig erschöpft, aber erleuchtet von einem seligen Lächeln.
Wenn Dr. Angel Sánchez nicht der Chef des Krankenhauses und ein unbestrittener Held der Revolution gewesen wäre, hätten sie ihn in eine Zwangsjacke gesteckt und ohne große Formalitäten ins Irrenhaus verfrachtet. Aber niemand getraute sich, die Tür aufzubrechen, die er verriegelt hatte, und als der Bürgermeister sich endlich entschlossen hatte, es mit Hilfe der Feuerwehr doch zu tun, waren schon vierzehn Stunden vergangen, und Ester Lucero saß mit offenen Augen im Bett und betrachtete vergnügt ihren Onkel Angel, der wieder alles ausgezogen hatte und die zweite Behandlungsphase mit weiteren Ritualtänzen einleitete. Zwei Tage später, als die eigens aus der Hauptstadt entsandte Kommission des Gesundheitsministeriums ankam, spazierte die Kranke am Arm ihrer Großmutter über den Gang, und der ganze Ort wanderte durch das Krankenhaus, um das wiederauferstandene Mädchen zu sehen, und der Leitende Direktor, tadellos korrekt gekleidet, empfing die Kollegen hinter dem Schreibtisch. Die Kommission versagte es sich, im einzelnen nach den ungewöhnlichen Tänzen des Arztes zu fragen, und

verwandte ihre Aufmerksamkeit darauf, sich nach den wunderwirkenden Pflanzen des Medizinmannes zu erkundigen.

Einige Jahre sind vergangen, seit Ester Lucero vom Mangobaum fiel. Das junge Mädchen hat inzwischen einen netten Mann geheiratet, einen Inspektor beim Luftreinhaltungsamt, und ist in die Hauptstadt gezogen, wo sie ein kleines Mädchen zur Welt gebracht hat mit zarten und festen Gliedern und tiefen dunklen Augen. Ihrem Onkel Angel schickt sie von Zeit zu Zeit Karten, die mit orthographischen Fehlern gespickt sind. Das Gesundheitsministerium hat vier Expeditionen nacheinander losgeschickt, die die Wunderkräuter im Urwald suchen sollen, aber ohne Erfolg. Die Pflanzenwelt hat das Eingeborenendorf verschluckt und mit ihm die Hoffnung auf ein wissenschaftlich gestütztes Medikament gegen sonst unheilbare Unfallschäden.

Doktor Angel Sánchez ist allein geblieben, ohne weitere Gesellschaft als das Bild Ester Luceros, die ihn zur Stunde der Siesta in seinem Zimmer besucht und ihm in einem immerwährenden Bacchanal die Seele verbrennt. Das Ansehen des Arztes ist in der ganzen Gegend sehr gewachsen, denn man kann ihn in Eingeborenensprachen mit den Sternen reden hören.

María die Törin

María die Törin glaubte an die Liebe. Das machte sie zu einer lebenden Legende. Zu ihrem Begräbnis strömten alle Nachbarn herbei und sogar die Polizisten und der Blinde vom Kiosk, der sein Geschäft selten verließ. Die Calle República lag verlassen, und zum Zeichen der Trauer hängten sie schwarze Bänder von den Balkonen und löschten die roten Laternen an den Häusern aus. Jeder Mensch hat seine Geschichte, und in diesem Viertel sind sie fast immer düster, Geschichten von Armut und von Ungerechtigkeiten ohne Ende, von erlittenen Gewalttaten, von Kindern, die vor der Geburt sterben, und von Liebhabern, die davongehen, aber Marías Geschichte war anders, sie hatte einen Schimmer von Vornehmheit und brachte die Einbildungskraft der andern Frauen zum Blühen. María schaffte es, ihr Gewerbe als Selbständige auszuüben, verstand diskret und ohne großes Gehabe zurechtzukommen. Niemals war sie neugierig auf Alkohol oder Drogen und ebensowenig auf die Ratschläge für fünf Pesos, welche die Wahrsagerinnen und die Hellseher des Viertels verkauften. Sie schien sicher vor den Qualen der Hoffnung, geschützt durch die Kraft ihrer erfundenen Liebe. Sie war eine harmlos aussehende kleine Frau mit feinen Zügen und anmutigen Bewegungen, ganz Sanftmut und Weichheit, aber wenn ein Zuhälter versuchte, sie mit Beschlag zu belegen, dann sah er sich einer geifernden Bestie gegenüber, ganz Krallen und Zähne, die bereit war, jeden Schlag zurückzugeben, und sollte es sie das Leben kosten. Sie lernten, sie in Frieden zu lassen. Während die anderen Frauen ihr Leben lang blaue Flecke unter dicken Schichten billiger Schminke verstecken mußten, wurde sie bis in Alter geachtet, immer umgab sie der gewisse Hauch einer Königin im Baumwollkittel. Sie hatte keine Ahnung von dem Ansehen, das sie genoß, oder von ihrer Legende, die von den anderen Frauen bunt ausgeschmückt wurde. Sie war eine alte Prostituierte mit der Seele eines unschuldigen Mädchens.

In ihren Erinnerungen kamen beharrlich ein mörderischer Koffer vor und ein dunkler Mann mit dem Geruch nach Meer; wenn sie aus ihrem Leben erzählte, setzten ihre Freundinnen ein Teilstückchen nach dem andern geduldig zusammen, fügten mit Hilfe der Phantasie hinzu, was fehlte, und stellten so ihre Vergangenheit wieder her. Natürlich war sie nicht wie die übrigen Frauen der Calle República. Sie kam aus einer fernen Welt, wo die Haut bleicher ist und das Spanische voller und kräftiger klingt. Sie war zur großen Dame geboren, das schlossen die anderen Frauen aus ihrer gesuchten Redeweise und ihren fremd anmutenden Manieren, und wenn je ein Zweifel aufkam, zerstreute sie ihn mit ihrem Sterben. Sie ging mit unversehrter Würde dahin. Sie litt an keiner bekannten Krankheit, war weder verängstigt, noch atmete sie durch die Ohren wie die gewöhnlichen Sterbenden – sie teilte nur einfach mit, daß sie den Überdruß, am Leben zu sein, nicht länger ertrug, zog sich ihr bestes Kleid an, schminkte sich die Lippen

und öffnete die Wachstuchvorhänge, die in ihr Zimmer führten, damit alle ihr Gesellschaft leisten konnten. »Meine Zeit zu sterben ist jetzt gekommen«, das war ihre einzige Erklärung.
Sie lehnte sich in ihrem Bett zurück, im Rücken durch drei Kopfkissen gestützt, deren Bezüge sie für den Anlaß eigens gestärkt hatte, und trank ohne Atem zu holen einen großen Becher sämiger Schokolade aus. Die andern Frauen lachten, aber als sie sie nach vier Stunden auf keine Weise wecken konnten, begriffen sie, daß ihr Entschluß endgültig gewesen war, und verbreiteten es im ganzen Viertel. Viele kamen herbeigelaufen, einige aus Neugier, aber die meisten aus echtem Kummer, und die blieben bei ihr, um sie nicht alleinzulassen. Ihre Freundinnen kochten Kaffee und boten ihn den Besuchern an, denn es erschien ihnen geschmacklos, Likör zu reichen, sie würden dies hier doch nicht mit einer Feier verwechseln! Gegen sechs Uhr abends durchfuhr ein Zittern Marías Körper, sie öffnete die Lider, blickte in die Runde, ohne die Gesichter zu erkennen, und dann verließ sie diese Welt. Das war alles. Jemand kam auf den Gedanken, sie hätte mit der Schokolade vielleicht Gift getrunken, und dann wären alle schuld an ihrem Tod, weil sie sie nicht rechtzeitig ins Krankenhaus gebracht hätten, aber niemand beachtete solcherart Verleumdung.
»Wenn María sich entschlossen hat, zu gehen, war das ihr gutes Recht, sie hatte weder Kinder noch Eltern zu versorgen«, entschied die Hauswirtin.
Sie wollten sie nicht in ein Beerdigungsinstitut zur

Aufbahrung abschieben, denn ihr vorbedachtes Todeslager sollte doch ein feierliches Ereignis in der Calle República sein, und es war nur gerecht, daß sie ihre letzten Stunden, bevor sie in die Erde gesenkt wurde, in der Umgebung verbrachte, in der sie gelebt hatte, und daß man sie nicht wie eine Fremde behandelte, um die keiner trauern wollte. Manche meinten, ob eine Totenwache in diesem Haus nicht Unheil über die Seele der Verstorbenen oder die Seelen der Kunden bringen würde, und daß sie vielleicht auch versehentlich einen Spiegel zerbrechen könnten, wenn sie den Sarg transportierten, und so holten sie Weihwasser aus der Kapelle des Priesterseminars und spritzten es in alle Ecken. In dieser Nacht wurde im Lokal nicht gearbeitet, es gab weder Musik noch Gelächter, aber auch kein Weinen. Sie stellten den Sarg auf einen Tisch mitten im Saal, die Nachbarn borgten Stühle, und die Besucher machten es sich bequem, tranken Kaffee und unterhielten sich leise. Mitten unter ihnen ruhte María, den Kopf auf einem flachen Kissen, die Hände gefaltet und das Bild ihres toten Kindes auf der Brust. Im Lauf der Nacht veränderte sich der Ton ihrer Haut, bis er dunkel war wie Schokolade.

Während dieser langen Stunden, die wir an Marías Sarg wachten, erfuhr ich ihre Geschichte, die mir ihre Freundinnen erzählten. Sie war zur Zeit des Ersten Weltkriegs geboren worden, in einer Provinz im Süden des Kontinents, wo die Bäume mitten im Jahr die Blätter verlieren und die Kälte in die Knochen beißt. Sie war die Tochter einer vornehmen Familie von spanischen Emigranten. Als die Frauen ihr Zimmer durchsuchten, waren sie auf eine Keksschachtel gestoßen, in der brüchige, vergilbte Papiere lagen, darunter ihre Geburtsurkunde, Fotos und Briefe. Ihr Vater hatte eine große Hacienda besessen, und einem mit der Zeit braun gewordenen Zeitungsausschnitt nach war ihre Mutter Pianistin gewesen, bevor sie heiratete. Als María zwölf Jahre alt war, überquerte sie einmal unaufmerksam einen Bahnübergang und wurde von einem Güterzug erfaßt. Sie lag zwischen den Schienen, als sie sie aufhoben, und schien außer ein paar Kratzern keinen Schaden davongetragen zu haben, nur den Hut hatte sie verloren. Doch nach kurzer Zeit mußten ihre Eltern feststellen, daß der Aufprall das Kind in einen Zustand der Einfalt versetzt hatte, aus dem sie nie wieder herausfinden sollte. Sie hatte sogar das bißchen Schulwissen vergessen, das sie vor dem Unfall besessen hatte, sie erinnerte sich nur mit Mühe an ein paar Klavierlektionen und den Gebrauch der Nähnadel, und wenn sie angesprochen wurde, blickte sie geistesabwesend. Was sie jedoch nicht vergessen hatte, waren die Regeln der Höflichkeit, die wahrte sie bis zum letzten Tag.

Der Schlag der Lokomotive hatte María unfähig zu vernünftigem Denken, überlegtem Handeln und grollendem Mißmut gemacht. Eben deswegen war sie gut ausgerüstet für das Glücklichsein, aber das war ihr nicht zugedacht. Als sie siebzehn war, beschlossen ihre Eltern, die Last dieser zurückgebliebenen Tochter einem andern aufzuladen und sie zu verheiraten, ehe ihre Schönheit welkte. Dr. Guevara war ein zurückgezogen lebender Mann und wenig begabt für die Ehe, aber er schuldete ihnen Geld und konnte sich nicht weigern, als sie ihm die Verbindung antrugen. Noch im selben Jahr wurde die Hochzeit gefeiert, im kleinen Kreis, wie es einer verrückten Braut und einem um mehrere Jahrzehnte älteren Bräutigam zukam.

María gelangte ins Ehebett mit dem Gemüt eines Kleinkindes, obwohl sie den reifen Körper einer Frau hatte. Der Zug hatte ihre natürliche Neugier zerschlagen, aber er hatte die Ungeduld ihrer Sinne nicht zerstören können. Sie verfügte nur über die Kenntnis, die sie beim Beobachten der Tiere auf der Hacienda mitbekommen hatte, sie wußte, daß kaltes Wasser gut ist, um den Hund von der Hündin zu trennen, wenn er sie bespringt, und daß der Hahn die Federn sträubt und kräht, wenn er die Henne besteigt, aber ihr fiel keine geeignete Verwendung für dieses Wissen ein. In ihrer Hochzeitsnacht sah sie ein zitterndes altes Männchen auf sich zukommen in einem offenen Flanellschlafrock und mit etwas Ungeahntem unter dem Bauchnabel. Die Überrumplung bewirkte eine Verstopfung, von der sie nicht zu sprechen wagte, und als sie anzuschwellen begann wie ein Ballon, trank sie eine ganze Flasche Margeritenwasser aus – ein Mittel gegen Skrofulose und zur Kräftigung, das in großen Dosen abführend wirkt – und verbrachte daraufhin zweiundzwanzig Tage auf dem Nachtgeschirr und war so aufgelöst, daß sie beinahe ein paar lebenswichtige Organe verloren hätte, aber die Schwellung ging davon nicht zurück. Bald konnte sie ihre Kleider nicht mehr zuknöpfen, und endlich brachte sie zur angemessenen Zeit einen blonden Jungen zur Welt. Nachdem sie einen Monat im Bett gelegen hatte, wo sie sich von Hühnersuppe und täglich zwei Litern Milch ernährte, stand sie kräftiger und klarsichtiger auf, als sie je in ihrem Leben gewesen war. Sie schien von ihrer ständigen dumpfen Benommenheit geheilt zu sein und kriegte sogar Lust, sich elegante Kleider zu kaufen. Doch sie kam nicht dazu, ihren neuen Staat vorzuführen, denn Señor Guevara erlitt einen Gehirnschlag und starb am Eßtisch, den Suppenlöffel in der Hand. María schickte sich darein, Trauerkleider und Hüte mit Schleier zu tragen, sie war in Schwarz begraben. So verbrachte sie zwei Jahre, strickte Jacken für die Armen und vergnügte sich mit ihren Schoßhunden und ihrem Sohn, dem sie lange Locken wachsen ließ und Mädchenkleider anzog, wie er auf einem der Fotos aus der Keksdose zu sehen ist – er sitzt auf einem Bärenfell und ist von einem übernatürlichen Leuchten umgeben.

Für die Witwe war die Zeit in einem nicht endenwollenden Augenblick stehengeblieben, die Luft in den Zimmern verharrte unbeweglich und hatte immer noch den Geruch nach alten Leuten, den ihr Mann hinterlassen hatte. Sie lebte in demselben Haus weiter, versorgt von treuen Dienstboten und beaufsichtigt von ihren Eltern und Geschwistern, die sich abwechselten, um sie täglich zu besuchen, ihre Ausgaben zu überwachen und ihr selbst die kleinsten

Entschlüsse abzunehmen. Die Jahreszeiten kamen und gingen, die Blätter fielen von den Bäumen im Garten, die Kolibris des Sommers kehrten zurück, nichts änderte sich im täglichen Trott. Manchmal fragte sie sich, weshalb sie schwarze Kleider trug, denn sie hatte den altersschwachen Ehemann vergessen, der sie ein paarmal zwischen den Leinenlaken schwächlich umarmt und dann, seine Wollust bereuend, sich der Madonna zu Füßen geworfen und sich mit einer Reitgerte kasteit hatte. Hin und wieder öffnete sie den Schrank, um die Kleider zu lüften, und selten konnte sie der Versuchung widerstehen, sich ihre dunkle Tracht abzustreifen und, als täte sie etwas Verbotenes, die perlenbestickten Roben, die Pelzstolen, die flachen Ballschuhe aus Atlasstoff und die Handschuhe aus Ziegenleder anzuprobieren. Sie betrachtete sich in dem dreifachen Spiegel und grüßte diese für einen Ball gekleidete Frau, in der sie sich nur mit großer Mühe wiedererkannte.

Nach zwei Jahren machte das Rauschen des Blutes, das in ihren Adern siedete, ihr das Alleinleben unerträglich. Am Sonntag verhielt sie in der Kirchentür, um die Männer vorbeigehen zu sehen, angezogen von dem rauhen Klang ihrer Stimmen, den rasierten Wangen und dem Tabakgeruch. Verstohlen lüftete sie den Schleier und lächelte sie an. Ihr Vater und ihre Brüder bemerkten das sehr bald, und da sie überzeugt waren, daß dieses Amerika sogar den Anstand der Witwen verdarb, beschlossen sie im Familienrat, sie zu Verwandten nach Spanien zu schicken, wo sie zweifellos vor frivolen Versuchungen sicher sein würde, geschützt durch die soliden Traditionen und die Macht der Kirche. So begann die Reise, die das Schicksal der Törin María gründlich verändern sollte.

Sie wurde von ihren Eltern an Bord eines Überseeschiffes gebracht, mit ihrem Sohn, einem Dienstmädchen und den Schoßhunden. Zu dem umfangreichen Gepäck gehörte außer den Möbeln aus Marías Zimmer und ihrem Klavier auch eine Kuh, die im Laderaum des Schiffes untergebracht wurde und dem Kind frische Milch liefern sollte. Unter den vielen Koffern und Hutschachteln war auch ein riesiger Kabinenkoffer mit bronzebeschlagenen Kanten und Ecken, der die aus dem Mottenpulver geretteten Festkleider enthielt. Die Familie glaubte zwar nicht, daß María im Haus der Verwandten Gelegenheit haben würde, sie zu tragen, aber sie wollten ihr nicht den Spaß verderben.

An den drei ersten Tagen konnte die Reisende ihre Kabine nicht verlassen, weil die Seekrankheit sie in der Koje festhielt, aber schließlich gewöhnte sie sich an das Schaukeln des Schiffes und stand auf. Sie rief das Mädchen, damit es ihr half, die Kleidung für die lange Überfahrt auszupacken.

Marías Leben war durch plötzliche Unfälle gekennzeichnet, wie diesem Zusammenstoß mit dem Zug, der ihr den Verstand nahm. Sie hängte die Kleider in den Schrank ihrer Kabine, als ihr kleiner Sohn sich über den offenen Koffer beugte. In diesem Augenblick schlingerte das Schiff, der schwere Deckel schlug zu, der Metallrahmen traf das Kind und brach ihm das Genick. Drei Matrosen waren nötig, um die Mutter von dem unseligen Koffer hochzuheben, sowie eine kräftige Dosis Laudanum, um zu verhindern, daß sie sich die Haare ausriß und das Gesicht blutig kratzte. Stundenlang schrie und weinte sie und verfiel dann in einen Dämmerzustand, in dem sie sich hin und her wälzte wie zu den Zeiten, da sie als Irre galt. Der Kapitän verkündete die Unglücksnachricht über Lautsprecher, las eine kurze Respons und befahl dann, den kleinen Leichnam in eine Fahne zu hüllen und über Bord ins Meer hinabzulassen, denn sie befanden sich auf hoher See, und das Schiff hatte keine Vorrichtung, worin sie ihn bis zum nächsten Hafen hätten aufbewahren können.

Einige Tage nach dem Unglück trat María mit unsicheren Schritten zum erstenmal wieder auf das Deck. Es war eine laue Nacht, und aus der Tiefe des Meeres stieg ein beunruhigender Geruch nach Algen, Muscheln und versunkenen Schiffen auf, der ihr durch die Adern schoß. Sie starrte auf den Horizont, ganz leer im Kopf, die Härchen am ganzen Körper gesträubt, als sie ein eindringliches Pfeifen hörte, und wie sie hinuntersah, entdeckte sie zwei Decks tiefer eine vom Mondlicht beschienene Gestalt, die ihr Zeichen machte. Sie stieg in Trance den Niedergang hinab, ging auf den dunkelhaarigen Mann zu, der sie gerufen hatte, ließ sich gehorsam die Trauerkleider ausziehen und folgte ihm hinter eine große Rolle Taue. Von einem Zusammenstoß ähnlich dem mit dem Zug durchgewalkt, lernte sie in weniger als drei Minuten den Unterschied zwischen einem alten, von der Furcht Gottes geplagten Ehemann und einem unersättlichen griechischen Matrosen kennen, der nach Wochen keuscher ozeanischer Enthaltsamkeit in hellen Flammen stand. Geblendet entdeckte die Frau ihre eigenen Möglichkeiten, wischte sich die Tränen ab und bat um mehr. Sie verbrachten einen Teil der Nacht damit, sich kennenzulernen, und trennten sich erst, als sie die Alarmsirene hörten, ein gräßliches Schiff-in-Not-Gebrüll, das die Fische in ihrer stillen Welt aufstörte. Ihr Mädchen hatte geglaubt, die untröstliche Mutter hätte sich ins Meer gestürzt, und hatte den Alarm ausgelöst, und die ganze Besatzung außer dem Griechen suchte nach ihr.

María traf sich jede Nacht mit ihrem Liebhaber hinter der Taurolle, bis das Schiff sich den Küsten der Karibik näherte und der starke, süße Duft von Blumen und Früchten, den der Wind herbeitrug, die Sinne verwirrte. Da gab sie dem Drängen des Mannes nach, das Schiff zu verlassen, wo das Gespenst des toten Kindes umging und wo es so viele spähende Augen gab, steckte sich ihr Geld in den Unterrock und verabschiedete sich von ihrer Vergangenheit als ehrbare Frau. Im Morgengrauen fierten sie ein Boot herab und verschwanden und ließen Mädchen, Hunde, Kuh und den mörderischen Koffer zurück. Der Grieche ruderte sie zu einem märchenhaften Hafen, der vor ihren Augen in das Licht der Morgensonne aufstieg wie eine Erscheinung aus einer anderen Welt, mit seinen Kränen und Docks, seinen Palmen und vielfarbigen Vögeln. Hier ließen sich

die beiden Flüchtlinge nieder, so lange ihr Geld reichte.
Der Matrose stellte sich als Trinker und Krakeeler heraus. Er sprach einen für María und die Bewohner des Landes unverständlichen Hafenkneipenslang, aber er wußte sich mit Lächeln und Grimassen verständlich zu machen. Sie wurde nur munter, wenn er erschien, um mit ihr die in allen Bordellen zwischen Singapur und Valparaiso gelernten Liebespraktiken zu treiben, in der übrigen Zeit lebte sie dahin, von einer tödlichen Mattigkeit betäubt. Gebadet in den Schweiß der Tropen, erfand sie die Liebe ohne Gefährten, wagte sich auf staunenerregende Gebiete mit der Kühnheit eines Menschen, der die Gefahren nicht kennt. Der Grieche hatte nicht genug Einfühlungsvermögen, um zu ahnen, daß er eine Schleuse geöffnet hatte, daß er nur das Mittel zu einer Offenbarung gewesen war, und war unfähig, das Geschenk zu schätzen, das diese Frau ihm bot. Er hatte ein Geschöpf an seiner Seite, das im Bannkreis einer unverletzbaren Unschuld entschlossen war, seine eigenen Sinne mit der spielerischen Freude eines jungen Hundes zu erforschen, aber er konnte ihr dabei nicht folgen. Bislang hatte sie die Ungehemmtheit der Lust nicht gekannt, sie hatte sie sich nicht einmal vorgestellt, obwohl sie immer in ihrem Blut gesteckt hatte wie der Keim eines glühenden Fiebers. Als sie sie entdeckte, glaubte sie, dies wäre das himmlische Glück, das die Nonnen in der Klosterschule den braven Mädchen für das Jenseits versprochen hatten. Sie wußte wenig von dieser Welt und war unfähig,

sich auf einer Landkarte zurechtzufinden und zu sagen, an welcher Stelle der Erde sie sich befand, aber wenn sie die Hibiskussträucher und die Papageien ansah, glaubte sie, im Paradies zu sein, und war entschlossen, es zu genießen. Hier kannte niemand sie, zum erstenmal seit langem fühlte sie sich wohl, fern von zu Hause, von der Bevormundung durch die Eltern und die Geschwister, von den gesellschaftlichen Zwängen und den Schleiern zur Messe, endlich frei, um den Wildbach von Empfindungen auszukosten, der durch jede Faser bis in ihr tiefstes Inneres drang, wo er als Katarakt herabstürzte und sie erschöpft und glücklich zurückließ.

Marías gänzlicher Mangel an Schlechtigkeit, ihre Gefeitheit gegen Unrecht oder Demütigung erfüllten den Matrosen mehr und mehr mit furchtsamem Unbehagen. Die Pausen zwischen den Umarmungen wurden länger, seine Abwesenheiten häufiger, zwischen den beiden wuchs das Schweigen. Der Grieche suchte dieser Frau mit dem Kindergesicht zu entfliehen, die unaufhörlich nach ihm rief, feucht, schwellend, verzehrend, er war überzeugt, daß die Witwe, die er auf hoher See verführt hatte, sich in eine perverse Spinne verwandelt hatte, bereit, ihn im Aufruhr des Bettes zu verschlingen wie eine Fliege. Vergebens suchte er Linderung für seine zerknitterte Männlichkeit, indem er mit den Prostituierten herumzog, sich mit den Zuhältern prügelte, keiner Messerstecherei aus dem Wege ging und bei den Hahnenkämpfen verwettete, was er nach seinen Saufereien noch übrig hatte. Als er mit leeren Taschen dastand, klammerte

er sich an diese Ausrede, um gänzlich zu verschwinden.
Wochenlang wartete María geduldig auf ihn. Aus dem Radio kam bisweilen die Nachricht, daß ein französischer Matrose, von einer britischen Bark desertiert, oder ein holländischer, von einem portugiesischen Schiff geflohen, in dem verrufenen Hafenviertel erstochen worden war, aber sie hörte dem zu, ohne sich zu beunruhigen, denn sie wartete ja auf einen griechischen Matrosen, der von einem italienischen Überseedampfer davongelaufen war. Als sie die Hitze in den Gliedern und die Sehnsucht in der Seele nicht mehr länger aushielt, ging sie auf die Straße, um den ersten Mann, der vorbeikam, um Trost anzugehen. Sie nahm ihn bei der Hand und bat ihn in der liebenswürdigsten, wohlerzogensten Form, er möge ihr den Gefallen tun, sich für sie auszuziehen. Der Unbekannte zögerte ein wenig angesichts dieser jungen Frau, die in nichts den professionellen Huren der Gegend glich, deren Antrag aber durchaus eindeutig war, trotz der unüblichen Redeweise. Er überlegte, daß er für sie gut zehn Minuten seiner Zeit erübrigen konnte, und folgte ihr, ohne zu ahnen, daß er sich in den Strudel einer aufrichtigen Leidenschaft gestürzt sehen würde. Staunend und bewegt ging er, um es überall herumzuerzählen, und hinterließ für María einen Geldschein auf dem Tisch. Bald kamen andere, angezogen von dem Gerede, da gebe es eine Frau, die fähig sei, für ein kleines Weilchen die Illusion der Liebe zu verkaufen. Alle Kunden verließen sie befriedigt. So wurde María die be-

rühmteste Prostituierte der Hafenstadt, und die Matrosen ließen sich ihren Namen auf den Arm tätowieren, um ihn auch auf anderen Meeren bekanntzumachen, bis ihr Ruf die Erde umrundet hatte.

Die Zeit, die Armut und die Anstrengung, über die Enttäuschung hinwegzukommen, zerstörten Marías jugendliche Frische. Ihre Haut wurde grau, sie magerte ab bis auf die Knochen, der größeren Bequemlichkeit wegen schnitt sie sich die Haare kurz wie ein Sträfling, aber sie bewahrte ihre anmutigen Manieren und die immer gleiche Begeisterung für jede Begegnung mit einem Mann, weil sie in ihm keine anonyme Person sah, sondern ihren eigenen Abglanz in den Armen ihres erdachten Geliebten fand. Der Wirklichkeit gegenübergestellt, war sie außerstande, die schäbige Hast des jeweiligen Bettgefährten zu erkennen, denn sie gab sich jedesmal mit derselben unwiderruflichen Liebe hin und kam wie eine wagemutige Braut jedem Wunsch des andern entgegen. Mit dem Alter geriet ihr Gedächtnis durcheinander, manchmal gab es keinen Zusammenhang zwischen den Dingen, von denen sie sprach, und in der Zeit, als sie in die Hauptstadt übersiedelte und sich in der Calle República einmietete, erinnerte sie sich nicht mehr daran, daß sie einst die Muse gewesen war, die Seeleute aller Rassen zu unbeholfenen Gedichten angeregt hatte, und war überrascht, wenn einer von der Küste in die Hauptstadt gefahren kam, nur um sich zu vergewissern, daß es die Frau noch gab, von der er in einem asiatischen Hafen hatte erzählen hören. Wenn sie dann vor dieser kläglichen Heuschrecke

standen, vor diesem rührenden Häufchen Haut und Knochen, diesem winzigen weiblichen Nichts, drehten sich viele auf der Stelle um und verzogen sich verlegen, aber manche blieben auch aus Mitleid da. Die erhielten dann eine unerwartete Belohnung. María zog ihre Wachstuchvorhänge zu, und augenblicklich veränderte sich die Atmosphäre des Zimmers. Später ging der Mann wie verzaubert davon und nahm das Bild eines wundervollen Mädchens mit sich und nicht das der bedauernswerten Alten, die er zu Anfang gesehen zu haben glaubte.
Für María verwischte sich die Vergangenheit, ihre einzige Erinnerung war die Angst vor Zügen und Koffern, und wenn ihre Berufskolleginnen nicht so neugierig und hartnäckig gewesen wären, würde niemand ihre Geschichte erfahren haben. Sie lebte in der Erwartung des Augenblicks, da der Vorhang ihres Zimmers beiseite geschoben würde, um den griechischen Matrosen hindurchzulassen oder eine andere ihrer Einbildungskraft entsprungene Traumgestalt, einen Mann, der sie in den festen Zauberkreis seiner Arme schließen würde, um ihr das Entzücken zurückzugeben, das sie auf hoher See in dem Versteck eines Schiffes geteilt hatten, und in jedem, der bei ihr lag, suchte sie immer dieselbe alte Illusion, erleuchtet von einer erfundenen Liebe, und täuschte die Schatten mit flüchtigen Umarmungen, mit Funken, die sich verzehrten, ehe sie brennen konnten, und als sie es überdrüssig war, weiter vergeblich zu warten, und spürte, wie ihre Seele sich mit Schuppen bedeckte, entschied sie, daß es besser sei, diese Welt zu verlas-

sen. Und so, mit derselben Anmut und Rücksichtnahme, die alle ihre Handlungen ausgezeichnet hatten, griff sie zu dem Schokoladebecher.

Das Allervergessenste

Sie ließ sich liebkosen, schweigend, Schweißtropfen auf der Brust, ihr stiller Leib duftete nach geröstetem Zucker, es war, als ahnte sie, daß ein einziger Laut die Erinnerungen aufrühren und alles verderben, diesen Augenblick zunichte machen könnte, in dem er eine Figur wie alle war, ein zufälliger Liebhaber, den sie am Morgen kennengelernt hatte, ein Mann mehr ohne Geschichte, den ihr weizenblondes Stoppelhaar, ihre sommersprossige Haut oder das Rasseln ihrer Zigeunerarmbänder angelockt hatte, einer mehr, der sie auf der Straße ansprach und ohne festes Ziel neben ihr weiterging, vom Wetter oder vom Verkehr sprach und die Menge beobachtete, mit der ein wenig forcierten Vertraulichkeit von Landsleuten in einem fremden Land – ein Mann ohne Traurigkeit, ohne Groll, unschuldig, rein wie das Eis, der nur den Tag mit ihr verbringen wollte, durch Buchhandlungen und Parks bummeln, Kaffee trinken, den Zufall preisen, der sie zusammengeführt hatte, und von alten Zeiten sprechen, wie das Leben war, als sie beide in derselben Stadt, im selben Viertel aufwuchsen, als sie vierzehn waren, weißt du noch, die Winter mit den schneenassen Schuhen und den Paraffinöfen, die Sommer voller

Pfirsiche, dort in dem verbotenen Land. Vielleicht hatte sie sich ein bißchen allein gefühlt oder gedacht, dies sei eine Gelegenheit, ohne große Fragen Liebe zu machen, und als daher der Tag zu Ende ging und kein Vorwand mehr gefunden wurde, weiter umherzulaufen, nahm sie ihn bei der Hand und führte ihn nach Hause. Sie teilte mit andern Verbannten eine schäbige Wohnung in einem gelben Haus am Ende einer Gasse, die voller Mülltonnen stand. Ihr Zimmer war eng und kaum möbliert, eine Matratze auf dem Boden, darüber eine gestreifte Decke, ein paar Borde aus Brettern über zwei Reihen Ziegelsteine, Bücher, Poster, Wäsche auf einem Stuhl, ein Koffer in der Ecke. Hier zog sie sich ohne Umschweife aus mit der Bereitwilligkeit eines gefälligen Mädchens.
Er versuchte sie zu lieben. Er streichelte sie geduldig, ließ die Hände über Hügel und Mulden gleiten, folgte ohne Eile ihren Wegen, knetete sanft den weichen Ton auf den Laken, bis sie sich ihm öffnete. Da wich er mit stummem Vorbehalt zurück. Sie wandte sich um, ihn zu suchen, über den Bauch des Mannes gekrümmt, das Gesicht versteckend, während sie ihn betastete, beleckte, schlug. Er wollte sich mit geschlossenen Augen hingeben und überließ sich ihr eine Weile, bis ihn die Traurigkeit oder die Scham überwältigten und er sie fortschieben mußte. Sie zündeten sich Zigaretten an, es gab keine Gemeinsamkeit mehr, der voreilige Drang, der sie den ganzen Tag über vereint hatte, war verflogen, und auf dem Bett waren zwei hilflose Geschöpfe ohne Erinnerung zurückgeblieben, die in dem schrecklichen Vakuum der

unausgesprochenen Worte trieben. Als sie sich am Morgen kennenlernten, hatten sie nichts Außergewöhnliches gesucht, sie hatten nicht viel verlangt, nur ein wenig Gesellschaft und ein wenig Vergnügen, weiter nichts, aber in der Stunde der Vereinigung wurden sie von der Trostlosigkeit besiegt. »Wir sind müde«, sagte sie lächelnd und bat damit um Verzeihung für den Überdruß, der sich zwischen ihnen eingenistet hatte. In einem letzten Bemühen, Zeit zu gewinnen, nahm er ihr Gesicht zwischen beide Hände und küßte sie auf die Lider. Sie streckten sich Seite an Seite aus, hielten sich bei den Händen und sprachen über ihr Leben in diesem Land, wo sie sich zufällig begegnet waren, einem jungen, großmütigen Land, in dem sie dennoch immer Fremde sein würden. Er dachte daran, sich anzuziehen und ihr Lebewohl zu sagen, ehe seine Albträume sich schwer über sie beide legten, aber er sah, wie jung und verletzlich sie war, und wünschte sich, ihr Freund zu sein. Freund, dachte er, nicht Liebhaber, Freund, um einige Augenblicke der Ruhe zu teilen, ohne Forderungen oder Verpflichtungen, Freund, um nicht allein zu sein und um die Angst zu bekämpfen. Er konnte sich nicht entschließen zu gehen, und er ließ auch ihre Hand nicht los. In einem warmen, weichen Gefühl, einem ungeheuren Mitleid mit sich selbst und mit ihr brannten ihm die Augen. Die Gardine blähte sich wie ein Segel, und sie stand auf, um das Fenster zu schließen, weil sie sich vorstellte, die Dunkelheit könnte ihnen helfen, könnte ihnen die Lust am Zusammensein und das Verlangen, sich zu umar-

men, zurückgeben. Aber sie irrte sich, er brauchte dieses bißchen Licht von der Straße, damit er sich nicht von neuem gefangen fühlte in dem Abgrund der zeitlosen neunzig Zentimeter seiner Zelle, wahnsinnig, in seinen eigenen Exkrementen gärend.
»Laß die Gardine offen, ich möchte dich ansehen«, log er, denn er wagte nicht, ihr seine nächtlichen Schrecken anzuvertrauen, wenn ihn wieder der Durst quälte, der Verband um den Kopf drückte wie ein Kranz aus Nägeln, die Höhlenvisionen und der Ansturm all der Spukgestalten ihn peinigten. Er konnte ihr nichts davon erzählen, denn eins führt zum andern, und schließlich erzählt man, was man noch nie erzählt hat. Sie kam zurück ins Bett, liebkoste ihn ohne Überschwang, ließ forschend die Finger über die kleinen Male gleiten. »Keine Angst, das ist nichts Ansteckendes, das sind nur Narben«, sagte er mit einem Lachen, das wie Schluchzen klang. Das Mädchen hörte den verstörten Ton heraus und hielt alarmiert in der Bewegung inne. In diesem Augenblick hätte er ihr sagen müssen, daß dies nicht der Beginn einer neuen Liebe war, nicht einmal der einer flüchtigen Leidenschaft, es war nur ein Augenblick der Rast, eine kurze Minute der Unschuld, und bald, wenn sie eingeschlafen war, würde er gehen; er hätte ihr sagen müssen, daß es für sie beide keine Pläne gab und keine verliebten Anrufe, sie würden nicht ein zweites Mal Hand in Hand durch die Straßen streifen, würden keine Liebesspiele spielen, aber er konnte nicht sprechen, die Stimme blieb ihm wie eingekrallt in der Brust stecken.

Er merkte, daß er versank. Er mühte sich ab, die entgleitende Wirklichkeit festzuhalten, seinen Geist in irgend etwas zu verankern, in dem Wäschehäufchen auf dem Stuhl, den auf den Borden gestapelten Büchern, dem Chileposter an der Wand, der Kühle der karibischen Nacht, den dumpfen Geräuschen der Straße; er versuchte, sich auf den willfährigen Körper neben sich zu konzentrieren und nur an die Haarflut des jungen Mädchens und an ihren süßen Duft zu denken. Stumm flehte er sie an, sie solle ihm doch bitte helfen, diese Sekunden zu überstehen, während sie ihn beobachtete, auf der äußersten Kante der Matratze hockend, die Beine wie ein Fakir untergeschlagen, und ihre hellen Brustwarzen und das Auge ihres Nabels sahen ihn ebenfalls an und verfolgten sein Zittern, sein Zähneklappern, sein Stöhnen. Er hörte das Schweigen in sich wachsen, er wußte, daß seine Seele zerbrach, wie es ihm damals so oft geschehen war, und er hörte auf zu kämpfen, ließ den letzten Halt der Gegenwart fahren und stürzte sich in einen bodenlosen Abgrund. Er spürte die Lederriemen, die in die Hand- und Fußgelenke einschnitten, den brutalen Stromschock, die gerissenen Sehnen, hörte die gehässigen Stimmen, die Namen verlangten, die unauslöschlichen Schreie Anas, die neben ihm gefoltert wurde, die Schreie der andern, die im Hof an den Armen aufgehängt waren.

»Was hast du, um Gottes willen, was hast du?« Von fern erreichte ihn Anas Stimme. Nein, Ana war in den Sümpfen des Südens versunken. Er glaubte eine nackte Unbekannte zu sehen, die ihn schüttelte und

seinen Namen rief, aber er vermochte sich nicht von den Dunkelheiten zu befreien, in denen Peitschen und Fahnen geschwungen wurden. Zusammengekrümmt versuchte er, der Übelkeit Herr zu werden. Er begann zu weinen, um Ana und um die anderen. »Was hast du?« Wieder rief ihn das Mädchen von irgendwoher. »Nichts, umarme mich«, bat er, und sie kroch schüchtern heran und schloß ihn in die Arme, wiegte ihn wie ein Kind, küßte ihn auf die Stirn, »weine, weine«, sagte sie, half ihm, sich auszustrekken, und legte sich wie gekreuzigt auf ihn.
Sie blieben tausend Jahre so umschlungen, bis die Wahngebilde sich langsam verflüchtigten und er in das Zimmer zurückkehrte und entdeckte, daß er lebte, trotz allem, daß er atmete, daß sein Herz schlug, er fühlte ihr Gewicht auf seinem Körper, ihren Kopf auf seiner Brust, ihre Arme und Beine auf den seinen, zwei verstörte Waisen. Und in diesem Augenblick sagte sie, als wisse sie alles: »Die Angst ist stärker als das Verlangen, die Liebe, der Haß, die Schuld, die Wut, stärker als die Treue. Die Angst ist etwas Totales«, schloß sie, und ihre Tränen rannen ihm über den Hals. Für ihn stockte plötzlich alles, er war in seiner verborgensten Wunde getroffen. Er ahnte mit einem Mal, daß sie nicht nur ein Mädchen war, das bereit war, aus Mitleid Liebe zu machen, sondern daß sie das Eine kannte, das sich jenseits des Schweigens, der völligen Einsamkeit duckte, verborgen hinter der Erinnerung an die versiegelte Kiste, in der er sich vor dem Coronel und seinem eigenen Verrat versteckt hatte, der Erinnerung an Ana Díaz

und die übrigen denunzierten Genossen, die einer nach dem andern mit verbundenen Augen vorübergeführt wurden. Wie konnte sie das alles wissen? Das Mädchen erhob sich. Ihr magerer Arm zeichnete sich gegen den hellen Dunst des Fensters ab, während sie tastend nach dem Schalter suchte. Sie machte das Licht an, und dann streifte sie nacheinander alle ihre Metallarmbänder ab, die geräuschlos auf das Laken fielen. Das Haar hing ihr über das Gesicht, als sie ihm die Hände hinstreckte. Auch ihre Handgelenke waren von weißen Narben gezeichnet. Einen endlosen Augenblick starrte er darauf, bis er alles begriffen hatte, Liebe, und er sah sie mit den Lederriemen auf die elektrische Folterbank geschnallt, und nun konnten sie einander umarmen und weinen, ausgehungert wie sie waren nach Bündnis und vertraulichen Gesprächen, nach verbotenen Worten, nach Versprechungen für morgen, und sie teilten endlich das verborgenste Geheimnis.

Klein-Heidelberg

So viele Jahre hatten der Kapitän und Señorita Eloísa miteinander getanzt, daß sie die Vollkommenheit erreicht hatten. Jeder fühlte die Bewegung des andern voraus, erriet die genaue Sekunde der nächsten Drehung, wußte den leichtesten Druck der Hand oder die Abweichung eines Fußes zu deuten. Sie waren in vierzig Jahren nicht einmal aus dem Tritt gekommen, sie bewegten sich mit der

Präzision eines Paares, das daran gewöhnt ist, sich zu lieben und in enger Umarmung zu schlafen, deshalb konnte man sich so schwer vorstellen, daß sie nie ein Wort gewechselt hatten.

Klein-Heidelberg ist ein Tanzlokal in einiger Entfernung von der Hauptstadt, es liegt auf einem von Bananenpflanzungen umgebenen Hügel, wo die Luft nicht so schwül ist, und außer der bemerkenswerten Musik wird dort ein aphrodisisches Gericht mit Gewürzen aller Art geboten, das zwar zu gehaltreich für das heiße Klima ist, aber voll den Traditionen entspricht, die den Besitzer, Don Rupert, inspirierten. Vor der Ölkrise, als man noch in der Illusion des Überflusses lebte und Früchte aus anderen Breiten eingeführt wurden, war der Apfelstrudel die Spezialität des Hauses, aber seit vom Erdöl nur ein Haufen unverschrottbaren Abfalls und die Erinnerung an bessere Zeiten übriggeblieben sind, wird der Strudel mit Guaven oder Mangos gebacken. Die Tische stehen in einem weiten Kreis, der genug freien Raum für den Tanz läßt, sie sind mit grün-weiß karierten Tischtüchern bedeckt, und die Wände zeigen bukolische Szenen aus dem Landleben in den Alpen: Hirtinnen mit gelben Zöpfen, stramme Burschen und blitzsaubere Kühe. Die Musiker – in kurzen Lederhosen, wollenen Kniestrümpfen, Tiroler Hosenträgern und Jägerhütchen, die durch den Schweiß alle Pracht verloren haben und von fern aussehen wie grüne Perücken – sitzen auf einer Plattform, die von einem ausgestopften Adler gekrönt wird, dem von Zeit zu Zeit, wie Don Rupert behauptet, neue Federn nachwachsen. Einer spielt Akkordeon, der zweite Saxophon, und der dritte ackert mit Händen und Füßen, um alle Teile des Schlagzeugs zu bedienen. Der mit dem Akkordeon ist ein Meister seines Instruments und singt auch mit einer warmen Tenorstimme und leichtem andalusischem Akzent. Trotz seiner fabelhaften Tracht als Tiroler Schankwirt ist er der Liebling der weiblichen Stammgäste, und manch eine hätschelt die geheime Vorstellung, mit ihm in ein tödliches Abenteuer verstrickt zu werden, zum Beispiel ein Erdbeben oder ein Bombardement, in dem sie, von diesen mächtigen Armen umfangen, die dem Akkordeon so herzzerreißende Klagen zu entreißen verstehen, freudig den letzten Atem aushauchen würde. Die Tatsache, daß das Durchschnittsalter der Damen um die siebzig liegt, hindert nicht die Sinnlichkeit, die der Sänger erregt, eher fügt sie ihr den süßen Hauch des Todes hinzu. Die Kapelle beginnt ihre Arbeit nach Sonnenuntergang und beendet sie um Mitternacht, außer an Sonnabenden und Sonntagen, wenn das Lokal sich mit Touristen füllt und die Musikanten weitermachen müssen, bis der letzte Gast sich im Morgengrauen verabschiedet. Sie spielen nur Polkas, Mazurkas, Walzer und Volkstänze aus Europa, als stünde das Klein-Heidelberg statt in der Karibik an den Ufern der Donau.

In der Küche regiert Doña Burgel, Don Ruperts Frau, eine wohlbeleibte Matrone, die nur wenige Gäste kennen, weil sich ihr Dasein zwischen Kochtöpfen und Gemüsebergen abspielt und darauf gerichtet ist, fremdländische Speisen mit inländischen

Bestandteilen zuzubereiten. Sie hat den Strudel mit tropischen Früchten erfunden und jenes aphrodisische Gericht, das auch dem zerknitterten Greis die Manneskraft wiederzugeben vermag. Die Tische werden von den Töchtern des Wirtspaares bedient, zwei handfesten Frauen, und von einigen Mädchen aus dem Ort, alle mit runden, roten Wangen. Die übliche Kundschaft besteht aus europäischen Emigranten, die auf der Flucht vor einem Krieg oder vor der Armut ins Land gekommen sind, Kaufleuten, Landwirten, Handwerkern, liebenswürdigen, einfachen Menschen, die das vielleicht nicht immer waren, aber der Lauf des Lebens hat sie einander angeglichen in der wohlwollenden Höflichkeit vernünftiger alter Leute. Die Männer kommen in Fliege und Jackett, aber wenn die Hüpfer bei der Polka und die genossenen Biermengen ihnen das Gemüt erwärmt haben, legen sie ab, was überflüssig ist, und sitzen in Hemdsärmeln da. Die Frauen tragen fröhliche Farben in einer veralteten Mode, als hätten sie ihre Kleider aus dem Brautkoffer erlöst, den sie bei der Einwanderung mitbrachten. Von Zeit zu Zeit taucht eine Gruppe streitlustiger Jugendlicher auf, deren Eintritt der dröhnende Krach der Motorräder und das Klappern und Klirren von Stiefelabsätzen, Schlüsseln und Ketten vorausgeht und die nur mit dem einen Ziel herkommen, sich über die Alten lustig zu machen, aber es bleibt beim Geplänkel, denn der Schlagzeuger und der Saxophonist sind immer bereit, die Ärmel aufzukrempeln und Ordnung zu schaffen.
Sonnabends gegen neun Uhr, wenn alle schon ihre

Portion aphrodisisches Gericht genossen haben und sich den Freuden des Tanzes hingeben, erscheint die Mexikanerin und setzt sich allein an einen Tisch. Sie ist eine aufreizende Fünfzigerin mit dem Körper einer Galeone – gewölbter Bug, breites Heck, Gesicht einer Galionsfigur –, die ein reifes, aber noch üppiges Dekolleté zur Schau stellt und eine Blume hinter dem Ohr trägt. Sie ist nicht die einzige, die als Flamencotänzerin gekleidet ist, aber bei ihr sieht es wesentlich natürlicher aus als bei den anderen Damen, denen mit weißem Haar und trauriger Figur, die nicht einmal ein anständiges Spanisch sprechen. Wenn die Mexikanerin Polka tanzt, ist sie ein Schiff, das in stürmischen Wellen treibt, aber zum Walzertakt scheint sie in sanften Gewässern dahinzugleiten. So hatte der Kapitän sie manchmal im Traum gesehen und war mit der fast vergessenen Unruhe seiner Jugend aufgewacht. Es wird erzählt, der Kapitän sei bei einer nordeuropäischen Flotte gefahren, deren Namen keiner buchstabieren kann. Er war einmal Experte in alten Schiffstypen und Seewegen, aber diese Kenntnisse ruhten begraben in der Tiefe seines Gedächtnisses ohne die geringste Möglichkeit, in der heißen Landschaft dieser Region zu etwas nütze zu sein, wo das Meer ein friedliches Aquarium kristallklaren grünen Wassers ist und gar nicht geeignet für die Fahrten der verwegenen Nordmeerschiffe. Er war ein hochgewachsener, hagerer Mann, ein Baum ohne Blätter, mit straffem Rücken und noch festen Halsmuskeln, er trug seine Uniformjacke mit den goldenen Knöpfen und war in die tragische Aura der

Seeleute außer Dienst gehüllt. Nie hörte man von ihm ein Wort in Spanisch oder irgendeinem anderen bekannten Idiom. Vor dreißig Jahren hatte Don Rupert gesagt, der Kapitän sei sicherlich Finne, wegen seiner eisfarbenen Augen und der unbeirrbaren Redlichkeit in seinem Blick, und da ihm niemand widersprechen konnte, nahmen sie es schließlich als gegeben hin. Im übrigen hat die Sprache im Klein-Heidelberg wenig Bedeutung, denn niemand geht dorthin, um Konversation zu machen.
Einige Verhaltensregeln sind ein wenig abgeändert worden, zum Nutzen und zur Bequemlichkeit aller. Jeder kann allein auf die Tanzfläche oder jemanden von einem anderen Tisch auffordern, und auch die Frauen sind unternehmungslustig genug, von sich aus auf die Männer zuzugehen. Das ist eine gerechte Lösung für die Witwen ohne Begleitung. Niemand holt die Mexikanerin zum Tanz, denn natürlich würde sie das als Beleidigung betrachten, und die Herren müssen zitternd vor Spannung warten, für wen sie sich entscheidet. Sie legt ihre Zigarre in den Aschenbecher, entflechtet die gewaltigen Säulen ihrer übereinandergeschlagenen Beine, richtet ihr Mieder, geht auf den Auserwählten zu und pflanzt sich ohne einen Blick vor ihm auf. Sie wechselt den Partner bei jedem Tanz, aber früher behielt sie sich immer mindestens vier Tänze für den Kapitän vor. Er faßte sie mit seiner festen Steuermannshand um die Taille und führte sie über die Tanzfläche, ohne zu erlauben, daß sein Alter ihm die Luft benahm.
Die älteste Stammkundin des Tanzlokals, die in

einem halben Jahrhundert nicht einen Sonnabend im Klein-Heidelberg versäumte, war Señorita Eloísa, eine winzig kleine Dame, sanft und zart, mit einer Haut wie Reispapier und einer durchscheinenden Haarkrone. Sie hatte sich so lange den Lebensunterhalt damit verdient, in ihrer Küche Bonbons zu kochen, daß das Schokoladenaroma sie ganz durchtränkt hatte und sie immer nach Geburtstag roch. Trotz ihres Alters hatte sie sich noch einige Bewegungen ihrer ersten Jugend bewahrt und konnte sich die ganze Nacht auf der Tanzfläche drehen, ohne daß die Löckchen sich aus ihrem Knoten lösten oder ihr Herz aus dem Takt kam. Sie stammte aus einem Dorf im Süden Rußlands und war zu Anfang des Jahrhunderts mit ihrer Mutter, die damals eine strahlende Schönheit war, ins Land gekommen. Sie lebten zusammen und kochten Schokoladenbonbons, der Unbill des Klimas, des Jahrhunderts und der Einsamkeit ahnungslos ausgesetzt, ohne Mann, ohne Familie, ohne große Erlebnisse und ohne andere Vergnügungen als das Klein-Heidelberg an jedem Wochenende. Seit ihre Mutter gestorben war, kam Señorita Eloísa allein. Don Rupert empfing sie mit großer Ehrerbietung an der Tür und geleitete sie an ihren Tisch, während die Kapelle sie mit den ersten Takten ihres Lieblingswalzers willkommen hieß. An einigen Tischen wurden Biergläser zu ihrer Begrüßung erhoben, denn sie war der älteste und zweifellos der beliebteste Gast. Sie war schüchtern und wagte nie, einen Mann zum Tanz aufzufordern, aber in all den Jahren hatte sie das auch nie zu tun brauchen, denn es wurde von jedem als besonderer Vorzug angesehen, sie bei der Hand zu nehmen, sie zart um die Taille zu fassen, um kein Knöchelchen zu zerbrechen, und sie auf die Tanzfläche zu führen. Sie war eine anmutige Tänzerin und hatte diesen süßen Duft an sich, der imstande war, jedem, der ihn in die Nase bekam, die schönsten Erinnerungen aus seiner Kindheit zu bescheren.

Der Kapitän setzte sich allein immer an denselben Tisch, trank mäßig und zeigte niemals die geringste Begeisterung für Dõna Burgels aphrodisisches Gericht. Er klopfte mit dem Fuß den Takt, und wenn Señorita Eloísa frei war, forderte er sie auf, indem er vor ihr leicht die Hacken zusammenschlug und den Kopf neigte. Sie sprachen nie miteinander, blickten sich nur lächelnd an bei den Galopps und Figuren eines alten Tanzes.

An einem Sonnabend im Dezember, der weniger feucht war als üblich, kamen ein paar Touristen ins Klein-Heidelberg. Diesmal waren es nicht die disziplinierten Japaner, die in letzter Zeit öfter dagewesen waren, sondern hochgewachsene Skandinavier, hellhaarig und sonnengebräunt, die sich an einen Tisch setzten und fasziniert den Tanzenden zusahen. Sie waren fröhlich und lärmig, stießen ihre Biergläser aneinander, lachten viel und unterhielten sich lautstark. Die Reden der Fremden drangen bis zum Kapitän, der wie immer an seinem Tisch saß, und aus weiter Ferne, aus einer anderen Zeit und einem anderen Land erreichte ihn der Klang seiner eigenen Sprache, voll und frisch wie gerade erfunden, Worte, die er seit Jahrzehnten nicht mehr gehört hatte, die sich aber unversehrt in seinem Gedächtnis gehalten hatten. Ein neuer Ausdruck machte sein strenges altes Seefahrergesicht sanft, er schwankte einige Minuten zwischen der strikten Zurückhaltung, in der er sich wohlfühlte, und dem fast vergessenen Vergnügen, ein Gespräch zu führen. Endlich stand er auf und ging zum Tisch der Unbekannten. Don Rupert hinter der Bar beobachtete den Kapitän, der, leicht vorgebeugt, die Hände auf dem Rücken, mit den Neuankömmlingen redete. Plötzlich wurde auch den Gästen, den Serviererinnen und den Musikern klar, daß dieser Mann zum erstenmal sprach, seit sie ihn kannten. Er hatte eine Greisenstimme, heiser und stockend, aber er legte große Entschiedenheit in jeden Satz. Als er alles, was seine Brust bewegte, dargelegt hatte, herrschte eine solche Stille im Lokal, daß Dõna Burgel aus der Küche kam, um sich zu erkundigen, ob jemand gestorben sei. Endlich, nach einer langen Pause, schüttelte einer der Touristen die Verblüffung ab und rief Don Rupert heran, um ihn in holprigem Englisch zu bitten, er möchte doch helfen, die Rede des Kapitäns zu übersetzen. Die Skandinavier folgten dem alten Seemann zu dem Tisch, an dem Señorita Eloísa saß, und Don Rupert ging mit, nahm aber unterwegs die Schürze ab, weil er ahnte, daß ein feierlicher Akt bevorstand. Der Kapitän sagte einige Worte in seiner Sprache, einer der Ausländer übersetzte es ins Englische, und Don Rupert, mit roten Ohren und zitterndem Schnauzbart, wiederholte es in seinem nicht ganz einwandfreien Spanisch.

»Señorita Eloísa, der Kapitän fragt, ob Sie ihn heiraten wollen.«
Die zerbrechliche alte Dame saß da, die Augen rund vor Überraschung und den Mund hinter ihrem Batisttaschentuch verborgen, und alle hielten gespannt den Atem an, bis sie ihrer Stimme wieder mächtig war.
»Meinen Sie nicht, daß das ein wenig überstürzt ist?« fragte sie leise. Ihre Worte wanderten über den Wirt und die Touristen zum Kapitän, und die Antwort nahm denselben Weg in umgekehrter Richtung.
»Der Kapitän meint, er hat vierzig Jahre gewartet, um es Ihnen zu sagen, und er kann nicht noch weiter warten, bis wieder jemand kommt, der seine Sprache spricht. Er sagt, Sie möchten ihm bitte jetzt antworten.«
»Nun ja, ich will«, flüsterte Señorita Eloísa, und niemand brauchte die Antwort zu übersetzen, weil alle sie verstanden hatten.
Don Rupert hob begeistert beide Arme und verkündete die Verlobung, der Kapitän küßte seine Braut auf die Wangen, die Touristen drückten ringsum allen die Hände, die Musiker mißhandelten ihre Instrumente zu einem dröhnenden Triumphmarsch, und die Gäste bildeten einen Kreis um das Paar. Die Frauen wischten sich die Tränen ab, die Männer stießen bewegt mit allen an, Don Rupert setzte sich hinter die Bar und verbarg den Kopf zwischen den Armen, von Rührung übermannt, während Doña Burgel und ihre Töchter mehrere Flaschen vom besten Rum öffneten. Dann stimmten die Musiker den

Walzer von der schönen blauen Donau an, und alle verließen die Tanzfläche.

Der Kapitän nahm die Hand dieser sanften Frau, die er so lange ohne Worte geliebt hatte, und führte sie in die Mitte des Saales, und dort tanzten sie mit der Anmut zweier Reiher in ihrem Hochzeitstanz. Der Kapitän hielt sie mit derselben liebenden Sorgfalt, mit der er in seiner Jugend den Wind in den Segeln eines Schiffes eingefangen hatte, und führte sie über die Tanzfläche, als wiegten sie sich im ruhigen Wellengang einer Bucht, während er ihr mit seiner nach Wäldern und Schneestürmen klingenden Stimme alles sagte, was sein Herz bis zu diesem Augenblick verschwiegen hatte. Sie tanzten und tanzten, und der Kapitän fühlte, wie ihr Alter von ihnen wich, und bei jedem Schritt wurden sie heiterer und beschwingter. Eine Drehung nach der anderen, und die Akkorde der Musik wurden schwungvoller, die Füße schneller, ihre Taille schmaler, ihre kleine Hand in der seinen leichter, ihre Gegenwart immer unkörperlicher. Dann sah er, daß Señorita Eloísa zu Schleier, zu Schaum, zu Dunst wurde, bis sie nicht mehr wahrnehmbar war und endlich ganz verschwand, und er drehte und drehte sich mit leeren Armen, und sein einziger Partner war ein zarter Duft nach Schokolade.

Der Tenor machte den anderen Musikern Zeichen, sie sollten denselben Walzer für immer und ewig weiterspielen, denn er hatte erkannt, daß beim letzten Ton der Kapitän aus seinem Wahn erwachen und die Erinnerung an Señorita Eloísa sich endgültig verflüchtigen würde. Ergriffen blieben die alten Stammgäste des Klein-Heidelberg regungslos auf ihren Stühlen sitzen, bis endlich die Mexikanerin, deren Hochmut sich in barmherzige Zärtlichkeit verwandelt hatte, aufstand und behutsam auf die zitternden Hände des Kapitäns zuging, um mit ihm zu tanzen.

Die Frau des Richters

Nicolás Vidal wußte immer, daß er sein Leben durch eine Frau verlieren würde. Das wurde ihm am Tag seiner Geburt vorausgesagt, und es wurde ihm bestätigt durch die Krämerin bei der einzigen Gelegenheit, da er ihr erlaubte, ihm sein Schicksal aus dem Kaffeesatz zu deuten, aber er hätte sich nie vorgestellt, daß dieses Schicksal ihn ausgerechnet durch Casilda ereilen würde, die Frau des Richters Hidalgo. Er sah sie zum erstenmal an dem Tag, an dem sie ins Dorf kam, um zu heiraten. Er fand sie nicht anziehend, er zog die dreisten, braunen Weiber vor, und dieses durchsichtige junge Ding in ihrer Reisekleidung, mit dem scheuen Blick und den zarten Fingern, die nicht taugten, einem Mann Vergnügen zu bereiten, kam ihm so gehaltlos vor wie eine Handvoll Asche. Da er sein Los kannte, hütete er sich vor den Frauen und floh sein Leben lang vor jeder Gefühlsbindung, machte sein Herz unempfindlich für die Liebe und beschränkte sich auf flüchtige Begegnungen, um die Einsamkeit zu überlisten. So unbedeutend und fern erschien ihm Casilda, daß er nicht auf den Gedanken kam, sich vor ihr hüten zu müssen, und als der Augenblick da war, vergaß er die Prophezeiung, die sonst in seinen Entschlüssen immer gegenwärtig gewesen war. Vom Dach des Hauses aus, wo er sich mit zweien seiner Männer versteckt hielt, beobachtete er, wie die Señorita aus der Hauptstadt am Tag ihrer Hochzeit aus dem Wagen stieg. Sie wurde von einem halben Dutzend ihrer Angehörigen begleitet, alle so bleich und fein wie sie, die, sich unaufhörlich fächelnd, mit dem Ausdruck offener Bestürzung der Trauung beiwohnten und dann abreisten, ohne je wiederzukommen.

Wie alle Einwohner des Ortes dachte auch Vidal, daß die Braut das Klima nicht ertragen würde und daß die Totenfrauen sie bald für ihr Begräbnis einkleiden müßten. In dem unwahrscheinlichen Fall, daß sie der Hitze standhielte und dem Staub, der durch die Haut eindrang und sich in der Seele festsetzte, würde sie zweifellos der ständig schlechten Laune und den Junggesellenmarotten ihres Ehemannes erliegen. Der Richter Hidalgo war doppelt so alt wie sie und hatte so viele Jahre allein geschlafen, daß er ja gar nicht wissen konnte, wie er es anfangen sollte, einer Frau Freude zu bereiten. In der ganzen Provinz waren seine Strenge und der Starrsinn gefürchtet, mit denen er das Gesetz handhabte, selbst auf Kosten der Gerechtigkeit. Wenn er richtete, kannte er keine freundlichen Regungen und strafte den Diebstahl eines Huhns mit gleicher Härte wie einen Mord. Er trug immer Schwarz, damit allen die Würde seines Amtes stets bewußt war, und trotz der unbesiegbaren

Staubmassen dieses hoffnunglosen Ortes waren seine Stiefel immer mit Bienenwachs gewichst. Ein solcher Mann ist nicht für die Ehe gemacht, sagten die Klatschbasen.

Doch die düsteren Voraussagen bei der Hochzeit erfüllten sich nicht, im Gegenteil, Casilda überlebte drei kurz aufeinanderfolgende Geburten und schien glücklich zu sein. Sonntags ging sie mit ihrem Mann zur Zwölfuhrmesse, beharrlich in ihre spanische Mantilla gehüllt, unberührt von dem gnadenlosen ewigen Sommer, farblos und schweigend wie ein Schatten. Niemand hörte je mehr von ihr als einen leisen Gruß, niemand sah eine kühnere Geste als ein leichtes Neigen des Kopfes oder ein flüchtiges Lächeln, sie wirkte so wenig stofflich, als könnte sie sich in einem unachtsamen Augenblick in nichts auflösen. Sie schien einfach nicht vorhanden zu sein, und deshalb staunten alle, als ihnen aufging, wie groß ihr Einfluß auf den Richter war, der sich aufs bemerkenswerteste verändert hatte.

Obwohl Hidalgo äußerlich derselbe geblieben war, finster und schroff, machten seine Urteilssprüche vor Gericht eine erstaunliche Wandlung durch. Starr vor Verblüffung erlebte das Publikum, daß er einen Jungen freiließ, der seinen Arbeitgeber bestohlen hatte, und er begründete den Freispruch damit, der Chef habe den Angeklagten drei Jahre unterbezahlt, der Diebstahl sei also nur eine Form des Ausgleichs. Er weigerte sich auch, eine Ehebrecherin zu bestrafen und folgerte, der Ehemann habe keine moralische Befugnis, Ehrbarkeit zu verlangen, wenn er selbst eine Geliebte aushalte. Die Klatschzungen im Ort behaupteten, der Richter Hidalgo kehre sich um, wie man einen Handschuh umdrehe, wenn er über die Schwelle seines Hauses trete, er lege die feierliche Robe ab, spiele und lache mit seinen Kindern und lasse Casilda auf seinen Knien sitzen, aber dieses Gerede wurde nie bestätigt. Auf jeden Fall sahen alle in seiner Frau die Triebfeder für jene wohlwollenden Handlungen, und ihr Ansehen stieg, aber das kümmerte Nicolás Vidal nicht im geringsten, denn er stand außerhalb des Gesetzes und konnte sicher sein, daß es für ihn keine Gnade geben würde, wenn sie ihn jemals in Handschellen vor den Richter bringen sollten. Er hörte nicht auf die Reden über Doña Casilda, und wenn er sie, selten genug, von fern sah, bestätigte sich ihm seine erste Meinung, daß sie nur ein verschwommenes Geisterbild sei.

Vidal war vor dreißig Jahren in einem Zimmer ohne Fenster im einzigen Bordell des Ortes geboren, seine Mutter war Juana La Triste, der Vater unbekannt. Für ihn gab es keinen Platz auf dieser Welt, und weil seine Mutter sich darüber im klaren war, versuchte sie, ihn sich mit Kräutern, Kerzenstümpfen, Seifenlaugenbädern und anderen rohen Mitteln aus dem Leib zu reißen, aber das Wurm versteifte sich darauf, am Leben zu bleiben. Wenn Juana La Triste diesen Sohn in späteren Jahren sah, wußte sie, daß die drastischen Abtreibungsmethoden, statt ihn zu töten, seinen Körper und seine Seele gehärtet hatten, bis sie wie Stahl waren. Als er geboren war, nahm die Hebamme ihn hoch, um ihn im Licht der Petroleumlampe zu betrachten, und stellte erschrocken fest, daß er vier Brustwarzen hatte. »Armer Kleiner, er wird das Leben durch eine Frau verlieren«, prophezeite sie, denn sie hatte Erfahrung in solchen Dingen.

Diese Worte lasteten wie eine Mißbildung auf dem Jungen. Vielleicht wäre sein Leben durch die Liebe einer Frau weniger unglücklich gewesen. Um ihn für die vielen Tötungsversuche vor seiner Geburt zu entschädigen, suchte seine Mutter einen besonders edlen Vornamen für ihn aus, den soliden Nachnamen hatte sie aufs Geratewohl gewählt; aber dieser fürstliche Name genügte nicht, um die verhängnisvollen Zeichen zu bannen, und schon der Zehnjährige trug aus zahllosen Prügeleien eine Messernarbe im Gesicht, und wenig später lebte er bereits wie ein Flüchtling. Mit zwanzig war er der Anführer einer Bande von Desperados. Das rauhe Leben festigte die Kraft seiner Muskeln, die Straße machte ihn erbarmungslos, und die Einsamkeit, zu der er verdammt war aus Angst, sich an die Liebe zu verlieren, bestimmte den Ausdruck seiner Augen. Jeder Einwohner des Ortes hätte bei seinem Anblick gewußt, daß er der Sohn von Juana La Triste war, denn wie bei ihr saßen auch in seinen Augen die Tränen, ohne zu fließen. Jedesmal, wenn in der Gegend ein Verbrechen begangen worden war, rückten die Polizisten mit Hunden an, um Nicolás Vidal zu fangen und die Empörung der Bürger zu besänftigen, aber nach ein paar Streifzügen durch die Berge kehrten sie mit leeren Händen zurück. Im Grunde wünschten sie sich gar nicht, ihn zu finden, denn gegen ihn kämpfen konnten sie ohnehin nicht. Die Bande festigte ihren bösen Ruf dermaßen, daß die Dörfer und Haciendas ihnen einen Tribut zahlten, um sie fernzuhalten. Mit diesen unfreiwilligen Spenden hätten die Männer Ruhe geben können, aber Nicolás Vidal zwang sie, immer im Sattel zu bleiben, im ständigen Sturm von Tod und Zerstörung, damit sie nicht die Lust am Kampf verloren und ihren schändlichen Ruhm einbüßten. Niemand wagte ihnen entgegenzutreten. Richter Hidalgo hatte den Gouverneur ein paarmal gebeten, Truppen zu schicken, um seine Polizei zu verstärken, aber nach einigen nutzlosen Ausflügen kehrten die Soldaten in ihre Kasernen zurück und die Banditen zu ihren Raubzügen.

Ein einziges Mal hätte Nicolás Vidal in die Fänge der Justiz geraten können, aber ihn rettete seine Unfähigkeit, sich durch Gemütsbewegungen erschüttern zu lassen. Richter Hidalgo, der es müde war, ständig die Gesetze verletzt zu sehen, beschloß, alle Skrupel beiseitezuschieben und dem Räuber eine Falle zu stellen. Er war sich darüber im klaren, daß er zur Verteidigung der Gerechtigkeit eine grausame Handlung begehen würde, aber er wählte aus zwei Übeln das kleinere. Ihm bot sich als einziger Köder nur Juana La Triste, denn andere Verwandte hatte Vidal nicht, und von Liebschaften war auch nichts bekannt. Der Richter ließ die Frau aus dem Bordell holen, wo sie Fußböden scheuerte und Aborte reinigte, aus Mangel an Freiern, die bereit gewesen wären, für ihre jämmerlichen Dienste zu bezahlen, ließ sie in einen eigens für sie angefertigten Käfig sperren und diesen mitten auf dem Platz aufstellen, nur mit einem Krug Wasser als Trost.

»Wenn das Wasser alle ist, wird sie anfangen zu schreien. Dann wird ihr Sohn auftauchen, und ich werde ihn mit den Soldaten erwarten«, sagte der Richter.

Das Gerede über diese Strafe, die seit den Zeiten der entsprungenen Sklaven nicht mehr üblich war, gelangte zu Nicolás Vidal, kurz bevor seine Mutter den letzten Tropfen aus dem Krug geschlürft hatte. Seine Männer sahen ihn die Kunde schweigend entgegennehmen, seine gleichmütige Einzelgängermaske veränderte sich ebensowenig wie der ruhige Rhythmus, mit dem er sein Messer an einem Lederriemen schärfte. Seit vielen Jahren schon hatte er keine Verbindung mehr mit Juana La Triste, zudem bewahrte er keine einzige erfreuliche Erinnerung an seine Kindheit, aber dies war keine Frage des Gefühls, sondern eine Angelegenheit der Ehre. Kein Mann kann eine solche Beleidigung schlucken, dachten die Banditen, während sie Waffen und Reitzeug bereitmachten, um sich in den Hinterhalt zu stürzen und darin, wenn nötig, umzukommen. Aber der Chef zeigte keine Eile.

Die Stunden vergingen, und die Spannung in der Bande stieg mehr und mehr. Sie sahen einander an, Schweißtropfen auf der Stirn, und wagten keine Bemerkung zu machen, sie warteten ungeduldig, die Hand am Griff des Revolvers, auf der Kruppe des Pferdes, in der Schlaufe des Lassos. Die Nacht kam,

und der einzige, der schlief im Lager, war Nicolás Vidal. Im Morgengrauen waren die Meinungen der Männer geteilt, die einen glaubten, ihr Anführer sei noch viel herzloser, als sie sich vorgestellt hatten, die anderen, er plane eine besonders aufsehenerregende Aktion, um seine Mutter herauszuholen. Nur eines dachte keiner von ihnen – daß es ihm an Mut fehlte, denn er hatte bewiesen, daß er davon im Übermaß besaß. Am Mittag konnten sie die Ungewißheit nicht länger ertragen und fragten ihn, was er tun werde.
»Nichts«, sagte er.
»Und deine Mutter?«
»Wir werden schon sehen, wer mehr Mumm hat, der Richter oder ich«, antwortete er ungerührt.
Am dritten Tag schrie Juana La Triste nicht mehr um Mitleid oder flehte um Wasser, ihr war die Zunge ausgetrocknet, und die Worte erstarben in der Kehle, sie lag zusammengekrümmt auf dem Boden des Käfigs, mit verdrehten Augen und geschwollenen Lippen, winselte in den lichten Augenblicken wie ein Tier und träumte in der übrigen Zeit von der Hölle. Vier bewaffnete Polizisten bewachten die Gefangene, damit die Nachbarn ihr nichts zu trinken brachten. Ihre Klagen hielten den ganzen Ort in Bann, sie drangen durch die geschlossenen Fensterläden, der Wind trug sie durch die Türen ins Haus, sie blieben in den Stubenecken hängen, die Hunde fingen sie auf und gaben sie heulend wieder, sie steckten die Neugeborenen an und rissen an den Nerven derer, die sie hörten. Der Richter konnte nicht verhindern, daß die Leute voller Mitleid mit der Alten über

den Platz zogen, er konnte auch den Solidaritätsstreik der Prostituierten nicht aufhalten, der mit dem Zahltag der Mineros zusammenfiel. Am Sonnabend waren die Straßen von rauhen Minenarbeitern überschwemmt, die darauf versessen waren, ihren Lohn durchzubringen, bevor sie in die Gruben zurückkehrten, aber der Ort bot keinerlei Zerstreuung, nur den Käfig und das mitleidige Gemurmel, das von Mund zu Mund ging. Der Priester führte eine Gruppe von Leuten aus seiner Gemeinde zum Richter Hidalgo, die ihn an die christliche Barmherzigkeit erinnerten und ihn dringlich baten, die arme unschuldige Frau vor dem Märtyrertod zu bewahren, aber der Richter schob den Riegel vor die Tür seines Amtszimmers und weigerte sich, sie noch länger anzuhören, er setzte fest darauf, daß Vidal in die Falle laufen werde, wenn Juana La Triste nur noch einen Tag durchhielte. Da beschlossen die Notabeln des Ortes, sich an Doña Casilda um Hilfe zu wenden.
Die Frau des Richters empfing sie in dem schattigen Salon ihres Hauses und hörte ihre Reden schweigend und mit niedergeschlagenen Augen an, wie es ihre Art war. Seit drei Tagen war ihr Mann nicht heimgekommen, hatte sich in seinem Amt eingeriegelt, wartete mit einer unsinnigen Entschlossenheit auf Nicolás Vidal. Sie wußte alles, was draußen vor sich ging, auch ohne aus dem Fenster zu sehen, denn selbst in die weiten Räume ihres Hauses drangen die Laute dieser langen Marter. Doña Casilda wartete, bis die Besucher sich entfernt hatten, dann zog sie ihren Kindern die Sonntagskleider an und ging mit ihnen

geradenwegs zum Platz. Über dem Arm trug sie einen Korb mit Lebensmitteln und einem Krug mit frischem Wasser für Juana La Triste. Die Wachen sahen sie um die Ecke kommen und errieten, was sie vorhatte, aber sie hatten genaue Befehle, und also kreuzten sie vor ihr die Gewehre, und als sie weitergehen wollte, von einer wartenden Menge beobachtet, ergriffen sie sie bei den Armen und hielten sie fest. Da fingen die Kinder an zu schreien.
Richter Hidalgo war in seinem Arbeitszimmer gegenüber dem Platz. Er war der einzige Einwohner des Viertels, der sich nicht die Ohren mit Wachs verstopft hatte, denn er wachte über seinen Hinterhalt, er lauerte auf das Hufgetrappel der Pferde von Nicolás Vidal. Drei Tage und drei Nächte hatte er das Jammern seines Opfers und die Beschimpfungen der vor dem Gebäude zusammengerotteten Nachbarn ertragen, aber als er die Stimmen seiner Kinder erkannte, begriff er, daß er die Grenzen seiner Widerstandskraft erreicht hatte. Besiegt trat er aus dem Gericht, mit einem Dreitagebart, die Augen gerötet von den Nachtwachen und das Gewicht seiner Niederlage auf den Schultern. Er überquerte die Straße, betrat das Viereck des Platzes und ging auf seine Frau zu. Sie sahen einander traurig an. Es war das erste Mal in sieben Jahren, daß sie ihm Trotz bot, und das vor den Augen des ganzen Ortes. Der Richter Hidalgo nahm Doña Casilda den Korb und den Krug aus den Händen und öffnete selbst den Käfig, um seiner Gefangenen herauszuhelfen.

»Ich hab's euch ja gesagt, er hat weniger Mumm als ich«, lachte Nicolás Vidal, als er hörte, wie die Sache abgelaufen war.

Aber sein Gelächter schmeckte ihm am nächsten Tag bitter, als ihm hinterbracht wurde, daß Juana La Triste sich an der Lampe des Bordells, in dem ihr Leben verschlissen worden war, erhängt hatte, weil sie die Schande nicht ertragen konnte, daß ihr einziger Sohn sie in dem Käfig mitten auf dem Platz alleingelassen hatte.

»Dem Richter hat seine Stunde geschlagen«, sagte Vidal. Sein Plan bestand darin, bei Nacht in den Ort einzudringen, den Richter zu überrumpeln, ihn aufs eindrucksvollste umzubringen und in den verdammten Käfig zu schmeißen, damit am andern Tag beim Erwachen alle Welt seine gedemütigten Überreste sehen konnte. Aber dann erfuhr er, daß die Familie zu einem Badeort am Meer aufgebrochen war, um den schlechten Geschmack der Niederlage loszuwerden.

Die Warnung, daß die Banditen sie verfolgten, um Rache zu nehmen, erreichte den Richter auf halbem Wege in einem Gasthaus, wo sie angehalten hatten, um sich zu erfrischen. Der Ort bot keinen hinreichenden Schutz, bis etwa das Polizeikommando herbeigeeilt wäre, aber der Richter hatte ein paar Stunden Vorsprung, und sein Wagen war schneller als die Pferde. Er schätzte, daß er die nächste Stadt erreichen könne und von dort Hilfe erhalten werde. Er ließ seine Frau und die Kinder einsteigen, drückte das Gaspedal durch und raste los. Er hätte es mit seinem großen Sicherheitsspielraum schaffen müssen, aber es stand geschrieben, daß Nicolás Vidal an diesem Tag der Frau begegnen würde, vor der er sein Leben lang geflohen war.

Geschwächt von den durchwachten Nächten, der Feindseligkeit der Nachbarn, der erlittenen Beschämung und der Anspannung dieser Jagd, die Familie zu retten, machte das Herz des Richters Hidalgo einen Satz und zersprang ohne Laut. Der führerlose Wagen schleuderte, drehte sich einmal um sich selbst, kam von der Straße ab, holperte über die Randsteine und blieb glücklich im dichten Gestrüpp am Wegrand hängen. Doña Casilda brauchte einige Minuten, um sich über das Geschehene klarzuwerden. Sie war im Grunde darauf gefaßt gewesen, einmal Witwe zu werden, denn ihr Mann war fast ein Greis, aber sie hatte sich nicht vorgestellt, daß sie dann der Gnade seiner Feinde überlassen sein würde. Doch sie hielt sich nicht bei diesem Gedanken auf, denn sie begriff die Notwendigkeit, sofort zu handeln und die Kinder zu retten. Sie ließ den Blick über die Umgebung wandern und wäre am liebsten vor Verzweiflung in Tränen ausgebrochen, denn in dieser nackten, von einer gnadenlosen Sonne ausgebrannten Ödnis waren nirgends Spuren menschlichen Lebens zu entdecken, da waren nur die wilden Berge und ein vom Licht weißgeglühter Himmel. Aber bei einem zweiten Blick sah sie an einer Bergflanke den Schatten einer Höhle, und dorthin lief sie nun, die beiden Kleinsten im Arm; das dritte klammerte sich an ihren Rock.

Dreimal kletterte Casilda hinauf, um ein Kind nach dem andern fast bis zum Gipfel zu tragen. Es war eine natürliche Höhle, wie es viele gab in den Bergen dieser Region. Sie durchsuchte das Innere, um sich zu vergewissern, daß hier kein wildes Tier hauste, setzte die Kinder in den hintersten Winkel und küßte sie ohne eine Träne.

»In ein paar Stunden wird die Polizei uns suchen kommen. Bis dahin geht ihr auf keinen Fall hinaus, auch dann nicht, wenn ihr mich schreien hört, habt ihr verstanden!« befahl sie ihnen.

Die Kleinen kauerten sich verschreckt zusammen, und nach einem letzten Abschiedsblick stieg die Mutter den Berg hinunter. Sie kam zum Wagen, schloß ihrem Mann die Augen, schüttelte sich den Staub vom Kleid, brachte ihr Haar in Ordnung und setzte sich hin und wartete. Sie wußte nicht, wieviel Leute zu der Bande von Nicolás Vidal gehörten, aber sie betete, daß es viele sein möchten, so würden sie lange damit zu tun haben, sich an ihr zu befriedigen, und sie sammelte ihre Kräfte und fragte sich, wie lange sie brauchen würde, um zu sterben, wenn sie sich die größte Mühe gab, es ganz langsam zu tun. Sie wünschte, sie wäre üppig und stämmig, dann würde sie ihnen mehr Widerstand leisten können und so Zeit für ihre Kinder gewinnen.

Sie mußte nicht lange warten. Bald erblickte sie Staub am Horizont, dann hörte sie Pferdegalopp und biß die Zähne zusammen. Überrascht sah sie, daß da nur ein einzelner Reiter herankam, der, die Waffe in der Hand, wenige Meter vor ihr anhielt. Sein Gesicht war von einem Messerhieb zernarbt, und daran erkannte sie Nicolás Vidal, der beschlossen hatte, Richter Hidalgo ohne seine Männer zu verfolgen, denn dies war eine Privatangelegenheit, die sie nur unter sich abzumachen hatten. Da begriff sie, daß ihr etwas viel Schwereres bevorstand, als langsam zu sterben.

Dem Banditen genügte ein Blick, um zu erkennen, daß sein Feind vor jeder Strafe sicher war und in Frieden seinen Todesschlaf schlief. Aber da war seine Frau, die in dem flimmernden Licht zu schweben schien. Er sprang vom Pferd und ging auf sie zu. Sie schlug weder die Augen nieder, noch bewegte sie sich, und er blieb verblüfft stehen, denn zum erstenmal bot ihm jemand die Stirn, ohne Furcht zu zeigen. Einige endlose Sekunden lang maßen sie sich schweigend, jeder die Kräfte des andern abschätzend, jeder seine eigene Zähigkeit abwägend und anerkennend, daß er einem furchterregenden Gegner gegenüberstand. Nicolás Vidal steckte den Revolver weg, und Casilda lächelte.

Die Frau des Richters gewann jeden Augenblick der folgenden Stunden für sich. Sie wandte alle seit dem Morgendämmern des menschlichen Bewußtseins bekannten Verführungsmittel an und dazu andere, die sie, von der Notwendigkeit getrieben, auf der Stelle erfand, um diesem Mann die größten Wonnen zu bieten. Sie arbeitete nicht nur an seinem Körper als geschickte Handwerkerin, die jede Fiber abtastet auf der Suche nach der Lust, sie stellte auch die Verfeinerung ihres Geistes in den Dienst ihrer Sache. Beide wußten, daß sie um ihr Leben spielten, und das gab ihrem Beisammensein eine schreckliche Intensität. Nicolás Vidal war zeit seines Lebens vor der Liebe geflohen, er kannte nicht die vertrauliche Wärme, die Zärtlichkeit, das heimliche Lachen, das Fest der Sinne, das fröhliche Genießen der Liebenden. Jede verfließende Minute brachte die Polizei näher und damit das Erschießungskommando, aber sie brachte ihn auch dieser außergewöhnlichen Frau näher, und deshalb schenkte er sie gern hin im Tausch gegen die Gaben, die sie ihm darbot. Casilda war schamhaft und scheu und war mit einem strengen alten Mann verheiratet gewesen, dem sie sich nie nackt gezeigt hatte. Während dieses endlos sich dehnenden Nachmittags verlor sie nie aus dem Sinn, daß ihr Ziel war, Zeit zu gewinnen, aber in einem bestimmten Augenblick vergaß sie sich, bezaubert von ihrer eigenen Sinnlichkeit, und empfand für diesen Mann etwas, was der Dankbarkeit nahekam. Deshalb bat sie ihn auch, als sie von fern das Geräusch der herannahenden Polizei hörte, er solle fliehen und sich in den Bergen verstecken. Aber Nicolás Vidal zog es vor, sie zu umarmen und ein letztes Mal zu küssen und so die Prophezeiung zu erfüllen, die sein Leben bestimmt hatte.

Der Weg nach Norden

Claveles Picero und ihr Großvater, Jesús Dionisio Picero, brauchten achtunddreißig Tage, um die zweihundertsiebzig Kilometer von ihrem Dorf zur Hauptstadt zurückzulegen. Zu Fuß zogen sie über die Ebenen, wo Hitze und Nässe die Vegetation zu einer ewigen Suppe aus Schlamm und Schweiß aufgeweicht hatte, sie kletterten die Berge hinauf und hinab, zwischen regungslos ruhenden Leguanen und krummgewachsenen Palmen, durchquerten die Kaffeeplantagen, wobei sie Vorarbeitern, Rieseneidechsen und Schlangen aus dem Weg gingen, sie wanderten unter Tabakblättern zwischen phosphoreszierenden Moskitos und Schmetterlingen wie Sterne. Sie gingen am Rande der Straße geradenwegs zur Stadt, aber zweimal mußten sie lange Umwege machen, um den Soldatenlagern auszuweichen. Bisweilen verlangsamten die Lastwagenfahrer das Tempo, wenn sie an ihnen vorbeikamen, angezogen von dem aufrechten Mestizinnenrücken und dem langen schwarzen Haar des Mädchens, aber ein Blick des Alten schreckte sie sofort von jedem Versuch ab, sie zu belästigen. Der Großvater und seine Enkelin hatten kein Geld und verstanden nicht zu betteln. Als ihnen die Vorräte ausgingen, die sie in einem Korb mit sich trugen, wanderten sie aus purer Standhaftigkeit weiter. Nachts wickelten sie sich in ihre Umschlagtücher und schliefen unter den Bäumen ein mit einem Avemaria auf den Lippen und die Seele fest auf das Kind gerichtet, um nicht an Pumas und giftiges Geziefer denken zu müssen. Wenn sie erwachten, waren sie mit blauen Käfern übersät. In der ersten Frühe, wenn das Land in die letzten Nebel des Schlafes gehüllt war und für Menschen und Tiere die Mühen des Tages noch nicht begonnen hatten, waren sie schon wieder unterwegs, um die kühle Morgenfrische auszunutzen. Sie betraten die Hauptstadt auf dem Camino de los Españoles und fragten Leute auf der Straße, wo sie den Minister für soziale Wohlfahrt finden könnten. Jesús Dionisio taten alle Glieder weh, und Claveles' Kleid hatte die Farbe verloren, ihr Gesicht trug den behexten Ausdruck einer Schlafwandlerin, und ein Jahrhundert an Erschöpfung hatte sich über ihre strahlenden zwanzig Jahre gebreitet.

Jesús Dionisio Picero war der bekannteste Künstler der Provinz, in seinem langen Leben hatte er einen beachtlichen Ruf erlangt, doch brüstete er sich nicht damit, denn er betrachtete sein Können als eine Gabe zum Dienste Gottes, die er lediglich verwaltete. Er hatte als Töpfer angefangen und machte auch jetzt noch Tontöpfe, aber sein Ruhm beruhte auf geschnitzten Heiligenfiguren und kleinen Skulpturen in Flaschen, die die Bauern für ihren Hausaltar erstanden oder in der Stadt an die Touristen verkauften. Es war langsame Arbeit, eine Sache von Auge, Zeit und Herz, wie Picero den Kindern erklärte, die sich um ihn drängten, um ihm zuzusehen. Er führte mit einer Pinzette die bemalten Hölzchen in die Flasche ein, mit einem Tupfer Leim an den Stellen, die kleben sollten, und wartete geduldig, bis sie trocken waren, ehe er das nächste Stück nachschob. Seine Spezialität war Golgatha: ein großes Kreuz in der Mitte, an dem der geschnitzte Christus hing mit den Nägeln, der Dornenkrone und einem Heiligenschein aus Goldpapier, daneben zwei einfachere Kreuze für die beiden Schächer. Zu Weihnachten baute er Krippen mit dem Christuskind, mit Tauben, die den Heiligen Geist darstellten, und mit Sternen und Blumen als Sinnbildern der Glorie. Er konnte weder lesen noch seinen Namen schreiben, denn als er ein Kind war, gab es dortzulande keine Schulen, aber er konnte aus dem Meßbuch ein paar lateinische Sätze nachmalen, um die Sockel seiner Heiligen damit zu schmücken. Er sagte, seine Eltern hätten ihn gelehrt, die Gebote der Kirche und die Mitmenschen zu achten, und das sei wertvoller als Gelehrsamkeit. Die Kunst gab ihm nicht das Nötige, um seine Familie zu ernähren, und so rundete er seine Einnahmen auf, indem er Rassehähne züchtete, feine Tiere für den Kampf. Jedem Hahn mußte er viel Sorgfalt widmen, er fütterte sie direkt in den Schnabel mit einem Brei aus geschroteten Körnern und frischem Blut, das er im Schlachthof bekam, er mußte ihnen das Ungeziefer absuchen, ihnen das Gefieder lüften, die Sporen schärfen und sie täglich abrichten, damit ihnen nicht der Mut fehlte in der Stunde, da sie ihn beweisen sollten. Manchmal ging er in andere Dörfer, um sie kämpfen zu sehen, aber er wettete niemals, denn für ihn war alles ohne Schweiß und Arbeit erworbene Geld des Teufels. Samstags abends ging er mit seiner Enkelin Claveles, die Kirche für den Sonntag sauberzumachen. Der Priester konnte dem Gottesdienst nicht immer vorstehen, weil er auf dem Fahrrad auch andere Dörfer besuchen mußte, aber die Christen versammelten sich dennoch, um zu singen und zu beten. Jesús Dionisio war auch damit beauftragt, die Spenden zu sammeln und aufzubewahren, die zur Erhaltung der Kirche und als Beihilfe für den Pfarrer dienten.

Dreizehn Kinder hatte Jesús Dionisio mit seiner Frau Amparo Medina gehabt, von denen fünf die Seuchen und Unfälle der Kindheit überlebten. Als das Paar dachte, nun sei es genug mit dem Kinderaufziehen, denn alle Söhne waren erwachsen und aus dem Haus, da kam der Jüngste auf Sonderurlaub vom Militärdienst und trug ein in Stoffetzen gewickeltes Bündel, das er Amparo auf den Schoß legte. Als sie es aufmachten, erblickten sie ein neugeborenes kleines Mädchen, das halbtot war von der erbarmungslosen Rüttelei auf der Reise und vor Hunger, weil ihm die Muttermilch fehlte.

»Wo hast du denn das her, Sohn?« fragte Jesús Dionisio.

»Anscheinend ist es meins«, antwortete der Junge, die Uniformmütze zwischen den schweißigen Fingern knetend, und wagte nicht, dem Blick des Vaters standzuhalten.

»Und wenn die Frage nicht zuviel ist: Wo ist die Mutter hingekommen?«

»Ich weiß nicht. Sie hat die Kleine vors Kasernentor gelegt mit einem Zettel, worauf stand, daß ich der Vater bin. Der Sergeant befahl mir, ich sollte es den

Nonnen übergeben, er sagt, es gibt keinen Beweis, daß es meins ist. Aber mir hat es leidgetan, ich will nicht, daß es ein Waisenkind wird...«
»Wo hat man schon je gesehn, daß eine Mutter ihr neugeborenes Kind verläßt!«
»In der Stadt gibt's eben solche Sachen.«
»Muß wohl so sein. Und wie heißt dies arme kleine Wurm?«
»Wie ihr sie taufen wollt, Vater, aber ich hätte gern Claveles, denn Nelken waren die Lieblingsblumen ihrer Mutter.«
Jesús Dionisio ging die Ziege suchen, um sie zu melken, während Amparo das Kleine mit Öl säuberte und zur Jungfrau von der Grotte betete, sie möge ihr die Kraft geben, wieder für ein Kind zu sorgen. Als der jüngste Sohn sah, daß das kleine Geschöpf in guten Händen war, verabschiedete er sich dankbar, warf sich den Beutel über den Rücken und kehrte in die Kaserne zurück, um seine Strafe anzutreten.
Claveles wuchs im Haus der Großeltern auf. Sie konnte recht störrisch und aufsässig sein, dann war ihr mit Vernunftgründen oder mit Gewalt nicht beizukommen, aber sie fügte sich sofort, wenn ihre Gefühle angesprochen wurden. Sie stand in aller Herrgottsfrühe auf und wanderte fünf Meilen bis zu einem Schuppen mitten auf einer Viehkoppel, wo eine Lehrerin die Kinder aus der Umgegend versammelte, um ihnen die Anfangsgründe in Lesen, Schreiben und Rechnen beizubringen. Nach dem Unterricht half Claveles ihrer Großmutter bei der Hausarbeit und ihrem Großvater in der Werkstatt,

sie ging auf den Berg, um Tonerde zu suchen, und wusch ihm die Pinsel, aber andere Seiten seiner Kunst kümmerten sie nicht.

Als Claveles neun Jahre alt war, lag Amparo Medina, die mehr und mehr zusammengeschrumpft und schließlich so klein wie ein Kind geworden war, eines Morgens tot und kalt im Bett, ausgelaugt von den vielen Geburten und den vielen Jahren Arbeit. Ihr Mann tauschte seinen besten Hahn gegen die nötige Anzahl Bretter und zimmerte ihr einen Sarg, den er mit Szenen aus der Bibel verzierte. Ihre Enkelin kleidete sie in die Tracht der heiligen Bernardita, lange weiße Tunika und himmelblauer Leibstrick, dieselbe, die sie zu ihrer Erstkommunion getragen hatte und die dem ausgemergelten Leib der alten Frau genau paßte. Jesús Dionisio und Claveles gingen vom Haus aus zum Friedhof und zogen den Karren, auf dem der mit Papierblumen geschmückte Sarg stand. Unterwegs schlossen sich ihnen die Freunde an, Männer und Frauen, die Köpfe bedeckt, und begleiteten sie schweigend.

Der alte Heiligenbildner und seine Enkelin blieben allein im Haus zurück. Zum Zeichen der Trauer malten sie ein großes Kreuz auf die Tür und trugen beide jahrelang ein schwarzes Band um den Ärmel. Der Großvater versuchte, seine Frau in den praktischen Dingen des Lebens zu ersetzen, aber nichts wurde mehr, wie es früher gewesen war. Amparo Medinas Abwesenheit drang in ihn ein wie eine bösartige Krankheit, er fühlte, wie sein Blut zu Essig wurde, seine Erinnerungen trübten sich, seine Glieder wur-

den schlaff wie Watte, sein Geist füllte sich mit Zweifeln. Zum erstenmal in seinem Leben lehnte er sich gegen das Schicksal auf, er fragte sich, weshalb sie ohne ihn hatte gehen müssen. Von nun an konnte er keine Krippen mehr machen, aus seinen Händen gingen nur noch Kreuzigungen hervor und düstere Märtyrer, denen Claveles Schildchen mit rührenden, von ihrem Großvater diktierte Botschaften an die göttliche Vorsehung anheftete. Diese Figuren fanden nicht denselben Anklang bei den Touristen in der Stadt, die die schreienden Farben bevorzugten, die sie irrtümlich der Eingeborenenmentalität zuschreiben, und sie gefielen auch den Bauern nicht, die das Bedürfnis hatten, heitere Gottheiten anzubeten, denn der einzige Trost gegen die Trübsal dieser Welt war doch die Vorstellung, daß es im Himmel immer festlich und fröhlich zuging. Für Jesús Dionisio wurde es fast unmöglich, seine Kunstwerke zu verkaufen, aber er stellte sie immer weiter her, denn dabei vergingen ihm die Stunden, ohne daß er müde wurde, als wäre immer früher Morgen. Dennoch konnten weder die Arbeit noch seine Enkelin seinen Kummer lindern, und so begann er zu trinken, heimlich, damit niemand seine Schande bemerkte. Wenn er betrunken war, rief er nach seiner Frau, und manchmal gelang es ihm, sie neben dem Küchenherd zu sehen.
Ohne Amparo Medinas fleißige Pflege verfiel der Haushalt, die Hähne wurden krank, die Ziege mußte verkauft werden, der Garten trocknete aus, und bald waren sie die ärmste Familie in der Umgebung. Claveles ging fort, um im Nachbardorf zu arbeiten. Mit

vierzehn Jahren hatte ihr Körper schon seine endgültige Größe und Form erreicht, und da sie weder die kupferfarbene Haut noch die hohen Wangenknochen der übrigen Familienmitglieder hatte, schloß Jesús Dionisio, daß ihre Mutter eine Weiße gewesen sein mußte, was auch die ungeheuerliche Tatsache erklären würde, daß sie das Kind vor einem Kasernentor hatte liegenlassen.

Nach eineinhalb Jahren kehrte Claveles mit fleckigem Gesicht und vorstehendem Bauch nach Hause zurück. Sie fand ihren Großvater zwischen hungrigen Hunden und ein paar jämmerlichen Hähnen, die im Patio herumliefen, er sprach mit sich selbst, sein Blick war verwirrt, und ganz offenkundig hatte er sich eine gute Zeitlang nicht gewaschen. Ringsum herrschte die größte Unordnung. Er hatte sein Stück Land aufgegeben und verbrachte seine Tage damit, wie unter einem wahnsinnigen Drang Heilige zu schnitzen, aber von seinem alten Können war nur noch wenig übriggeblieben. Seine Figuren waren ungestalte, düstere Wesen, für die Anbetung ebenso ungeeignet wie für den Verkauf, die sich in den Ecken des Hauses stapelten wie Holzkloben. Jesús Dionisio Picero hatte sich so sehr verändert, daß er nicht einmal versuchte, seiner Enkelin eine Rede über die Sünde zu halten, Kinder ohne Vater in die Welt zu setzen, tatsächlich schien er die Zeichen der Schwangerschaft nicht einmal zu bemerken. Er umarmte sie nur zitternd und nannte sie Amparo.

»Sieh mich genau an, Großvater, ich bin Claveles, und ich werde bleiben, denn hier gibt es wahrhaftig viel zu tun«, sagte das junge Mädchen und ging in die Küche, um das Feuer im Herd anzuzünden, ein paar Kartoffeln zu kochen und Wasser heißzumachen, damit der Alte baden konnte.

In den folgenden Monaten schien Jesús Dionisio von seiner Trauer zu genesen, er ließ das Trinken, bepflanzte seinen Garten wieder, kümmerte sich um die Hähne und machte die Kirche sauber. Noch immer sprach er häufig von seiner Frau, und bisweilen verwechselte er die Enkelin mit der Großmutter, aber er gewann doch die Fähigkeit zu lachen zurück. Claveles' Gesellschaft und die Hoffnung, daß bald ein neues kleines Geschöpf im Hause leben würde, gaben ihm die Liebe zu den Farben wieder, und nach und nach hörte er auf, seine Heiligen schwarz zu teeren, und putzte sie mit Gewändern heraus, die besser für den Altar geeignet waren. Claveles' Kind verließ den Leib seiner Mutter an einem Nachmittag um sechs Uhr und fiel in die schwieligen Hände seines Urgroßvaters, der große Erfahrung in diesen Dingen hatte, denn er hatte schließlich dreizehn Kindern in die Welt geholfen.

»Er wird Juan heißen«, entschied der selbsternannte Geburtshelfer, sowie er die Nabelschnur durchschnitten und seinen Nachkömmling in eine Windel gewickelt hatte.

»Warum Juan? Wir haben keinen Juan in der Familie, Großvater.«

»Weil Juan der beste Freund von Jesus war, und dieser wird mein Freund sein. Und wie ist der Nachname des Vaters?«

»Nimm an, daß er keinen Vater hat.«
»Picero also. Juan Picero.«
Zwei Wochen nach der Geburt seines Urenkels machte Jesús Dionisio sich daran, Holz für eine Geburt Christi zuzuschneiden, die erste, die er seit Amparo Medinas Tod machen wollte.
Claveles und ihr Großvater brauchten nicht lange, um festzustellen, daß das Kind nicht normal war. Zwar hatte es einen lebhaften Blick und bewegte sich wie jeder andere Säugling, aber es reagierte nicht, wenn man es ansprach, und konnte stundenlang wachliegen, ohne zu schreien. Sie fuhren mit ihm ins Hospital, und dort wurde ihnen bestätigt, daß es taub war und daher auch stumm sein werde. Der Arzt fügte hinzu, es gebe wenig Hoffnung für den Jungen, falls sie nicht Glück hätten und ihn in einer für behinderte Kinder bestimmten Einrichtung in der Stadt unterbringen könnten. Dort würde man ihn vernünftiges Verhalten lehren und ihm in späterer Zukunft eine Arbeit verschaffen, damit er sich auf anständige Weise sein Brot verdienen konnte und nicht auf ewig eine Last für andere sein würde.
»Da gibt's nichts zu reden, Juan bleibt bei uns«, entschied Jesús Dionisio Picero, ohne Claveles auch nur anzusehen, die in ihr Kopftuch weinte.
»Was sollen wir nur machen, Großvater?« fragte sie, als sie hinausgingen.
»Ihn großziehen natürlich.«
»Wie denn?«
»Mit Geduld, genauso wie man Hähne abrichtet

oder Kreuzigungen in Flaschen steckt. Das ist eine Sache von Auge, Zeit und Herz.«
Und so machten sie es. Ohne zu beachten, daß das Kind sie nicht hören konnte, sprachen sie ständig mit ihm, sangen ihm vor, setzten es neben das voll aufgedrehte Radio. Der Großvater nahm die Hand des Kindes und legte sie fest auf seine eigene Brust, damit es das Vibrieren seiner Stimme beim Sprechen fühlte, er regte es an, zu schreien, und feierte seine grunzenden Laute mit großen Gebärden der Verwunderung. Kaum konnte der Kleine sitzen, machte er es ihm in einer Kiste neben sich bequem und legte ihm Hölzer, Nüsse, Knochen, Stoffetzen und Steinchen zum Spielen her, und später, als er gelernt hatte, nicht mehr alles in den Mund zu stecken, gab er ihm eine Tonkugel zum Kneten. Immer, wenn Claveles Arbeit bekam, ging sie ins Dorf und ließ ihren Sohn bei Jesús Dionisio. Der Kleine folgte dem Alten wie ein Schatten, es kam selten vor, daß sie sich trennten. Zwischen den beiden entwickelte sich eine feste Freundschaft. Juan gewöhnte sich daran, die Bewegungen und Mienen seines Urgroßvaters genau zu beobachten, um seine Absichten zu erraten, und das mit so gutem Erfolg, daß er in dem Jahr, in dem er laufen lernte, schon fähig war, seine Gedanken zu lesen. Jesús Dionisio hütete ihn wie eine Mutter. Während seine Hände sich mit den Feinheiten seiner Schnitzerei mühten, verfolgte er genau die Schritte des Kindes, achtete auf jede Gefahr, aber er griff nur in Notfällen ein. Er lief nicht gleich zu ihm, um ihn zu trösten, wenn er hingefallen war, oder ihm beizuste-

hen, wenn er mit irgend etwas nicht fertig wurde, und so gewöhnte er ihm an, sich selbst zu helfen. In einem Alter, in dem andere Kinder noch wie die Hundewelpen herumstolpern, konnte Juan Picero sich anziehen, sich waschen und allein essen, die Hähne füttern, Wasser aus dem Brunnen holen, die einfachsten Teile für die Heiligen zuschneiden, Farben mischen und die Flaschen für die Kreuzigungen vorbereiten.

»Wir werden ihn in die Schule schicken müssen, damit er nicht so dumm bleibt wie ich«, sagte Jesús Dionisio, als Juans siebenter Geburtstag herankam.

Claveles erkundigte sich in der Schule, aber ihr wurde gesagt, daß ihr Sohn am normalen Unterricht niemals teilnehmen könne, denn keine Lehrerin würde bereit sein, sich in den Abgrund von Einsamkeit zu wagen, in dem er lebte.

»Macht nichts, Großvater, er wird sich sein Brot mit Heiligenschnitzen verdienen wie du«, sagte Claveles seufzend.

»Das reicht nicht zum Essen.«

»Nicht alle können gebildet sein, Großvater.«

»Juan ist taub, aber nicht dumm. Er hat viel Verstand und kann von hier fortgehen, das Leben auf dem Lande ist zu hart für ihn.«

Claveles dachte, daß der Großvater wohl nicht ganz bei Sinnen sei oder daß seine Liebe zu dem Kind ihn hinderte, seine Grenzen zu sehen. Sie kaufte sich eine Fibel und versuchte, dem Sohn ihre spärlichen Kenntnisse zu vermitteln, aber sie konnte ihm nicht

begreiflich machen, daß diese Kritzeleien Laute darstellten, und verlor schließlich die Geduld.
In dieser Zeit tauchten die Freiwilligen der Señora Dermoth auf. Das waren junge Leute, die aus der Stadt kamen, durch die entlegensten Gegenden des Landes zogen und von einem menschenfreundlichen Vorhaben erzählten, mit dem man den Armen helfen wollte. Sie erklärten den Leuten, daß in einigen Ländern zu viele Kinder geboren würden und daß ihre Eltern sie nicht ernähren könnten, während es in anderen Ländern viele Ehepaare gebe, die keine Kinder hätten. Ihre Organisation versuche, dieses Mißverhältnis auszugleichen. Sie kamen auch zu den Piceros und brachten eine Karte von Nordamerika mit sowie einige buntfarbige Broschüren mit Fotos von braunhäutigen Kindern neben blonden Eltern, die in prächtiger Umgebung aufgenommen waren, mit Feuer in Kaminen, großen wolligen Hunden, Tannenbäumen voll silbernem Rauhreif und Weihnachtskugeln. Nachdem sie sich mit einem schnellen Rundblick von der Armut der Piceros überzeugt hatten, berichteten sie ihnen von der barmherzigen Mission der Señora Dermoth, die die hilflosesten Kinder ausfindig machte und sie zur Adoption in Familien mit viel Geld unterbrachte, um sie vor einem Leben im Elend zu retten. Im Unterschied zu anderen, dem gleichen Zweck gewidmeten Einrichtungen befaßte sie sich nur mit Kindern, die Geburtsfehler hatten oder durch Unfälle einen Schaden davongetragen hatten. Im Norden gab es Ehepaare – gut katholisch, versteht sich –, die bereit waren, solche Kinder zu

adoptieren. Sie verfügten über alle Mittel, ihnen zu helfen. Dort im Norden gab es Kliniken und Schulen, wo Wunder vollbracht wurden, die Taubstummen zum Beispiel lernten dort, die Bewegung der Lippen zu lesen und sogar zu sprechen, später kamen sie dann auf besondere Schulen, erhielten eine volle Ausbildung, und einige schrieben sich auf der Universität ein und wurden schließlich Anwälte oder Ärzte. Die Organisation hatte schon viele Kinder gerettet, die Piceros konnten ja hier die Fotos sehen, »schauen Sie nur, wie glücklich sie sind, wie gesund, mit all diesen Spielsachen, in diesen Häusern der Reichen«. Die Freiwilligen wollten zwar nichts versprechen, aber sie würden tun, was sie nur konnten, damit eins von diesen Paaren Juan aufnahm, um ihm alle Möglichkeiten zu geben, die seine Mutter ihm nicht zu bieten vermochte.

»Von seinen Kindern darf man sich niemals trennen, mag geschehen, was will«, sagte Jesús Dionisio und preßte den Kopf des Kleinen gegen die Brust, damit er die Gesichter nicht sah und nicht erriet, worüber gesprochen wurde.

»Seien Sie nicht so egoistisch, Mann, bedenken Sie doch, was besser für ihn ist. Begreifen Sie nicht, daß er alles haben wird? Sie haben kein Geld, um ihm Medizin zu kaufen, Sie können ihn nicht in die Schule schicken, was soll aus ihm werden? Dies arme Kind hat nicht einmal einen Vater.«

»Aber es hat eine Mutter und einen Urgroßvater«, entgegnete der Alte.

Die Besucher gingen, ließen aber die Broschüren der

Señora Dermoth auf dem Tisch liegen. In den folgenden Tagen ertappte Claveles sich oftmals dabei, wie sie sie betrachtete und diese weiten, gut eingerichteten Räume mit ihrer bescheidenen Behausung aus Brettern, Strohdach und Lehmfußboden verglich, diese freundlichen, gutgekleideten Eltern mit sich selbst, barfuß und müde, wie sie war, diese von Spielzeug umgebenen Kinder mit ihrem Sohn, der Ton knetete.

Eine Woche später begegnete Claveles den Freiwilligen auf dem Markt, wo sie ein paar Figuren ihres Großvaters verkaufen wollte, und hörte wieder dieselben Reden, daß eine Gelegenheit wie diese sich nicht noch einmal bieten werde, daß die Leute gesunde Kinder adoptierten, keine behinderten, daß aber diese Herrschaften im Norden von edlen Gefühlen geleitet würden, und sie solle es sich gut überlegen, denn sie werde es ihr Leben lang bereuen, wenn sie ihrem Sohn so große Vorteile verweigerte und ihn zu einem Leben in Leid und Armut verdammte.

»Weshalb wollen sie nur kranke Kinder?« fragte Claveles.

»Weil diese Gringos halbe Heilige sind. Unsere Organisation nimmt sich nur der schmerzlichsten Fälle an. Es wäre leicht für uns, die normalen Kinder unterzubringen, aber es geht uns ja darum, die hilflosen zu unterstützen.«

Claveles traf sich mehrmals heimlich mit den Freiwilligen. Gegen Ende November zeigten sie ihr das Bild eines Paares in mittlerem Alter, das vor der Tür eines weißen, von einem Park umgebenen Hauses stand, und sagten, die Señora Dermoth habe die idealen Eltern für ihren Sohn gefunden. Sie zeigten ihr auf der Karte genau den Ort, wo sie lebten, und erzählten ihr, hier gebe es im Winter Schnee, und die Kinder liefen Ski und Schlittschuh und bauten Schneemänner, im Herbst sähen die Wälder aus, als wären sie aus Gold, und im Sommer könne man im See baden. Das Ehepaar sei so begeistert von der Vorstellung, den Kleinen zu adoptieren, daß sie für ihn schon ein Fahrrad gekauft hätten. Sie zeigten ihr auch das Foto von dem Fahrrad. Und das alles, ohne mit einzurechnen, daß sie Claveles zweihundertfünfzig Dollar anboten, damit könne sie ein Jahr lang leben, sogar heiraten und gesunde Kinder bekommen. Es wäre Wahnsinn, so etwas zurückzuweisen.

Zwei Tage später nutzte Claveles die Gelegenheit, daß Jesús Dionisio in die Kirche gegangen war, um sauberzumachen, und zog ihrem Sohn seine beste Hose an, hängte ihm seine Taufmedaille um und erklärte ihm in der Gebärdensprache, die sein Großvater für ihn erfunden hatte, daß sie sich nun lange Zeit nicht sehen würden, vielleicht nie mehr, aber alles sei zu seinem Besten, er werde an einen Ort reisen, wo er jeden Tag zu essen bekommen werde und Geschenke zum Geburtstag. Sie brachte ihn zu der Adresse, die die Freiwilligen ihr angegeben hatten, unterschrieb ein Papier, in dem sie die Obhut über Juan der Señora Dermoth übertrug, drehte sich um und rannte davon, damit ihr Sohn nicht ihre Tränen sah und am Ende auch zu weinen anfing.

Als Jesús Dionisio erfuhr, was sie getan hatte, stockten ihm Atem und Stimme. Weit ausholend fegte er alles zu Boden, was in seine Reichweite kam, auch die Heiligen in den Flaschen, stürzte sich auf Claveles und schlug sie mit einer Heftigkeit, wie man sie seinem Alter und seinem sanften Wesen niemals zugetraut hätte. Als er wieder Herr über seine Stimme war, beschuldigte er sie, sie sei genau wie ihre unselige Mutter – fähig, sich das eigene Kind vom Halse zu schaffen, was nicht einmal die wilden Tiere der Berge tun, und er rief den Geist Amparo Medinas an, er solle an dieser entarteten Enkelin Rache nehmen. In den folgenden Monaten sprach er kein Wort mit Claveles, er öffnete den Mund nur zum Essen und um Verwünschungen zu murmeln, während seine Hände sich mit dem Schnitzmesser mühten.

Die Piceros gewöhnten sich daran, in mürrischem Schweigen nebeneinanderher zu leben, jeder mit seiner Arbeit beschäftigt. Sie kochte und stellte ihm das Essen auf den Tisch, er aß, ohne den Blick vom Teller zu heben. Gemeinsam versorgten sie den Garten und die Tiere, jeder seiner eingefahrenen Gewohnheit folgend, die Bewegungen in völliger Übereinstimmung mit denen des andern, ohne sich auch nur zu streifen. An den Markttagen packte sie die Flaschen und die Heiligenfiguren zusammen und ging in die Stadt, um sie zu verkaufen, kam mit ein paar Vorräten wieder und tat das übrige Geld in eine Dose. An den Sonntagen gingen beide getrennt zur Kirche wie zwei Fremde.

Vielleicht hätten sie den Rest des Lebens so verbracht,

ohne miteinander zu sprechen, wenn nicht Mitte Februar der Name der Señora Dermoth für Sensationsmeldungen gesorgt hätte. Der Großvater hörte alles im Radio, während Claveles im Patio Wäsche wusch, zuerst den Kommentar des Sprechers und danach die Bestätigung durch den Minister für soziale Wohlfahrt persönlich. Mit jagendem Herzen schleppte er sich zur Tür und schrie nach Claveles. Sie wandte sich um, und als sie ihn so verstört sah, glaubte sie, er stürbe, und rannte zu ihm, um ihn zu stützen.
»Sie haben ihn umgebracht, heiliger Jesus, sie haben ihn ganz sicher umgebracht!« ächzte der Alte und sank in die Knie.
»Wen, Großvater?«
»Juan...«, und halb erstickt vor Schluchzen wiederholte er, was der Minister gesagt hatte: Eine kriminelle Organisation, geleitet von einer gewissen Señora Dermoth, verkaufte einheimische Kinder. Sie wählten behinderte Kinder aus oder solche aus sehr armen Familien mit dem Versprechen, sie würden in Adoption gegeben. Diese Kinder wurden eine Zeitlang aufgefüttert, und wenn sie in gutem Zustand waren, wurden sie in eine geheime Klinik gebracht und dort operiert. Dutzende von unschuldigen Geschöpfen waren als Organbanken geopfert worden, ihnen wurden die Augen, die Nieren, die Leber und andere Körperteile entnommen und als Transplantate in den Norden geschickt. Der Minister hatte hinzugefügt, in einem der Auffütterungshäuser habe man achtundzwanzig Kinder gefunden, die als nächste an die Reihe kommen sollten, die Polizei habe die

Sache übernommen, und die Regierung unterstützte die Nachforschungen, um diesen entsetzlichen Handel aufzudecken.
So begann die lange Wanderung von Claveles und Jesús Dionisio Picero, die in der Hauptstadt mit dem Minister für soziale Wohlfahrt sprechen wollten. Sie wollten ihn fragen, mit aller gebührenden Ehrerbietung, ob unter den geretteten Kindern das ihre war und ob sie es vielleicht wiederhaben konnten. Von dem Geld, das sie bekommen hatten, war nur noch wenig übrig, aber sie waren bereit, wie Sklaven zu arbeiten, solange es nötig war, bis sie diese zweihundertfünfzig Dollar bis auf den letzten Centavo zurückgezahlt hatten.

Die Lehrerin und ihr Gast

Die Lehrerin Inés betrat die »Perle des Orients«, die um diese Zeit von Kunden leer war, ging zum Ladentisch, wo Riad Halabí einen buntgeblümten Stoff zusammenrollte, und teilte ihm mit, daß sie soeben einem Gast ihrer Pension die Kehle durchgeschnitten habe.
»Was sagst du, Inés?«
»Was du gehört hast, Araber.«
»Ist er tot?«
»Natürlich.«
»Und was willst du jetzt machen?«
»Das will ich dich gerade fragen«, antwortete sie und strich sich eine Haarsträhne aus dem Gesicht.

»Es wird wohl besser sein, wenn ich den Laden zumache«, seufzte Riad Halabí.
Sie kannten sich schon so lange, daß keiner die Zahl der Jahre hätte nennen können, obwohl beide jede Einzelheit des Tages im Gedächtnis bewahrten, an dem ihre Freundschaft begann. Er war damals einer jener reisenden Händler, die von Ort zu Ort ziehen und ihre Waren anbieten, ein Pilger des Handels, ohne Kompaß und festes Ziel, ein arabischer Einwanderer mit einem falschen türkischen Paß, einsam, müde, mit einer Hasenscharte und dem unerträglichen Verlangen, sich irgendwo in den Schatten zu setzen; und sie war eine noch junge Frau mit festem Kreuz und geraden Schultern, die einzige Lehrerin des Dorfes und Mutter eines zwölfjährigen Jungen, die Frucht einer flüchtigen Liebe. Der Junge war der Mittelpunkt im Leben seiner Mutter, sie umsorgte ihn mit nie nachlassender Hingabe und konnte ihre Neigung, ihn zu verhätscheln, kaum unterdrücken, deshalb verlangte sie von ihm dieselbe Disziplin wie von den andern Kindern, damit niemand behaupten konnte, sie erzöge ihn schlecht, und damit sie ihm anstelle der störrischen Widerspenstigkeit, die er von seinem Vater geerbt hatte, klares Denken und ein gütiges Herz mitgeben konnte.
An jenem Nachmittag, als Riad Halabí in Agua Santa einfuhr, brachte eine Gruppe Jungen den toten Sohn der Lehrerin Inés auf einer behelfsmäßigen Trage ins Dorf. Er hatte auf einem fremden Grundstück eine Mango aufgesammelt, und der Besitzer, ein Auswärtiger, den niemand hier kannte, gab einen Gewehr-

schuß ab, um ihn zu erschrecken, und zeichnete seine Stirn genau in der Mitte mit einem schwarzen Kreis, aus dem das Leben entfloh. In dieser Situation entdeckte der Händler, daß er zum Anführer berufen war, und ohne recht zu wissen, wie, stand er im Mittelpunkt des Geschehens, er tröstete die Mutter, leitete das Begräbnis in die Wege, als wäre er ein Mitglied der Familie, und bändigte die Leute, die drauf und dran waren, den Unglücksschützen in Stücke zu reißen. Inzwischen hatte der Mörder begriffen, daß es für ihn sehr schwerhalten würde, sein Leben zu retten, wenn er hierbliebe, und so floh er aus dem Dorf und war entschlossen, nie wieder zurückzukehren.
Riad Halabí führte am nächsten Tag die Menge an, die vom Friedhof zu der Stelle marschierte, wo der Junge erschossen worden war. Alle Einwohner von Agua Santa karrten und schleppten Mangos heran, die sie durch die Fenster warfen, bis das Haus gänzlich damit gefüllt war, vom Fußboden bis zum Dach. In wenigen Wochen brachte die Sonne die Früchte zum Gären, sie zerplatzten zu seinem dickflüssigen Saft und tränkten die Wände mit goldenem Blut, mit einem süßlichen Eiter, der das Haus in eine riesige, in Fäulnis übergehende Bestie verwandelte, die von dem unbegrenzten Fleiß der Maden und Fliegen gepeinigt wurde.
Der Tod des Kindes, die Rolle, die er in diesen Tagen spielte, und die Aufnahme, die er in Agua Santa fand, bestimmten Riad Halabís weiteres Leben. Er vergaß seine nomadisierenden Vorfahren und wurde im

Dorf seßhaft. Hier richtete er seinen Laden ein, die »Perle des Orients«. Er heiratete, wurde Witwer, heiratete wieder und verkaufte weiter, während sein Ansehen als ein gerechter Mann immer noch wuchs. Inés ihrerseits hatte mehrere Generationen Kinder mit derselben ausdauernden Liebe erzogen, die sie ihrem Sohn geschenkt haben würde, bis endlich die Müdigkeit sie besiegte und sie anderen Lehrerinnen den Platz räumte, die mit neuen Fibeln aus der Stadt kamen, und sich zurückzog. Als sie die Klassen aufgegeben hatte, fühlte sie, daß sie auf einmal alterte und daß die Zeit sich beschleunigte, die Tage verrannen zu rasch, ohne daß sie sich erinnern konnte, womit die Stunden vergangen waren.
»Ich bin ganz verstört, Araber. Ich sterbe, ohne es zu merken«, sagte sie.
»Du bist so gesund wie eh und je, Inés. Du langweilst dich nur, das ist alles, du darfst nicht müßiggehen«, erwiderte Riad Halabí und schlug ihr vor, ein paar Zimmer an ihr Haus anzubauen und eine Pension daraus zu machen. »In diesem Dorf gibt es kein Hotel.«
»Touristen gibt's auch keine«, wandte sie ein.
»Ein sauberes Bett und ein warmes Frühstück sind für jeden Durchreisenden ein Segen.«
Sie machte also eine Pension auf, hauptsächlich für die Lastwagenfahrer der Erdölgesellschaft, die bei ihr übernachteten, wenn die Übermüdung und die Öde der Landstraße ihnen das Gehirn mit Halluzinationen füllten.
Die Lehrerin Inés war die geachtetste Frau von Agua

Santa. Sie hatte mehrere Jahrzehnte lang alle Kinder des Ortes erzogen, und das ermächtigte sie, sich in ihr Leben einzumischen und den und jenen an den Ohren zu ziehen, wenn sie es für nötig hielt. Die Mädchen kamen mit ihren Verlobten zu ihr, damit sie ihre Wahl billigte, die Ehepaare fragten sie bei Auseinandersetzungen um Rat, sie war Schiedsrichter in allen Streitfragen, ihre Autorität war gefestigter als die des Pfarrers, des Arztes oder der Polizei. Nichts konnte sie von der Ausübung dieser Macht zurückhalten. Einmal ging sie ins Gefängnis, marschierte an dem Teniente vorbei, ohne zu grüßen, griff sich die Schlüssel, die an einem Nagel an der Wand hingen, und holte einen ihrer Zöglinge heraus, der wegen Trunkenheit eingesperrt war. Der Offizier versuchte sie zu hindern, aber sie stieß ihn beiseite und schleppte den Jungen am Kragen ab. Einmal auf der Straße, haute sie ihm links und rechts ein paar Ohrfeigen und kündigte ihm an, das nächste Mal würde sie ihm die Hosen runterziehn und eine Tracht Prügel verpassen, an die er noch lange denken würde.

Als sie Riad Halabí mitteilte, sie habe einen Gast getötet, hatte er nicht den geringsten Zweifel, daß sie im Ernst sprach, dazu kannte er sie zu gut. Er nahm sie beim Arm und ging mit ihr die zwei Häuserblocks zu ihrer Pension. Das war eines der besten Gebäude im Dorf, aus Holz und Adobeziegeln gebaut, mit einem breiten gedeckten Hauseingang, wo in den heißesten Siestas Hängematten aufgehängt wurden, es hatte Badezimmer mit fließendem Wasser und Ventilatoren in allen Zimmern. Um diese Stunde schien das Haus leer zu sein, nur im Saal hockte ein Gast und trank Bier, den Blick im Fernseher verloren.

»Wo ist er?« flüsterte Riad Halabí.

»In einem der Hinterzimmer«, antwortete sie, ohne die Stimme zu senken.

Sie führte ihn zu der Reihe von Gästezimmern, die durch einen langen Gang miteinander verbunden waren, an dessen Pfeilern violette Blumen hochrankten und wo von den Balken Töpfe mit Farnen herabhingen; er führte um einen Patio, in dem Mispeln und Bananen wuchsen. Inés öffnete die letzte Tür, und Riad Halabí trat in das dunkle Zimmer. Die Vorhänge waren zugezogen, deshalb brauchte er ein paar Sekunden, um die Augen zu gewöhnen, und dann erblickte er auf dem Bett den Leichnam eines ungefährlich aussehenden alten Mannes, eines gebrechlichen Fremden, der in der Lache seines eigenen Blutes schwamm, die Hosen von Exkrementen beschmutzt, der Kopf nur an einem Streifen bleicher Haut hängend, mit einem schrecklichen Ausdruck der Trostlosigkeit im Gesicht, als bäte er um Verzeihung für all die Aufregung und das Blut und den gräßlichen Ärger, daß er sich hatte ermorden lassen. Riad Halabí setzte sich auf den einzigen Stuhl im Zimmer, blickte starr auf den Boden und versuchte, seinen aufbegehrenden Magen unter Kontrolle zu bekommen. Inés stand neben ihm, die Arme über der Brust gekreuzt, und überlegte, daß sie zwei Tage brauchen würde, um die Flecke auszuwaschen, und weitere zwei, um den Geruch nach Kot und Entsetzen hinauszulüften.

»Wie hast du es gemacht?« fragte Riad Halabí endlich und wischte sich den Schweiß von der Stirn.
»Mit dem Machete zum Kokosnußspalten. Ich kam von hinten und versetzte ihm einen einzigen Hieb. Er hat's nicht mal gemerkt, der arme Teufel.«
»Warum?«
»Ich mußte es tun, das verlangt das Leben. Sieh mal, was für ein Pech der Alte hatte, er wollte sich gar nicht in Agua Santa aufhalten, er ist nur durch das Dorf gefahren, aber ein Stein hat ihm die Frontscheibe durchschlagen. Er wollte sich hier ein paar Stunden aufhalten, während der Italiener von der Garage ihm eine neue einsetzte. Er hat sich sehr verändert, wir alle sind alt geworden, wie's scheint, aber ich habe ihn sofort erkannt. Jahrelang habe ich auf ihn gewartet, ich wußte, er würde kommen, früher oder später. Er ist der Mann mit den Mangos.«
»Allah schütze uns!« murmelte Riad Halabí.
»Meinst du, wir müssen den Teniente holen?«
»Kommt nicht in Frage, was fällt dir ein!«
»Ich bin im Recht, er hat mein Kind getötet.«
»Er würde es nicht verstehen, Inés.«
»Auge um Auge, Zahn um Zahn, Araber. Sagt das deine Religion nicht auch?«
»Das Gesetz funktioniert nicht so, Inés.«
»Gut, dann können wir's ein bißchen passend machen und sagen, er hat sich selbst umgebracht.«
»Rühr ihn nicht an! Wieviel Gäste sind im Haus?«
»Bloß ein Fahrer. Er wird gehen, sowie er sich ein bißchen erfrischt hat, er muß heute noch bis in die Hauptstadt.«

»Gut, nimm keinen mehr auf. Schließ die Tür dieses Zimmers ab und wart auf mich, ich komme heute abend wieder.«
»Was willst du tun?«
»Ich werde dies auf meine Art regeln.«
Riad Halabí war fünfundsiebzig Jahre alt, aber seine Jugendkraft und sein Geist waren noch dieselben wie an jenem Tag, als er nach Agua Santa kam und sich an die Spitze der Menge stellte. Er verließ das Haus der Lehrerin Inés und ging eiligen Schrittes zu dem ersten der verschiedenen Besuche, die er an diesem Nachmittag zu machen hatte. In den folgenden Stunden lief ein Raunen durch das Dorf, dessen Bewohner die jahrealte Schläfrigkeit abschüttelten, erregt von der allerunglaublichsten Neuigkeit, die sie von Haus zu Haus wiederholten wie ein unaufhaltsames Rauschen, eine Neuigkeit, die einen drängte, sie hinauszuschreien, und der die Notwendigkeit, sie nur zu flüstern, eine besondere Bedeutung gab. Noch ehe die Sonne unterging, spürte man diese freudige Unruhe in der Luft, die in den folgenden Jahren ein besonderes Kennzeichen des Dorfes sein sollte, unverständlich den durchreisenden Fremden, die an diesem Ort nichts Außergewöhnliches sehen konnten, für die es nur ein unbedeutendes kleines Nest war wie so viele am Rande des Urwalds. Früh schon an diesem Abend gingen die Männer in die Kneipe, die Frauen stellten ihre Küchenstühle auf den Fußsteig und setzten sich, um frische Luft zu schnappen, die jungen Leute fanden sich auf dem Platz zusammen, als wäre Sonntag. Der Teniente und seine Leute

machten ein paar Routinerunden und nahmen dann die Einladung der Bordellmädchen an, die einen Geburtstag feierten, wie sie sagten. Als es dunkelte, waren mehr Menschen auf der Straße als zu Allerheiligen, jeder mit so augenscheinlichem Eifer beschäftigt, daß es aussah, als wären sie Statisten für einen Film; die einen spielten Domino, andere standen rauchend und Rum trinkend an den Ecken, Paare spazierten händchenhaltend über die Straße, Mütter liefen hinter ihren Kindern her, die Großmütter lauerten in den offenen Türen. Der Priester zündete die Laternen um die Pfarrei an und ließ die Glocken läuten, um zum Gebet für die Novene des heiligen Märtyrers Isidor zu rufen, aber niemand verspürte große Lust zur Andacht.

Um halb zehn versammelten sich im Haus der Lehrerin Inés der Araber, der Arzt des Dorfes und vier junge Männer, die sie vom ersten Buchstaben an unterrichtet hatte und die jetzt stämmige Burschen waren und ihren Militärdienst schon hinter sich hatten. Riad Halabí führte sie in das letzte Zimmer, wo sie den Leichnam mit Insekten übersät vorfanden, denn das Fenster war offen geblieben, und es war die Stunde der Moskitos. Sie steckten den Unglücklichen in einen Sack, trugen ihn zur Straße und warfen ihn ohne viel Federlesens in das Heck von Riad Halabís Fahrzeug. Sie fuhren auf der Hauptstraße durch das ganze Dorf und grüßten wie gewöhnlich jeden, an dem sie vorüberkamen. Die einen gaben den Gruß mit übertriebener Munterkeit zurück, andere taten, als sähen sie sie nicht, und lachten versteckt wie

Kinder, die bei einem Streich ertappt werden. Der Lieferwagen fuhr an den Ort, wo vor vielen Jahren der Sohn der Lehrerin Inés sich zum letztenmal bückte, um eine Mango aufzuheben. Im Schein des Mondes sahen sie das Stück Land vor sich liegen, befallen von dem bösen Kraut der Verlassenheit, verdorben von Verfall und schlimmen Erinnerungen, ein überwucherter Hügel, wo die Mangos wild wuchsen, die Früchte von den Zweigen fielen und am Boden verfaulten, neue Triebe ausbrüteten, die wieder neue erzeugten, bis schließlich ein dichtgeschlossener Wald entstanden war, der die Zäune, den Weg und sogar die Trümmer des Hauses verschlungen hatte, von dem nur eine kaum wahrnehmbare Spur Marmeladengeruch geblieben war. Die Männer entzündeten ihre Kerosinlampen und schlugen sich mit dem Machete einen Pfad durch den Mangowald. Als sie meinten, weit genug vorgedrungen zu sein, zeigte einer von ihnen auf den Boden, und dort, zu Füßen eines riesigen, von Früchten schweren Baumes gruben sie ein tiefes Loch, in das sie den Sack hinabsenkten. Bevor sie es wieder mit Erde füllten, sprach Riad Halabí ein kurzes moslemisches Gebet, denn andere kannte er nicht. Um Mitternacht kehrten sie ins Dorf zurück und sahen, daß noch niemand zu Bett gegangen war, nach wie vor brannte in allen Fenstern Licht, und auf den Straßen spazierten die Leute. Inzwischen hatte die Lehrerin Inés die Wände und Möbel mit Seife abgewaschen, hatte die Bettwäsche verbrannt und das Haus gelüftet und erwartete ihre Freunde mit dem warmen Abendessen und einem

Krug Rum mit Ananas. Die Mahlzeit verlief sehr fröhlich, die Jungen erzählten von den letzten Hahnenkämpfen, einem barbarischen Sport, wie die Lehrerin fand, aber nicht so barbarisch wie die Stierkämpfe, widersprachen die Männer, dabei hatte ein Matador vor kurzem die Leber eingebüßt. Riad Halabí ging als letzter. In dieser Nacht fühlte er sich zum erstenmal in seinem Leben alt. An der Tür ergriff die Lehrerin Inés seine Hände und hielt sie einen Augenblick in den ihren.
»Danke, Araber«, sagte sie.
»Warum hast du gerade mich gerufen, Inés?«
»Weil du der Mensch bist, den ich am meisten auf dieser Welt liebe, und weil du der Vater meines Sohnes hättest sein müssen.«
Am nächsten Tag gingen die Einwohner von Agua Santa wieder ihren gewohnten Geschäften nach, aber sie waren bereichert durch eine wunderbare Verschworenheit, durch ein Geheimnis unter guten Nachbarn, das sie mit dem größten Eifer bewahren würden, das sie viele Jahre einander weitergaben als eine Legende der Gerechtigkeit, bis der Tod der Lehrerin Inés uns alle vom Schweigen entband und ich die Geschichte jetzt erzählen kann.

Mit allem schuldigen Respekt

Sie waren ein Gaunerpärchen. Er hatte das Gesicht eines Korsaren und färbte sich Haar und Schnurrbart gagatschwarz, aber später wechselte er den Stil und ließ sie weiß, das milderte seinen Gesichtsausdruck und gab ihm etwas Gesetztes. Sie war ein handfester Typ und hatte die milchige Haut der rothaarigen Angelsächsin, eine Haut, die in der Jugend das Licht als Opalglanz zurückwirft, die aber im reiferen Alter ausschaut wie fleckiges Papier. Die Jahre, die sie in den Lagern der Erdölfelder und den elenden Grenznestern verbrachte hatte, hatten ihr nichts von ihrer Kraft genommen, dem Erbe ihrer schottischen Vorfahren. Weder die Moskitos noch die Hitze, noch die Ausschweifungen konnten ihren Körper erschöpfen oder ihr die Lust am Befehlen vermindern. Mit vierzehn hatte sie ihren Vater verlassen, einen protestantischen Pastor, der mitten im Urwald die Bibel predigte, eine gänzlich vergebene Mühe, weil in jenen Breiten die Worte, einschließlich derer Gottes, im Gekreisch der Vögel untergehn. In diesem Alter war das Mädchen schon voll ausgewachsen und verfügte absolut frei über sich selbst. Sie war kein sentimentales Geschöpf. Sie wies einen nach dem andern die Männer ab, die, von der in den Tropen so seltenen feurigen Lohe ihres Haars angezogen, ihr Schutz anboten. Von der Liebe hatte sie noch nicht gehört, und es lag nicht in ihrem Wesen, sie zu erfinden, dagegen verstand sie das Beste aus dem einzigen Gut herauszuholen, das sie besaß, und als sie

fünfundzwanzig war, hatte sie schon eine Faustvoll Diamanten in ihren Unterrock eingenäht. Sie übergab sie ohne Zögern Domingo Toro, dem einzigen Mann, dem es gelang, sie zu zähmen, einem Abenteurer, der durch die Region zog, Kaimane erlegte und mit Waffen und geschmuggeltem Whisky handelte. Er war ein skrupelloser Schurke, der perfekte Kumpan für Abigail McGovern.
In den ersten Jahren mußte das Paar etwas ausgefallene Geschäfte erfinden, um sein Kapital zu vermehren. Mit dem Erlös aus ihren Diamanten und einigen Ersparnissen, die er mit seinem Schleichhandel, dem Kaimanleder und dem Falschspiel gemacht hatte, kaufte Domingo Kasinochips, denn er wußte, daß die im Kasino auf der anderen Seite der Grenze genauso aussahen, aber dort war das Geld erheblich mehr wert. Er füllte einen Koffer mit Chips und fuhr hinüber, um sie gegen härtere Währung einzutauschen. Zweimal konnte er diese Operation wiederholen, ehe die Behörden unruhig wurden, und dann stellte sich heraus, daß man ihn keiner ungesetzlichen Handlung wegen belangen konnte. Inzwischen handelte Abigail mit Töpferwaren, die sie den Bauern abkaufte und als archäologische Funde an die Gringos der Erdölgesellschaft verschacherte, mit soviel Erfolg, daß sie ihr Unternehmen bald um gefälschte Gemälde aus der Kolonialzeit erweitern konnte, die ein Student in einem Verschlag hinter der Kathedrale malte und die unter dem Einfluß von Meerwasser, Ruß und Katzenurin rasch alterten. Inzwischen hatte sie die Gaunermanieren und die derbe Redeweise

bereits abgelegt, hatte sich das Haar schneiden lassen und trug teure Kleider. Obwohl ihre Bemühungen, elegant zu erscheinen, allzu offensichtlich waren, konnte sie für eine Dame durchgehen, was es ihr erleichterte, gesellschaftliche Beziehungen anzuknüpfen, und zum Erfolg ihrer Geschäfte beitrug. Sie verabredete sich mit ihren Kunden in den Salons des Hotel Inglés, und während sie mit gemessenen Bewegungen, die nachzuahmen sie gelernt hatte, den Tee reichte, sprach sie über Jagdpartien und Tennismatches an erfundenen Orten mit englischen Namen, die auf einer Landkarte jeder vergeblich gesucht hätte. Nach der dritten Tasse Tee kam sie in vertraulichem Ton zum Zweck dieses Zusammentreffens, zeigte Fotos von angeblichen Antiquitäten und machte unverblümt klar, daß sie beabsichtige, diese Schätze vor der hiesigen Nachlässigkeit zu retten. Die Regierung habe nicht die Mittel, diese außergewöhnlichen Objekte zu schützen, sagte sie, und sie aus dem Lande verschwinden zu lassen, stelle einen Akt archäologischer Gewissenhaftigkeit dar.
Als die Toros endlich die Grundlagen zu einem kleinen Vermögen gelegt hatten, wünschte Abigail, sie sollten sich eine noble Herkunft zulegen, und suchte Domingo zu ihrer Vorstellung zu bekehren, daß sie dringend einen guten Namen brauchten.
»Was paßt dir denn nicht an unserm Namen?«
»Kein Mensch heißt Toro, das ist ein Name für einen Kneipenwirt.«
»Es ist der Name meines Vaters, und ich denke nicht daran, ihn zu ändern.«

»Dann müssen wir eben alle Leute davon überzeugen, daß wir reich sind.«
Sie schlug vor, sie sollten Land kaufen und Bananen oder Kaffee anbauen wie einst die alten Spanier, aber ihn reizte die Vorstellung nicht, in die Provinz im Landesinnern zu gehen – eine wilde Gegend, heimgesucht von Räuberhorden, Soldaten und Guerrilleros, Giftschlangen und allen möglichen Seuchen; er hielt es für Dummheit, in den Urwald zu ziehen, um die Zukunft zu suchen, wenn die in Reichweite mitten in der Hauptstadt wartete. Nein, es war sicherer, sich mit Handel zu befassen wie die Tausende Syrer und Juden, die mit einem Bündel Elend über der Schulter an Land gegangen waren und wenige Jahre später im Wohlstand lebten.
»Schluß jetzt mit den krummen Touren! Was ich will, ist eine ehrbare Familie, sie sollen uns mit Don und Doña anreden, und keiner soll wagen, den Hut aufzubehalten, wenn er mit uns spricht«, sagte sie.
Aber er blieb unnachgiebig, und schließlich fügte sie sich seiner Entscheidung, wie sie es fast immer tat, denn wenn sie sich gegen ihn auflehnte, kränkte er sie mit Enthaltsamkeit und Schweigen, die lange andauerten. Er verschwand dann für mehrere Tage aus dem Haus, kehrte von heimlichen Liebschaften schwer mitgenommen zurück, zog sich um und ging wieder fort, und Abigail blieb zurück, zuerst wütend, dann verunsichert von dem Gedanken, ihn zu verlieren. Sie war eine praktische Person und gänzlich ohne romantische Gefühle, und wenn es einmal einen Keim von Zärtlichkeit in ihr gegeben hatte, dann

hatten die Rumtreiberjahre ihn zerstört, aber Domingo war der einzige Mann, den sie an ihrer Seite ertragen konnte, und sie war nicht gewillt, ihn gehen zu lassen. Kaum gab Abigail nach, kehrte er in ihr Bett zurück. Es gab keine geräuschvollen Versöhnungsszenen, sie nahmen einfach den Rhythmus ihrer eingefahrenen Gewohnheiten und ihre Gaunergeschäfte wieder auf. Domingo Toro eröffnete eine Ladenkette in den Armenvierteln, wo er alle möglichen Waren sehr billig, aber in großen Mengen verkaufte. Die Läden dienten ihm als Deckmantel für andere, weniger erlaubte Geschäfte. Das Geld häufte sich an, und sie konnten sich die Extravaganzen der reichen Leute leisten. Aber Abigail war nicht zufrieden, denn das eine war ihr klar: In Luxus leben ist die eine Sache, aber von der Gesellschaft anerkannt werden eine ganz andere.

»Wenn du auf mich gehört hättest, dann würde uns keiner mit arabischen Händlern in einen Topf werfen. Sieh doch, wie weit du gekommen bist mit deiner Lumpenhändlertour!« warf sie ihrem Mann vor.

»Ich weiß wirklich nicht, worüber du dich beklagst, wir haben doch alles.«

»Mach du nur weiter mit deinen Armeleutebasaren, wenn das alles ist, was du willst, aber ich werde jetzt Rennpferde kaufen.«

»Pferde? Was weißt du denn von Pferden, Weib?«

»Daß sie schick sind, alle bedeutenden Leute halten Pferde.«

»Du wirst uns ruinieren!«

Aber dieses eine Mal setzte Abigail ihren Willen

durch, und schon bald stellten sie fest, daß die Idee nicht schlecht gewesen war. Die Pferde lieferten ihnen den Vorwand, mit den alten Züchterfamilien Beziehungen anzuknüpfen, und außerdem brachten sie auch noch etwas ein, aber obwohl die Toros häufig auf den Sportseiten der Zeitungen erschienen, waren sie doch nie in der Gesellschaftschronik zu finden. Die erbitterte Abigail verlegte sich immer mehr aufs Protzen. Sie bestellte ein Tafelservice mit ihrem handgemalten Bildnis auf jedem Stück, Gläser aus geschliffenem Kristall und Möbel mit wütenden Fratzen an den Füßen, sie erstand einen abgeschabten Sessel, den sie als Reliquie aus der Kolonialzeit ausgab, und erzählte aller Welt, er habe dem Befreier gehört, weshalb sie auch eine rote Kordel um ihn zog, damit niemand sein Hinterteil dort plazierte, wo das des Vaters des Vaterlandes geruht hatte. Sie stellte eine deutsche Erzieherin für ihre Kinder ein und einen holländischen vagabundierenden Exmatrosen, den sie als Admiral einkleidete, damit er die Jacht der Familie führte. Die einzigen Spuren der Vergangenheit waren Domingos Piratentätowierungen und eine Verletzung in Abigails Rückgrat, die sie sich in ihren barbarischen Jahren beim Arbeiten mit gespreizten Beinen zugezogen hatte; aber er bedeckte seine Tätowierungen mit langen Ärmeln, und sie ließ sich ein Stahlkorsett mit Seidenkissenfütterung anfertigen, damit der Schmerz nicht ihre Würde schwächte. Zu dieser Zeit war sie eine stattliche, fettleibige Frau, mit Juwelen behängt, und sah aus wie Nero. Der Ehrgeiz prägte ihrem Körper die Verwüstungen auf, die die

Urwaldabenteuer ihm nicht hatten anhaben können. Mit der Absicht, die wirklich erlesene Gesellschaft anzuziehen, gaben die Toros jedes Jahr zum Karneval ein Maskenfest: der Hof von Bagdad mit dem Elefanten und den Kamelen aus dem Zoo und einem Heer von Dienern in Beduinenkostümen, der Ball von Versailles, wo die Gäste in Brokatgewändern und gepuderten Perücken zwischen geschliffenen Spiegeln Menuett tanzten, und andere aufsehenerregende Vergnügungen, die einen Teil der lokalen Legenden bildeten und Anlaß zu heftigen Schmähungen in den Zeitungen der Linken gaben. Sie mußten Wachen im Haus aufstellen, damit die Studenten, die über die Verschwendung empört waren, keine Losungen an die Wände malten oder Scheiße durch die Fenster warfen, denn sie behaupteten, die Neureichen füllten ihre Badewannen mit Champagner, während die Neuarmen in den Hinterhöfen Jagd auf Katzen machten, um sie zu essen. Diese üppigen Feste gaben ihnen ein gewisses Ansehen, denn inzwischen verwischte sich die Linie allmählich, die die sozialen Klassen voneinander trennte, Menschen aus allen Ecken der Erde kamen ins Land, angelockt vom Miasma des Erdöls, die Hauptstadt wuchs ungezügelt, Vermögen wurden im Nu gemacht und gingen im Nu verloren, und das Herkommen jedes einzelnen festzustellen war unmöglich geworden. Dennoch hielten die Familien von Stand die Toros auf Distanz, obwohl sie doch selbst von Einwanderern abstammten, deren einziges Verdienst es war, mit einem halben Jahrhundert Vorsprung an diesen Küsten gelandet zu sein. Sie nahmen an Abigails und Domingos Banketten teil und ließen sich bisweilen mit der Jacht auf dem Karibischen Meer spazierenfahren, aber sie erwiderten die empfangenen Aufmerksamkeiten nicht. Vielleicht hätte Abigail sich mit einem zweiten Rang abfinden müssen, wenn ein unerwartetes Ereignis nicht das Glück gewendet hätte.

An diesem Augustnachmittag erwachte Abigail schweißgebadet aus der Siesta. Es war sehr heiß, und die Luft war mit den Vorzeichen eines Unwetters geladen. Sie zog ein seidenes Kleid über das Korsett und ließ sich zum Schönheitssalon bringen. Das Auto fuhr mit geschlossenen Fenstern durch die vom Verkehr verstopften Straßen, damit nicht ein Unzufriedener – und von denen gab es immer mehr – die Señora anspuckte, und hielt pünktlich um fünf Uhr vor dem Salon, in den sie eintrat, nachdem sie den Chauffeur angewiesen hatte, sie eine Stunde später abzuholen. Als der Mann wieder vorfuhr, war Abigail nicht da. Die Friseusen berichteten, die Señora habe fünf Minuten nach ihrem Kommen gesagt, sie müsse noch eine kurze Besorgung machen, sei aber nicht zurückgekommen. Inzwischen hatte Domingo Toro in seinem Büro schon den ersten Anruf der Roten Pumas erhalten, einer Extremistengruppe, von der bislang noch kein Mensch gehört hatte, die ihm mitteilten, daß sie seine Frau entführt hätten.

So begann das Riesentheater, das den Toros das Ansehen rettete. Die Polizei nahm den Chauffeur und die Friseusen fest, durchsuchte ganze Stadtviertel und riegelte das Haus der Toros ab, unter entsprechender Belästigung der Nachbarn. Ein Übertragungswagen des Fernsehens blockierte tagelang die Straße, und ein Rudel von Zeitungsreportern, Detektiven und Neugierigen zertrampelte den Rasen der umliegenden Häuser. Domingo Toro erschien auf den Bildschirmen, im Ledersessel in der Bibliothek sitzend zwischen einer Weltkarte und einer ausgestopften Stute, und flehte die Entführer an, ihm die Mutter seiner Kinder zurückzugeben. Der Magnat der Billigmärkte, wie ihn die Presse nannte, bot eine Million für seine Frau, eine reichlich übertriebene Summe, denn eine andere Guerrillerogruppe hatte für einen Botschafter aus dem Mittleren Osten nur die Hälfte bekommen. Dennoch, den Roten Pumas schien das nicht ausreichend, sie verlangten das Doppelte. Nachdem Abigails Foto in den Zeitungen erschienen war, dachten viele, das beste Geschäft für Domingo Toro wäre es, diese Summe zu bezahlen, nicht, damit er seine Angetraute wiederbekam, sondern damit die Entführer sie behielten. Ungläubiges Kopfschütteln ging durch das Land, als der Ehemann nach einigen Beratungen mit Bankiers und Anwälten in den Handel einwilligte, trotz der Warnungen der Polizei. Einige Stunden, bevor die festgesetzte Summe übergeben werden sollte, erhielt er mit der Post eine rote Haarsträhne und die Mitteilung, daß sich der Preis um eine weitere Viertelmillion erhöht habe. Inzwischen waren auch die Sprößlinge der Toros auf den Bildschirmen erschienen und hatten verzweifelte kindliche Botschaften an die Mama geschickt. Der Ton dieser makabren Versteigerung wurde von Tag zu Tag schriller, und alles vor den aufmerksamen Augen der Medien.

Nach fünf Tagen endete die Spannung, just als die Neugier des Publikums sich in andere Richtungen zu wenden begann. Abigail tauchte gefesselt und geknebelt in einem Wagen auf, der mitten im Stadtzentrum geparkt war, sie war ein wenig nervös und zerzaust, aber ohne sichtbare Beschädigung und eher ein bißchen dicker als vorher. Als Abigail in ihr Heim zurückkehrte, sammelte sich eine kleine Menschenmenge auf der Straße, um diesem Ehemann zu applaudieren, der eine solche Probe seiner Liebe gegeben hatte. Gegenüber den hartnäckigen Fragen der Reporter und den Aufforderungen der Polizei wahrte Domingo Toro eine Haltung diskreter Galanterie und weigerte sich, zu enthüllen, wieviel er gezahlt hatte, mit dem Argument, seine Frau habe keinen Preis. Die Volksmeinung, die die Übertreibung liebt, erkannte ihm eine ganz und gar unwahrscheinliche Summe zu, sehr viel mehr, als je ein Mann für eine Frau bezahlt hatte.

Dies alles machte aus den Toros ein Sinnbild des Reichtums, es wurde erzählt, sie hätten soviel Geld wie der Präsident, der jahrelang seinen privaten Anteil an den Erdöleinnahmen der Nation beiseitegelegt hatte und dessen Vermögen man zu den fünf größten der Erde rechnete. Abigail und Domingo wurden in die gute Gesellschaft erhoben, zu der sie bislang keinen Zutritt gehabt hatten. Nichts konnte ihren

Triumph verdunkeln, nicht einmal die öffentlichen Proteste der Studenten, die vor der Universität Plakate aufhängten, auf denen sie Abigail beschuldigten, sich selbst entführt zu haben, und den Magnaten, die Millionen aus der einen Tasche in die andere gesteckt zu haben, ohne sie versteuern zu müssen, und die Polizei, das Märchen von den Roten Pumas geschluckt zu haben, um die Leute zu ängstigen und die Säuberungsaktionen gegen die Oppositionsparteien zu rechtfertigen. Aber die bösen Zungen vermochten die großartige Wirkung der Entführung nicht abzuschwächen, und zehn Jahre später waren die Toro-McGovern eine der angesehensten Familien des Landes.

Unendliches Leben

Es gibt viele Arten Geschichten. Einige entstehen, während sie erzählt werden, ihr Wesen ist die Sprache, und bevor jemand sie in Worte faßt, sind sie nur eine Gefühlsregung, eine Laune des Geistes, ein Bild oder eine ungreifbare Erinnerung. Andere kommen in sich gerundet daher wie reife Äpfel, und man kann sie unendlich wiederholen ohne Gefahr, ihren Sinn zu verändern. Manche gibt es, die sind der Wirklichkeit entnommen und werden durch die Inspiration verarbeitet, und andere tauchen in einem Augenblick der Inspiration auf, und wenn sie später erzählt werden, geschehen sie in der Wirklichkeit. Und es gibt geheime Geschichten, die im Dunkel des Gedächtnisses verborgen bleiben, sie sind wie lebende Organismen, ihnen wachsen Wurzeln und Fangarme, sie beladen sich mit Anhängseln und Schmarotzern, und mit der Zeit verwandeln sie sich in den Stoff, aus dem die Albträume sind. Um die Dämonen einer Erinnerung auszutreiben, ist es bisweilen nötig, diese Erinnerung zu erzählen.

Anna und Robert Blaum wurden gemeinsam alt, und sie waren so miteinander verbunden, daß sie mit den Jahren schließlich wie Geschwister aussahen: Beide hatten denselben Gesichtsausdruck freundlicher Überraschung, die gleichen Runzeln, die gleichen Handbewegungen, die gleichen gebeugten Schultern, beide hatten die gleichen Gewohnheiten und Sehnsüchte. Sie hatten den größten Teil ihres Lebens jeden Tag miteinander verbracht, und weil sie soviel Hand in Hand gegangen waren und Arm in Arm geschlafen hatten, konnten sie sich verabreden, sich in ein und demselben Traum zu begegnen. Sie hatten sich niemals getrennt, seit sie sich vor einem halben Jahrhundert kennengelernt hatten. Zu jener Zeit studierte Robert Medizin und war schon damals von der Leidenschaft besessen, die sein Denken bestimmte – zu einem Leben in Würde beizutragen und seinen Nächsten zu erlösen, und Anna war eins dieser jungfräulichen Mädchen, die fähig sind, alles mit ihrer Unschuld zu verschönern. Sie entdeckten einander durch die Musik. Sie spielte Geige in einem Kammerorchester, und er, der aus einer Virtuosenfamilie stammte und gern Klavier spielte, versäumte kein Konzert. Er sah dieses Mädchen auf dem Podium, das ein schwarzes Samtkleid mit einem weißen Spitzenkragen trug und mit geschlossenen Augen ihr Instrument spielte, und verliebte sich aus der Ferne in sie. Monate vergingen, ehe er es wagte, sie anzusprechen, und dann genügten vier Sätze, damit beide begriffen, daß sie für eine vollkommene Verbindung bestimmt waren. Der Krieg überraschte sie, bevor sie heiraten konnten, und wie Millionen durch die entsetzlichen Verfolgungen verstörter Juden mußten sie aus Europa flüchten. Sie schifften sich in einem holländischen Hafen ein, ohne mehr Gepäck als die Kleider, die sie auf dem Leib trugen, ein Paar Bücher von Robert und Annas Geige. Das Schiff wurde zwei Jahre umhergetrieben, ohne an einer Pier anlegen zu dürfen, denn die Staaten, die es anlief, wollten seine Ladung von Flüchtlingen nicht aufnehmen. Nachdem es über verschiedene Meere gekreuzt war, gelangte es schließlich an die karibische Küste. Inzwischen sah sein Rumpf aus wie ein Blumenkohl aus Muscheln und Algen, die Nässe sickerte aus seinen Wänden wie ein hartnäckiger Schnupfen, seine Maschinen waren grün geworden, und alle Besatzungsmitglieder und alle Passagiere – außer Anna und Robert, die durch die Seligkeit der Liebe vor der Verzweiflung geschützt waren – waren um zweihundert Jahre gealtert. Der Kapitän, der sich mit dem Gedanken abgefunden hatte, ewig umherzuirren, stoppte sein transatlantisches Gerippe in einer Bucht gegenüber einem Strand mit funkelndem Sand und schlanken, federngekrönten Palmen, damit die Matrosen in der Nacht übersetzen und Frischwasser für die Vorratstanks holen konnten. Aber dann war Schluß. Am Morgen des folgenden Tages ließen die Maschinen sich nicht wieder in Gang bringen, die Anstrengung, sich vermittels einer Mischung aus Seewasser und Schießpulver zu bewegen aus Mangel an besserem Brennstoff, hatte sie zerstört. Am Vormittag erschien in einer Barkasse die Obrigkeit des nächstgelegenen Hafens in Gestalt einer Handvoll fröhlicher Mulatten in zwanglos aufgeknöpften Uniformen und voll freundlichsten Wohlwollens, die ihnen gemäß Vorschrift die Weisung gaben, aus ihren Territorialgewässern zu verschwinden. Als sie jedoch das traurige Schicksal der Seefahreer erfuhren und den beklagenswerten Zustand des Schiffes sahen, schlugen sie dem Kapitän vor, er solle doch mit seinen Schützlingen ein paar Tage hierbleiben und sich in die Sonne legen, vielleicht würden sich ja die Schwierigkeiten von allein regeln, wenn man der Sache freien Lauf ließ, wie das fast immer passiert. In der Nacht stiegen alle Bewohner des unseligen Schiffes in die Boote, stapften über den heißen Sand dieses Landes, dessen Namen sie kaum aussprechen konnten, und verloren sich landeinwärts in der üppigen Pflanzenwelt, entschlossen, sich die Bärte zu scheren, ihre schimmligen Lumpen abzustreifen und sich die ozeanischen Winde herauszuschütteln, die ihnen die Seele gegerbt hatten.

So begannen Anna und Robert Blaum ihr Einwandererleben, anfangs als Arbeiter, um sich durchzubringen, und später, als sie die Regeln dieser unbeständigen Gesellschaft gelernt hatten, schlugen sie

Wurzeln, und er konnte sein unterbrochenes Medizinstudium wieder aufnehmen. Sie lebten von Bananen und Kaffee in dem winzigen Zimmer einer bescheidenen Pension, vor dessen Fenster wie in einem Rahmen eine Straßenlaterne stand. An den Abenden nutzten sie ihr Licht, Robert, um zu studieren, und Anna, um zu nähen. Wenn er mit der Arbeit fertig war, setzte er sich ans Fenster und betrachtete die Sterne über den Dächern, und sie spielte ihm auf der Geige alte Melodien vor, ein Brauch, den sie sich auch fernerhin bewahrten als eine Form, den Tag zu beschließen. Jahre später, als der Name Blaum berühmt geworden war, wurde diese Zeit der Armut in den Vorworten seiner Bücher und den Zeitschrifteninterviews als romantisches Zwischenspiel bezeichnet. Ihr Schicksal wendete sich zum Besseren, aber sie behielten ihre bescheidene Lebensweise bei, denn sie vermochten die Spuren der vergangenen Leiden nicht auszulöschen und konnten sich nicht von dem Gefühl der Gefährdung freimachen, das dem Exildasein anhaftet.

Sie waren beide gleich groß, hatten helle Augen und einen festen Knochenbau. Robert sah aus wie ein Gelehrter, eine unordentliche Mähne hing ihm in die Stirn, er benutzte Brillen mit dicken Gläsern und runder Schildpattfassung, trug immer einen grauen Anzug, den er durch einen genau gleichen ersetzte, wenn Anna es aufgab, die Ärmelränder zu stopfen, und stützte sich auf einen Bambusstock, den ihm ein Freund aus Indien mitgebracht hatte. Er war ein Mann von wenig Worten, sehr präzise in der Rede wie in allem übrigen, aber mit einem beachtlichen Sinn für Humor, der das Gewicht seines Wissens milderte. Seine Studenten sollten sich an ihn als den gütigsten aller Lehrer erinnern. Anna hatte ein fröhliches, argloses Wesen, sie war unfähig, sich Schlechtigkeit bei einem Menschen vorzustellen, und war deshalb immun dagegen. Robert hatte erkannt, daß seine Frau mit einem bewundernswerten Sinn für das Praktische begabt war, und übertrug ihr von Anfang an alle wichtigen Entscheidungen und die Verwaltung des Geldes. Anna sorgte mit der Zärtlichkeit einer Mutter für ihren Mann, sie verhätschelte ihn sogar ein wenig, schnitt ihm das Haar und die Nägel, wachte über seine Gesundheit, sein Essen und seinen Schlaf und war immer in Hörweite für seinen Ruf. So unentbehrlich war beiden die Gesellschaft des andern, daß Anna auf ihren Musikerberuf verzichtete, weil er sie gezwungen hätte, viel auf Reisen zu sein, und so spielte sie die Geige nur in der Privatsphäre ihres Heims. Sie hatte die Gewohnheit angenommen, Robert abends ins Leichenschauhaus oder in die Universitätsbibliothek zu begleiten, wo er lange Stunden seine Forschungen betrieb. Beide liebten sie die Einsamkeit und Stille in den verschlossenen Gebäuden. Danach kehrten sie durch die leeren Straßen in das Armenviertel zurück, wo sie wohnten. Durch das unkontrollierte Wachsen der Stadt war dieser Bezirk ein Nest für Schieber, Prostituierte und Diebe geworden, in den sich nach Sonnenuntergang selbst die Streifenwagen der Polizei nur ungern hineinwagten, aber Anna und Robert durchquerten ihn mitten in der Nacht, ohne belästigt zu werden. Jeder kannte die zwei. Es gab kein Leiden und kein Problem, bei denen Robert nicht zu Rate gezogen wurde, und kein Kind war hier aufgewachsen, das nicht Annas Plätzchen gekostet hätte. Wenn Fremde im Viertel auftauchten, übernahm es immer einer, sie von Anfang an darüber aufzuklären, daß die beiden alten Leute nicht angetastet werden durften, und überhaupt seien sie der Stolz der Nation, und der Präsident persönlich habe Robert mit einem Orden ausgezeichnet, und sie seien so geachtet, daß nicht einmal die Polizei sie belästige, wenn sie mit ihren Kampfmaschinen anrückte und die Häuser eins nach dem andern durchsuchte.

Ich lernte die Blaums Ende der siebziger Jahre kennen, als meine Patin sich in ihrem Wahn mit einem Messer die Kehle durchschnitten hatte. Wir brachten sie ins Krankenhaus, das Blut sprudelte förmlich aus ihr heraus, und keiner machte uns noch Hoffnung, daß sie zu retten wäre. Aber wir hatten das große Glück, daß Doktor Blaum Dienst hatte, und er machte sich ganz ruhig daran, den Kopf wieder anzunähen. Zur Verblüffung der anderen Ärzte kam meine Patin durch. In den Wochen der Genesung saß ich viele Stunden an ihrem Bett und hatte mehrmals Gelegenheit, mich mit Robert zu unterhalten. Nach und nach bildete sich eine feste Freundschaft heraus. Die Blaums hatten keine Kinder, und ich glaube, sie fehlten ihnen, denn mit der Zeit behandelten sie mich, als wäre ich ihre Tochter. Ich besuchte sie häufig, aber selten abends, weil ich mich nicht allein

in diese Gegend traute, und sie bewirteten mich zum Essen immer mit etwas Besonderem. Ich half gern Robert im Garten und Anna in der Küche. Manchmal nahm sie ihre Geige und beschenkte mich mit ein paar Stunden Musik. Sie gaben mir die Schlüssel zu ihrem Haus, und wenn sie verreisten, kümmerte ich mich um den Hund und goß die Pflanzen.
Roberts Erfolge hatten sich früh eingestellt, obwohl seine Laufbahn durch den Krieg mit Verzögerung begonnen hatte. In einem Alter, in dem andere Mediziner ihren ersten Schritt in den Operationssaal tun, hatte er bereits einige bemerkenswerte Artikel veröffentlicht, aber berühmt wurde er durch sein Buch über das Recht auf einen friedlichen Tod. Die Privatmedizin reizte ihn nicht, außer wenn es um einen Freund oder einen Nachbarn ging, er arbeitete lieber in den Hospitälern der Armen, wo er eine größere Zahl Kranker behandeln und jeden Tag etwas Neues lernen konnte. Lange Stunden Dienst auf den Stationen der Sterbenden weckten sein tiefes Mitgefühl mit den hinfälligen, an lebenserhaltende Apparaturen geketteten und mit Nadeln und Schläuchen gepeinigten Leibern, denen die Wissenschaft ein würdiges Ende versagte unter dem Vorwand, man müsse das Leben um jeden Preis erhalten. Es schmerzte ihn, daß er ihnen nicht helfen konnte, diese Welt zu verlassen, daß er sogar gezwungen war, sie gegen ihren Willen in ihren Sterbebetten festzuhalten. Manchmal wurden ihm die Qualen, die ein Kranker litt, so unerträglich, daß er sie keinen Augenblick aus seinem Geist verbannen

konnte. Anna mußte ihn wecken, weil er im Schlaf schrie. In der Zuflucht der Laken klammerte er sich verzweifelt an seine Frau und verbarg den Kopf an ihrer Brust.
»Warum schaltest du nicht die Geräte ab und erlöst den Unglücklichen von seinen Leiden? Das ist das Barmherzigste, was du tun kannst. Sterben wird er auf jeden Fall, früher oder später.«
»Ich kann nicht, Anna. Das Gesetz ist eindeutig, niemand hat das Recht auf das Leben eines andern, aber für mich ist es eine Frage des Gewissens.«
»Wir haben dies schon früher durchgemacht, und jedesmal leidest du unter denselben Schuldgefühlen. Niemand wird es erfahren, es ist eine Sache von Minuten.«
Falls Robert es wirklich einmal tat, so erfuhr es nur Anna. In seinem Buch erläuterte er seine Überzeugung, daß alles Bestehende Teil einer Gesamtheit sei. Der Tod mit seiner uralten Schreckenslast ist nichts als das Aufgeben einer unbrauchbar gewordenen Hülle, während der Geist zurückkehrt in die einheitliche Energie des Kosmos. Der Todeskampf ist wie die Geburt eine Etappe auf der Reise und verdient dasselbe helfende Mitgefühl. Es liegt nicht das geringste Ethos darin, das Zittern und Zucken eines Körpers über das natürliche Ende hinaus zu verlängern, und die Aufgabe des Arztes muß es sein, das Hinscheiden zu erleichtern, statt die qualvolle Bürokratie des Todes zu unterstützen. Aber eine solche Entscheidung kann nicht nur von der Urteilsfähigkeit der Fachleute oder dem Erbarmen der Angehöri-

gen abhängen, hier muß das Gesetz ein Kriterium schaffen.
Blaums Ansuchen erregte einen Aufruhr unter Priestern, Anwälten und Ärzten. Bald griff die Angelegenheit von den internen Kreisen über auf die Straße und teilte die Meinungen. Zum erstenmal sprach jemand über dieses Thema, bisher war der Tod eine Angelegenheit gewesen, über die hinweggeschwiegen wurde, man setzte auf die Unsterblichkeit, und jeder hegte die heimliche Hoffnung, ewig zu leben. Solange die Diskussion sich auf philosophischer Ebene bewegte, verteidigte Robert Blaum seine Darlegungen auf allen Foren, aber als sie zum neuen Vergnügen der Massen wurden, flüchtete er sich in seine Arbeit, weil ihn die Schamlosigkeit empörte, mit der seine Theorie zu kommerziellen Zwecken ausgebeutet wurde. Der Tod war in den Vordergrund getreten, aller Realität entkleidet und in ein heiteres Modethema verwandelt worden.
Ein Teil der Presse beschuldigte Blaum, die Euthanasie zu befürworten, und verglich seine Ideen mit denen der Nazis, während ein anderer Teil ihm zujubelte wie einem Volkshelden. Er beachtete den ganzen Wirbel nicht und arbeitete weiter im Krankenhaus und an seinen Forschungen. Sein Buch wurde in mehrere Sprachen übersetzt und in anderen Ländern verbreitet, wo das Thema ebenfalls leidenschaftliche Reaktionen hervorrief. Sein Foto erschien häufig in den wissenschaftlichen Zeitschriften. In jenem Jahr wurde ihm ein Lehrstuhl an der Medizinischen Fakultät angetragen, und bald war er bei den Studenten

der gesuchteste Professor. In Robert Blaum gab es nicht die Spur von Überheblichkeit, auch nicht den frohlockenden Fanatismus, der die Verwalter der himmlischen Offenbarungen auszeichnet, nur die ruhige Sicherheit des unermüdlich Suchenden. Doch als Roberts Ruf den Zenit erreicht hatte, lebten die Blaums am zurückgezogensten. Die Wirkung dieser kurzen Berühmtheit erschreckte sie, und sie ließen schließlich nur noch sehr wenige Menschen in ihren inneren Kreis zu.

Roberts Theorie wurde vom Publikum mit derselben Schnelligkeit vergessen, mit der sie in Mode gekommen war. Das Gesetz wurde nicht geändert, das Problem wurde im Kongreß nicht einmal erörtert, aber im akademischen und wissenschaftlichen Umkreis wuchs das Ansehen des Arztes ständig. In den folgenden dreißig Jahren bildete Blaum mehrere Generationen von Chirurgen aus, erfand neue Medikamente und chirurgische Techniken und schuf ein System von Ambulanzen, die mit allem Nötigen ausgerüstet waren, um von Geburten bis zu verschiedenen Epidemien alles zu behandeln, und die auf Lastwagen, Flußbooten und in Sportflugzeugen das ganze Staatsgebiet erfaßten und Hilfe noch in die fernsten Gegenden brachten, wohin sich vorher nur die Missionare getraut hatten. Er erhielt zahlreiche Auszeichnungen, war zehn Jahre Rektor der Universität und zwei Wochen Gesundheitsminister, ein Zeitraum, in dem er es schaffte, Beweise für die Korruption der Behörden und den Mißbrauch öffentlicher Mittel zu sammeln und dem Präsidenten zu überge-

ben, der daraufhin keine andere Wahl hatte, als ihn abzusetzen, denn es konnte nicht gut angehen, die Grundlagen der Regierung zu erschüttern, nur um einem Idealisten Freude zu bereiten. In diesen Jahrzehnten setzte Blaum seine Arbeit mit Moribunden fort. Er veröffentlichte mehrere Artikel, so auch über die Pflicht, den Schwerkranken die Wahrheit zu sagen, damit sie Zeit hatten, ihre Seele damit in Einklang zu bringen, und nicht starr vor Schreck vom Sterben überrascht wurden, und über den Respekt, den man Selbstmördern schuldig sei und den Formen, in denen sie dem eigenen Leben ohne Schmerzen und unnötiges Geschrei ein Ende machten.
Blaums Name kam auf den Straßen wieder ins Gespräch, als sein letztes Buch erschien, das nicht nur die traditionelle Wissenschaft aufrüttelte, sondern im ganzen Land eine Lawine von eitlen Hoffnungen auslöste. In seiner langen Krankenhauspraxis hatte Blaum unzählige Krebsleidende behandelt, und er hatte beobachtet, daß die einen von der Krankheit zerstört wurden, während andere, die dieselbe Behandlung erfuhren, überlebten. In seinem Buch suchte Robert die Wechselwirkung zwischen dem Krebs und dem Seelenzustand zu beweisen und behauptete, daß Traurigkeit und Einsamkeit die Vermehrung der unheilvollen Zellen erleichtern, denn wenn der Kranke niedergeschlagen ist, sinkt die Abwehrkraft des Körpers, hat er dagegen guten Grund zu leben, kämpft sein Körper rastlos gegen das Übel. Er erklärte, daß deshalb die Behandlung sich nicht auf die Chirurgie und die Chemie beschränken dürfe,

sondern daß sie vor allem die geistige Verfassung in Betracht ziehen müsse. Im letzten Kapitel stellte er die These auf, daß die beste Empfänglichkeit für eine Therapie unter denen zu finden sei, die sich auf einen guten Partner verlassen könnten oder auf andere Formen der Zuneigung, denn die Liebe habe eine wohltätige Wirkung, die selbst die stärksten Medikamente nicht übertreffen könnten.

Die Presse erfaßte sofort die phantastischen Möglichkeiten dieser Theorie und legte Blaum Dinge in den Mund, die er nie gesagt hatte. Wenn vorher der Tod so ungewöhnliche Aufregung verursacht hatte, wurde diesmal eine ebenso natürliche Sache wie eine absolute Neuigkeit behandelt. Der Liebe wurden die Kräfte eines Steins der Weisen zugeschrieben, und es wurde behauptet, sie könne alle Krankheiten heilen. Alle sprachen von dem Buch, aber nur wenige hatten es gelesen. Die einfache Meinung, daß Zuneigung gut für die Gesundheit sein kann, wurde immer mehr kompliziert, je mehr alle Welt etwas hinzufügen oder abstreichen wollte, bis Blaums ursprüngliche Idee sich in einem Gestrüpp von Unsinnigkeiten verloren hatte, was alles eine ungeheure Verwirrung im Publikum schuf. Es fehlte auch nicht an Gaunern, die Nutzen aus der Sache zu schlagen gedachten und sich der Liebe bemächtigten, als wäre sie ihre eigene Erfindung. Neue esoterische Sekten, Psychologieschulen, Kurse für Anfänger, Clubs für Einsame schossen wie Pilze aus dem Boden, Pillen für unwiderstehliche Anziehungskraft und umwerfende Parfüms wurden auf den Markt geworfen, und eine Unmenge unwahrer Wahrsager lasen das Glück aus Karten und Kristallkugeln und verkauften Gefühle für vier Centavos. Kaum hatten die Reporter entdeckt, daß Anna und Robert Blaum ein anrührendes altes Ehepaar waren, daß sie seit Jahrzehnten zusammenlebten und daß sie sich die körperliche Kraft, die geistigen Fähigkeiten und die Stärke ihrer Liebe unversehrt bewahrt hatten, wurden sie zu lebenden Beispielen erklärt. Außer den Wissenschaftlern, die das Buch bis zur Erschöpfung analysierten, waren die einzigen, die es nicht zu Sensationszwecken lasen, die Krebskranken. Für sie jedoch verwandelte sich die Hoffnung auf Heilung in einen grausamen Scherz, denn in Wirklichkeit wußte ihnen niemand anzugeben, wo sie die Liebe finden, wie sie sie erlangen und wie sie sie bewahren konnten. Wenn es auch Blaums Idee nicht an Folgerichtigkeit mangelte, in der Praxis erwies sie sich als nicht anwendbar.

Robert war bestürzt über das Ausmaß der Aufregung, aber Anna erinnerte ihn an das, was sich bei seinem ersten Buch abgespielt hatte, und überzeugte ihn, daß man sich nur hinsetzen und ein wenig warten müsse, der Lärm werde nicht lange dauern. Und so kam es auch. Die Blaums waren nicht mehr in der Stadt, als dem Geschrei die Luft ausging. Robert hatte sich von seiner Arbeit im Krankenhaus und an der Universität zurückgezogen unter dem Vorwand, er sei müde und auch alt genug, um ein friedlicheres Leben zu führen. Aber er konnte seiner eigenen Berühmtheit nicht entgehen, sein Haus wurde ihm von

Kranken, Reportern, Studenten, Professoren und Neugierigen eingerannt, die zu jeder Stunde auftauchten. Er sagte mir, er brauche Ruhe, denn er wolle ein neues Buch schreiben, und ich half ihm, einen abgelegenen Ort zu suchen, wohin er sich flüchten konnte. Wir fanden eine in La Colonia, der »Kolonie«, einer wunderlichen, auf einem tropischen Hügel nistenden Ansiedlung, der Nachbildung eines bayrischen Dorfes aus dem neunzehnten Jahrhundert – eine architektonische Unglaublichkeit mit buntbemalten Holzhäusern, Kuckucksuhren, Geranien in Balkonkästen und Schildern mit gotischen Lettern. Bewohnt wurde das Dorf von einer Rasse blondhaariger Leute mit noch denselben Trachten und runden Wangen, die ihre Großväter mitgebracht hatten. Obwohl die Kolonie eine Touristenattraktion war, konnte Robert ein abseits liegendes Haus mieten, wohin der Wochenendverkehr nicht gelangte. Sie baten mich, ich möchte mich um ihre Angelegenheiten in der Hauptstadt kümmern, ich nahm ihre monatliche Pension, die Rechnungen und die Post entgegen. Anfangs besuchte ich sie ziemlich häufig, aber bald merkte ich, daß sie in meiner Gegenwart eine etwas gezwungene Herzlichkeit zeigten, die sich deutlich von der freundschaftlichen Wärme unterschied, mit der sie mich früher empfangen hatten. Ich glaubte nicht, daß sie etwas gegen mich hätten, keinesfalls, ich konnte immer auf ihr Vertrauen und ihre Achtung zählen, ich schloß nur einfach daraus, daß sie allein sein wollten, und blieb mit ihnen lieber telefonisch oder durch Briefe in Verbindung.

Als Robert Blaum mich zum letztenmal anrief, hatte ich die beiden schon ein Jahr nicht mehr gesehen. Mit ihm sprach ich meistens nur wenig, aber mit ihr führte ich lange Unterhaltungen. Ich berichtete ihr, was es Neues draußen auf der Welt gab, und sie erzählte mir aus ihrer Vergangenheit, die immer lebendiger für sie zu werden schien, als wären alle Erinnerungen von einst Teil ihrer Gegenwart in der Stille, die sie nun umgab. Manchmal ließ sie mir auf verschiedenen Wegen Haferplätzchen zukommen, die sie für mich gebacken hatte, und Lavendelbeutelchen, um sie zwischen die Wäsche zu legen. In den letzten Wochen schickte sie mir auch ausgesuchte Geschenke: ein Tuch, das ihr Mann ihr vor vielen Jahren geschenkt hatte, Fotos aus ihrer Jugend, eine wertvolle alte Brosche. Ich glaube, dies sowie der Wunsch, mich fernzuhalten, und die Tatsache, daß Robert es immer vermied, von dem Buch zu sprechen, hätten mich hellhörig machen müssen, aber tatsächlich ahnte ich nicht, was in jenem Haus in den Bergen vor sich ging. Später, als ich Annas Tagebuch las, erfuhr ich, daß Robert nicht eine Zeile geschrieben hatte. Diese ganze Zeit hindurch war er einzig darum bemüht, seiner Frau Liebe zu erweisen, aber das konnte den Lauf der Ereignisse nicht hemmen.
An den Wochenenden ist der Ausflug in die Kolonie eine Wallfahrt von Autos mit heißgelaufenen Motoren, die sich im Schrittempo vorwärtsschieben, aber an den andern Tagen, vor allem zur Regenzeit, ist es eine einsame Spazierfahrt über eine Straße mit engen Kurven, die um die Berggipfel herumführt zwischen

schreckeneinflößenden Abgründen auf der einen und Palmenhainen auf der anderen Seite. An diesem Nachmittag hatten sich Wolken zwischen den Höhen verfangen, und die Landschaft sah aus, als wäre sie aus Watte. Der Regen hatte die Vögel zum Schweigen gebracht, und man hörte nur die Tropfen gegen die Fenster trommeln und das Schaben der Scheibenwischer. Als ich höher hinaufkam, wurde die Luft kühler. Ich spürte das Gewitter, das im Nebel hing, als wäre ich in das Klima anderer Breiten geraten. Plötzlich hinter einer Wegbiegung tauchte jene so deutsch aussehende Ansiedlung auf mit den schrägen Dächern, die einen Schnee tragen sollten, der hier nie fallen würde. Um zu den Blaums zu kommen, mußte ich durch das ganze Dorf fahren, das um diese Stunde völlig verlassen aussah. Ihr Häuschen ähnelte den übrigen, es war aus dunklem Holz, hatte ein mit Schnitzereien versehenes Vordach, an den Fenstern hingen Spitzengardinen, vorn blühte ein gut gepflegter Blumengarten, und hinten lag ein kleiner Erdbeergarten. Ein scharfer Wind brauste in den Bäumen, aber aus dem Schornstein kam kein Rauch. Der Hund, der sie jahrelang begleitet hatte, lag im Eingang und rührte sich nicht, obwohl ich ihn anrief, er hob nur den Kopf und sah mich an, ohne mit dem Schwanz zu wedeln, als erkenne er mich nicht. Ich trat durch die unverschlossene Tür ins Haus, und er folgte mir. Es war dunkel. Ich tastete an der Wand nach dem Schalter und machte Licht. Alles sah ordentlich aus, in den großen Vasen standen frische Eukalyptuszweige, die die Luft mit einem sauberen Geruch erfüllten. Ich durchquerte das Wohnzimmer dieses gemieteten Hauses, in dem nichts die Anwesenheit der Blaums verriet außer den Bücherstapeln und der Geige, und ich wunderte mich, daß meine Freunde in den anderthalb Jahren dem Ort, an dem sie lebten, nicht ihre Persönlichkeiten aufgeprägt hatten.

Ich stieg die Treppe zum Dachgeschoß hinauf, wo das Schlafzimmer lag, ein ziemlich großer Raum mit hohem rustikalem Dachgebälk, verblichenen Tapeten an den Wänden und gewöhnlichen Möbeln in angenähert provenzalischem Stil. Eine Nachttischlampe beleuchtete das Bett, auf dem Anna lag, in dem blauen Seidenkleid und mit der Korallenkette, die ich sie so oft hatte tragen sehen. Sie hatte im Tod denselben Ausdruck von Unschuld wie auf ihrem vor so langer Zeit aufgenommenen Hochzeitsbild, als der Kapitän des Schiffes sie mit Robert traute, siebzig Meilen von der Küste entfernt, an jenem strahlenden Nachmittag, an dem die fliegenden Fische aus dem Meer sprangen, um den Flüchtlingen zu verkünden, daß das Gelobte Land nahe war. Der Hund, der mir gefolgt war, legte sich in eine Ecke und winselte leise.

Auf dem Nachttisch, neben einer unvollendeten Stickerei und Annas Tagebuch, fand ich einen von Robert an mich gerichteten Brief, in dem er mich bat, ich möge mich des Hundes annehmen und dafür sorgen, daß er und Anna im selben Sarg auf dem Friedhof der Kolonie begraben würden. Sie hatten beschlossen, gemeinsam zu sterben, weil Anna an

Krebs im letzten Stadium litt, und sie wollten Hand in Hand in den anderen Zeitraum reisen, wie sie immer gelebt hatten, damit sie in dem flüchtigen Augenblick, in dem der Geist sich vom Körper löst, nicht Gefahr liefen, einander in der Weglosigkeit des weiten Weltalls zu verlieren.
Ich lief durchs Haus auf der Suche nach Robert. Ich fand ihn in seinem Arbeitszimmer, einem kleinen Raum hinter der Küche, er saß an seinem Schreibtisch aus hellem Holz und hielt schluchzend den Kopf zwischen den Händen. Auf dem Schreibtisch lag die Spritze, mit der er seiner Frau das Gift injiziert hatte, sie war nun gefüllt mit der Dosis, die für ihn bestimmt war. Ich strich ihm über den Nacken, er hob den Blick und sah mich lange an.
»Nur dich kann ich darum bitten, Eva... Hilf mir zu sterben.«

Ein diskretes Wunder

Die Familie Boulton stammte von einem Liverpooler Kaufmann ab, der um die Mitte des neunzehnten Jahrhunderts auswanderte, mit seinem ungeheuren Ehrgeiz als einzigem Vermögen, und der mit einer kleinen Flotte von Frachtschiffen im südlichsten Teil des amerikanischen Kontinents zu Reichtum gelangte. Die Boultons waren prominente Mitglieder der britischen Kolonie, und wie so viele Engländer, die fern von ihrer Insel leben, hielten sie mit absurder Hartnäckigkeit an ihren Traditionen und ihrer Sprache fest, bis die Vermischung mit kreolischem Blut ihren Dünkel untergrub und ihre angelsächsischen Vornamen gegen andere, landesüblichere vertauschte.

Gilberto, Filomena und Miguel wurden auf dem Gipfel des Boulton-Wohlstands geboren, doch im Laufe ihres Lebens sahen sie den Seeverkehr niedergehen und den Hauptteil ihrer Einkünfte dahinschwinden. Aber wenn sie auch nicht länger reich waren, konnten sie ihren Lebensstil doch aufrechterhalten. Es wäre nicht einfach, drei in Aussehen und Charakter so gegensätzliche Geschwister zu treffen wie diese drei. Im Alter verstärkten sich ihre Wesenszüge noch, aber trotz ihrer offenkundigen Verschiedenheiten stimmten ihre Seelen im Kern überein.

Gilberto war ein Dichter von einigen siebzig Jahren, ein Mann mit feinem Gesicht und dem Habitus eines Tänzers, dessen Leben fern von materiellen Zwängen zwischen Kunstbüchern und Antiquitäten verlaufen war. Als einziges der Geschwister war er in England erzogen worden, eine Erfahrung, die ihn tief geprägt hatte. So war ihm für immer das Laster des Teetrinkens verblieben. Er hatte nie geheiratet, vermutlich, weil er nicht zur rechten Zeit die bleiche Maid getroffen hatte, die so oft in seinen Jugendversen auftauchte, und als er dieser Illusion entsagte, war es zu spät, seine Junggesellengewohnheiten waren bereits zu gründlich eingewurzelt. Er spöttelte über seine blauen Augen, sein gelbblondes Haar und seine Vorfahren und sagte, fast alle Boultons seien gewöhnli-

che Kaufleute gewesen, die so lange die Aristokraten gespielt hätten, bis sie schließlich überzeugt waren, es tatsächlich zu sein. Doch er trug Tweedjacketts mit Lederflecken auf den Ellbogen, spielte Bridge, las die drei Wochen überfällige Times und pflegte die Ironie und das Phlegma, die den britischen Intellektuellen zugeschrieben werden.
Filomena, rund und schlicht wie eine Bäuerin, war Witwe und Großmutter mehrerer Enkel. Sie war mit großer Duldsamkeit ausgestattet, die ihr erlaubte, Gilbertos anglophile Grillen ebenso hinzunehmen wie die Tatsache, daß Miguel mit löchrigen Schuhen und zerfransten Hemdkragen umherging. Nie ließ sie es an Bereitwilligkeit fehlen, Gilberto zu betreuen, wenn er kränkelte, ihm zuzuhören, wenn er seine merkwürdigen Gedichte vortrug, oder bei Miguels zahllosen Unternehmungen mitzuwirken. Sie strickte unermüdlich Westen für ihren jüngeren Bruder, der sie ein paarmal anzog und dann einem Bedürftigeren schenkte. Die Stricknadeln waren eine Verlängerung ihrer Hände, sie bewegten sich in munterem Takt, einem ständigen Ticktack, das ihre Gegenwart meldete und sie immer begleitete wie der Jasminduft ihres Toilettenwassers.
Miguel Boulton war Priester. Im Gegensatz zu seinen Geschwistern war er brünett, kleingewachsen und fast gänzlich von schwarzem Flaum bedeckt, wodurch er ein wenig wie ein Affe hätte aussehen können, wenn sein Gesicht nicht so gütig gewesen wäre. Mit siebzehn Jahren hatte er die Vorteile des Familienwohnsitzes aufgegeben und kehrte dorthin

nur zurück, um mit seinen Verwandten am sonntäglichen Frühstück teilzunehmen oder damit Filomena ihn pflegte, wenn er, was selten geschah, ernstlich krank wurde. Er spürte nicht die mindeste Sehnsucht nach den Bequemlichkeiten, die er in seiner Jugend genossen hatte, und trotz seiner gelegentlichen Anwandlungen von schlechter Laune betrachtete er sich als einen glücklichen Menschen und war mit seinem Leben zufrieden.

Er wohnte nahe der städtischen Müllhalde in einer elenden Ansiedlung vor den Toren der Hauptstadt, wo die Straßen weder Pflaster noch Bürgersteige, noch Bäume aufzuweisen hatten. Seine Hütte war aus Brettern und Zinkblechplatten gebaut. Im Sommer stiegen aus dem Boden übelriechende Dünste von den Gasen auf, die sich durch den einsickernden Unrat unter der Erde bildeten. Sein Mobiliar bestand aus einer Pritsche, einem Tisch, zwei Stühlen und einigen Bücherborden, und an den Wänden prangten revolutionäre Plakate, Blechkreuze, von den politischen Gefangenen angefertigt, bescheidene Behänge, von den Müttern der Verschwundenen bestickt, und Fähnchen von seinem Lieblingsfußballklub. Neben dem Kruzifix, vor dem er jeden Morgen allein die Heilige Kommunion nahm und jeden Abend Gott für das Glück dankte, noch am Leben zu sein, hing eine rote Fahne. Pater Miguel war eines jener Geschöpfe, die von der schrecklichen Leidenschaft für die Gerechtigkeit besessen sind. In seinem langen Leben hatte er soviel fremdes Leid in sich angehäuft, daß er unfähig war, an den eigenen Schmerz zu denken, und das im Verein mit der Gewißheit, im Namen Gottes zu handeln, machte ihn furchtlos und kühn. Jedesmal, wenn die Soldaten in sein Haus eindrangen, ihn der Unruhestiftung beschuldigten und mit fortschleppten, mußten sie ihn knebeln, denn sie konnten ihn auch mit Knüppelhieben nicht daran hindern, daß er sie mit Beschimpfungen überhäufte, vermischt mit Sprüchen aus den Evangelien. Er war so oft verhaftet worden, hatte aus Solidarität mit den Gefangenen so viele Hungerstreiks durchgestanden und so viele Verfolgte unter seinen Schutz genommen, daß er nach dem Gesetz der Wahrscheinlichkeit schon mehrmals hätte tot sein müssen. Sein Foto, auf dem er vor einem Haus der Politischen Polizei saß mit einem Schild zwischen den Händen, das verkündete, hier würden Menschen gefoltert, ging um die ganze Welt. Es gab keine Strafe, die imstande war, ihn einzuschüchtern, aber sie wagten nicht, ihn verschwinden zu lassen, dazu war er bereits zu bekannt. An den Abenden, wenn er vor seinem kleinen Hausaltar niederkniete, um mit Gott zu sprechen, plagten ihn ängstliche Zweifel, ob die Liebe zum Nächsten und das Verlangen nach Gerechtigkeit seine einzigen Triebfedern seien oder ob in seinen Handlungen nicht auch ein satanischer Hochmut verborgen sein könnte. Dieser Mann, der es fertigbrachte, ein Kind mit Boleros in den Schlaf zu singen und nächtelang zu wachen und Kranke zu warten, traute dem Adel seines eigenen Herzens nicht. Sein Leben lang hatte er gegen den Zorn gekämpft, der ihm das Blut verdickte und ihn zu unbeherrschbaren Ausbrüchen

verleitete. Insgeheim fragte er sich, was aus ihm geworden wäre, wenn die Umstände ihm nicht so gute Vorwände böten, sich immer wieder kräftig abzureagieren. Filomena ging ganz auf ihn ein, aber Gilberto meinte, wenn ihm in fast siebzig Jahren Balanceakt auf dem Schlappseil nichts Schlimmes geschehen sei, dann gebe es keinen Grund, sich zu beunruhigen, denn der Schutzengel seines Bruders habe ja wohl bewiesen, wie tatkräftig er war.
»Engel gibt es nicht. Das sind semantische Irrtümer«, sagte Miguel.
»Red nicht so ketzerisch, Mensch.«
»Das waren einfache Boten, bis der heilige Thomas von Aquino diesen ganzen Schwindel erfand.«
»Willst du mir erzählen, daß die Feder des Erzengels Gabriel, die in Rom verehrt wird, aus dem Schwanz eines Geiers stammt?« fragte Gilberto lachend.
»Wenn du nicht an die Engel glaubst, glaubst du an gar nichts. Du solltest den Beruf wechseln«, warf Filomena ein.
»Man hat einige Jahrhunderte damit vergeudet, zu erörtern, wie viele von diesen Kreaturen auf einer Nadelspitze Platz haben. Wozu das? Die sollen ihre Energien nicht auf Engel verschwenden, sondern darauf, den Menschen zu helfen!«
Miguel hatte trotz mehrerer Operationen allmählich seine Sehkraft eingebüßt und war schon fast blind. Mit dem rechten Auge sah er gar nichts und mit dem linken nur wenig, er konnte damit nicht lesen, und es war sehr schwierig für ihn, seine nähere Umgebung zu verlassen, weil er sich in den Straßen verirrte. Er

wurde immer stärker von Filomena abhängig, wenn er beweglich bleiben wollte. Sie begleitete ihn oder schickte ihm das Auto mit dem Chauffeur, Sebastián Canuto alias »El Cuchillo«, einem ehemaligen Sträfling, den Miguel aus dem Gefängnis geholt und auf den rechten Weg geführt hatte und der seit zwanzig Jahren für die Familie arbeitete. Während der politischen Wirren der letzten Jahre hatte El Cuchillo sich in den heimlichen Leibwächter des Priesters verwandelt. Wenn das Gerücht von einem Protestmarsch umging, gab Filomena ihm für den Tag frei, und er machte sich auf zu Miguels Vorort, versehen mit einem kräftigen Knüttel und einem Paar Schlagringe, die er in der Tasche versteckte. Er bezog auf der Straße Stellung, wartete, bis der Priester sein Haus verließ, und folgte ihm dann in sicherer Entfernung, bereit, ihn mit Prügeln zu verteidigen oder ihn an einen geschützten Ort zu schleppen, wenn die Lage es erforderte. Zum Glück war Miguel durch die Nebelwolke, in der er lebte, gehindert, diese Rettungsmanöver zu durchschauen, sonst wäre er sehr wütend geworden, denn er hätte es als ungerecht angesehen, über solchen Beistand zu verfügen, während die übrigen Demonstranten die Schläge, die Wasserstrahlen und die Tränengasschwaden aushalten mußten.
Als Miguels siebzigster Geburtstag herannahte, platzte in seinem linken Auge plötzlich ein Gefäß, und in wenigen Sekunden befand er sich in tiefster Dunkelheit. Es geschah in der Kirche auf einer Versammlung mit den Anwohnern, er sprach gerade

über die Notwendigkeit, sich zu organisieren, um gegen die städtische Müllhalde vorzugehen, weil man nicht länger zwischen all dem Fliegengeschmeiß und all dem Fäulnisgestank leben könne. Viele Nachbarn standen der katholischen Religion ablehnend gegenüber, für sie gab es einfach keinen Beweis für die Existenz Gottes, im Gegenteil, die Leiden, die sie durchlebten, bezeugten unwiderleglich, daß das Weltall nur ein einziges Schlachtfeld war, aber auch sie betrachteten die Pfarrei als natürlichen Mittelpunkt der Armensiedlung. Das Kreuz, das Miguel auf der Brust trug, schien ihnen nur ein geringfügiges Übel zu sein, so etwas wie eine Altersschrulle. Der Priester ging nach seiner Gewohnheit auf und ab, während er sprach, als er plötzlich spürte, wie Schläfen und Herz zu rasen begannen und sein Körper sich mit klebrigem Schweiß bedeckte. Er schrieb das der Hitze der Diskussion zu, führte den Ärmel an die Stirn und schloß sekundenlang die Augen. Als er sie wieder öffnete, glaubte er sich in einen Strudel auf dem Meeresgrund versenkt, er nahm nur heftiges Wogen wahr, wirbelnde Flecke, alles schwarz in schwarz. Er streckte den Arm aus auf der Suche nach einem Halt.
»Sie haben uns das Licht abgesperrt«, sagte er, weil er an eine neue Schikane dachte.
Seine Freunde umringten ihn erschrocken. Pater Boulton war ein großartiger Genosse, der unter ihnen gelebt hatte, so lange sie denken konnten. Bis jetzt hatten sie ihn für unbesiegbar gehalten, für einen kräftigen, muskelstarken Mannskerl mit der Stimm-

gewalt eines Sergeanten und einem Paar Maurerhänden, die sich zwar zum Gebet falteten, aber eigentlich fürs Zuschlagen geschaffen schienen. Nun plötzlich begriffen sie, wie abgekämpft er war, sie sahen ihn vor sich, klein, zusammengeschrumpft, ein verrunzeltes Kind. Eine Schar Frauen bemühte sich recht und schlecht, ihm Erste Hilfe zu leisten, sie nötigten ihn, sich auf dem Boden auszustrecken, legten ihm nasse Tücher auf die Stirn, gaben ihm heißen Wein zu trinken, massierten ihm die Füße. Aber nichts brachte Erfolg, im Gegenteil, bei all dem Befühlen und Hantieren ging dem Kranken die Luft aus. Endlich gelang es Miguel, sich zu befreien und aufzustehen, bereit, sich diesem neuen Unglück zu stellen.
»Mich hat's erwischt«, sagte er, ohne die Ruhe zu verlieren. »Bitte holt meine Schwester, sagt ihr, daß ich in der Klemme stecke, aber gebt ihr keine Einzelheiten, damit sie sich nicht beunruhigt.«
Umgehend erschien Sebastián Canuto, mürrisch und wortkarg wie immer, und meldete, Señora Filomena könne die Folge der Fernsehserie nicht versäumen, und hier schicke sie ihm etwas Geld und einen Korb mit Lebensmitteln für seine Leute.
»Darum geht es diesmal nicht, Cuchillo. Ich bin anscheinend blind geworden.«
El Cuchillo packte ihn ins Auto, und ohne Fragen zu stellen, fuhr er ihn durch die ganze Stadt bis zum Haus der Boultons, das sich elegant in einem etwas verwilderten, aber immer noch herrschaftlichen Park erhob. Mit anhaltendem Hupen brachte er alle Bewohner auf die Beine, half dem Kranken aussteigen

und schaffte ihn fast auf seinen Armen ins Haus, ganz erschüttert, ihn so blaß und fügsam zu sehen. Erste Tränen liefen über sein grobes Ganovengesicht, als er Gilberto und Filomena erklärte, was geschehen war.

»Heilandssack, Don Miguel kann nicht mehr kukken! Das hat uns gerade noch gefehlt!« El Cuchillo weinte hemmungslos.

»Red nicht unflätig vor dem Dichter«, sagte der Priester.

»Bring ihn ins Bett, Cuchillo«, ordnete Filomena an. »Das ist nichts Ernstes, sicherlich eine Erkältung. Das kommt davon, wenn man ohne Weste geht.«

»Die Zeit blieb stehen / es wintert Tag und Nacht / und reines Schweigen herrscht / auf Fühlern in die Schwärze...« begann Gilberto zu improvisieren.

»Sag der Köchin, sie soll eine Hühnerbrühe machen«, trug seine Schwester ihm auf, was ihn zum Schweigen brachte.

Der Hausarzt untersuchte Miguel und empfahl ihm dann, einen Augenarzt aufzusuchen. Am Tage darauf, nach leidenschaftlichen Ausführungen über die Gesundheit als Gabe Gottes und Recht des Volkes, die von dem infamen herrschenden System in das Privileg einer Kaste verwandelt worden sei, willigte der Kranke ein, zu einem Spezialisten zu gehen. Sebastián Canuto fuhr die drei Geschwister zum Hospital des südlichen Bezirks, dem einzigen von Miguel gebilligten Krankenhaus, denn hier versorgte man die Ärmsten der Armen. Die Blindheit hatte den

Priester in die übelste Laune versetzt, er konnte den göttlichen Plan nicht begreifen, der ihn gerade dann zum Invaliden machte, wenn seine Dienste am meisten gebraucht wurden. An christliche Ergebung erinnerte er sich nicht einmal. Von Anfang an lehnte er es ab, geführt oder gestützt zu werden, er suchte sich lieber tastend selbst den Weg, auch auf die Gefahr hin, sich die Knochen zu brechen, und das nicht so sehr aus Stolz als vielmehr, um sich so schnell wie möglich an die neue Behinderung zu gewöhnen. Filomena wies Sebastián Canuto heimlich an, die Richtung zu wechseln und sie in die Deutsche Klinik zu bringen, aber ihr Bruder, der den Geruch des Elends nur zu gut kannte, wurde mißtrauisch, als sie kaum die Schwelle dort überschritten hatten, und sein Verdacht bestätigte sich, als er im Fahrstuhl Musik hörte. Sie mußten ihn schleunigst wieder hinausbringen, ehe ein fürchterliches Donnerwetter losbrach. Im Hospital warteten sie dann vier Stunden, die Miguel dazu nutzte, sich nach den Kümmernissen der übrigen Patienten im Saal zu erkundigen, während Filomena eine neue Weste anfing und Gilberto das Gedicht über die Fühler in die Schwärze weiterspann, das am Tage zuvor aus seinem Gemüt aufgestiegen war.

»Für das rechte Auge gibt es keine Heilung, und um dem linken ein wenig Sehkraft zurückzugeben, müßte man es erneut operieren«, sagte der Arzt, der sich endlich ihrer annahm. »Es hat schon drei Operationen hinter sich, und das Gewebe ist sehr geschwächt, das erfordert spezielle Techniken und In-

strumente. Ich glaube, der einzige Ort, wo Sie es versuchen könnten, ist das Militärhospital...«
»Niemals!« unterbrach ihn Miguel. »Niemals setze ich meinen Fuß in diese Höhle der Gottlosen!« Der Arzt fuhr erschrocken zusammen und zwinkerte der Schwester entschuldigend zu, die sich mit einem wissenden Lächeln abwandte.
»Sei doch nicht so eigensinnig, Miguel! Das ist doch nur für ein paar Tage, ich glaube nicht, daß du damit deine Prinzipien verrätst. Niemand kommt dafür in die Hölle!« redete Filomena auf ihn ein, aber ihr Bruder erwiderte, lieber würde er für den Rest seines Lebens blind bleiben, als den Militärs das Vergnügen zu gönnen, ihm sein Augenlicht wiedergegeben zu haben. In der Tür hielt der Arzt ihn am Arm zurück.
»Einen Augenblick, Pater... Haben Sie schon von der Klinik des Opus Dei gehört? Dort arbeiten sie auch mit ganz modernen Mitteln.«
»Opus Dei?« rief der Priester aus. »Haben Sie Opus Dei gesagt?«
Filomena versuchte ihn aus dem Sprechzimmer zu ziehen, aber er klammerte sich am Türrahmen fest, um den Doktor darüber aufzuklären, daß er auch diese Leute nie um einen Gefallen bitten würde.
»Aber wieso... sind das denn keine Katholiken?«
»Das ist ein Haufen reaktionärer Pharisäer!«
»Verzeihen Sie...«, stammelte der Arzt.
Im Wagen dann setzte er dem Chauffeur und seinen Geschwistern gründlich auseinander, daß das Opus Dei kein Werk Gottes sei, auch wenn sie sich so

nannten, sondern eine ganz finstere Organisation, die mehr damit beschäftigt sei, das Gewissen der Oberklasse zu beruhigen, als die zu speisen, die vor Hunger stürben, und eher ginge ein Kamel durch ein Nadelöhr, als daß ein Reicher in den Himmel käme, und mehr in dieser Art. Er fügte hinzu, das soeben Erlebte beweise einmal mehr, wie schlecht die Dinge im Lande stünden, wo nur die Privilegierten sich anständig auskurieren könnten und die übrigen sich mit Kräutertees des Erbarmens und Breiumschlägen der Demütigung bescheiden müßten. Zuletzt verlangte er, sofort nach Hause gebracht zu werden, weil er seine Geranien begießen und die Sonntagspredigt vorbereiten müsse.

»Ich stimme zu«, sagte unvermittelt Gilberto, den die Stunden des Wartens und der Anblick von soviel Unglück und soviel Häßlichkeit in dem Hospital tief deprimiert hatten. Er war an solcherart Anstalten nicht gewöhnt.

»Wem stimmst du zu?« fragte Filomena.

»Daß wir nicht ins Militärhospital gehen können, das wäre mehr als abgeschmackt. Aber wir können doch dem Opus Dei eine Chance geben, meint ihr nicht?«

»Was redest du bloß!« widersprach sein Bruder. »Ich habe dir doch erklärt, was ich von ihnen halte!«

»Jeder würde sagen, wir können es nicht bezahlen!« behauptete Filomena, die drauf und dran war, die Geduld zu verlieren.

»Man vergibt sich doch nichts, wenn man sich mal

umschaut«, schlug Gilberto vor und wischte sich mit dem parfümierten Taschentuch über den Nacken.

»Diese Leute sind so damit beschäftigt, ihre Gelder auf den Banken zu bewegen und mit goldenen Nadeln Meßgewänder zu sticken, daß sie keine Lust mehr haben, die Bedürfnisse anderer zu sehen. Den Himmel gewinnt man nicht durch gebeugte Knie, sondern...«

»Aber Sie sind nicht arm, Don Miguel«, unterbrach ihn Sebastián Canuto, der ratlos das Lenkrad umklammerte.

»Beleidige mich nicht, Cuchillo. Ich bin so arm wie du. Kehr um und bring uns zu dieser Klinik, damit wir unserm Dichter beweisen, daß er wie immer auf Wolken wandelt.«

Sie wurden von einer liebenswürdigen Dame empfangen, die sie ein Formular ausfüllen ließ und ihnen Kaffee anbot. Fünfzehn Minuten später betraten die drei das Sprechzimmer.

»Vor allem andern, Doktor, möchte ich wissen, ob Sie auch zum Opus Dei gehören oder hier nur arbeiten«, sagte der Priester.

»Ich gehöre zum Werk«, antwortete der Arzt mit sanftem Lächeln.

»Wieviel kostet die Konsultation?« Der Ton des Priesters verhehlte nicht seinen Sarkasmus.

»Haben Sie finanzielle Probleme, Pater?«

»Sagen Sie mir nur, wieviel.«

»Nichts, wenn Sie nicht bezahlen können. Spenden sind freiwillig.«

Einen kurzen Augenblick hatte es Pater Boulton die

Rede verschlagen, aber die Verwirrung hielt nicht lange an.
»Das alles hier sieht nicht aus wie ein Werk, das der Wohltätigkeit geweiht ist.«
»Es ist eine Privatklinik.«
»Aha... hier kommen nur die her, die sich Spenden leisten können.«
»Hören Sie, Pater, wenn es Ihnen nicht gefällt, schlage ich vor, Sie gehen wieder«, entgegnete der Arzt. »Aber Sie werden nicht verschwinden, bevor ich Sie untersucht habe. Wenn Sie wollen, bringen Sie mir alle Ihre Schützlinge, wir werden sie hier aufs beste versorgen, und dafür bezahlen sie, was sie eben können. Und jetzt sitzen Sie still und machen schön die Augen auf!«
Nach einer sorgfältigen Untersuchung bestätigte der Arzt die vorige Diagnose, doch er war nicht sehr optimistisch.
»Wir verfügen hier über ein hervorragendes Ärzteteam, aber es handelt sich um eine sehr heikle Operation. Ich will Sie nicht belügen, Pater, nur ein Wunder kann Ihnen die Sehkraft wiedergeben«, schloß er.
Miguel war so betreten, daß er ihm kaum zuhörte, aber Filomena hatte plötzlich eine Hoffnung, an die sie sich klammern konnte.
»Ein Wunder, sagen Sie?«
»Nun ja, das ist so eine Redensart, Señora. Im Grunde kann nichts und niemand ihm garantieren, daß er wieder sehen wird.«
»Wenn Sie ein Wunder wollen, dann weiß ich, wo wir

es bekommen können«, sagte Filomena und packte ihr Strickzeug in die Tasche. »Vielen Dank, Doktor. Bereiten Sie nur schon alles für die Operation vor, wir sind bald zurück.«

Als sie wieder im Auto saßen, Miguel schweigsam zum ersten Mal seit langer Zeit und Gilberto ermattet von den Erschütterungen des Tages, wies Filomena den Chauffeur an, Kurs auf die Berge zu nehmen. Sebastián Canuto warf ihr einen Seitenblick zu und grinste begeistert. Er hatte schon früher seine Patrona in diese Richtung gefahren und hatte es nie gern getan, denn der Weg wand sich in endlosen Schlangenlinien, aber diesmal befeuerte ihn der Gedanke, dem Mann zu helfen, den er am meisten auf der Welt verehrte.

»Wohin fahren wir denn jetzt?« murmelte Gilberto, sich zu britischer Höflichkeit ermannend, um nicht vor Müdigkeit zusammenzubrechen.

»Schlaf du lieber, die Reise ist lang. Wir fahren zur Grotte der Juana von den Lilien«, erklärte seine Schwester.

»Du mußt verrückt sein!« rief der Priester verblüfft aus.

»Sie ist eine Heilige.«

»Das ist reiner Blödsinn. Die Kirche hat sie nicht anerkannt.«

»Der Vatikan läßt sich hundert Jahre Zeit, ehe er einen Heiligen anerkennt. So lange können wir nicht warten«, sagte Filomena energisch.

»Wenn Miguel schon nicht an Engel glaubt, wird er noch weniger an kreolische Heilige glauben, zumal

diese Juana aus einer Grundbesitzerfamilie kommt«, seufzte Gilberto.
»Das hat nichts zu sagen, sie hat in Armut gelebt. Setz Miguel keine Flausen in den Kopf«, sagte Filomena.
»Wenn ihre Familie nicht bereit wäre, ein Vermögen dafür zu verschwenden, einen eigenen Heiligen zu haben, dann wüßte kein Mensch von ihrer Existenz«, unterbrach der Priester sie.
»Sie wirkt mehr Wunder als irgendeiner von deinen ausländischen Heiligen.«
»Jedenfalls erscheint es mir reichlich anmaßend, eine besondere Behandlung zu verlangen. Krankheit hin oder her, ich bin niemand und habe nicht das Recht, den Himmel mit persönlichen Ansprüchen in Bewegung zu setzen«, schnaubte der Blinde.

Juanas Ruf wurde begründet, als nach ihrem frühen Tod die Bauern der Umgebung, die sie wegen ihres frommen Lebens und ihrer wohltätigen Werke bewundert hatten, zu ihr zu beten begannen und sie um ihren Beistand anflehten. Bald raunte man, die Verstorbene könne Wunder wirken, das Gerücht schwoll an und gipfelte in dem Wunder des Forschers, wie sie es nannten. Der Mann war zwei Wochen im Gebirge herumgeirrt, und als die Rettungsmannschaften schon die Suche aufgegeben hatten und im Begriff waren, ihn für tot zu erklären, tauchte er völlig erschöpft und ausgehungert, aber sonst wohlbehalten wieder auf. In seinen Erklärungen an die Presse erzähle er, in einem Traum habe er die

Gestalt eines jungen Mädchens in einem langen Gewand gesehen, das einen Strauß Blumen in den Armen gehalten habe. Als er erwachte, spürte er den starken Duft von Lilien und wußte nun ohne jeden Zweifel, daß der Traum eine himmlische Botschaft gewesen war. Er folgte dem durchdringenden Blumenduft, und es gelang ihm, jenem Labyrinth von Engpässen und Abgründen zu entkommen und endlich einen Weg zu erreichen. Als man ihm ein Bild Juanas vorlegte, bezeugte er, daß sie das Mädchen in seiner Vision gewesen war. Juanas Familie ließ es sich angelegen sein, die Geschichte zu verbreiten, sie bauten eine Grotte an dem Ort, wo sie dem Forscher erschienen war, und setzten alle erreichbaren Mittel in Bewegung, um den Fall vor den Vatikan zu bringen. Bis zum gegenwärtigen Zeitpunkt war jedoch noch keine Antwort von der Kurienkongregation gekommen. Der Heilige Stuhl glaubte nicht an überstürzte Entscheidungen, er hatte viele Jahrhunderte lang seine Macht sparsam ausgeübt und erwartete, das noch viele Jahrhunderte länger zu tun, und daher hatte er es mit nichts eilig und schon gar nicht mit Selig- und Heiligsprechungen. Er erhielt zahlreiche Zeugnisse aus dem südamerikanischen Kontinent, wo fortwährend Propheten, Betbrüder, Prediger, Säulenheilige, Märtyrer, Jungfrauen, Anachoreten und andere Originale auftauchten und von der Bevölkerung verehrt wurden, aber das war kein Grund, sich für jeden einzelnen zu begeistern. Es brauchte große Behutsamkeit in diesen Dingen, denn jeder falsche Schritt konnte ins Lächerliche führen, vor allem in diesen Zeiten des Pragmatismus, wo die Ungläubigkeit den Glauben übertrumpfte. Doch Juanas fromme Anhänger warteten den Spruch aus Rom nicht ab, um sie als Heilige auszurufen. Bildchen und Medaillen mit ihrem Antlitz wurden verkauft, und jeden Tag standen Anzeigen in der Zeitung, in denen ihr für erwiesenen Beistand gedankt wurde. In der Grotte wurden so viele Lilien gepflanzt, daß der Geruch die Pilger betäubte. Die brennenden Öllampen, Wachskerzen und Fackeln erzeugten eine Rauchwolke, die hartnäckig im Raum hing, und das Echo der Gesänge und Gebete hallte von den Felsen wider und verwirrte die Kondore in ihrem Flug. In kurzer Zeit füllte sich die Stätte mit Gedenktafeln, jeder Art von orthopädischen Apparaten und Miniaturnachahmungen von menschlichen Organen, von den Gläubigen als Beweis für eine übernatürliche Heilung dort zurückgelassen. Durch eine öffentliche Sammlung kam genug Geld ein, um den Weg zu pflastern, und nach zwei Jahren hatte man eine Straße, die zwar voller Kurven, aber befahrbar war und die Hauptstadt mit der Kapelle verband.

Die Geschwister Boulton erreichten mit Anbruch der Nacht ihr Ziel. Sebastián Canuto half den drei Alten den Pfad hinauf, der zur Grotte führte. Trotz der späten Stunde fehlte es nicht an Andächtigen, die einen krochen auf den Knien über die Steine, von hilfreichen Verwandten gestützt, andere beteten laut oder entzündeten Kerzen vor einer Gipsstatue der Seligen. Filomena und El Cuchillo knieten nieder, um ihr Anliegen vorzubringen, Gilberto setzte sich auf eine Bank, um über die Wendungen nachzudenken, die das Leben nehmen kann, und Miguel blieb aufrecht stehen und knurrte, wenn es schon darum ging, um Wunder zu bitten, warum beteten sie nicht lieber dafür, daß der Tyrann stürzte und die Demokratie ein für allemal zurückkehrte.

Wenige Tage später operierten die Ärzte des Opus Dei das linke Auge kostenlos, nachdem sie die Geschwister davor gewarnt hatten, sich großen Illusionen hinzugeben. Der Priester hatte Filomena und Gilberto dringlich gebeten, nicht die kleinste Bemerkung über Juana von den Lilien zu machen, er hatte genug an der Demütigung zu schlucken, daß seine ideologischen Widersacher ihm halfen. Kaum wurde er entlassen, nahm Filomena ihn mit nach Hause, ohne seine Proteste zu beachten. Miguel prangte in einem riesigen Verband, der sein halbes Gesicht bedeckte, und war sehr angegriffen von allem, was geschehen war, aber seine Bescheidenheit war die alte geblieben. Er erklärte, er wünsche keine Privatpflege in Anspruch zu nehmen, und so mußte die für diese Gelegenheit eingestellte Krankenschwester wieder verabschiedet werden. Filomena und der treue Sebastián Canuto übernahmen es, ihn zu betreuen, was keine leichte Aufgabe war, denn der Kranke war übelster Laune, hielt es im Bett nicht aus und wollte nichts essen.

Die Anwesenheit des Priesters veränderte die eingefahrenen Gewohnheiten des Hauses aufs gründlichste. Die Rundfunksender der Opposition und die

Stimme Moskaus auf Kurzwelle dröhnten zu jeder Stunde, und ein ständiger Strom von mitfühlenden Bewohnern aus Miguels Vorort kam den Kranken besuchen. Sein Zimmer füllte sich mit bescheidenen Geschenken: Zeichnungen von Schulkindern, Kuchen, in Konservendosen gezogenen Kräutern und Blumen, einem Huhn für die Suppe und sogar einem zwei Monate alten Hündchen, das auf die persischen Teppiche pinkelte und die Stuhlbeine annagte und das ihm ein Nachbar gebracht hatte in der Vorstellung, man könne es zum Blindenhund abrichten.
Doch seine Genesung schritt rasch voran, und am dritten Tag nach der Operation rief Filomena den Arzt an, um ihm mitzuteilen, daß ihr Bruder schon gut sehen konnte.
»Aber ich habe Ihnen doch gesagt, er darf die Binde nicht abnehmen!« rief der Arzt aus.
»Den Verband hat er noch drauf. Jetzt sieht er mit dem anderen Auge«, erklärte die Señora.
»Mit welchem anderen Auge?«
»Aber Doktor, mit dem auf der anderen Seite, mit dem, das blind war!«
»Das kann nicht sein! Ich komme sofort hin. Er darf sich unter keinen Umständen bewegen!« wies der Arzt sie an.
Im Haus der Boultons fand er einen sehr munteren Patienten vor, der Bratkartoffeln aß und sich, den Hund auf den Knien, die Fernsehserie anschaute. Auch wenn er es kaum glauben konnte, stellte er doch fest, daß der Priester ohne jede Schwierigkeit mit dem Auge sah, das acht Jahre lang blind gewesen

war, und als er ihm die Binde abnahm, wurde offenkundig, daß er auch mit dem operierten Auge sah.

Pater Miguel feierte seinen siebzigsten Geburtstag in der Pfarrei. Seine Schwester Filomena und ihre Freundinnen kamen mit einer Karawane von Autos, die vollgeladen waren mit Torten, Pasteten, Delikatessen, Körben voll Obst und Krügen voll Schokolade, und an der Spitze fuhr El Cuchillo, der viele Liter Wein und Schnaps brachte, als Mandelmilchflaschen maskiert. Der Priester zeichnete auf großen Papierbögen die Geschichte seines gefahrenreichen Lebens auf und befestigte sie an den Wänden der Kirche. Mit einem Anflug von Selbstverspottung erzählte er darin von den Wechselfällen des Glücks in seinem Amt, angefangen von dem Augenblick, als der Ruf Gottes den Fünfzehnjährigen getroffen hatte wie ein Keulenhieb ins Genick, über seinen Kampf gegen die Todsünden, vor allem die der Völlerei und der Wollust und später die des Zorns, bis zu seinen jüngsten Abenteuern in den Polizeikasernen in einem Alter, in dem andere Leutchen sich in einem Schaukelstuhl wiegen und die Sterne zählen. Er hatte ein Bild Juanas, mit einer Blumengirlande umkränzt, neben die unvermeidlichen roten Fahnen gehängt.
Die Feier begann mit einer Messe, die durch vier Gitarren belebt wurde, und alle Nachbarn nahmen daran teil. Lautsprecher waren aufgestellt, damit die Menge, die die Straße überflutete, der Zeremonie folgen konnte. Nach dem Segen traten ein paar Leute vor, um von einem neuen Fall von Behördenmiß-

brauch zu berichten, aber Filomena nahte mit großen Schritten und verkündete, jetzt sei es einmal genug der Klagen und an der Zeit, sich zu vergnügen. Alle gingen in den Patio, jemand winkte den Musikern, und augenblicklich begannen Tanz und Schmauserei. Die Damen aus dem feinen Viertel trugen die Speisen auf, während El Cuchillo Feuerwerkskörper entzündete und der Priester, umgeben von all seinen Pfarrkindern und Freunden, einen Charleston tanzte, um zu beweisen, daß er nicht nur sehen konnte wie ein Adler, sondern daß es auch niemanden gab, der es ihm bei einer Lustbarkeit gleichtun konnte.
»Diese Volksfeste haben so gar nichts Poetisches«, stellte Gilberto nach dem dritten Glas falscher Mandelmilch fest, aber sein englischer-Lord-Überdruß konnte nicht vertuschen, daß er sich ausgezeichnet amüsierte.
»Los, Priesterchen, erzähl uns von dem Wunder!« rief einer, und die übrigen Gäste schlossen sich der Bitte an.
Don Miguel hieß die Musik schweigen, brachte seine Kleider in Ordnung, fuhr sich mit der Hand glättend über die wenigen Haarbüschel, die sein Haupt krönten, und mit einer vor Dankbarkeit rauhen Stimme berichtete er von seinem Erlebnis mit Juana von den Lilien, ohne deren Eingreifen alle Kunstfertigkeiten der Wissenschaft und der Technik fruchtlos geblieben wären.
»Wenn sie wenigstens eine proletarische Selige wäre, das würde es leichter machen, ihr zu trauen«, sagte

einer dreist, und allgemeines Gelächter stimmte ihm zu.
»Macht mir ja keinen Mist mit dem Wunder, sonst wird die Heilige am Ende noch böse auf mich, und ich bin wieder blind wie ein Katzenjunges«, schimpfte Pater Miguel entrüstet. »Und jetzt stellt euch alle in einer Reihe auf, denn ihr sollt mir einen Brief an den Papst unterschreiben.«
Und so, unter Gelächter und vielen Schlucken Wein, unterzeichneten alle Einwohner die Bittschrift zur Seligsprechung der Juana von den Lilien.

Eine Rache

An dem strahlenden Mittag, als Dulce Rosa Orellano mit dem Jasminkranz der Karnevalskönigin gekrönt wurde, murrten die Mütter der anderen Kandidatinnen, das sei eine ungerechte Auszeichnung, und sie habe sie nur deshalb bekommen, weil sie die Tochter des Senators Anselmo Orellano sei, des mächtigsten Mannes der ganzen Provinz. Sie räumten ein, daß das Mädchen anmutig war und Klavier spielte und tanzte wie keine zweite, aber es gab andere, sehr viel schönere Bewerberinnen um diese Ehre. Sie sahen sie in ihrem Organzakleid mit der Blütenkrone von der Bühne herab der Menge zuwinken und zischelten leise Flüche. Deshalb freute sich auch so manche von ihnen, als Monate später das Verhängnis in das Haus der Orellanos trat und so viel Unheil säte, daß es fünfundzwanzig Jahre dauerte, bis die Ernte eingebracht wurde.

In der Nacht der Königinnenwahl gab es einen Ball im Rathaus von Santa Teresa, und junge Männer aus weit entfernten Orten kamen herbei, um Dulce Rosa kennenzulernen. Sie war so fröhlich und tanzte so leichtfüßig, daß viele gar nicht merkten, daß sie nicht die Schönste war, und als sie wieder heimgekehrt waren, sagten sie, sie hätten noch nie ein Angesicht wie das ihre gesehen. So erwarb sie sich den unverdienten Ruhm der Schönheit, und kein späteres Zeugnis konnte ihn schmälern. Die überschwengliche Beschreibung ihrer schimmernden Haut und ihrer klaren Augen ging von Mund zu Mund, und jeder fügte noch etwas aus eigener Phantasie hinzu. Dichter in fernen Städten verfaßten Sonette auf eine erfundene Jungfrau namens Dulce Rosa.

Das Gerede über die im Haus des Senators Orellano blühende Schönheit kam auch Tadeo Céspedes zu Ohren, der sich jedoch nie einfallen ließ, daß er sie einmal kennenlernen würde, denn er hatte in seinem Dasein noch keine Zeit gehabt, Gedichte zu lernen oder Frauen anzuschauen. Er war einzig mit dem Bürgerkrieg beschäftigt. Seit ihm der erste Bart gewachsen war, wußte er mit Waffen umzugehen, und seit langem schon lebte er im Krachen der Gewehre. Er hatte die Küsse seiner Mutter vergessen und selbst die Meßgesänge. Nicht immer gab es einen Grund, einen Kampf anzufangen, weil hin und wieder Waffenruhe herrschte und kein Gegner in Reichweite seiner Bande zu finden war, aber auch in diesen erzwungenen Friedenszeiten lebte er wie ein Korsar. Er war ein Mann, der sich an die Gewalt gewöhnt hatte, er durchzog das Land in allen Richtungen, kämpfte gegen sichtbare Feinde, wenn es sie gab, und gegen Schatten, wenn er sie erfinden mußte, und so hätte er es immer weiter getrieben, wenn seine Partei nicht die Präsidentschaftswahlen gewonnen hätte. Von einem Tag zum andern wurde sie aus dem Untergrund an die Macht befördert, und aus war es mit den Vorwänden, weiter Aufruhr zu stiften.

Tadeo Céspedes' letzter Auftrag war die Strafexpedition nach Santa Teresa. Mit hundertzwanzig Männern drang er bei Nacht in den Ort ein, um ein abschreckendes Beispiel aufzustellen und die führenden Köpfe der Gegenpartei zu beseitigen. Sie zerschossen die Fenster der öffentlichen Gebäude, traten die Kirchentür ein und ritten bis zum Hauptaltar. Pater Clemente, der sich ihnen entgegenstellte, wurde von den Pferden zertrampelt. Dann galoppierten sie mit kriegerischem Getöse zum Landgut des Senators Orellano, dessen Haus sich stolz auf dem Hügel erhob.

Der Senator erwartete Tadeo Céspedes an der Spitze eines Dutzends treuer Diener, nachdem er seine Tochter im letzten Zimmer des hintersten Patios eingeschlossen und die Hunde losgemacht hatte. Wie schon so oft in seinem Leben beklagte er, daß er keine männlichen Nachkommen hatte, die ihm in diesem Augenblick hätten helfen können, die Ehre seines Hauses mit der Waffe zu verteidigen. Er

fühlte sich sehr alt, aber er hatte keine Zeit, darüber nachzudenken, denn er sah schon das schreckliche Lodern von hundertzwanzig Fackeln, die hangaufwärts rasch näherkamen und die Nacht mit Entsetzen erfüllten. Schweigend verteilte er die Munition. Alles war gesagt, und jeder wußte, er würde noch vor Morgengrauen auf seinem Posten sterben müssen wie ein Mann.
»Der Letzte nimmt den Schlüssel zu dem Zimmer, in dem meine Tochter ist, und tut seine Pflicht«, sagte der Senator, als sie die ersten Schüsse hörten.
Alle diese Männer hatten Dulce Rosa heranwachsen sehen, sie hatten sie auf ihren Knien reiten lassen, als sie noch kaum laufen konnte, hatten ihr an den Winterabenden Gespenstergeschichten erzählt, hatten sie Klavier spielen hören und hatten ihr gerührt Beifall geklatscht, als sie zur Karnevalskönigin gewählt wurde. Ihr Vater konnte in Ruhe sterben, so dachten sie, das Kind würde nicht lebend in die Hände von Tadeo Céspedes fallen. Nur hätte Senator Orellano das eine nie gedacht – daß trotz seiner Tollkühnheit in dem nun folgenden Kampf er der letzte sein sollte, der starb. Er sah seine Männer einen nach dem andern fallen und begriff schließlich die Nutzlosigkeit, weiter Widerstand zu leisten. Er hatte eine Kugel in den Bauch bekommen, alles verschwamm ihm vor den Augen, er konnte kaum die Schatten erkennen, die über die hohen Mauern seines Besitzes kletterten, aber er war doch noch so weit bei Verstand, daß er sich zum dritten Patio schleppte. Die Hunde erkannten seinen Geruch durch Schweiß, Blut und Trauer

hindurch und wichen beiseite, um ihn vorbeizulassen. Er steckte den Schlüssel ins Schloß, öffnete die schwere Tür und sah durch den Nebel, der sich über seine Augen gelegt hatte, Dulce Rosa, die ihn erwartete. Das junge Mädchen trug dasselbe Organzakleid wie auf dem Karnevalsfest und hatte ihr Haar mit den Blüten der Krone geschmückt.
»Es ist soweit, meine Tochter«, sagte er und entsicherte seine Waffe, während sich zu seinen Füßen eine Blutlache ausbreitete.
»Töte mich nicht, Vater«, entgegenete sie mit fester Stimme. »Laß mich leben, damit ich dich und mich rächen kann.«
Senator Orellano betrachtete das Gesicht seiner fünfzehnjährigen Tochter und stellte sich vor, was Tadeo Céspedes mit ihr machen würde. Aber aus Dulce Rosas klaren Augen strahlte eine große Kraft, und er wußte, sie würde überleben können, um den Henker zu bestrafen. Er setzte sich zu dem Mädchen auf das Bett und richtete die Waffe auf die Tür.
Als das Jaulen der sterbenden Hunde verstummte, der Riegel nachgab, das Schloß aufsprang und die ersten Männer in das Zimmer stürmten, konnte der Senator noch sechs Schüsse abfeuern, ehe er das Bewußtsein verlor. Tadeo Céspedes glaubte zu träumen beim Anblick eines mit Jasmin gekrönten Engels, der einen mit dem Tode ringenden alten Mann in den Armen hielt, während das weiße Kleid sich rot färbte, aber die milde Regung reichte nicht für ein zweites Hinsehen, denn er war trunken von der Gewalt und entnervt von mehreren Stunden Kampf.

»Die Frau ist für mich«, sagte er, bevor seine Männer Hand an sie legen konnten.

Ein bleierner Freitagmorgen zog herauf, den der Widerschein des Feuers rot färbte. Eine dichte Stille herrschte auf dem Hügel. Die letzten Seufzer waren verstummt, als Dulce Rosa aufstehen konnte und zu dem Brunnen im Garten ging, den am Tag zuvor Magnolien gesäumt hatten und der jetzt eine trübe Pfütze inmitten der Trümmer war. Von ihrem Kleid waren nur noch Fetzen übrig, die sie sich langsam abstreifte, bis sie nackt war. Sie tauchte in das kalte Wasser ein. Die Sonne schob sich hinter den Birken empor, und sie konnte sehen, wie sich das Wasser rosig färbte, als sie sich das Blut abwusch, das zwischen ihren Beinen hervorsickerte, und das Blut ihres Vaters, das in ihren Haaren eingetrocknet war. Als sie sauber war, ging sie still und ohne Tränen zu dem zerstörten Haus, suchte etwas zum Anziehen, nahm ein Leinenlaken und machte sich auf, die Überreste des Senators zu suchen. Sie hatten ihn mit den Füßen an ein Pferd gebunden und im Galopp über die Hügelhänge geschleift, bis er nur noch ein jämmerlich zerfetztes Bündel war, aber seine Tochter, von der Liebe geleitet, erkannte ihn ohne zu schwanken. Sie hüllte ihn in das Laken und setzte sich neben ihn und blickte über das nun wieder friedlich daliegende Land. So fanden sie die Leute aus Santa Teresa, als sie sich getrauten, zum Haus der Orellanos hinaufzusteigen. Sie halfen Dulce Rosa, ihre Toten zu begraben und die letzten kleinen Flackerfeuer zu ersticken, und baten sie dringlich, zu ihrer Patin zu gehen, die in einer anderen Stadt wohnte, und dort zu bleiben, wo niemand ihre Geschichte kannte, aber sie weigerte sich. Da taten sie sich zusammen und beschlossen, das Haus wieder aufzubauen, und schenkten ihr sechs scharfe Hunde, die sie beschützen sollten.

Von dem Augenblick an, da sie ihren Vater noch lebend fortschleppten und Tadeo Céspedes die Tür hinter ihnen schloß und den Ledergürtel abschnallte, lebte Dulce Rosa für die Rache. In den folgenden Jahren hielt der Gedanke daran sie in den Nächten wach und beschäftigte sie tagtäglich, aber er löschte doch ihr Lachen nicht völlig aus und brachte ihre Freundlichkeit nicht zum Versiegen. Ihr Ruf als Schönheit nahm noch mehr zu, denn die volkstümlichen Dichter besangen überall ihren Liebreiz, bis sie eine lebende Legende war. Jeden Morgen stand sie um vier Uhr früh auf, um die Arbeiten auf den Feldern und im Haus zu überwachen, sie ritt auf dem Pferderücken ihren Besitz ab, verstand beim Kaufen und Verkaufen wie ein Syrer zu feilschen, züchtete Rassevieh und zog Magnolien und Jasmin in ihrem Garten. Am späten Nachmittag legte sie die langen Hosen, die Stiefel und die Waffen ab und zog die bezaubernden Kleider an, die sie sich in parfümierten Kartons aus der Hauptstadt schicken ließ. Wenn es dunkelte, kamen ihre ersten Besucher und fanden sie am Klavier, während die Dienstboten die Kredenzteller mit Kuchen und die Krüge mit Mandelmilch vorbereiteten. Anfangs hatten viele sich gefragt, wie es möglich war, daß das junge Mädchen nicht in ein

Sanatorium gebracht worden oder als Novizin bei den Karmeliterinnen eingetreten war, doch da es häufig Feste auf dem Landgut der Orellanos gab, hörten die Leute nach und nach auf, über die Tragödie zu reden, und die Erinnerung an den ermordeten Senator verwischte sich. Einige Herren von Ruf und Vermögen setzten sich über das Schandmal der Vergewaltigung hinweg, angezogen von Dulce Rosas Verständigkeit und von ihrer allseits gerühmten Schönheit, und trugen ihr die Ehe an. Sie wies alle ab, denn ihre Aufgabe in dieser Welt war die Rache.

Auch Tadeo Céspedes konnte von der Erinnerung an jene unheilvolle Nacht nicht loskommen. Der Rausch des Gemetzels und die Euphorie der Vergewaltigung vergingen in den wenigen Stunden, als er in die Hauptstadt zurückkehrte, um über seine Strafexpedition Rechenschaft abzulegen. Da kam ihm das Mädchen in den Sinn, für den Ball gekleidet und mit Jasmin gekrönt, das ihn schweigend ertragen hatte in dem dunklen Zimmer, wo die Luft von Pulvergestank gesättigt war. Er sah wieder die letzten Augenblicke vor sich, wie sie da am Boden gelegen hatte, kaum bedeckt von den blutgeröteten Fetzen, in den gnädigen Schlaf der Bewußtlosigkeit gesunken, und so sah er sie nun jede Nacht vor dem Einschlafen, sein ganzes weiteres Leben lang. Der Frieden und die Ausübung der Macht verwandelten ihn in einen gesetzten, arbeitsamen Mann. Im Lauf der Zeit verloren sich die Erinnerungen an den Bürgerkrieg, und die Leute begannen ihn Don Tadeo zu nennen. Er kaufte eine Hacienda auf der anderen Seite des Gebirges, wo er sich der Rechtsprechung annahm und schließlich Bürgermeister wurde. Wäre nicht das nie ruhende Spukbild der Dulce Rosa Orellano gewesen, würde er vielleicht ein gewisses Glück gefunden haben, aber in all den Frauen, die seinen Weg kreuzten, in all denen, die er auf der Suche nach Trost umarmte, und in all den Liebschaften, in die er sich im Lauf der Jahre einließ, erschien ihm das Gesicht der Karnevalskönigin. Und zu seinem noch größeren Unglück erlaubten die Lieder, aus denen Dulce Rosas Name klang, ihm nicht, sie aus seinem Herzen zu reißen. Das Bild des jungen Mädchens wuchs in ihm, nahm ihn ganz in Besitz, bis er es eines Tages nicht mehr länger ertrug. Bei einem Festmahl zu Ehren seines siebenundfünfzigsten Geburtstages saß er am Kopfende einer langen Tafel, umgeben von Freunden und Mitarbeitern, als er auf dem Tischtuch zwischen Jasminblüten plötzlich ein nacktes Geschöpf zu sehen glaubte, und er begriff, daß dieser Albtraum ihn auch nach seinem Tode nicht in Frieden lassen würde. Er schlug mit der Faust auf den Tisch, daß die Teller hochsprangen, und verlangte seinen Stock und seinen Hut.

»Wohin gehen Sie, Don Tadeo?« fragte der Präfekt.

»Ein altes Unrecht wieder gutmachen«, antwortete er und ging, ohne sich zu verabschieden.

Er brauchte sie nicht zu suchen, denn er hatte stets gewußt, daß sie noch immer in dem Haus ihres Unglücks lebte, und dorthin lenkte er seinen Wagen.

Inzwischen gab es gute Straßen, und die Entfernungen schienen kürzer geworden zu sein. Die Landschaft hatte sich in diesen Jahrzehnten verändert, aber als er die letzte Biegung des Hügels genommen hatte, lag das Landgut vor ihm, wie er es in Erinnerung hatte, bevor sein Trupp es stürmte. Dort waren die festen Mauern aus Flußstein, die er mit Dynamit zu sprengen versucht hatte, dort die Bäume, an die er die Leichen der Männer des Senators gehängt hatte, dort der Patio, wo er die Hunde erschossen hatte. Hundert Meter vor der Tür hielt er seinen Wagen an und wagte nicht, weiterzufahren, denn er fühlte sein Herz in der Brust zerspringen. Er wollte eben wenden, um dorthin zurückzukehren, von wo er gekommen war, als zwischen den Rosensträuchern eine Gestalt auftauchte. Er schloß die Lider und wünschte mit aller Kraft, sie möge ihn nicht erkennen. In dem weichen Licht des Spätnachmittags hatte er Dulce Rosa Orellano erblickt, die über die Gartenwege heranzuschweben schien. Er sah ihr Haar, ihr klares Gesicht, die Harmonie ihrer Bewegungen, das Flattern ihres Kleides und glaubte in einem Traum befangen zu sein, der schon fünfundzwanzig Jahre währte.

»Endlich kommst du, Tadeo Céspedes«, sagte sie, ohne sich von seinem schwarzen Bürgermeisterhabit und seinen gepflegten grauen Haaren täuschen zu lassen. Er hatte noch dieselben Piratenhände.

»Du hast mich verfolgt, ohne Ruhe zu geben. Ich habe in meinem ganzen Leben keine andere lieben können, nur dich«, sagte er mit vor Scham gebrochener Stimme.

Dulce Rosa Orellano seufzte befriedigt auf. Sie hatte ihn die ganze Zeit Tag und Nacht mit ihren Gedanken gerufen, und endlich war er hier. Ihre Stunde war gekommen. Aber als sie ihm in die Augen sah, entdeckte sie in ihnen keine Spur des Henkers von einst, nur frische Tränen. Sie suchte in ihrem Herzen den Haß, den sie ein Leben lang gehegt hatte, und konnte ihn nicht finden. Sie rief sich den Augenblick ins Gedächtnis, als sie ihren Vater um das furchtbare Opfer gebeten hatte, sie am Leben zu lassen, damit sie eine Pflicht erfüllen konnte, sie erinnerte sich an die so viele Male verfluchte Umarmung dieses Mannes und an den Morgen, an dem sie traurige Überreste in ein Leinenlaken gehüllt hatte. Sie besann sich auf ihren perfekten Racheplan, aber sie fühlte nicht die erwartete Freude, sondern eine tiefe Wehmut. Tadeo Céspedes nahm behutsam ihre Hand und küßte sie, die feucht wurde von seinen Tränen. Da begriff sie bestürzt, daß sie zuviel an ihn gedacht, die Strafe im voraus genossen hatte, dadurch hatte ihr Gefühl sich umgekehrt, und nun liebte sie ihn.

In den folgenden Tagen öffneten sich die Schleusen der so lange unterdrückten Liebe, und zum erstenmal in ihrem strengen Dasein schlossen sie sich auf, um die Nähe des andern zu spüren. Sie spazierten durch die Gärten und sprachen über sich selbst, ohne die unselige Nacht auszulassen, die ihrer beider Lebenswege verändert hatte. Am Abend spielte sie ihm auf dem Klavier vor, und er rauchte und hörte ihr zu, bis er fühlte, wie alles in ihm sanft und weich wurde und wie das Glück ihn wie ein Mantel umhüllte und die

Albträume der Vergangenheit auslöschte. Nach dem Abendessen fuhr Tadeo Céspedes nach Santa Teresa hinein, wo sich schon niemand mehr an die alte Schreckensgeschichte erinnerte. Er stieg im besten Hotel ab und bereitete von dort aus seine Hochzeit vor. Er wollte ein Fest mit großem Aufwand, verschwenderisch gedeckten Tischen und fröhlichem Lärm, an dem der ganze Ort teilnehmen sollte. Er hatte die Liebe in einem Alter entdeckt, in dem andere Männer alle Illusionen verloren haben, und das gab ihm die Kraft seiner Jugend zurück. Er wollte Dulce Rosa mit Zärtlichkeit und Schönheit umgeben, ihr alles schenken, was man für Geld kaufen kann, vielleicht würde es ihm gelingen, sie für das Böse zu entschädigen, das er ihr als junger Mann angetan hatte. Es gab Augenblicke, wo ihn Panik überkam. Dann forschte er in ihrem Gesicht nach Zeichen des Grolls, aber er sah nur das Licht der erwiderten Liebe, und das gab ihm die Zuversicht zurück. So verging ein glücklicher Monat.

Zwei Tage vor der Hochzeit, als schon die langen Tische im Garten aufgestellt, das Geflügel und die Schweine für das Festmahl geschlachtet und die Blumen geschnitten wurden, die das Haus schmücken sollten, probierte Dulce Rosa das Brautkleid an. Sie sah ihr Bild im Spiegel, so ähnlich dem am Tag ihrer Krönung zur Karnevalskönigin, und plötzlich konnte sie ihr Herz nicht länger betrügen. Sie wußte, daß sie ihre geplante Rache niemals vollziehen würde, weil sie den Mörder liebte, aber ihr war endlich auch ganz klar, daß sie ebensowenig imstande

sein würde, das Gespenst des Senators zum Schweigen zu bringen. So entließ sie die Schneiderin, nahm die Schere und ging in das Zimmer am dritten Patio, das die ganzen Jahre hindurch unbewohnt geblieben war.
Tadeo Céspedes suchte sie überall und rief verzweifelt ihren Namen. Das Bellen der Hunde führte ihn zum äußersten Ende des Hauses. Mit Hilfe des Gärtners brach er die verriegelte Tür auf und trat in das Zimmer, in dem er einmal einen jasmingekrönten Engel erblickt hatte. Er fand Dulce Rosa so, wie er sie jede Nacht im Traum gesehen hatte, in dem gleichen blutgetränkten Organzakleid, und er ahnte, daß er neunzig Jahre alt werden würde, um seine Schuld mit der Erinnerung an die einzige Frau zu sühnen, die seine Seele lieben konnte.

Briefe einer getäuschten Liebe

Die Mutter von Analía Torres starb bei der Geburt am Fieber, und ihr Vater konnte den Kummer nicht ertragen und schoß sich zwei Wochen später mit der Pistole in die Brust. Sein Todeskampf dauerte mehrere Tage, er starb mit dem Namen seiner Frau auf den Lippen. Sein Bruder Eugenio verwaltete das Gut der Familie und verfügte nach seinen Vorstellungen über das Schicksal der kleinen Waise. Bis zu ihrem sechsten Lebensjahr hing sie an den Röcken einer indianischen Kinderfrau und wuchs in den Dienstbotenräumen im Haus ihres

Vormunds auf, und danach, als sie eben das schulfähige Alter erreicht hatte, wurde sie in die Hauptstadt geschickt und als Internatszögling in die Klosterschule der Schwestern vom Heiligen Herzen aufgenommen, wo sie die folgenden zwölf Jahre verbrachte. Sie war eine gute Schülerin und liebte die Disziplin, die Strenge des steinernen Gebäudes, die Kapelle mit ihrem Hofstaat von Heiligen und ihrem Duft nach Wachs und Lilien, die nackten Korridore, die schattigen Patios. Was sie gar nicht mochte, war der Lärm der anderen Mädchen und der scharfe Geruch der Klassenräume. Jedesmal, wenn es ihr gelang, die Wachsamkeit der Nonnen zu täuschen, versteckte sie sich in der Bodenkammer zwischen Statuen ohne Kopf und zerbrochenen Möbeln, um sich selbst Geschichten zu erzählen. In diesen geraubten Augenblicken versenkte sie sich in die Stille mit dem Gefühl, sich einer Sünde hinzugeben.

Alle sechs Monate erhielt sie eine kurze Nachricht von ihrem Onkel Eugenio, der sie ermahnte, sich gut zu betragen und das Andenken ihrer Eltern in Ehren zu halten, die im Leben gute Christen gewesen seien und sicherlich stolz wären, wenn sie wüßten, daß ihre einzige Tochter ihr Dasein den höchsten Geboten der Tugend weihte, das heißt, wenn sie als Novizin dem Orden beiträte. Aber Analía ließ ihn schon nach der ersten Anspielung wissen, daß sie dazu nicht bereit war, und hielt an dieser Haltung fest, nur um ihm zu widersprechen, denn im Grunde gefiel ihr das Klosterleben. Unter dem

Ordenskleid verborgen, in der letzten Einsamkeit des Verzichts auf jedes Vergnügen, würde sie vielleicht dauernden Frieden finden, dachte sie, jedoch ihr Instinkt warnte sie vor den Ratschlägen des Vormunds. Sie argwöhnte, daß ihn mehr die Habsucht auf ihre Ländereien antrieb als die Treue zur Familie. Nichts, was von ihm kam, schien ihr des Vertrauens wert zu sein, irgendwo lauerte immer die Falle.

Als Analía sechzehn wurde, besuchte ihr Onkel sie zum erstenmal in der Klosterschule. Die Mutter Oberin rief das Mädchen in ihr Büro und mußte sie einander vorstellen, denn beide hatten sich sehr verändert seit der Zeit der indianischen Kinderfrau in den hintersten Patios und erkannten sich nicht.

»Ich sehe, die Schwestern haben gut für dich gesorgt, Analía«, sagte der Onkel und rührte in seiner Tasse Schokolade. »Du siehst gesund aus, sogar hübsch. In meinem letzten Brief schrieb ich dir, daß du von diesem Geburtstage an eine monatliche Summe zu deiner eigenen Verwendung erhalten wirst, wie es dein Vater, möge er in Frieden ruhen, in seinem Testament verfügt hat.«

»Wieviel?«

»Hundert Pesos.«

»Ist das alles, was meine Eltern hinterlassen haben?«

»Nein, natürlich nicht. Du weißt doch, die Hacienda gehört dir, aber Landwirtschaft ist keine Aufgabe für eine Frau, schon gar nicht in diesen Zeiten voller Streiks und Revolutionen. Für den Augenblick lasse ich dir ein Monatsgeld zukommen, das ich jedes Jahr

erhöhen werde bis zu deiner Volljährigkeit. Dann werden wir sehen.«
»Was werden wir sehen, Onkel?«
»Wir werden sehen, was dir am meisten zusagt.«
»Welche Wahl habe ich?«
»Du wirst immer einen Mann brauchen, der das Gut verwaltet, Kind. Ich habe es all diese Jahre hindurch getan, und es war keine leichte Aufgabe, aber es ist meine Pflicht, ich habe es meinem Bruder in seiner letzten Stunde versprochen, und ich bin bereit, es auch weiterhin für dich zu tun.«
»Du wirst es nicht mehr lange tun müssen, Onkel. Wenn ich heirate, werde ich mich selbst um meinen Besitz kümmern.«
»Wenn sie heiratet, sagt das Mädchen! Hören Sie, Mutter, hat sie etwa einen Bewerber?«
»Auf was für Gedanken Sie kommen, Señor Torres! Wir behüten doch die Kinder! Das ist nur so eine Redensart. Was dieses Mädchen aber auch für Sachen sagt!«
Analía stand auf, strich die Falten ihrer Uniform glatt, machte einen eher spöttischen Knicks und lief hinaus. Die Mutter Oberin goß dem Herrn noch Schokolade ein und sagte, dieses unhöfliche Benehmen könne man nur mit dem spärlichen Kontakt erklären, den das Mädchen mit ihren Angehörigen gehabt habe.
»Sie ist die einzige Schülerin, die nie in den Ferien nach Hause fährt und die noch nie ein Weihnachtsgeschenk geschickt bekam«, sagte die Nonne kühl.
»Ich bin kein Mann für Hätscheleien, aber ich versi-

chere Ihnen, daß ich meine Nichte sehr schätze, und ich habe ihre Interessen wie ein Vater wahrgenommen. Doch Sie haben recht, meine Nichte braucht mehr Zuwendung, Frauen sind gefühlvoll.«
Noch bevor ein Monat vergangen war, stellte der Onkel sich erneut im Kloster ein, aber diesmal verlangte er nicht, seine Nichte zu sehen, er beschränkte sich darauf, der Mutter Oberin mitzuteilen, daß sein eigener Sohn mit Analía Briefe zu wechseln wünsche, und er bat sie, sie doch seiner Nichte zukommen zu lassen, vielleicht könne ja die Freundschaft mit ihrem Vetter die Familienbande verstärken.
Die Briefe begannen regelmäßig einzutreffen. Einfaches weißes Papier und schwarze Tinte, große, deutliche Schriftzüge. Einige sprachen vom Leben auf dem Gut, den Jahreszeiten und den Tieren, andere von Dichtern und den Gedanken, über die sie geschrieben hatten. Bisweilen enthielt der Umschlag auch ein Buch oder eine Zeichnung, die in denselben festen Strichen ausgeführt war, wie sie die Schrift hatte. Analía hatte sich vorgenommen, sie nicht zu lesen, getreu dem Gedanken, daß sich in allem, was mit ihrem Onkel verbunden war, eine Gefahr verbarg, aber die Briefe waren die einzige Möglichkeit, den langweiligen Schulalltag etwas zu beleben. Sie versteckte sich auf dem Dachboden, nicht mehr, um unwahrscheinliche Geschichten zu erfinden, sondern um begierig immer wieder die Briefe ihres Vetters zu lesen, bis sie die Neigung der Buchstaben und die Textur des Papiers auswendig kannte. Bis sie ganze Sätze und Wendungen auswendig wußte. An-

fangs beantwortete sie sie nicht, aber schon nach kurzer Zeit konnte sie nicht länger widerstehen. Der Inhalt der Briefe wurde nach und nach immer ausgeklügelter, um die Zensur der Mutter Oberin zu überlisten, die jegliche Korrespondenz öffnete. Die Vertraulichkeit zwischen den beiden wuchs, und bald konnten sie sich in einem Geheimcode verständigen, mit dessen Hilfe sie anfingen, von Liebe zu reden.

Analía erinnerte sich nicht, diesen Cousin, der mit »Luis« unterschrieb, je gesehen zu haben, denn als sie im Haus ihres Onkels lebte, war der Junge auf einem Internat in der Hauptstadt. Sie war sicher, daß er ein häßlicher Mann sein mußte, vielleicht krank oder verwachsen, denn es erschien ihr unmöglich, daß zu einer so tiefen Empfindsamkeit und einer so klaren Intelligenz auch noch ein anziehendes Äußeres kommen sollte. Sie versuchte, in Gedanken ein Bild ihres Cousins zu malen: dicklich wie sein Vater, pickliges Gesicht, hinkend und fast kahl, aber je mehr Mängel sie ihm zuteilte, um so mehr war sie geneigt, ihn zu lieben. Der glänzende Geist war das einzig Wichtige, das einzige, was dem Lauf der Zeit standhalten würde, ohne Einbuße zu erleiden, und mit den Jahren noch zunehmen würde, die Schönheit jener imaginären Helden in den Romanen hatte keinerlei Wert und verleitete vielleicht sogar zur Oberflächlichkeit, schloß das Mädchen, obwohl sie in ihrem Gedankengang einen Schatten von Unruhe nicht beiseite schieben konnte. Sie fragte sich, wieviel Verunstaltung sie ertragen könnte.

Die Korrespondenz zwischen Analía und Luis Torres dauerte zwei Jahre, an deren Ende das Mädchen über eine Hutschachtel voller Briefe verfügte und ihre Seele endgültig ausgeliefert hatte. Wenn es ihr einmal in den Sinn kam, diese Beziehung könnte von ihrem Onkel geplant sein, damit das Vermögen, das sie von ihren Eltern geerbt hatte, in Luis' Hände überging, verjagte sie den Einfall sofort und schämte sich, daß sie so niedrig denken konnte.

An dem Tag, als sie achtzehn Jahre alt wurde, ließ die Oberin sie rufen, weil ein Besucher sie erwarte. Analía ahnte, wer der Besucher war, und hätte sich am liebsten auf dem Dachboden mit den vergessenen Heiligen versteckt, sie war ganz verstört angesichts der Wahrscheinlichkeit, daß sie endlich dem Mann gegenüberstehen werde, den sie sich so oft vorgestellt hatte. Als sie in das Zimmer trat und ihn vor sich sah, brauchte sie mehrere Minuten, um die Enttäuschung zu überwinden.

Luis Torres war nicht der verwachsene, schmächtige Mann, den sie sich in ihren Träumen ausgedacht und liebengelernt hatte. Er war ein gutgewachsener Mann mit einem sympathischen, regelmäßig geschnittenen Gesicht, einem noch kindlichen Mund, einem gepflegten dunklen Bart, hellen Augen mit langen Wimpern, aber ohne Ausdruck. Er ähnelte etwas den Heiligen in der Kapelle, zu hübsch und ein wenig einfältig. Analía erholte sich jedoch bald von ihrer Verblüffung und entschied, wenn sie einen Buckligen in ihrem Herzen gutgeheißen hatte, konnte sie mit noch besserem Grund diesen eleganten jungen Mann lieben, der sie auf die Wange küßte, wovon ein Hauch Lavendel in ihrer Nase zurückblieb.

Von ihrer Hochzeitsnacht an verabscheute Analía ihren Mann. Als Luis sie in den bestickten Laken eines allzu weichen Bettes niederwalzte, wußte sie, daß sie sich in ein Trugbild verliebt hatte und daß sie niemals imstande sein würde, die erträumte Leidenschaft in die Wirklichkeit ihrer Ehe zu übertragen. Sie suchte dieses Gefühl entschlossen zu bekämpfen, es wie ein Laster abzulegen, und dann, als sie sich unmöglich länger darüber hinwegtäuschen konnte, wollte sie es mit Gewalt aus ihrer Seele vertreiben. Luis war freundlich und zuweilen sogar unterhaltsam, er belästigte sie nicht mit unbilligen Forderungen und bemängelte auch nicht ihr Neigung zu Einsamkeit und Stille. Sie gestand sich selbst ein, daß sie in dieser Verbindung mit ein bißchen gutem Willen ein gewisses Glück finden könnte, zumindest soviel, wie ihr in der Nonnentracht vergönnt gewesen wäre. Sie hatte keine bestimmten Gründe für die Abneigung gegen den Mann, den sie zwei Jahre geliebt hatte, ohne ihn zu kennen. Sie wußte ihre Empfindungen nicht in Worte zu fassen, doch sie würde ja auch niemanden gehabt haben, mit dem sie darüber hätte sprechen können. Sie fühlte sich genasführt, weil sie außerstande war, das Bild des schreibenden Liebhabers mit dem Ehemann in Fleisch und Blut zu vereinbaren. Luis erwähnte die Briefe nie, und wenn sie das Thema berührte, schloß er ihr den Mund mit einem schnellen Kuß und mit einer lässigen Bemerkung über diese Romantik, die dem Eheleben so wenig angemessen sei, in dem Vertrauen, Achtung, gemeinsame Interessen und die Zukunft der Familie sehr viel wichtiger seien als die Korrespondenz zweier unreifer junger Leute. Zwischen ihnen gab es keine echte Vertrautheit. Tagsüber ging jeder seiner Beschäftigung nach, und des Nachts trafen sie sich in den Federbetten, wo Analía, die an ihre Schulpritsche gewöhnt war, zu ersticken glaubte. Bisweilen umarmten sie sich eilig, sie unbeweglich und verspannt, er wie jemand, der einem Bedürfnis des Körpers nachkommt, weil er es nicht vermeiden kann. Luis schlief dann sofort ein, sie lag im Dunkeln mit offenen Augen, einen unterdrückten Protestschrei in der Brust. Sie versuchte alles Erdenkliche, um den Widerwillen zu besiegen, den er ihr einflößte, von dem Versuch, sich jeden Zug ihres Mannes fest einzuprägen mit dem Vorsatz, ihn aus reiner Willensentscheidung zu lieben, bis zu dem Bemühen, den Geist von jedem Gedanken zu leeren und sich in eine Dimension zu versetzen, in der er sie nicht erreichen konnte. Sie betete darum, daß es nur eine vorübergehende Abneigung sein möge, aber die Monate vergingen, und statt, wie erhofft, nachzulassen, wuchs die Feindseligkeit noch, bis sie sich in Haß verwandelte. Eines Nachts träumte sie zu ihrer Bestürzung von einem Ungeheuer, das sie mit tintenfleckigen Fingern liebkoste.

Das Ehepaar Torres lebte auf der Besitzung, die Analías Vater erworben hatte, als das Gebiet noch halbwild war, das Revier der Soldaten und Banditen. Jetzt führte eine feste Straße vorbei, und in der Nähe lag eine wohlhabende kleine Stadt, in der jedes Jahr Kirchweihfeste und Viehmärkte abgehalten wurden. Rechtlich gesehen war Luis der Verwalter der Hacienda, aber in Wirklichkeit versah Onkel Eugenio dieses Amt, denn Luis ödeten die Gutsangelegenheiten an. Nach dem Mittagessen, wenn Vater und Sohn es sich in der Bibliothek bequem machten, Cognac tranken und Domino spielten, hörte Analía ihren Onkel über Geldangelegenheiten, Viehankäufe, Säen und Ernten entscheiden. Bei den seltenen Gelegenheiten, wo sie es wagte, sich einzumischen und ihre Meinung zu äußern, hörten die beiden Männer sie mit scheinbarer Aufmerksamkeit an und versicherten ihr, daß sie ihre Vorschläge berücksichtigen würden, aber dann handelten sie doch nach ihrem eigenen Ermessen. Manchmal ritt Analía im Galopp wütend über die Viehweiden bis an den Fuß der Berge und wünschte, ein Mann zu sein.

Die Geburt eines Sohnes verbesserten Analías Gefühle für ihren Mann keineswegs. In den Monaten der Schwangerschaft verstärkte sich ihr Hang zum Alleinsein, aber Luis wurde nicht ungeduldig, er schrieb es ihrem Zustand zu. Er hatte jedenfalls an andere Dinge zu denken. Nach der Niederkunft richtete sie sich in einem andern Raum ein, in dem nur ein hartes, schmales Bett stand. Als der Sohn ein Jahr alt war und die Mutter noch immer die Tür zu ihrem Zimmer verschloß und jeder Möglichkeit auswich, mit ihrem Mann allein zu sein, meinte Luis, daß es an der Zeit sei, ein zuvorkommenderes Betragen zu verlangen, und erklärte seiner Frau, es wäre besser für sie, wenn sie ihre Haltung änderte, bevor er ihre Tür mit Schüssen aufzwang. Sie hatte ihn noch nie so zornig gesehen. Sie gehorchte ohne Widerrede. In den folgenden sieben Jahren wuchs die Spannung zwischen ihnen immer mehr, bis sie schließlich in heimtückischen Haß umschlug, aber als wohlerzogene Menschen verkehrten sie in Gegenwart Dritter ausgesucht höflich miteinander. Nur das Kind ahnte, wie groß die Feindschaft zwischen seinen Eltern war, und wachte um Mitternacht weinend im eingenäßten Bett auf. Analía panzerte sich mit Schweigen und schien nach und nach innerlich zu verdorren. Luis dagegen wurde munterer und leichtsinniger, überließ sich seinen zahlreichen Gelüsten, trank zuviel und verschwand oft tagelang zu seinen unaussprechlichen Unternehmungen. Als er sich dann nicht einmal mehr bemühte, sein flottes Leben zu bemänteln, fand Analía darin einen guten Vorwand, sich noch weiter von ihm zu entfernen. Luis verlor jegliches Interesse an den Gutsangelegenheiten, und nun ersetzte ihn seine Frau und war sehr zufrieden mit dem neuen Rang. An den Sonntagen blieb Onkel Eugenio im Eßzimmer und besprach mit ihr, was zu entscheiden war, während Luis sich in eine lange Siesta versenkte, aus der er erst gegen Abend wieder auftauchte, schweißgebadet und mit aufsässigem Magen, aber immer bereit, mit seinen Freunden auf eine neue Vergnügungstour auszuziehen.

Analía brachte ihrem Sohn die Anfangsgründe in Schreiben und Rechnen bei und suchte in ihm die

Freude an Büchern zu wecken. Als der Junge sieben Jahre alt war, entschied Luis, es sei nun an der Zeit, ihm eine gründlichere Ausbildung zu geben, fern von der Verhätschelung durch die Mutter, und gedachte ihn auf ein Internat in der Hauptstadt zu schicken – wollen doch mal sehen, ob er so nicht schnell ein Mann wird! –, aber Analía empörte sich mit solcher Wildheit dagegen, daß er in eine weniger drastische Lösung einwilligen mußte. Der Junge wurde auf die Schule des Städtchens gegeben, wo er vom Montag bis Freitag blieb, aber Sonnabend früh holte ihn das Auto für das Wochenende nach Hause. Bei seinem ersten Heimkommen beobachtete Analía ihn ängstlich und suchte nach Gründen, ihn an ihrer Seite zu behalten, aber sie konnte keine finden. Der Kleine schien ganz glücklich zu sein und erzählte mit echter Begeisterung von seinem Lehrer und von seinen Mitschülern, als wäre er mit ihnen aufgewachsen. Er hörte auf, ins Bett zu nässen. Nach drei Monaten kam er mit seinem ersten Zeugnis und mit einem kurzen Brief seines Lehrers, der die Eltern zu seinem guten Ergebnis beglückwünschte. Diesen Brief las Analía zitternd, und zum erstenmal seit langer Zeit lächelte sie wieder. Sie umarmte ihren Sohn gerührt und fragte ihn nach jeder Einzelheit: Wie die Schlafräume waren, was er zu essen bekam, ob es nachts nicht zu kalt war, wie viele Freunde er hatte, wie sein Lehrer war. Sie war mit einemmal viel ruhiger und sprach nicht mehr davon, ihn aus der Schule zu nehmen. In den folgenden Monaten brachte der Junge immer gute Noten nach Hause, die Analía wie Schätze sammelte und mit Gläsern voll Marmelade und Körben voll Obst für die ganze Klasse belohnte. Sie bemühte sich, nicht daran zu denken, daß diese Lösung nur für den Elementarunterricht galt, daß es in wenigen Jahren unumgänglich sein würde, den Jungen in ein Internat in der Hauptstadt zu schicken, und daß sie ihn dann nur in den Ferien sehen würde.

In einer fidelen Krawallnacht im Städtchen beschloß Luis Torres, der viel zuviel getrunken hatte, auf einem ihm fremden Pferd Pirouetten zu drehen, um einer Meute von Kneipenkumpanen seine reiterliche Geschicklichkeit zu beweisen. Das Tier warf ihn ab und zerquetschte ihm mit einem Huftritt die Hoden. Nach neun Tagen starb Luis heulend vor Schmerzen in einem Krankenhaus der Hauptstadt, in das er gebracht worden war, nachdem der Arzt eine Infektion festgestellt hatte. Seine Frau war an seiner Seite und weinte vor Schuldgefühl, weil sie ihm nie Liebe hatte geben können, und vor Erleichterung, weil sie nun nicht mehr um seinen Tod beten mußte. Bevor sie auf das Gut zurückkehrte, den Leichnam im Sarg, um ihn auf seinem eigenen Land zu begraben, kaufte Analía sich ein weißes Kleid und legte es auf den Boden des Koffers. Zu Hause kam sie in Trauerkleidung an, das Gesicht von einem Witwenschleier verhüllt, damit niemand den Ausdruck ihrer Augen sah, und genauso ging sie zum Begräbnis, ihren Sohn an der Hand, der ebenfalls Schwarz trug. Nach der Zeremonie sprach Onkel Eugenio seine Schwiegertochter an – er hatte sich gut gehalten trotz seiner abgenutzten siebzig Jahre – und schlug ihr vor, sie solle

ihm die Ländereien überlassen und von den Zinsen des Kapitals in der Hauptstadt leben, wo das Kind seine Ausbildung beenden und sie die Leiden der Vergangenheit vergessen könne.
»Denn es ist mir nicht entgangen, Analía, daß ihr beide, mein armer Luis und du, niemals glücklich wart.«
»Du hast recht, Onkel. Luis hat mich von Anfang an betrogen.«
»Mein Gott, Kind, er war doch immer sehr rücksichtsvoll und ehrerbietig dir gegenüber. Luis war ein guter Ehemann. Alle Männer haben kleine Abenteuer, aber das hat nicht die geringste Bedeutung.«
»Das meine ich nicht, ich spreche von einem nicht wieder gutzumachenden Betrug.«
»Ich will gar nicht wissen, worum es sich handelt. Jedenfalls denke ich, daß du und das Kind in der Hauptstadt sehr viel besser aufgehoben seid. Es wird euch an nichts fehlen. Ich werde den Besitz übernehmen, ich bin zwar alt, aber noch nicht am Ende, ich kann immer noch einen Stier bei den Hörnern zu Boden zwingen.«
»Ich bleibe hier. Und mein Sohn wird auch hierbleiben und mir auf dem Gut helfen. In den letzten Jahren habe ich mehr auf den Viehkoppeln als im Haus gearbeitet. Der einzige Unterschied wird sein, daß ich jetzt meine Entscheidungen selbst treffen werde, ohne jemanden um Rat zu fragen. Endlich gehört dieses Land mir allein. Leb wohl, Onkel Eugenio.«
In den folgenden Wochen richtete Analía ihr Leben

neu ein. Als erstes verbrannte sie das Bettzeug, das sie mit ihrem Mann geteilt hatte, und stellte ihre schmale Pritsche ins Schlafzimmer, dann studierte sie gründlich die Geschäftsbücher ihres Besitzes, und als sie eine genaue Vorstellung von ihrem Vermögen hatte, suchte sie sich einen Verwalter, der ihre Anordnungen ausführen würde, ohne Fragen zu stellen. Als sie fühlte, daß sie alle Zügel in der Hand hatte, holte sie ihr weißes Kleid aus dem Koffer, bügelte es sorgfältig, zog es an und ließ sich so, schön zurechtgemacht, ins Städtchen zur Schule fahren, eine alte Hutschachtel unter dem Arm.
Analía Torres wartete im Hof, bis die Fünfuhrglocke das Ende der letzten Nachmittagsstunde anzeigte und das Kinderrudel zum Spielen herausstürmte. Unter ihnen kam fröhlich ihr Sohn gerannt, der jäh im Lauf stockte, als er seine Mutter sah, denn es war das erste Mal, daß sie in der Schule erschien.
»Zeig mir deine Klasse, ich möchte deinen Lehrer kennenlernen«, sagte sie.
An der Tür schickte sie den Jungen fort, denn dies war ihre ureigene Angelegenheit, und trat allein ein. Es war ein großer Raum mit einer hohen Decke und mit grafischen Darstellungen von einheimischen Pflanzen und Tieren an den Wänden. Hier herrschte derselbe Geruch nach Kinderschweiß und Eingesperrtsein, den sie auch aus ihrer Kindheit kannte, aber diesmal störte er sie nicht, im Gegenteil, sie atmete ihn mit Genuß ein. Die Pulte sahen nach einem Tag Benutzung unordentlich aus, Papier lag auf dem Boden, und Tintenfässer standen offen. Auf

der Tafel eine Reihe Zahlen. Im Hintergrund auf dem Katheder saß der Lehrer. Der Mann hob überrascht den Kopf, erhob sich aber nicht, denn seine Krücken standen in der Ecke, zu weit entfernt, um sie zu erreichen, ohne mit dem Stuhl hinzurutschen. Analía ging zwischen zwei Pultreihen hindurch und blieb vor ihm stehen.
»Ich bin die Mutter von Torres«, sagte sie, weil ihr nichts Besseres einfiel.
»Guten Tag, Señora. Da kann ich Ihnen endlich danken für die Marmelade und das Obst, die Sie uns geschickt haben...«
»Lassen wir das, ich bin nicht hier, um Höflichkeiten auszutauschen. Ich bin hier, um Rechenschaft von Ihnen zu fordern«, sagte Analía und stellte die Hutschachtel auf den Tisch.
»Was ist das?«
Sie öffnete die Schachtel und schüttete die Liebesbriefe heraus, die sie die ganze Zeit aufbewahrt hatte. Eine ganze Weile starrte er auf den Berg von beschriebenem Papier.
»Sie schulden mir elf Jahre meines Lebens«, sagte Analía.
»Woher wußten Sie, daß ich sie geschrieben habe?« stammelte er, als er seine Stimme endlich wiedergefunden hatte.
»Schon am Tag meiner Hochzeit entdeckte ich, daß mein Mann sie nicht geschrieben haben konnte, und als mein Sohn seine ersten Noten nach Hause brachte, erkannte ich die Schrift. Und wenn ich Sie jetzt ansehe, habe ich auch nicht den geringsten

Zweifel, denn Sie habe ich in meinen Träumen gesehen, seit ich sechzehn war. Warum haben Sie es getan?«

»Luis Torres war mein Freund, und als er mich bat, für ihn einen Brief an seine Cousine zu schreiben, schien mir daran nichts Schlechtes zu sein. So war es auch mit dem zweiten und dem dritten; danach, als Sie mir antworteten, konnte ich nicht mehr zurück. Jene zwei Jahre waren die besten Jahre meines Lebens, die einzigen, in denen ich auf etwas gehofft habe. Ich hoffte auf die Post.«

»Aha.«

»Können Sie mir verzeihen?«

»Das hängt von Ihnen ab«, sagte Analía und reichte ihm die Krücken.

Der Lehrer knöpfte sich das Jackett zu und erhob sich. Gemeinsam gingen sie hinaus in den lärmerfüllten Schulhof, wo die Sonne noch nicht untergegangen war.

Der verwunschene Palast

Vor fünfhundert Jahren, als die wackeren Straßenräuber aus Spanien mit ihren erschöpften Pferden und ihren von der Sonne Amerikas heißgeglühten Rüstungen über die Erde von Quinaroa stampften, lebten und starben die Indios schon seit Tausenden von Jahren an eben diesem Ort. Die Eroberer verkündeten mit Herolden und Fahnen die Entdeckung des neuen Gebiets, erklärten es zum

Eigentum eines fernen Königs, pflanzten das erste Kreuz und tauften die Stätte San Jerónimo, ein für die Zunge der Eingeborenen unaussprechbarer Name. Die Indios beobachteten die selbstherrlichen Zeremonien mit einigem Staunen, aber zu ihnen waren schon vorher Nachrichten über die bärtigen Krieger gelangt, die mit Eisengerassel und Pulverdampf durch die Welt zogen, sie hatten gehört, daß sie Wehklagen auf ihrem Weg säten und daß kein Volk, von dem man wußte, ihnen hatte Widerstand leisten können, jedes Heer unterlag dieser Handvoll Eindringlinge auf den seltsam mit ihnen verwachsenen Tieren. Die Indios waren ein alter Stamm, so arm, daß selbst der Häuptling mit dem üppigsten Federschmuck sich nicht die Umstände machte, von ihnen Abgaben zu verlangen, und sie waren so sanft, daß sie auch nicht zum Kriegführen herangezogen wurden. Sie hatten seit dem Anbruch der Zeiten in Frieden gelebt und hielten es nicht für nötig, ihre Gewohnheiten einiger roher Fremder wegen aufzugeben. Bald jedoch wurden sie sich der Stärke des Feindes bewußt und begriffen, daß es unsinnig war, ihn nicht zu beachten, denn seine Gegenwart lastete schwer auf ihnen, wie ein großer Stein, den man auf dem Rücken trägt. In den folgenden Jahren, als viele Indios starben, die einen als Opfer unbekannter Krankheiten, andere in der Sklaverei oder unter den mannigfachen Martern, die den Zweck hatten, neue Götter einzuführen, verstreuten sich die Überlebenden urwaldeinwärts und verloren nach und nach sogar den Namen ihres Volkes. Immer verborgen, wie Schatten zwischen dem

Laubwerk, flüsternd und nur bei Nacht rege, so hielten sie sich durch die Jahrhunderte. Sie wurden so geschickt in der Kunst des Versteckens, daß die Geschichte sie nicht verzeichnet, und heute gibt es keine Beweise für ihren Weg durch die Jahrhunderte. Die Bücher erwähnen sie nicht, aber die Bauern haben sie im Wald gehört, und jedesmal, wenn einem jungen Mädchen der Bauch zu schwellen beginnt und sie den Verführer nicht nennen können, schreiben sie das Kind dem Geist eines lüsternen Indios zu. Die Menschen in den Dörfern dort sind stolz darauf, auch von jenen unsichtbaren Wesen ein paar Tropfen Blut zu haben in dem Gemisch aus englischen Piraten, spanischen Soldaten, afrikanischen Sklaven, Abenteurern auf der Suche nach Eldorado und später von manch einem Einwanderer, der es mit dem Reisesack auf der Schulter und den Kopf voller Illusionen bis hierher geschafft hatte.

Europa verbrauchte mehr Kaffee, Kakao und Bananen, als wir erzeugen konnten, aber die große Nachfrage brachte uns keinen Wohlstand, wir blieben so arm wie früher. Die Verhältnisse schienen sich zu ändern, als ein Neger von der Küste seine Spitzhacke in den Boden schlug, um einen Brunnen zu graben, und ihm ein Schwall Erdöl ins Gesicht schoß. Bis zum Ende des Ersten Weltkriegs hatte sich die Vorstellung verbreitet, dies sei ein blühendes Land, aber noch immer wateten fast alle seine Bewohner mit nackten Füßen im Schlamm. In Wirklichkeit füllte das Geld nur die Kassen des Wohltäters und seines

Gefolges, aber die Hoffnung war da, daß eines Tages auch etwas für das Volk abfallen würde. So vergingen zwei Jahrzehnte totalitärer Demokratie, wie Präsident Vitalicio sein Regime nannte, in denen jedes Anzeichen eines Umsturzversuches zerschlagen wurde, zum größeren Ruhme des obersten Führers. In der Hauptstadt sah man Boten des Fortschritts – Autos, Kinos, Kühlschränke, eine Rennbahn, die Theater, in denen aus New York oder Paris herübergebrachte Stücke aufgeführt wurden. Täglich legten im Hafen Dutzende von Schiffen an, die einen nahmen das Erdöl auf, die andern entluden Modewaren, aber das übrige Land verharrte in jahrhundertealter Dumpfheit.

Eines Tages erwachten die Einwohner von San Jerónimo aus der Siesta von den ohrenbetäubenden Hammerschlägen, die das Kommen der Eisenbahnlinie einläuteten. Die Schienen würden die Hauptstadt mit diesem verschlafenen Nest verbinden, das der Wohltäter ausgewählt hatte, um hier, im Stil der europäischen Monarchen, seinen Sommerpalast zu bauen, obwohl niemand den Sommer vom Winter unterscheiden konnte, denn das ganze Jahr hindurch herrschte der gleiche feuchte, siedende Atem der Natur. Der einzige Anlaß, hier diesen Monumentalbau zu errichten, waren die Worte eines belgischen Naturforschers, der versicherte, wenn man dem Mythos vom irdischen Paradies einen Platz zuweisen wolle, dann müsse es dieser Ort sein, wo die Landschaft von überwältigender Schönheit sei. Nach seinen Beobachtungen beherbergte der Wald mehr als tausend

Arten vielfarbiger Vögel und alle Sorten wilder Orchideen, von den *Brassias,* die so groß sind wie ein Sombrero, bis zu den winzigen *Pseudothallis,* die man nur mit der Lupe sehen kann.

Die Idee zu dem Palast stammte von einigen italienischen Baumeistern, die sich Seiner Exzellenz mit den Plänen zu einem verwickelten Marmorbauwerk vorstellten, einem Labyrinth mit unzähligen Säulen, breiten Fluren, geschwungenen Treppen, Bögen und Gewölben, Salons, Küchen, Schlafräumen und über dreißig Badezimmern mit goldenen und silbernen Wasserhähnen. Die Eisenbahn war die erste Phase des Baus, unerläßlich, um die Tonnenladungen an Material und die Hunderte von Arbeitern, dazu die aus Italien geholten Poliere und Handwerker in diesen abgelegenen Winkel der Landkarte zu befördern. Die Arbeit, das Marmormonstrum hochzuziehen, dauerte vier Jahre, wirkte sich zerstörerisch auf die Tier- und Pflanzenwelt aus und kostete soviel, wie alle Kriegsschiffe der nationalen Flotte zusammen, aber die Bezahlung erfolgte pünktlich mit dem schwarzen Öl der Erde, und am Jahrestag der ruhmreichen Machtergreifung wurde das Band am Portal durchschnitten und der Sommerpalast eingeweiht. Für diese Gelegenheit war die Lokomotive des Zuges mit den Farben der Landesfahne bemalt worden, und statt der Güterwaggons wurden Personenwagen angehängt, die mit Samt und englischem Leder ausgeschlagen waren und in denen die festlich gekleideten Gäste saßen, darunter einige Mitglieder der ältesten Aristokratie, denn wenn sie auch diesen gottlosen

Emporkömmling aus den Anden verabscheuten, der die Regierung an sich gerissen hatte, wagten sie seine Einladung doch nicht zurückzuweisen.

Der Wohltäter war ein rauher Mensch von bäurischen Sitten, er badete in kaltem Wasser, schlief auf einer Palmblattmatte auf dem Fußboden, die Pistole in Reichweite und die Stiefel an den Füßen, ernährte sich vorzugsweise von Rinderbraten und Mais und trank nur Wasser und Kaffee. Sein einziger Luxus waren die Zigarren aus schwarzem Tabak, alle übrigen Genüsse waren für ihn Laster von Degenerierten oder Schwulen, auch der Alkohol, den er nicht ausstehen konnte und nur selten an seinem Tisch reichen ließ. Doch mit der Zeit hatte er einige Verfeinerungen in seiner Umgebung zulassen müssen, denn er begriff die Notwendigkeit, ausländische Diplomaten und andere ausgewählte Gäste zu beeindrucken, damit er im Ausland nicht etwa in den Ruf eines Barbaren geriete. Er hatte keine Frau, die seine spartanische Lebensweise hätte beeinflussen können. Er betrachtete die Liebe als eine gefährliche Schwäche, zudem war er überzeugt, daß alle Frauen außer seiner Mutter im Grunde pervers waren und daß es das Klügste war, sie auf Abstand zu halten. Er sagte, ein Mann, der in einer Liebesumarmung einschlafe, sei so verletzlich wie ein Siebenmonatskind, deshalb verlangte er auch, daß seine Generäle in den Kasernen wohnten und ihr Familienleben auf gelegentliche Besuche beschränkten. Keine Frau hatte je eine ganze Nacht mit ihm verbracht, keine konnte sich eines anderen als flüchtigen Zusammenseins rühmen, keine hatte dauerhafte Spuren in seinem Gemüt hinterlassen. Bis Marcia Liebermann in sein Leben trat.

Das Einweihungsfest im Sommerpalast war ein Ereignis in den Annalen der Wohltäterherrschaft. Zwei Tage und zwei Nächte hindurch wechselten die Orchester einander im Spielen ab, und die Köche hatten ein Festmahl zubereitet, das kein Ende nehmen wollte. Die schönsten Mulattinnen der Karibik, angetan mit prachtvollen, eigens für die Gelegenheit angefertigten Abendkleidern, tanzten in den Salons mit Offizieren, die niemals an einem Kampf teilgenommen hatten, deren Brüste aber von Orden klirrten. Es gab alle Arten von Unterhaltung: aus Havanna und New Orleans importierte Sänger, Flamencotänzerinnen, Zauberer, Jongleure und Trapezkünstler, es gab Kartentische und Dominopartien und sogar eine Jagd auf Kaninchen, die von den Dienstboten aus den Käfigen geholt und freigesetzt wurden, worauf die Gäste sie mit Windhunden verfolgten, eine Lustbarkeit, die ihren Höhepunkt fand, als ein besonderer Witzbold die Schwarzhalsschwäne auf der Lagune mit Flintenschüssen erlegte. Einige Gäste fielen ermattet in die Sessel, trunken vom Alkohol und vom Cumbiatanzen, andere sprangen bekleidet ins Schwimmbecken oder verzogen sich pärchenweise auf die Zimmer. Der Wohltäter wollte keine Einzelheiten wissen. Nachdem er seine Gäste mit einer kurzen Ansprache begrüßt und am Arm der ranghöchsten Dame den Ball eröffnet hatte, war er wieder in die Hauptstadt gefahren, ohne sich zu verabschieden. Feste versetzten ihn in schlechte Laune.

Am dritten Tag brachte der Zug die erschöpften Partygenossen zurück. Der Sommerpalast war in beklagenswertem Zustand, die Badezimmer glichen Unratgruben, von den Vorhängen tropfte Urin, die Sessel waren aufgeschlitzt, und die Pflanzen siechten in ihren Kübeln dahin. Die Angestellten brauchten eine volle Woche, um die Reste dieses Hurrikans zu beseitigen.
Der Palast war nie wieder Szene eines Bacchanals. Von Zeit zu Zeit ließ sich der Wohltäter hinausfahren, um die drückenden Amtsgeschäfte eine Weile hinter sich zu lassen, aber er gönnte sich nie mehr als zwei, drei Tage Erholung, zu groß war die Furcht, daß in seiner Abwesenheit eine Verschwörung angezettelt würde. Das Regierungsamt verlangte seine ständige Wachsamkeit, damit ihm die Macht nicht aus den Händen glitt. In dem riesigen Gebäude blieb nur das Personal zurück, das mit seiner Instandhaltung beauftragt war. Als das Dröhnen der Baumaschinen und das Poltern des Zuges aufgehört hatten und der Nachhall des Einweihungsfestes verstummt war, zog wieder die Stille in die Landschaft ein, und die Orchideen begannen erneut zu blühen, und die Vögel kamen zurück, ihre Nester zu bauen. Die Einwohner von San Jerónimo widmeten sich ihren gewohnten Beschäftigungen und kümmerten sich nicht mehr um den Sommerpalast. Da kehrten langsam, unsichtbar die Indios zurück, um ihr Gebiet in Besitz zu nehmen.
Die ersten Anzeichen kamen so verstohlen, daß niemand sie recht beachtete: Schritte und Murmeln,

flüchtige Umrisse zwischen den Säulen, die Spur einer Hand auf der blanken Oberfläche eines Tisches. Nach und nach verschwanden Flaschen aus den Kellern, Essen aus den Küchen, morgens waren Betten zerwühlt. Die Dienstboten verdächtigten sich gegenseitig, doch ließen sie keine Anschuldigungen laut werden, denn sie hielten nichts davon, daß etwa der Wachoffizier die Sache in die Hand nähme. Das ganze riesige Gebäude im Auge zu behalten, war unmöglich – während sie einen Raum durchsuchten, hörten sie es im Nebenzimmer seufzen, und wenn sie dort die Tür aufrissen, sahen sie nur die Vorhänge wehen, als wäre soeben jemand hinausgegangen. So entstand das Gerücht, der Palast sei verhext, und bald ergriff die Furcht auch die Soldaten, die ihre nächtlichen Runden einstellten und sich darauf beschränkten, regungslos, an ihre Waffen geklammert Posten zu stehen und argwöhnisch in die Landschaft zu spähen. Die verängstigten Dienstboten stiegen nicht mehr in den Keller hinab und verschlossen vorsichtshalber eine Reihe von Räumen. Sie lebten in einer der Küchen und schliefen in einem Seitenflügel. Das übrige Gebäude blieb ohne Aufsicht und im Besitz dieser körperlosen Indios, die die Zimmer durch eingebildete Linien geteilt und sich darin als mutwillige Geister niedergelassen hatten. Sie hatten dem Lauf der Geschichte widerstanden, hatten sich an die Wechsel angepaßt, als es unumgänglich war, und sich in ihrer eigenen Dimension verborgen gehalten, als es nötig war. In den Räumen des Palastes fanden sie Zuflucht, hier liebten sie sich ohne Geräusch, wurden ohne große Umstände geboren und starben ohne Tränen. Sie lernten die verschlungenen Wege dieses Marmorlabyrinths so gut kennen, daß sie mit Leichtigkeit im selben Raum mit den Wachen und dem Dienstpersonal leben konnten, ohne sie je zu berühren, als gehörten sie einer anderen Zeit an.

Botschafter Liebermann ging im Hafen mit seiner Frau und einer Schiffsladung Gepäck von Bord. Er reiste mit seinen Hunden, all seinen Möbeln, seiner Bibliothek, seiner Sammlung von Opernschallplatten und allem möglichen Sportzubehör, darunter auch einem Segelboot. Seit ihm sein neuer Bestimmungsort zugeteilt worden war, hatte er angefangen, dieses Land zu verabscheuen. Er hatte seinen Posten als Ministerialdirektor in Wien aufgegeben, weil ihn sein Ehrgeiz trieb, Botschafter zu werden, und sei es auch in Südamerika, einer merkwürdigen Gegend, die ihm nicht die mindeste Sympathie einflößte. Seine Frau Marcia hingegen nahm die Sache mit mehr Humor. Sie war bereit, ihrem Mann auf seiner diplomatischen Pilgerfahrt zu folgen, obwohl sie sich täglich mehr von ihm entfernte und die Belange dieser Welt sie nur wenig interessierten, aber sie verfügte an seiner Seite über sehr viel Freiheit. Es genügte, gewisse ehefrauliche Pflichten zu erfüllen, und die übrige Zeit gehörte ihr. Tatsächlich war ihr Mann von seiner Arbeit und seinen sportlichen Betätigungen so sehr in Anspruch genommen, daß er ihre Existenz kaum wahrnahm, er bemerkte sie nur, wenn sie nicht da war. Für Liebermann war seine Frau eine unentbehrliche Ergänzung seiner Karriere, sie gab ihm den nötigen Glanz im gesellschaftlichen Leben und hielt tatkräftig ihren komplizierten Haushalt in Schwung. Er betrachtete sie als loyale Gefährtin, aber er hatte sich nie auch nur die geringsten Gedanken um ihr Gefühlsleben gemacht.

Marcia studierte Landkarten und eine Enzyklopädie, um Einzelheiten über dieses ferne Land zu erfahren, und begann Spanisch zu lernen. Während der zweiwöchigen Überfahrt über den Atlantik las sie die Bücher des belgischen Naturforschers, und noch bevor sie diese heiße Region erlebte, war sie schon in sie verliebt. Sie war von zurückhaltendem Wesen und fühlte sich bei der Arbeit in ihrem Garten wohler als in den Salons, wohin sie ihren Mann begleiten mußte, und sie hoffte, sie würde in diesem Land freier von gesellschaftlichen Pflichten sein und sich damit befassen können, zu lesen, zu malen und die Natur zu entdecken.

Liebermann ließ als erstes in allen Räumen seiner Residenz Ventilatoren anbringen. Dann überreichte er den Repräsentanten der Regierung sein Beglaubigungsschreiben. Als der Wohltäter ihn in seinem Arbeitszimmer empfing, hatten die Liebermanns erst wenige Tage in der Stadt verbracht, aber schon war das Gerede darüber, wie schön die Frau des Botschafters sei, bis zum Staatsoberhaupt gedrungen. Dem Protokoll gemäß lud er das Ehepaar zum Abendessen ein, obwohl das Geschwätz und das arrogante Gebaren des Diplomaten ihm unerträglich waren. Am festgesetzten Abend betrat Marcia am

Arm ihres Mannes den Empfangssaal, und zum erstenmal in seinem langen Leben stockte dem Wohltäter vor einer Frau der Atem. Er hatte schönere Gesichter und schlankere Gestalten gesehen, aber niemals soviel Anmut. Die Erinnerung an vergangene Eroberungen wurde wach und erregte ihm das Blut zu einer Hitze, die er lange nicht gespürt hatte. Den ganzen Abend hielt er sich auf Distanz und beobachtete die Frau des Botschafters verstohlen, hingerissen von der Biegung ihres Halses, dem Dunkel ihrer Augen, den Bewegungen der Hände, der Ernsthaftigkeit ihres Auftretens. Vielleicht schoß es ihm durch den Kopf, daß er mehr als doppelt so alt war wie sie und daß ein Skandal unvorhersehbare Auswirkungen weit über die Landesgrenzen hinaus haben würde, aber das vermochte ihn nicht abzuschrecken, im Gegenteil, es fügte seiner eben geborenen Leidenschaft etwas unwiderstehlich Verlockendes hinzu.

Marcia Liebermann spürte den auf ihrer Haut haftenden Blick des Mannes wie eine ungebührliche Liebkosung und war sich der Gefahr bewußt, aber sie hatte nicht die Kraft, ihr zu entfliehen. Einen Augenblick dachte sie daran, ihrem Mann zu sagen, daß sie gehen wolle, statt dessen blieb sie sitzen, wünschte, der alte Mann möchte sich ihr nähern, und war gleichzeitig entschlossen, davonzulaufen, wenn er es täte. Sie wußte nicht, weshalb sie zitterte. Sie gab sich keiner Täuschung über ihn hin, auch aus der Entfernung konnte sie die Zeichen des Verfalls erkennen, die runzlige, fleckige Haut, den dürren Leib, den

schwankenden Gang, sie konnte sich seinen ranzigen Geruch vorstellen und ahnte, daß die Hände in den Ziegenlederhandschuhen Klauen waren. Aber die Augen, vom Alter und vielen Greueltaten umwölkt, besaßen noch immer ihr herrisches Funkeln, das sie auf ihrem Stuhl festhielt.
Der Wohltäter wußte nicht, wie man um eine Frau warb, er hatte es bislang nie nötig gehabt. Das wirkte zu seinen Gunsten, denn wenn er sich Marcia mit Verführerfinessen genähert hätte, wäre sie abgestoßen gewesen und hätte sich verächtlich abgewandt. Dagegen konnte sie sich seinen Bitten nicht entziehen, als er nach wenigen Tagen vor ihrer Tür stand, in Zivil und ohne Eskorte, wodurch er aussah wie ein trauriger Großvater, und ihr erklärte, seit zehn Jahren habe er keine Frau mehr angerührt und sei für Verlockungen dieser Art schon zu abgestorben, aber er bitte sie mit allem Respekt, ihn an diesem Abend zu einem abgeschiedenen Ort zu begleiten, wo er den Kopf auf ihren königlichen Knien ausruhen und ihr erzählen könne, wie die Welt aussah, als er noch ein gutgewachsener Bursche und sie noch gar nicht geboren war.
»Und mein Mann?« vermochte Marcia gerade noch zu fragen, mit einer Stimme, die nur ein Hauch war.
»Ihren Mann gibt es nicht, Kind. Jetzt gibt es nur Sie und mich«, antwortete Präsident Vitalicio und führte sie am Arm zu einem schwarzen Packard.
Marcia kehrte nicht nach Hause zurück, und noch ehe ein Monat vergangen war, reiste Botschafter Lie-

bermann wieder in seine Heimat ab. Er hatte nichts unversucht gelassen, um seine Frau zu finden, weil er sich zuerst weigerte, zu akzeptieren, was keineswegs ein Geheimnis war, aber als er unmöglich noch länger über die offenkundige Entführung hinwegsehen konnte, kam er um eine Audienz beim Staatsoberhaupt ein und verlangte die Rückgabe seiner Frau. Der Dolmetscher versuchte beim Übersetzen seine Worte abzuschwächen, aber der Präsident verstand den Tonfall und nutzte den gebotenen Vorwand, um sich ein für allemal dieses unvernünftigen Ehemanns zu entledigen. Er erklärte, Liebermann habe mit gänzlich unbegründeten Anschuldigungen die Nation beleidigt, und legte ihm sehr bestimmt nahe, das Land binnen drei Tagen zu verlassen. Er bot ihm die Möglichkeit, ohne Skandal zu gehen, um das Ansehen seines kleinen Alpenlandes zu schonen, denn niemand habe ein Interesse daran, die diplomatischen Beziehungen abzubrechen und den freien Verkehr der Öltanker zu behindern. Am Schluß dieses Gesprächs fügte er mit der Miene eines gekränkten Vaters hinzu, er könne ja verstehen, daß seine, Liebermanns, Vernunft zur Zeit getrübt sei, aber er möge beruhigt sein, auch wenn er nicht mehr da sei, werde die Suche nach der Señora fortgesetzt werden. Um seinen guten Willen zu beweisen, ließ er den Polizeichef rufen und gab ihm vor den Augen des Botschafters seine Anweisungen. Wenn es Liebermann einen Augenblick in den Sinn gekommen war, eine Abreise ohne Marcia abzulehnen, so half ihm doch ein zweiter Gedanke, zu begreifen, daß er sich damit der

Gefahr eines Genickschusses aussetzen würde; und so packte er seine Besitztümer und verließ das Land noch vor der gegebenen Frist.

Den Wohltäter hatte die Liebe in einem Alter überrumpelt, in dem er sich an die Ungeduld des Herzens längst nicht mehr erinnerte. Die Erschütterung rührte seine Sinne auf und versetzte ihn in die Jugendzeit zurück, aber sie reichte doch nicht aus, seine füchsische Schlauheit einzuschläfern. Er war sich darüber im klaren, daß es eine senile Leidenschaft war, und vermochte sich einfach nicht vorzustellen, daß Marcia seine Gefühle erwiderte. Er wußte nicht, weshalb sie ihm an jenem Abend gefolgt war, aber der Verstand sagte ihm, daß es nicht aus Liebe geschehen war, und da er nichts von Frauen wußte, nahm er an, sie hätte sich von der Lust am Abenteuer oder von der Gier nach Macht verführen lassen. In Wirklichkeit hatte das Mitleid sie besiegt. Wenn der alte Mann sie verlangend umarmte, Tränen in den Augen über die Demütigung, daß die Manneskraft ihm nicht wie früher gehorchte, bemühte sie sich mit Geduld und gutem Willen hartnäckig, ihm den Stolz wiederzugeben. Und nach manchem Versuch gelang es dem armen Mann wirklich, die Schwelle zu überschreiten und sich einige kurze Augenblicke in den dargebotenen lauen Gärten zu ergehen, woraufhin er, mit Schaum im Herzen, zusammensank.

»Bleib bei mir!« bat der Wohltäter, sobald er die Furcht überwunden hatte, auf ihr zu sterben.

Und Marcia blieb, denn die Einsamkeit des alten

Caudillo rührte sie, zudem erschien ihr die Alternative, zu ihrem Mann zurückzukehren, weniger reizvoll als die Herausforderung, den stählernen Ring zu durchbrechen, in dem dieser Mensch fast achtzig Jahre lang gelebt hatte.
Der Wohltäter hielt Marcia in einem seiner Häuser versteckt, wo er sie täglich besuchte. Niemals blieb er, um die Nacht mir ihr zu verbringen. Wenn sie zusammen waren, verging die Zeit mit gemächlichen Liebkosungen und mit Gesprächen. In ihrem stokkenden Spanisch erzählte sie ihm von ihren Reisen und von den Büchern, die sie gelesen hatte, und er hörte ihr zu und verstand zwar nicht viel, aber freute sich am Klang ihrer Stimme. Ein andermal schilderte er ihr seine Kindheit in den dürren Regionen der Anden oder seine Erlebnisse als Soldat, aber wenn sie ihm eine Frage stellte, verschloß er sich sofort und beobachtete sie von der Seite wie einen Feind. Marcia erkannte diesen Argwohn und begriff, daß seine Gewohnheit, jedem zu mißtrauen, sehr viel mächtiger war als das Bedürfnis, sich der Zärtlichkeit zu überlassen, und nach ein paar Wochen fügte sie sich in die Niederlage. Als sie die Hoffnung aufgegeben hatte, ihn für die Liebe zu gewinnen, verlor sie das Interesse an diesem Mann, und nun wollte sie hinaus aus den Wänden, zwischen denen sie gefangen war. Aber es war zu spät. Der Wohltäter brauchte sie, weil sie von allen Frauen, die er gekannt hatte, einer Gefährtin am nächsten kam, ihr Mann war nach Europa zurückgekehrt, und sie hatte keinen Platz auf dieser Erde. Der Diktator bemerkte den Wandel, der in ihr vorgegan-

gen war, und sein Mißtrauen wuchs, aber deshalb hörte er nicht auf, sie zu lieben. Um sie über ihr Eingeschlossensein hinwegzutrösten, zu dem sie für immer verdammt war – denn ihr Erscheinen auf der Straße würde Liebermanns Anschuldigungen bestätigen, und die internationalen Beziehungen wären beim Teufel –, verschaffte er ihr all die Dinge, die sie liebte, Musik, Bücher, Tiere. Marcia verbrachte die Stunden in ihrer eigenen Welt und löste sich täglich mehr von der Wirklichkeit. Als sie ihn nicht länger ermutigte, vermochte er sie nicht mehr zu umarmen, und ihr Zusammensein gestaltete sie zu friedlichen Nachmittagen bei Kaffee und Kuchen. In seinem Wunsch, ihr zu gefallen, lud der Wohltäter sie schließlich eines Tages ein, den Sommerpalast kennenzulernen, damit sie das Paradies des belgischen Naturforschers, über das sie soviel gelesen hatte, von nahem sähe.

Der Zug war seit dem Einweihungsfest vor zehn Jahren nicht mehr benutzt worden und war nur noch Schrott, deshalb fuhren sie im Auto, aber eine Woche vorher war dorthin bereits eine Karawane von Leibwächtern und Dienstboten aufgebrochen mit allem, was nötig war, um dem Palast die Pracht des ersten Tages wiederzugeben. Die Straße war nur noch ein Pfad, den Gefangenentrupps gegen die Vegetation verteidigten. Auf manchen Strecken mußten sie den Weg mit Macheten von den Farnen freihacken und Ochsen herbeiholen, die die Wagen aus dem Schlamm zogen, aber nichts konnte Marcias Begeisterung schmälern. Sie ertrug die feuchte Hitze und die Moskitos, als spürte sie sie nicht, und hatte nur Augen für die Natur, die sie in die Arme zu nehmen schien. Ihr war, als wäre sie schon früher hier gewesen, vielleicht im Traum oder in einem anderen Leben, als gehörte sie an diesen Ort, als wäre sie bis jetzt eine Fremde in der Welt gewesen und als wären alle Schritte, die sie getan hatte, auch der, das Haus ihres Mannes zu verlassen und einem zittrigen Greis zu folgen, von ihrem Instinkt geleitet gewesen mit dem einzigen Ziel, sie hierherzuführen. Noch ehe sie den Sommerpalast sah, wußte sie, daß er ihr letzter Wohnsitz werden würde. Als endlich das Gebäude zwischen den Bäumen auftauchte, von Palmen gesäumt und in der Sonne schimmernd, seufzte Marcia erlöst auf wie ein Schiffbrüchiger, wenn er den Heimathafen wiedersieht.

Trotz der emsigen Vorbereitungen zu ihrem Empfang ging von dem Haus eine Aura von Verzauberung aus. Gegen den römischen Bauten nachempfundenen Palast, ursprünglich als Mittelpunkt eines geometrischen Parks und prächtiger Alleen angelegt, brandete die Zügellosigkeit eines gefräßigen Pflanzenlebens. Das heiße Klima hatte die Farben der Materialien verändert, hatte sie mit vorzeitiger Patina überzogen, von dem Schwimmbecken und den Gärten war nichts mehr zu sehen. Die Windhunde waren schon vor langer Zeit ausgebrochen und trieben sich auf dem Besitz herum, eine hungrige, verwilderte Meute, die die Ankömmlinge mit vielstimmigem Gebell empfing. Die Vögel hatten in den Kapitellen der

Säulen Nester gebaut und die Reliefs mit ihrem Kot verdreckt. Überall sah man Zeichen von Vernachlässigung. Der Sommerpalast hatte sich in ein lebendes Wesen verwandelt, offen für das Eindringen des Urwalds, der ihn umzingelte und in ihn eingezogen war. Marcia sprang aus dem Auto und lief zu dem Portal, wo die von der Hitze zermürbte Eskorte sie erwartete. Sie lief durch alle Räume – die großen Salons, in denen Kristallüster wie Dolden aus Sternen von der Decke hingen und wo in den Polstern der Sessel Eidechsen hausten, die Schlafzimmer, an deren Himmelbetten die Farben unter dem starken Licht verblichen waren, die Bäder, wo in den Marmorfugen das Moos sproß. Sie lief und lachte und gebärdete sich wie jemand, der etwas zurückerhält, was ihm entrissen war.

In den folgenden Tagen war der Wohltäter so angetan von Marcias Freude, daß wieder ein wenig Kraft seinen verbrauchten Körper wärmte und er sie umarmen konnte wie bei ihren ersten Begegnungen. Aus der einen Woche, die sie hier hatten verbringen wollen, wurden zwei, denn der Diktator fühlte sich sehr wohl. Der Überdruß, der sich in seinen Alleinherrscherjahren angesammelt hatte, verflog, und einige seiner Altmännerleiden linderten sich. Er streifte mit Marcia durch die Umgebung und zeigte ihr die vielfältigen Orchideenarten, die an den Baumstämmen hochrankten oder wie Trauben von den höchsten Zweigen herabhingen, die Wolken von Schmetterlingen, die den blütenübersäten Boden bedeckten, und die Vögel mit ihrem regenbogenbunten Gefieder, die

die Luft mit ihren Stimmen erfüllten. Er spielte mit ihr wie ein junger Liebhaber, steckte ihr das köstliche Fruchtfleisch der wilden Mangos in den Mund, badete sie eigenhändig in duftenden Kräuteraufgüssen und brachte sie mit einer Serenade unter ihrem Fenster zum Lachen. Seit Jahren hatte er sich nicht mehr aus der Hauptstadt entfernt, ausgenommen ein paar kurze Flüge in die eine oder andere Provinz, wo seine Anwesenheit erforderlich war, um einen keimenden Aufstand zu ersticken und dem Volk die Gewißheit einzuprägen, daß seine Autorität unanfechtbar war. Die unerwarteten Ferien versetzten ihn in ausgezeichnete Stimmung, das Leben erschien ihm plötzlich viel liebenswerter, und ihn entzückte die Vorstellung, daß er neben dieser schönen Frau würde ewig weiterregieren können. Eines Nachts überraschte ihn in ihren Armen der Schlaf. Er erwachte früh am Morgen und war entsetzt, er hatte das Gefühl, sich selbst verraten zu haben. Schweißnaß stand er auf, sein Herz raste, und betrachtete die auf dem Bett Liegende, eine ruhende weiße Schönheit, deren kupferfarbenes Haar ihr Gesicht bedeckte. Er ging hinaus und gab seiner Eskorte die nötigen Anweisungen zur Rückkehr in die Stadt. Es wunderte ihn nicht, daß Marcia keine Anstalten machte, ihn zu begleiten. Vielleicht war es ihm im Grunde lieber so, denn er hatte begriffen, daß sie seine gefährlichste Schwäche darstellte, die einzige, die ihn dazu bringen konnte, die Macht zu vergessen.

Der Wohltäter fuhr ohne Marcia in die Hauptstadt. Er ließ ihr ein halbes Dutzend Soldaten da, um den

Besitz zu bewachen, und ein paar Angestellte zu ihren Diensten und versprach ihr, er werde die Straße in gutem Zustand halten lassen, damit sie seine Geschenke und Vorräte, die Post und ein paar Zeitungen erhalten konnte. Er versicherte ihr, er werde sie häufig besuchen, so oft seine Verpflichtungen als Staatsoberhaupt es gestatteten, aber als sie voneinander Abschied nahmen, wußten beide, daß sie sich nicht wieder begegnen würden. Die Karawane des Wohltäters verschwand hinter den Farnen, und Stille umgab den Sommerpalast. Marcia fühlte sich zum erstenmal in ihrem Leben wirklich frei. Sie zog die Nadeln aus ihrem hochgesteckten Knoten und schüttelte den Kopf, daß die Haare flogen. Die Wachen legten die Waffen ab und knüpften ihre Uniformjacken auf, während die Angestellten sich die kühlsten Winkel suchten, um ihre Hängematten aufzuhängen.

Aus dem Dämmer hatten die Indios während dieser zwei Wochen die Besucher beobachtet. Ohne sich von der hellen Haut und dem erstaunlichen lockigen Haar Marcia Liebermanns täuschen zu lassen, erkannten sie in ihr eine der Ihren, aber sie wagten nicht, sich in ihrer Gegenwart zu materialisieren, weil sie seit Jahrhunderten im Verborgenen existierten. Nachdem der Alte mit seinem Gefolge abgereist war, nahmen sie verstohlen den Urwaldort wieder in Besitz, an dem sie seit Generationen gelebt hatten. Marcia erkannte, daß sie niemals allein war, wohin sie auch ging, verfolgten sie tausend Augen, rings um sie her webte ein ständiges Murmeln, ein warmes Atmen, ein rhythmisches Pulsen, aber sie hatte keine

Angst, im Gegenteil, sie fühlte sich von den liebenswürdigen Gespenstern beschützt. Sie gewöhnte sich an kleine Unregelmäßigkeiten: Eines ihrer Kleider war ein paar Tage verschwunden und tauchte plötzlich in einem Korb am Fußende ihres Bettes wieder auf, jemand schlang ihr Essen hinunter, als sie gerade das Speisezimmer betrat, ihr wurden Aquarelle und Bücher gestohlen, auf ihrem Tisch erschienen frisch geschnittene Orchideen, an manchen Abenden schwammen Minzeblätter in dem kühlen Wasser ihrer Badewanne, sie hörte Klavierklänge in den leeren Salons, Liebesstöhnen in den Schränken, Kinderstimmen auf den Korridoren. Die Angestellten hatten keine Erklärung für diese Seltsamkeiten, aber Marcia hörte bald auf, sie zu fragen, denn sie vermutete, daß auch sie Teil dieser freundlichen Verschwörung seien. Eines Nachts versteckte sie sich mit einer Taschenlampe hinter den Vorhängen und wartete, und als sie Füße über den Marmorboden tappen hörte, knipste sie das Licht an. Sie meinte, einige schemenhafte nackte Gestalten zu sehen, die ihr einen sanften Blick zurücksandten und sich dann in Nichts auflösten. Sie rief sie auf spanisch an, aber keiner antwortete. Sie begriff, daß sie unendlich viel Geduld brauchen würde, um diesen Geheimnissen auf die Spur zu kommen, aber das machte ihr nichts aus, sie hatte ja ihr ganzes übriges Leben noch vor sich.

Ein paar Jahre später wurde das Land von der Nachricht überrumpelt, daß die Diktatur ein Ende gefunden hatte, und zwar aus einem höchst erstaunlichen

Grund: Der Wohltäter war gestorben. Obwohl er nur noch ein zu Haut und Knochen geschrumpfter Greis war und schon seit Monaten in seiner Uniform dahinfaulte, konnten sich im Grunde nur wenige vorstellen, daß dieser Mann sterblich war. Niemand erinnerte sich an die Zeit vor ihm, er war seit so vielen Jahrzehnten an der Macht, daß das Volk sich angewöhnt hatte, ihn als ein so unvermeidliches Übel anzusehen wie das Klima. Es brauchte eine Weile, bis der Nachhall der Beisetzung in den Sommerpalast gelangte. Inzwischen hatten fast alle Wachen und Dienstboten ihre Posten verlassen, weil sie es müde waren, auf eine Ablösung zu warten, die niemals kam. Marcia hörte die Neuigkeit, ohne daß es sie sonderlich berührte. Sie mußte sogar einige Mühe aufbieten, um sich an ihre Vergangenheit zu erinnern, an das, was hinter dem Urwald lag, und an den Greis mit den kleinen scharfen Falkenaugen, der ihr Schicksal so gründlich gewendet hatte. Sie machte sich klar, daß es mit dem Tod des Tyrannen keinen Grund mehr für sie gab, im Verborgenen zu bleiben, jetzt konnte sie in die Zivilisation zurückkehren, wo sicherlich niemanden mehr der Skandal ihrer Entführung kümmerte, aber sie verwarf diesen Einfall sofort, denn es gab außerhalb dieser verwucherten Region nichts, woran ihr etwas gelegen hätte. Ihr Leben verlief friedlich zwischen den Indios, sie war in dieser grünen Natur untergetaucht, nur mit einer Tunika bekleidet, die Haare kurz geschnitten und mit Federn geschmückt. Sie war vollkommen glücklich.
Eine Generation später, als die Demokratie im Lande

fest verankert war und die lange Geschichte der Diktatoren nur noch in den Schulbüchern Erwähnung fand, entsann sich jemand des Marmormonsters und schlug vor, es wieder zu nutzen und eine Kunstakademie darin zu gründen. Der Kongreß der Republik entsandte eine Kommission, die ein Gutachten darüber aufsetzen sollte, aber die Wagen verirrten sich unterwegs, und als sie endlich nach San Jerónimo kamen, konnte ihnen niemand dort sagen, wo der Sommerpalast war. Sie versuchten den Eisenbahnschienen zu folgen, aber die waren von den Schwellen losgerissen, und die Vegetation hatte alle Spuren ausgelöscht. Darauf schickte der Kongreß eine Abteilung Kundschafter aus und einige Pioniere, die im Hubschrauber über dem Gebiet kreisten, aber der Urwald war so dicht, daß auch sie den Ort nicht finden konnten. Die Spuren des Palastes verloren sich im Gedächtnis der Menschen und in den städtischen Archiven, das Wissen um seine Existenz verwandelte sich in Altweibergerede, die Bürokratie verschluckte die Berichte, und da das Vaterland dringendere Probleme hatte, wurde der Plan zu einer Kunstakademie einstweilen zurückgestellt.
Heute verbindet eine feste Landstraße San Jerónimo mit dem übrigen Land. Die Leute, die dort entlangfahren, erzählen, daß manchmal nach einem Gewitter, wenn die Luft feucht und elektrisch geladen ist, plötzlich neben der Straße ein weißer Marmorpalast auftaucht, der ein paar Augenblicke über dem Erdboden schwebt wie ein Blendwerk und dann geräuschlos verschwindet.

Aus Erde sind wir gemacht

Sie entdeckten den Kopf des Mädchens, der mit weit geöffneten Augen aus dem Schlamm ragte und ohne Stimme rief. Ihr Name war Azucena. Auf diesem unendlichen Friedhof, wo der Leichengeruch die Geier aus weiter Ferne anlockte und wo das Weinen der Waisen und das Klagen der Verletzten die Luft erfüllte, wurde dieses so beharrlich weiterlebende Mädchen zum Sinnbild der Tragödie. So oft übertrugen die Kameras das schwer zu ertragende Bild ihres Kopfes, der aus dem Schlamm sproß wie eine seltsame Frucht, daß es niemanden gab, der sie nicht gekannt und genannt hätte. Und immer, wenn er auf dem Bildschirm auftauchte, sahen wir hinter ihm Rolf Carlé, den die Nachricht hierher geführt hatte und der niemals geahnt hätte, daß er hier ein Stück aus seiner Vergangenheit wiederfinden würde, das ihm vor dreißig Jahren verlorengegangen war.

Zuerst war es ein unterirdisches Schluchzen gewesen, es schüttelte die Baumwollfelder, daß ihr weißer Schaum wogte. Die Geologen hatten bereits Wochen vorher ihre Meßapparate aufgebaut und wußten schon, daß der Berg wieder aufgewacht war. Seit langem sagten sie voraus, daß die Hitze der Eruption den ewigen Schnee an den Abhängen des Vulkans lossprengen könnte, aber niemand beachtete die Warnungen, die nach Großmuttermärchen klangen. Die Leute im Tal waren taub gegen das Ächzen der Erde, bis zu dieser unheilvollen Novembernacht, als ein langgezogenes Brüllen den Weltuntergang ankündigte, die Schneewände sich lösten, sich in einer Lawine aus Erde, Steinen und Wasser auf die Dörfer herabwälzten und sie unter einer unauslotbaren Schicht dieses tellurischen Erbrechens begruben. Als die Überlebenden die Lähmung des ersten Entsetzens abgeschüttelt hatten, stellten sie fest, daß die Häuser, die Plätze, die Kirchen, die weißen Baumwollanpflanzungen, die dunklen Kaffeewäldchen und die Weiden des Zuchtviehs verschwunden waren. Später, als die Freiwilligen und die Soldaten kamen, um die Lebenden zu retten und den Umfang der Katastrophe zu ermitteln, schätzten sie, daß unter dem Schlamm mehr als zwanzigtausend Menschen und eine ungewisse Zahl von Tieren in der zähen Brühe faulten. Weit und breit sah man nur eine ungeheure Schlammwüste.

Als sie im Morgengrauen vom Sender anriefen, waren Rolf und ich zusammen. Ich stieg schlafbetäubt aus dem Bett und ging Kaffee kochen, während er sich hastig anzog. Er packte sein Arbeitsgerät in die grüne Leinentasche, die er immer trug, und wir nahmen Abschied wie so viele andere Male. Ich hatte keinerlei Vorahnung. Ich schlürfte in der Küche meinen Kaffee und machte Pläne für die Stunden ohne ihn; ich war ganz sicher, daß er am nächsten Tag zurück sein würde.

Er war unter den ersten, die dort ankamen, denn während andere Reporter in Jeeps, auf Fahrrädern, zu Fuß an den Rand des Unheilsumpfes gelangten, wobei jeder sich so gut es ging einen Weg bahnte,

konnte er über den Hubschrauber des Fernsehens verfügen und die Unglücksstelle direkt anfliegen. Auf dem Bildschirm erschienen die von seinem Assistenten gefilmten Szenen, die Rolf Carlé zeigten, bis zu den Knien eingesunken, das Mikrofon in der Hand, in einem wüsten Durcheinander von verwaisten Kindern, Verstümmelten, Leichen und Ruinen. Wir hörten seine ruhige Stimme. Seit Jahren hatte ich ihn in den Nachrichten gesehen, wenn er mitten aus Kämpfen und Katastrophen berichtete, mit furchtloser Hartnäckigkeit und ohne sich zurückhalten zu lassen, und stets hatte mich seine gelassene Haltung angesichts von Gefahr und Leiden verwundert – als könnte nichts seine Unerschrockenheit erschüttern oder seine Wißbegier ablenken. Die Furcht schien ihn nicht einmal zu streifen, aber er hatte mir gestanden, daß er alles andere als ein tapferer Mann sei. Ich glaube, die Linse der Kamera hatte eine verfremdende Wirkung auf ihn, als versetzte sie ihn in eine andere Zeit, aus der heraus er die Ereignisse sehen konnte, ohne wirklich an ihnen teilzuhaben. Nachdem ich ihn besser kennengelernt hatte, begriff ich, daß diese gewollte Distanz ihn vor seinen eigenen Gefühlen schützte.
Rolf Carlé war von Anfang an bei Azucena. Er filmte die Freiwilligen, die sie entdeckt hatten, und die ersten, die versucht hatten, sich ihr zu nähern, seine Kamera war beharrlich auf das Kind gerichtet, auf das bräunliche Gesicht, die großen, trostlosen Augen, den dichten, zerzausten Haarschopf. An dieser Stelle war der Morast unzugänglich, und man war in

Gefahr, sofort einzusinken, wenn man ihn betrat. Sie warfen ihr ein Seil zu, aber sie machte keine Anstalten, es zu ergreifen, bis sie ihr zuschrien, sie solle es fassen, da zog sie eine Hand heraus und versuchte sich zu bewegen, aber dadurch sank sie nur noch tiefer. Rolf warf seine Tasche und seine übrige Ausrüstung ab und drang in den Sumpf vor, wobei er in das Mikrofon seines Assistenten sprach und berichtete, es sei sehr kalt und beginne bereits nach Leichen zu riechen.
»Wie heißt du?« fragte er das Mädchen, und sie antwortete mit ihrem Blumennamen, denn Azucena heißt Lilie.
»Beweg dich nicht!« befahl Rolf und sprach weiter auf sie ein, ohne lange nachzudenken, was er sagte, nur um sie abzulenken, während er sich weiter durch den Schlamm schob, der ihm schon bis zum Gürtel reichte. Auch die Luft war trüb wie der Morast.
Es war nicht möglich, von dieser Seite an sie heranzukommen, also arbeitete er sich zurück und schlug dann einen Bogen dorthin, wo der Boden fester aussah. Als er endlich bei ihr war, nahm er das Seil und band es ihr im Schlamm unter den Armen fest, damit sie sie herausziehen konnten. Er lächelte ihr mit diesem Lächeln zu, das seine Augen so kindlich macht, und sagte ihr, alles werde wieder gut werden, er sei ja bei ihr, gleich werde sie draußen sein. Er winkte den andern, daß sie das Seil einholen sollten, aber sowie es sich straffte, schrie das Mädchen auf. Sie versuchten es von neuem, und nun tauchten ihre Schultern und Arme auf, doch weiter konnten sie sie nicht bewe-

gen, sie steckte fest. Einem der Helfer fiel ein, daß ihre Beine vielleicht in den Trümmern des Hauses eingeklemmt waren, und da sagte sie, es seien nicht nur die Trümmer, auch die an sie geklammerten Leiber ihrer Geschwister hielten sie unten.
»Hab keine Angst, wir holen dich hier raus!« versprach Rolf. Obwohl die Übertragung mangelhaft war, hörte ich, daß seine Stimme zitterte, und ich fühlte mich ihm dafür um so näher. Sie blickte ihn an, ohne zu antworten.
In den ersten Stunden erschöpfte Rolf alle Hilfsmittel, die ihm sein Erfindungsgeist eingab, um sie zu retten. Er mühte sich mit Stangen und Seilen ab, aber jeder Ruck war eine unerträgliche Marter für die Gefangene. Er kam auf den Gedanken, aus Stangen einen Hebebaum zu bauen, aber das hatte ebensowenig Erfolg, und er mußte auch diesen Einfall aufgeben. Er stellte ein paar Soldaten an, die eine Zeitlang mit ihm zusammenarbeiteten, ihn aber dann wieder alleinließen, weil auch viele andere Opfer Hilfe brauchten. Die Kleine konnte sich nicht bewegen und bekam kaum Luft, aber sie schien nicht verzweifelt zu sein, als erlaubte ihr eine althergebrachte Schicksalsergebenheit, ihr Los zu erkennen und hinzunehmen. Rolf Carlé dagegen war entschlossen, sie dem Tod zu entreißen. Sie brachten ihm einen luftgefüllten Reifen, den er ihr wie einen Rettungsring überstreifte und unter die Arme schob, und dann legte er ein Brett neben sie, damit er sich darauf stützen und besser an sie herankommen konnte. Da es unmöglich war, die Trümmer blind tastend wegzuräumen,

tauchte er einige Male, um diese Hölle zu erforschen, aber er kam entmutigt und mit Schlamm bedeckt wieder hoch. Er gelangte zu dem Schluß, daß man eine Pumpe brauchte, um das Wasser abzuziehen, und beauftragte einen Helfer, über Funk eine anzufordern, aber der kam mit der Botschaft zurück, es gebe keine Transportmöglichkeit, und vor dem nächsten Morgen könnten sie keine schicken.
»So lange können wir nicht warten!« protestierte Rolf, aber in diesem Chaos hielt sich niemand damit auf, ihm zuzuhören. Es sollten noch viele Stunden mehr vergehen, ehe er es akzeptierte, daß die Zeit stillestand und daß die Wirklichkeit eine unheilbare Verzerrung erlitten hatte.
Ein Militärarzt kam, um die Kleine zu untersuchen, und stellte fest, daß ihr Herz gut arbeitete und daß sie die Nacht überstehen könnte, falls sie nicht zu sehr durchkühlte.
»Hab Geduld, Azucena, morgen bringen sie die Pumpe«, versuchte Rolf sie zu trösten.
»Laß mich nicht allein!« bat sie.
»Nein, natürlich nicht.«
Sie brachten ihnen Kaffee, und er flößte ihn Schluck um Schluck dem Mädchen ein. Das heiße Getränk belebte sie, und sie begann von ihrem kleinen Leben zu erzählen, von ihrer Familie und von der Schule und wie dieses Stückchen Erde gewesen war, bevor der Vulkan barst. Sie war dreizehn Jahre alt und war nie über die Grenzen ihres Dorfes hinausgekommen. Rolf, von einem übereilten Optimismus getragen, redete ihr ein, daß alles gut enden werde, die Pumpe

würde kommen, sie würden das Wasser abziehen, die Trümmer wegräumen, und Azucena würde mit dem Hubschrauber in ein Krankenhaus gebracht werden, wo sie sich rasch erholen würde und wo er sie besuchen und ihr Geschenke mitbringen konnte. Er überlegte, daß sie wohl schon zu alt für Puppen sei, und wußte nicht, woran sie Freude haben würde, vielleicht an einem Kleid? Um sie über die Stunden hinwegzutrösten, begann er ihr von seinen Reisen und seinen Abenteuern als Nachrichtenjäger zu erzählen, und als ihm die Erinnerungen ausgingen, nahm er die Phantasie zu Hilfe und erfand allerlei Geschichten, um sie abzulenken. Hin und wieder schlummerte sie ein wenig, aber er sprach weiter zu ihr in der Dunkelheit, um ihr zu zeigen, daß er nicht fortgegangen war, und um die peinigende Ungewißheit niederzuhalten.
Das war eine lange Nacht.

Viele Meilen von dort entfernt beobachtete ich Rolf und das Mädchen auf einem Bildschirm. Ich hatte das Warten zu Hause nicht ausgehalten und war zur Staatlichen Fernsehanstalt gefahren, wo ich oft ganze Nächte beim Überarbeiten von Programmen mit ihm verbracht hatte. Dort war ich ihm nahe und konnte mitansehen, was er in diesen entscheidenden drei Tagen erlebte, und versuchen, etwas zu tun. Ich wandte mich an alle wichtigen Leute, die es in der Stadt gibt, an die Senatoren der Republik, an die Generäle der Streitkräfte, an den nordamerikanischen Botschafter und an den Präsidenten der Erdölgesellschaft, und bat sie um eine Pumpe, aber ich erhielt nur vage Versprechungen. Ich schickte meine dringliche Bitte über Rundfunk und Fernsehen, vielleicht konnte ja irgend jemand helfen. Zwischen Anrufen und Appellen rannte ich ins Empfangszentrum, um die Satellitenaufnahmen nicht zu versäumen, die alle Augenblicke mit neuen Einzelheiten über die Katastrophe hereinkamen. Während die Redakteure die wirkungsvollsten Szenen für die Nachrichten auswählten, suchte ich die, auf der Azucena erschien. Der Bildschirm begrenzte das Unglück auf eine plane Fläche und betonte die ungeheure Entfernung, die mich von Rolf trennte, dennoch war ich bei ihm, das Leiden des Kindes schmerzte mich wie ihn, ich fühlte seine Enttäuschung, seine Machtlosigkeit mit. Angesichts der Unmöglichkeit, mich mit ihm zu verständigen, verfiel ich auf den wunderlichen Ausweg, mich fest auf ihn zu konzentrieren, um ihn mit der Kraft des Gedankens zu erreichen und ihm so Mut zu machen. Für eine Weile betäubte ich mich mit einer wilden und fruchtlosen Aktivität, dann wieder drückte mich das Mitleid so nieder, daß ich in Tränen ausbrach, und von Zeit zu Zeit übermannte mich die Müdigkeit, und ich glaubte, durch ein Teleskop auf das ferne Licht eines seit Millionen Jahren erloschenen Sterns zu blicken.

In den ersten Morgenstunden des zweiten Tages sah ich jene Hölle, in der die Leichen von Menschen und Tieren schwammen, fortgerissen von den Wassern neuer Flüsse, die sich in einer Nacht aus dem geschmolzenen Schnee gebildet hatten. Aus dem

Schlamm ragten die Wipfel einiger Bäume auf und der Glockenturm einer Kirche, auf dem einige Menschen Zuflucht gefunden hatten und jetzt geduldig auf die Rettungsmannschaften warteten. Hunderte von Soldaten und von Freiwilligen der Zivilverteidigung bemühten sich, Trümmer beiseite zu räumen auf der Suche nach Überlebenden, während lange Schlangen von zerlumpten Gespenstern nach einem Napf Suppe anstanden. Die Rundfunksender gaben bekannt, daß ihre Telefone durch die Anrufe von Familien überlastet seien, die den verwaisten Kindern ein Obdach anboten. Trinkwasser und Lebensmittel wurden knapp. Die Ärzte, die sich damit abfinden mußten, Gliedmaßen ohne Betäubung zu amputieren, verlangten, daß wenigstens Seren, Analgetika und Antibiotika herbeigeschafft wurden, aber die Straßen waren zum Teil durch Erdrutsche unbefahrbar, und außerdem verzögerte die Bürokratie alle Maßnahmen. Inzwischen bedrohte der von den verwesenden Leichen vergiftete Schlamm die Lebenden mit Seuchen.
Azucena zitterte, mit den Armen auf den Reifen gestützt, der sie an der Oberfläche hielt. Die Unbeweglichkeit und die Anspannung hatten sie sehr geschwächt, aber sie war bei Bewußtsein und sprach noch mit verständlicher Stimme, wenn man ihr ein Mikrofon hinhielt. Ihr Ton war zaghaft, als bäte sie um Verzeihung für all die Mühen, die sie verursachte. Rolfs Bart war gewachsen, er hatte dunkle Schatten unter den Augen und sah erschöpft aus. Noch durch die Kamera konnte ich die Art von Müdigkeit erken-

nen, die sich von allen früheren Müdigkeiten in seinem Leben unterschied. Er hatte die Kamera völlig vergessen, er konnte das Kind nicht länger durch die Linse betrachten. Die Aufnahmen, die uns erreichten, kamen nicht von seinem Assistenten, sondern von anderen Reportern, die sich Azucenas bemächtigt hatten und ihr die pathetische Verantwortung aufbürdeten, das Grauen des hier Geschehenen zu verkörpern. Vom frühen Morgen an plagte Rolf sich erneut, die Hindernisse zu beseitigen, die das Mädchen in diesem Grab festhielten, aber er verfügte nur über seine Hände, er wagte nicht, schweres Werkzeug zu benutzen, weil er sie damit verletzen konnte. Er gab Azucena den Napf mit Maisbrei und Bananen, die die Armee verteilte, doch sie brach ihn sofort wieder aus. Ein Arzt wagte sich über das Brett und stellte fest, daß sie Fieber hatte, aber er konnte nicht viel tun, denn die Antibiotika waren den Fällen mit Wundbrand vorbehalten. Auch ein Priester kam, um sie zu segnen, und hängte ihr eine Medaille mit dem Bild der Jungfrau um. Am Nachmittag begann ein sanfter, anhaltender Regen zu fallen.

»Der Himmel weint«, flüsterte Azucena und fing auch an zu weinen.

»Hab keine Angst«, bat Rolf. »Du mußt deine Kräfte schonen und ruhig bleiben, alles wird gut ausgehen, ich bin bei dir, und ich werde dich hier irgendwie rausholen.«

Die Reporter kehrten zurück, um sie zu fotografieren und ihr immer dieselben Fragen zu stellen, die sie schon nicht mehr beantworten mochte. Inzwischen waren noch mehr Fernsehteams eingetroffen mit Kabelrollen, Tonbändern, Filmen, Videokameras, Präzisionslinsen, Kassettenrecordern, Tonkonsolen, Scheinwerfern, Monitoren, Batterien, Motoren, Kisten mit Ersatzteilen, Elektrikern, Tontechnikern und Kameraleuten, die Azucenas Gesicht auf Millionen Bildschirmen in aller Welt schickten. Und Rolf Carlé flehte weiter um eine Pumpe! Der Aufwand an Mitteln brachte insofern Erfolg, als wir im Fernsehen nun klarere Bilder mit reinerem Ton empfingen, die Entfernung schien plötzlich kürzer geworden zu sein, und ich hatte den furchterregenden Eindruck, unmittelbar vor Azucena und Rolf zu stehen, und war doch durch eine unüberwindliche Glasscheibe von ihnen getrennt. Ich konnte die Vorgänge Stunde um Stunde verfolgen, ich erfuhr, wieviel mein Freund tat, um die Kleine ihrem Gefängnis zu entreißen, und wie er ihr zu helfen bemüht war, ihr Golgatha zu ertragen, ich hörte Bruchstücke von dem, was sie sprachen, und konnte das übrige erraten, ich war dabei, als sie Rolf beten lehrte und als Rolf sie mit den Geschichten ablenkte, die ich ihm in tausendundeiner Nacht erzählt hatte, unter dem weißen Moskitoschleier über unserem Bett.

Als die Dunkelheit des zweiten Tages hereinbrach, versuchte er, sie mit den alten Liedern einzuschläfern, die er in Österreich von seiner Mutter gelernt hatte, aber sie war jenseits von Schlaf und Traum. Sie verbrachten einen großen Teil der Nacht mit Reden, beide zermürbt, von Kälte geschüttelt. Und da, nach und nach, fielen die festen Tore, hinter denen Rolf

Carlés Vergangenheit viele Jahre lang abgesperrt gewesen war, und alles, was in den tiefsten und geheimsten Schichten seines Gedächtnisses verborgen gelegen hatte, brach endlich in einem Strom hervor, der auf seinem Wege alle Barrieren fortriß, die sein Bewußtsein so lange blockiert hatten. Nicht alles konnte er Azucena erzählen, sie wußte vielleicht gar nicht, daß es noch Länder jenseits des Meeres gab, ahnte nichts von der Zeit, die vor der ihren lag, war außerstande, sich Europa in der Zeit des Krieges vorzustellen, also sprach er nicht vom Zusammenbruch und nicht von dem Nachmittag, als die Russen ihn in das Konzentrationslager führten, die verhungerten Gefangenen zu begraben. Wozu ihr erklären, daß die wie ein Haufen Brennholz aufgestapelten nackten Leichen zerbrechlichem Steingut glichen? Wie sollte er diesem sterbenden Kind von den Verbrennungsöfen und den Galgen erzählen? Er erwähnte auch nicht die Nacht, in der er seine Mutter nackt gesehen hatte, nur mit roten Stöckelschuhen bekleidet, und wie sie vor Erniedrigung geweint hatte. Viele Dinge verschwieg er, aber in dieser Nacht erlebte er all das wieder neu, was sein Geist auszulöschen getrachtet hatte. Azucena gab ihre Angst an ihn weiter und zwang ihn so, ohne es zu wollen, seiner eigenen zu begegnen. Hier neben dieser verfluchten Gruft war es Rolf nicht mehr möglich, noch länger vor sich selbst zu fliehen, und der tiefverborgene Schrecken, der seine Kindheit gekennzeichnet hatte, sprang ihn unvermittelt an. Er wurde zurückgeworfen bis auf Azucenas Alter und noch darunter und fand sich wie sie in einem Kerker ohne Ausgang gefangen, lebend begraben, den Kopf am Boden, und sah vor seinem Gesicht die gestiefelten Beine seines Vaters, der den Gürtel abgeschnallt hatte und durch die Luft sausen ließ mit dem unvergeßlichen Zischen einer wütenden Schlange. Der Schmerz überfiel ihn, unvermindert scharf, wie er immer in seinem Innern gelauert hatte. Er kehrte zurück zu dem Schrank, in den sein Vater ihn eingeschlossen hatte, um ihn für angebliche Vergehen zu bestrafen, und in dem er endlose Stunden saß, zitternd, zusammengekauert wie ein Tier, mit geschlossenen Augen, um die Dunkelheit nicht zu sehen, die Hände über den Ohren im vergeblichen Versuch, das Klopfen seines Herzens nicht zu hören. In dem Nebel der Erinnerungen fand er Katharina, ein sanftes, zurückgebliebenes Geschöpf, die jüngere Schwester, die ihr Leben im Versteck verbrachte in der Hoffnung, daß der Vater die Schande ihrer Geburt vergaß. Er kroch neben sie unter den Eßtisch, und hier, von einem langen weißen Tafeltuch verborgen, saßen die beiden Kinder aneinandergeschmiegt und lauschten auf die Schritte und die Stimmen. Katharinas Geruch stieg zu ihm auf, vermischt mit seinem eigenen Schweißgeruch und den Küchendünsten aus Zwiebeln, Seife und frischgebackenem Brot, und mit einem fremdartigen Gestank nach fauligem Schlamm. Die Hand seiner Schwester in der seinen, ihr angstvolles Keuchen, die Berührung ihres ungebändigten Haares an seiner Wange, der unschuldige Ausdruck ihrer Augen. Katharina, Katharina... sie wuchs vor ihm auf, wehend

wie eine Fahne, in das weiße, in ein Leichenlaken verwandelte Tafeltuch gehüllt, und endlich konnte er über ihren Tod weinen und über seine Schuld, sie verlassen zu haben. Da erkannte er, daß seine Großtaten als Reporter, die ihm so viel Ruhm und Anerkennung eingebracht hatten, nur ein Versuch gewesen waren, seine ältere Angst unter Kontrolle zu halten durch die Finte, sich hinter die Linse einer Kamera zu flüchten, weil ihm so vielleicht die Wirklichkeit erträglicher wurde. Er trat großen Gefahren wie einer Mutprobe entgegen, er übte sich bei Tage, um die Ungeheuer zu besiegen, die ihn bei Nacht peinigten. Aber der Augenblick der Wahrheit war gekommen, und er konnte nicht länger vor seiner Vergangenheit davonlaufen. Er war Azucena, er war im Schlamm begraben, sein Entsetzen war nicht die lange vergangene Gemütsbewegung einer fast vergessenen Kindheit, es war eine Klaue an der Kehle, es war gegenwärtig. In der erstickenden Qual seines Weinens erschien ihm seine Mutter, in Schwarz gekleidet, die Tasche aus unechtem Krokodilleder an die Brust gepreßt, so wie er sie zum letztenmal auf dem Pier gesehen hatte, als sie ihn zu dem Schiff begleitete, auf dem er nach Amerika fuhr. Sie kam nicht, um ihm die Tränen zu trocknen, sondern um ihm zu sagen, der Krieg sei vorbei, und jetzt müßten sie die Toten begraben.
»Wein doch nicht, mir tut gar nichts mehr weh, ich fühle mich gut«, sagte Azucena im Morgengrauen.
»Ich weine nicht um dich, ich weine um mich, denn mir tut alles weh«, sagte Rolf lächelnd.

Im Tal der Katastrophe begann der dritte Tag mit einem bleichen Licht zwischen dichten Wolken. Der Präsident der Republik begab sich an den Unglücksort, er erschien in Feldkhaki und stellte fest, dies sei die schlimmste Tragödie des Jahrhunderts, und teilte mit, das Land sei in Trauer, die Brudernationen hätten Hilfe angeboten, der Ausnahmezustand sei verhängt, die Streitkräfte würden streng vorgehen und ohne Zögern jeden erschießen, der beim Plündern oder anderen Verbrechen ertappt würde. Er fügte hinzu, es sei unmöglich, alle Leichen aufzufinden oder das Schicksal der Tausenden von Vermißten zu ermitteln, deshalb werde das ganze Tal zum Friedhof erklärt, und die Bischöfe würden kommen und eine feierliche Messe für die Seelen der Opfer lesen. Er wandte sich zu den Zelten der Armee, wo die Geretteten versammelt waren, und ließ ihnen das Labsal ungewisser Versprechungen zukommen, er ging zu dem behelfsmäßigen Feldlazarett, um den Ärzten und Krankenschwestern, die nach den vielen Stunden Kampf mit dem Elend ausgepumpt waren, ein Wort der Ermutigung zu sagen. Dann ließ er sich zu Azucena führen, die inzwischen berühmt geworden war. Vorsichtig über die Bretter balancierend, die man inzwischen gelegt hatte, näherte er sich ihr und begrüßte sie mit seiner schlaffen Politikerhand, und die Mikrofone nahmen seine gerührte Stimme und seinen väterlichen Tonfall auf, als er ihr sagte, ihre Tapferkeit sei ein Beispiel für das Vaterland. Rolf Carlé unterbrach ihn und bat um die Pumpe, und der Präsident versicherte ihm, er werde sich persönlich um die Sache kümmern. Ich konnte Rolf ein paar Augenblicke sehen, wie er neben dem Loch kauerte. Am Abend zuvor hatte er in derselben Stellung gehockt, und ich, die ich mich zum Bildschirm vorbeugte wie eine Wahrsagerin zu ihrer Kristallkugel, sah, daß sich etwas Wesentliches in ihm geändert hatte, ich ahnte, daß über Nacht seine Schutzwehr zusammengebrochen war und daß er, endlich verwundbar, sich dem Schmerz ergeben hatte. Dieses Kind rührte an einen Teil seiner Seele, zu dem er selbst keinen Zugang gehabt und den er nie mit mir geteilt hatte. Rolf hatte sie trösten wollen, und Azucena war es, die ihm Trost gab.

Ich bemerkte genau den Augenblick, in dem Rolf aufhörte zu kämpfen und sich der Qual überließ, ihr Sterben zu bewachen. Ich war bei ihnen gewesen, drei Tage und zwei Nächte. Ich war dort, als sie ihm erzählte, daß sich noch nie ein Junge in sie verlieb habe und wie schade es sei, aus dieser Welt zu gehen, ohne die Liebe zu kennen, und er versicherte ihr, er liebe sie mehr, als er jemals jemand anderen lieben könnte, mehr als seine Mutter und seine Schwester, mehr als alle Frauen, die in seinen Armen geschlafen hatten, mehr als mich, seine Gefährtin.

Inzwischen hatte ich eine Pumpe beschafft und stand in Kontakt mit einem General, der bereit war, sie früh am nächsten Morgen mit einem Militärflugzeug hinzuschicken. Aber am Abend dieses dritten Tages, unter den erbarmungslosen Quarzlampen und den Linsen von hundert Kameras, ergab sich Azucena, die Augen in denen ihres Freundes verloren, der sie bis zum Ende aufrechterhalten hatte. Rolf schloß ihr die Lider, nahm ihr den Rettungsring ab, hielt sie einige Minuten an seine Brust gedrückt und ließ sie dann los. Sie versank langsam, eine Blume im Schlamm.

Du bist wieder bei mir, aber du bist nicht mehr derselbe. Ich begleite dich oft zum Sender, und dann sehen wir uns wieder die Videobänder von Azucena an, du studierst sie aufmerksam, suchst nach etwas, was du hättest tun können, um sie zu retten, und was dir nicht rechtzeitig einfiel. Oder vielleicht betrachtest du sie so genau, um dich wie in einem Spiegel zu sehen, nackt. Deine Kameras liegen vergessen in einem Schrank, du schreibst nicht, du singst nicht, du sitzt ganze Stunden am Fenster und blickst auf die Berge. Ich neben dir warte darauf, daß du die Reise ins Innere deiner selbst vollendest und von den alten Wunden gesundest. Ich weiß, wenn du aus deinen Albträumen zurückkehrst, werden wir wieder Hand in Hand gehen, wie früher.

*In diesem Augenblick bemerkte Scheherazade,
daß der Morgen kam,
und verstummte.*

Inhaltsverzeichnis

Zwei Worte
13

Verdorbenes Kind
26

Clarisa
45

Krötenmaul
65

Das Gold des Tomás Vargas
75

Wenn du an mein Herz rührtest
93

Geschenk für eine Braut
108

Tosca
126

Walimai
144

Ester Lucero
156

María die Törin
168

Das Allervergessenste
184

Klein-Heidelberg
190

Die Frau des Richters
201

Der Weg nach Norden
216

Die Lehrerin und ihr Gast
234

Mit allem schuldigen Respekt
245

Unendliches Leben
255

Ein diskretes Wunder
273

Eine Rache
296

Briefe einer getäuschten Liebe
308

Der verwunschene Palast
324

Aus Erde sind wir gemacht
348